微　烛

朱湘山 / 著

海南出版社
·海口·

图书在版编目（CIP）数据

微烛 / 朱湘山著 . -- 海口：海南出版社，2023.11
ISBN 978-7-5730-1358-3

Ⅰ.①微… Ⅱ.①朱… Ⅲ.①散文集 – 中国 – 当代
Ⅳ.① I267

中国国家版本馆 CIP 数据核字 (2023) 第 181474 号

微 烛
WEI ZHU

作　　者：朱湘山
出 品 人：王景霞
责任编辑：吴宗森
封面设计：黎花莉
责任印制：杨　程
印刷装订：三河市祥达印刷包装有限公司
读者服务：唐雪飞
出版发行：海南出版社
总社地址：海口市金盘开发区建设三横路 2 号
邮　　编：570216
北京地址：北京市朝阳区黄厂路 3 号院 7 号楼 101 室
电　　话：0898-66812392　010-87336670
电子邮箱：hnbook@263.net
经　　销：全国新华书店
版　　次：2023 年 11 月第 1 版
印　　次：2023 年 11 月第 1 次印刷
开　　本：880 mm×1 230 mm　1/32
印　　张：11
字　　数：284 千字
书　　号：ISBN 978-7-5730-1358-3
定　　价：49.80 元

写在前面

　　朱湘山的《微烛》既是一本有着诗歌和小说质感的散文集，也是一本带着浓郁怀旧气息的"沉思录"。

　　作者中文科班出身且具有多年文字工作经验，这使其作品自带一种思想的深度和文化之风。行走之间，他以思考者的身份凝望大千世界，在游走中感知人生，并以深情的笔触，将沿途的发现与新奇，心中的敏感与追问，现实的温度和感动，行云流水般地缓缓推出，于尘世中"见微"，在细微中"知著"。他的笔下，处处流淌着沉郁、浑厚的气息，这些气息宛如一层蒙蒙的雾，拨开就可以看见作者对历史的探索，对生命的歌唱和对人性的修斫。

　　在《金樯橹》这一部分，我们能读到小镇彭场临危受命的惊心动魄，也有"关关雎鸠、在河之洲"的浪漫，以及水乡仙桃的水波浩渺、今日荣光；《青未了》中，既有低调内敛、时光流转的曲阜城，又有前世今生、碧海苍烟的蓬莱港；《山中月》里，我们惊喜地看到纪南故城之地的沧桑巨变，楚地悲歌之后迎来凤凰涅槃的新光，而桃花片片的千年古村莫愁则在荆楚大地上岁月静好地大隐于市；《星河梦》间，五指山深野的纪念碑文历久弥新，碑上有飞鸟掠过，更远处，是铜鼓岭下的热风轻轻吹拂，椰树的故乡炊烟袅袅；《天堂草》上，如雪洁白的杏花雨，见证了古城的空谷幽人和苦恨逆旅；与之呼应的，是风起云涌、荡气回肠的阳关古道，以及穹庐之下"风吹草低"的塞外诗情。

　　不同作品受到欢迎的原因自然有所不同，但我想它们都无一例外地激起了读者心底的某种共鸣，触碰到读者阅读时最难以描摹的那种画面感。我们常说，花草树木皆是文章，须知那些看似稀松平常的琐碎，最难传达其生动而风雅的一面。在这一点上，本书是成功的。读这样的文字，让人觉得旅行、写作和思考都是美好的事情。作者在后记里自嘲衰老，然而老来岁月自成传奇，传奇视角里的人生世界，怎样解读，都是精彩。

梅国云

2023 年 3 月于海口

　　梅国云，著名作家，中国作家协会第十届全国委员会委员，海南省作家协会主席，《天涯》杂志社社长，海南省政协文史委员会副主任。

序

朱湘山打算出版一部散文集，厚意相托，嘱我在这个集子的前面写点什么。以前我倒是为已经面世的几篇博士学位论文写过序文，却从来没有为任何一部原创的文学作品集写过这种文字。世纪转换之际，贺绍俊等人策划推出"百年中国作家作品"系列丛书，命我为入选的刘恒集写一篇前言，我将发表过的《无力而必须承受的生存之重》一文稍加增益、修饰奉上，算是不辱使命。

说实话，虽然我应下了朱湘山的嘱托，心里却感到有些为难，担心不谙此道，写起来不顺手，磕磕绊绊，有负重托。不久前，朱湘山寄来由团结出版社出版的他的第一部散文集《穿越苍凉》，我仔细看了目录，认真读了几篇作品，形成了初步的印象。近来，我通读了他的新编散文集《微烛》，有了更深的印象，暗自庆幸当初答应朱湘山是对的。

收在这个选集中的作品，似乎没有一篇是走马观花的"急就章"，差不多全是穷尽心力之作，作者构思取材，布局谋篇，遣词造句，抒情、叙事、说理都相当讲究，品相不俗，确实让我有话想说。

从文类上说，朱湘山的作品大都是散文，其中占比不小的部分，是与余秋雨的文化散文或大散文多少有些瓜葛的、带有浓厚的历史文化意味的游记。朱湘山于2012年从海南省公安厅的任上退下来以后，携其爱妻外出游历，足迹遍及境内外的名山大川、大城小镇。不同于一般的旅游者，朱湘山于游历感悟之中时时心系创作，于游历感悟之余搜索相关的资料，思索感悟所得潜心为文。

就其文所记，若不计有关海南、山川和境外的那些篇什，他的游记大致可以分为两类：一类是重游故地回顾所来径的文字，一类涉及历史文化名城重地。这两类游记都不乏值得品味的优秀篇章，属于前一类的有《八千里长路》《在河之洲》《山中月》等，属于后一类的有《疑是故人来》《浊酒一杯家万里》《春风洛城》等。

《八千里长路》由作者当年探亲返岗途中的艰辛辗转起笔，借此感叹几十年后交通巨变带来的巨大便利，进而联想到自己这几十年来在"八千里长路"上经历的风雨，最后以自己深切体悟的人生认知收笔。作者所体悟到的，不是生活的琐屑悲凉、人生的浮华可笑和旅途的迷茫动荡，而是无须抱怨叹息且理应坦然面对承受的人生。这里没有豪杰"三十功名尘与土，八千里路云和月"的壮怀激烈，有的只是平凡人经历漫漫人生路后通达的云淡风轻。

"诗意"无疑是贯通《在河之洲》全文的一个关键词。他由推测"关沮"与"关雎"的语义关联赋予关沮这个地名以诗意，由与老友重逢相聚于关沮工业园引发对于关沮诗意流失的喟叹，遥想关沮重新规划建设后诗意再现的美好景象。朱湘山的这类游记，所记"皆着我之色彩"，而这个"我"，经过数十年的人生磨炼，业已告别过往故地岁月的青涩稚拙，其走笔所到之处，无不显示通透练达之情。这是他的文章尤其值得称道的地方。

相对来说，我更感兴趣也更想说的是朱湘山的后一类游记，因为这类游记似乎承接的是余秋雨的文化散文的文脉，多说一些是必要的。

20多年前，我在《走向散文》中讨论过余秋雨的文化散文或大散文。当时有人把余秋雨的《文化苦旅》里面的那些游记称作"文化散文"，余秋雨本人表示认可。余秋雨的那些游记，取材基本不越出文化的范围,如承德的避暑山庄、黄州的赤壁("文赤壁")、敦煌的莫高窟、宁波的天一阁、南昌的青云谱和平遥的"票号",以及庐山、天柱山、西湖、三峡和都江堰等有名的"人文山水"景观也出现在他的笔下。很明显,余秋雨总的旨趣所在,不是遗址而是遗址所负载的文化,不是山水而是山水所显现的人文意蕴。用他自己的话说,这些游记的总主题是文化,即文明与野蛮(蒙昧)的冲突。

余秋雨的《文化苦旅》,与周涛的《游牧长城》和马丽华的《藏北游历》等散文一起,又被人称作"大散文"。之所以称其"大",我以为:一是因为题旨大,二是因为体量大,三是因为体式杂。余秋雨的那些游记,一篇一个聚焦点:《山庄背影》聚焦的是承德避暑山庄形制的阔大所体现的康乾盛世的宏大气象;《抱愧山西》聚焦的是现代金融业的逐渐兴起与晋商必然盛极而衰的因果关系;《黄州突围》聚焦的是苏东坡一生命运多舛的缘由,即他恃才傲物的人格缺失,小人嫉贤妒能的密报构陷,这触及中国古代制度文化的痼疾——告密文化。题旨大,因而体量也大,《文化苦旅》中多有篇幅在万字乃至数万字以上的游记。体式不一,抒情散文、山水游记和学术论文的特性兼而有之,或可看作连身为学者的作者也无以名之的一种间性文体。可以肯定地说,这种游记在此前数十年间的中国文坛是见不到的。余秋雨的游记风靡一时,应和者不少,大散文的写作蔚然成风,至今未呈衰相。

我揣想,朱湘山的后一类游记大抵是受了这种风气的感染。其体量虽然不及余秋雨的游记,但是篇幅也不小,比叶圣陶和碧野等人记游的名篇大了许多。其体式也兼有抒情散文、山水游记和学术论文的特性,情感丰沛,诗意盎然,只不过学术性远不像余秋雨的游记那么突出。

读朱湘山的这类游记,令我感受很深的有两点。一点是他的文人趣味。朱湘山打小就喜爱文学,少年时期读过的文学作品至今记忆犹新,对于许多他欣赏的作家作品中的人物和妙句,他不假思索就能脱口而出。朱湘山学中文出身，大学毕业后在一所中学从事语文教学数年。后来转行从政，结合所事政务，写过一些新闻报道、报告文学和学术论文。从政的时间虽长，但他潜存的文心雅趣却并未被琐屑的政事消磨掉，一旦卸任赋闲，文心复燃，操笔记游，文人趣味不经意间就会自然而然地流露出来。试看他的这类游记，时时挂在他心头的正是他所钟爱的冯沅君、老舍、梁实秋、闻一多那样的文人及其诗文。《疑是故人来》记青岛的名人旧居，他倾情着墨最多的是那些文人文事，哪怕在晚清叱咤风云、威震政坛的康有为，也只是一笔带过。朱湘山多年前去德州开会，转道青岛，专门去看过康有为旧居。想象进入垂暮之年的康有为居豪宅、享清福（世俗）却为"五四"新潮所弃淹塞不遂而生的落寞悲凉心境，不禁感慨系之。康有为在青岛海边一块石碑上留下的虎啸风生的四个大字——"不寒不暑"，在我看来，既是对青岛绝妙的褒奖，也是对自己遭到时代冷落的无奈自况。朱湘山属心的当然不会是康有为，他更倾心于他的老乡冯沅君。陆侃如、冯沅君旧居，在青岛诸多的中外名人旧居中算不上最显眼的，但他却对其情有独钟，用大量篇幅描写陆侃如、冯沅君夫妇。摹写陆侃如、冯沅君旧居的地形外貌，依据冯沅君作品中描写的情景展开他特有的联想……

微凉的风倏忽而起，如丝的夜雨从茫茫的空中落下，昏黄的路灯下面，雨点是那样小，雨帘是那样密，给道路两旁的梧桐树和小鱼山披上一层薄如蝉翼的轻纱。

陆侃如先生撑开一把油纸伞，挽着冯沅君的胳臂从远处走来，那雨若即若离地追随着他们，在地上溅起小小的水花，路灯把影子拉得修长。他们走进这院子，相对而坐。他们谈人生，谈历史，谈文学。"就在这样的夜里：月瘦如眉，星光历乱，一切喧嚣的声音，都被摒弃在别个世界了。就在这样的夜里：我们相挽扶着，

一会伫立在社稷坛的西侧，一会散步在小河边的老柏树下，踏碎了柏子，惊醒了宿鸦，听得河冰夜裂的声音。"（冯沅君《隔绝》）

戴望舒《雨巷》缥缈的意境与冯沅君《隔绝》梦幻的两人世界，竟然被朱湘山奇妙地嫁接到了一起。不难理解，作者执念纯真的爱情，移情于冯沅君，自然会无视染有《少年维特之烦恼》色彩的《隔绝》"无处话凄凉"的悲情主旨。"固然我们的精神是绝对融洽的，然形式上竟被隔绝了。"这是冯沅君代作品的女主角隽华说出来的话。这个"形式"，在"五四"新文化的语境中，当指束缚觉醒的青年男女自由恋爱的礼教的囚笼无疑。

朱湘山一向偏爱文人浪漫的爱情故事。只要笔涉爱情，便激情难抑，苦索妙文，多引名诗，嗟叹咏歌，"不知手之舞之足之蹈之也"。《微烛》所收写陆游与唐婉爱情的《曾是惊鸿照影来》一文，即可视为朱湘山爱情颂歌的佳例。陆唐恋与《牡丹亭》中的柳杜恋、《红楼梦》中的宝黛恋如出一辙，悲剧的成因毫无二致。虚实相生，现实与艺术互为印证，千重哀怨、万端愁绪也数落不尽礼教灭绝人性的罪恶。这当然不是朱湘山关注的重心所在，他特别在意的是陆游与唐婉之间至死不渝的恋情。他没有全文引出陆游和唐婉的那两阙道不尽怨情悔意的传世名篇《钗头凤》，但这怨情悔意自始至终支配着他运笔，流溢在《曾是惊鸿照影来》的字里行间。时光荏苒，岁月无情，却无法抹去陆游对唐婉无尽的感伤思念。朱湘山接连引出陆游在 67 岁、75 岁、81 岁、82 岁时写下的四首绝句，以证实陆游当年哀叹"错错错""莫莫莫"深入骨髓的无比真切的怨情悔意。"城南亭榭锁闲坊，孤鹤归飞只自伤。尘渍苔侵数行墨，尔来谁为拂颓墙？"82 岁饱经沧桑的孤鹤归来，昔日充满生机的亭院欢情不再，闲坊颓墙，青苔如墨，满目苍凉，唯有暗自泣血神伤。文章的收束处仍然是情种朱湘山式的人生认知："前尘已然如梦，今生何必伤怀，感慨沧桑事，是为了惜取眼前人。重要的不是什么都拥有，而是你想要的，恰好就在身边。"这身边人，无须推测，就是他忠实的人生伴侣、随游在侧的爱妻。"世情薄，人情恶"的社会根源，顿时失去了踪迹。

写苏轼离别流放地儋州的《沧海归去》，以苏诗（词）为引线行文，在反顾苏轼坎坷险峻的仕途的同时，不忘辟出专节一往情深地书写曾经抚慰过身陷逆境的苏轼的刻骨铭心的爱情。由此文的行文方式可以看出，文人的诗文在朱湘山的这类游记中扮演着十分重要的角色。这也是我感受很深的一点。最能体现这一特色的，当数写范仲淹的《浊酒一杯家万里》。

《浊酒一杯家万里》，与其说是一篇漂亮的游记，不如说是一篇诠释范仲淹名扬千古的《岳阳楼记》的十分生动的赏析文。在朱湘山的眼中，范仲淹应同受庆历新政牵连而"谪守巴陵郡"的同年好友滕子京约在邓州花洲书院写下的《岳阳楼记》，"超越单纯写山水楼观的狭境，将自然界的晦明变化、风雨阴晴和'迁客骚人'的'览物之情'结合起来，从而将全文的重心放到了纵议政治理想方面，提升了文章的境界"。朱湘山的理解是到位的。范仲淹没有去过岳阳，仅凭超凡的想象力就能妙语连珠地把岳阳楼写得形神兼备，这不仅得益于他与生俱来的超拔的文才，而且更得益于已近耳顺之年的他对于自己颠簸起伏的人生遭际锥心刺骨的体验。范仲淹写出了王国维推许的"有我之境"，我以物显，物以我著，物我融通，浑然一体。范仲淹曾"居庙堂之高"，也曾"处江湖之远"。这里的"江湖"，不是通常意义上的侠客隐士的居所的喻体，而是对被贬谪官员屈身低就的地方的隐喻。范仲淹做过朝廷宰执，上《答手诏条陈十事》倡言改革，力促宋仁宗推出庆历新政；也做过"陕西经略安抚副使，总揽鄜延路方面的军机事务"，消弭了西北边塞的战火硝烟。范仲淹禀赋优良，生性耿直，仗义执言，几度因冒犯皇室重臣获罪被贬。范仲淹谪居邓州，感怀自己为官如洞庭阴晴轮转升降起落，对"迁人骚客"随"物"移易的喜悲感同身受，因而能声情并茂地写出他们实则是自己的"览物之情"。然而，他并未就此住手，而是进一步抒情言志，表达了超越物喜己悲而进退皆忧的理想情怀。

一篇邓州行的游记，就这样与《岳阳楼记》结缘而成为非同寻常的佳作。

朱湘山的创作正在兴头上，相信过不了多久，他就会更上层楼，取得更大的成就。

是为序。

张　洁

张洁，笔名昌切，1953 年 10 月生于湖北省沙市（现荆州市）。国内著名文艺评论家、文学博士，武汉大学文学院教授、博士生导师，武汉大学传统文化研究中心研究员，湖北现代人文资源调查与研究中心研究员，武汉大学现当代文学研究中心研究员，武汉市文联特聘研究员。

目 录

第一辑

———

金樯橹

金樯橹

一

从七洲列岛的海上渔场返回，老船长吴增芳应约而至，他的脸上写满一夜风尘和海上颠簸的疲惫，裤管还沾着露水与海浪的咸湿。

我问吴船长这次出海收获怎样，他有些失望地说，夜里海流超过 4 节，运气不好，白跑了一趟。

所谓海流又称洋流，是海水因热辐射、蒸发、降水、冷缩等而形成密度不同的水团，再加上风应力、地转偏向力、引潮力等作用而大规模相对稳定地流动，它是海水的普遍运动形式之一。

老吴告诉我，一般情况下，海流在 1.5 节以下，才有利于鱼群集中，下网才有收获。若海流超过 2 节，不仅捕鱼艰难，还可能被急流搅烂渔网。除此之外，水温、潮流与海况以及天气，都是制约鱼群的重要因素，这是一个成熟渔民的经验之谈。

窗外，一条南北向的水泥路把古朴的楼房分成东西两边，背依花树繁茂的园林，阳光透过榕树的缝隙，把墙面和街道渲染成梦幻般的柠檬色。渔民们从这里交错而过，或笑逐颜开，或背影苍茫，匆匆奔向渔港或远方。生活的底色在海风的爱抚下，调和着人间百味的浓淡相宜，吴增芳的家就在这里。

从临街的窗口远远望去，每一条小巷都连接大海，铁皮房顶被海风掠过，如哗哗的海浪不绝于耳，许多被风浪摔碎的往事……一一呈现在眼前，采访就是从这一刻开始的。

和吴增芳的聊天是坦诚愉快的。

握手的一刹那，我仿佛触摸到粗糙的渔网和礁石。吴增芳是一个彼时刚满 60 岁的人，皮肤黝黑，一脸灿烂。他的所有经历，尽数藏在黑得像珊瑚礁、皱褶也像珊瑚礁的宽大脸庞的深处——那是热带炽热阳光经年雕刻和 40 年与风浪搏斗留下的痕迹。

天气已经炎热起来，别人都是短衣、短裤配拖鞋，吴增芳却是衬衣、长裤配皮鞋。他眼睛明净，牙齿洁白。整个采访中，他没有抽烟，更没有像有些渔民那样喜欢脱鞋抠脚，心底的淳朴随着话语尽情流露，散落于椰风海韵之中。

老吴的父亲是渔民，父亲的父亲也是渔民，直到爷爷的爷爷，祖祖辈辈奔波于南海之上。如今，许多往事虽已模糊，但老吴记得，大海，就是他们祖祖辈辈的生计之源，在逝去的岁月里，海面竖起的孤帆远影，记满了披荆斩棘的历史。

吴增芳出生在陵水县新村港，这一年整整 60 岁。父亲一辈总共七兄妹，都是与大海朝夕相伴的疍家渔民。老吴的童年时光留下的是关于渔船与高脚茅屋的记忆，历经风吹浪打和锈蚀，他每天以苍凉的身姿迎接着海风与日光的覆盖："渔家在江口，潮水入柴扉。"船行海上，可以看见屋顶蜿蜒的炊烟，在动荡颠簸的海上小学，老吴度过了六年的时光。

三年中学时光转瞬即逝。岁月流光里，吴增芳成为新村人民公社海燕大队第五队的渔业工人，从事排钓捕捞作业。一年后，吴家兄弟又承包了一艘长 17 米、宽 3 米多的 20 匹马力小型机轮船，从事灯光围网捕捞作业。老吴担任责灯员，兼管财务。

同村有一个女孩，叫阿荣，比吴增芳小两岁，与他同在一所海上小学就读。阿荣比吴增芳低两届，瘦瘦的，平时话语不多，一点儿也没引起吴增芳的注意。后来，吴增芳上了中学，而阿荣却没有。按照渔家的习俗，女孩读完初小就辍学回家，开启"渔家姑娘在海滩，织呀织渔网"的生活。

几年后，吴增芳已经在风浪中成长为一个壮实坚强的渔家青年。有一天早上，在洁白如玉的沙滩上，他见到了已经长成大姑娘的阿荣。

姑娘正忙着编织渔网，当她起身擦汗的时候，她那修长而富有曲线的身影，被早晨的光影拉得很长，格外婀娜多姿。阿荣朝他羞涩一笑，是含蓄，也是含情脉脉，这种目光和语言，只有在海上生活过的青年男女读得懂。那一刻，吴增芳仿佛有种被闪电击中的眩晕。

自那以后，渔家小伙青春岁月里被压抑的激情，被那修长的背影激活了。多少次，他出海归来立在船头，远远望着姑娘曾经织网的方向，久久不肯离去。

吴增芳建完一幢崭新的二层小楼，已是 1984 年的冬天。新宅是漂亮的：别墅样楼房，前后场地很大，门前可停车植树，房后可养花种菜，美丽的滨海景象尽收眼底。

那一天，冬日的夕照落在清水湾洁白的海滩上，也洒在渔村的道路上，村里静静的。出海归来，斑驳的渔村已是暮色苍茫，阿荣领着与自己热恋两年的吴增芳走进了家门。

阿荣的父亲李仁喜出生在海棠湾，长得高大帅气。20 世纪 80 年代初，他承包着镇上最大的拖网渔船，是渔村首屈一指的富人。看着女儿带回的小伙长得相貌端正，家里又新建了楼房，父母很是欣慰，他们挥挥手："姑娘嫁给你啦，但有一条，你必须对阿荣好。"

"您放心，我一定对她好。"吴增芳一诺千金。

从此，40年相濡以沫，夫妻风雨同舟。

1985年，新年的脚步悄然到来，一场意想不到的打击降临这个家庭。

那一天，一家人坐在昏暗的灶间，空气里弥漫着浓重的中药味道。火苗跃动着，人脸在火光的映照下，明暗交替。

久病不愈的大副吴承积推开苦涩的中药罐子，把几个孩子喊在一起说："我已经不行了，家里的事让老大领着你们干吧。"几个弟兄中，老大是吴增芳。

那一幕，至今仍深深嵌在吴增芳的记忆中，他从此对责任有了更深的感悟。

面对虚弱的父亲和困难重重的家庭，吴增芳自知重任在身。

正是在这个时候，新村镇党委书记梁海平、镇长吴东兴来到了他们家里，向吴增芳和他的父亲介绍了当时最先进的深海大拖网渔船和灯光围网捕捞的先进技术，帮助吴增芳申请了一笔家庭渔船创业低息贷款。不久，当地农业银行的6.5万元贷款送到了家里。筹措到10万元后，吴增芳赴广东省阳江定制了一艘37吨80匹马力的大围网灯光渔船。

苦熬三年，54岁的父亲告别尘世。一夜之间，红红火火的日子失去了活力，明亮的世界也变得暗淡无光。在母亲婆婆的泪光里，吴增芳擦干眼泪，记下父亲的嘱托，领着四个兄弟挑起家庭生活的重担。

窗外，夜色如水，老榕树的叶片哗哗坠落，温润的月色，海岸上如黛的房舍，奔涌而来的海风，送来一个渔港的忧郁之美。

如果不是当地政府关键时刻的温暖之手，如果不是政府的救助和妥善安排，如果不是政府提供的低息贷款，很难想象，这样一个困难重重的家庭后面的日子该如何度过。

从此，带着一个家族的苦难记忆，带着背后那双慈爱的目光，吴家兄弟一干就是10年。一声声韵律十足的渔家船歌，划破多少心碎，寄托了多少浪漫和梦想。

10年后，两个弟弟上岸打工，剩下的吴家三兄弟磨砺成熟练的水手。一年四季风里来、雨里去，南海的风浪练就了他们豪爽、刚毅的性格，将他们淬炼成极富冒险精神的船老大。他们兄弟三人各自买船招人，开启新的生活，小渔船从此成为遥远的记忆。

2000年前后，在地方政府的扶持下，吴增芳耗资百万元新造的一艘动力200匹马力的新型渔船在清澜港亮相，他的家也随即搬到了清澜。新船长23米，总吨位57吨，适航里程可达1 800千米，具有良好的抗击风浪和远航作业能力，这是吴船长新生活的开始，也是献给新世纪的岁月长歌。

从此，船老大迎来了捕鱼生涯的华丽转身，站在船头，老吴感觉自己的双脚离小康渔家的目标越来越近。在后来的20多年里，老吴夫妇和他们的伙伴行驶于七洲、铜鼓、外水、陵水等渔场，在纵横50多海里的波峰浪谷中演绎着无数次"老人和海"的惆怅，也见证了渔业队伍的壮大和渔船的更新换代，遥迢渔家之梦，在政府温暖的怀抱里潜滋暗长。

事实如老吴盼望的那样，在党的富民政策和当地政府的支持下，含辛茹苦的渔业人生终于迎来柳暗花明：还清了贷款，买了商品房，迎来家里又一个大学毕业生的回归。

"全靠政府啊，政府对我家太好了！"回忆过去的艰难时光，老吴不无感慨，眼里泪光闪闪。

二

风从海上吹过，海是绿的，风是翠的。海风吹走了生活中的太多东西，唯独没吹走老吴那坚韧的意志和坚挺的人格。

丰富的海上作业经历，质朴踏实的人品，更兼心地善良——几次在风暴中冒险救助渔民，让老吴在渔民中和渔港有着良好的口碑。老吴的"琼文渔 33168"船先后四次被文昌市清澜边防、文昌市渔政渔监管理站、文昌市渔民协会评选为"守法文明船"，他本人则多次被评为"守法渔船民"，还出任了文昌渔业协会的副会长，带领渔民走上共同致富之路，和渔民结下深厚情谊。

在当地政府的积极扶持和渔业协会的牵线搭桥下，老吴的伙伴先后有 10 家购进百吨以上的钢铁渔船，晋级远洋捕捞的行列，这里面，也包含着老吴诸多努力。

2021 年 5 月，作为文昌渔民中的优秀代表，吴增芳参加了国家级非遗保护"南海航道更路经"的传习研讨活动，使多年的航海经验上升到理论的高度。老吴说，如今，即使没有导航，他也能凭着经验和传统的"更路薄"驾船到南海的各个地方。

每年清明前后，老吴会在七洲列岛周围开始捕捞作业，秋天开渔后，随着水温、渔汛的变化，他会转场到陵水的分界洲附近。他去过近海的各个渔场，也去过东沙、西沙，对南海诸岛了如指掌，一壶冰心，全在大海，一双铁脚，立在渔船。陆地上的人上船会晕船，老吴离了船则会"晕路"，连绵的海浪和渔船的欸乃之声，就是老吴的"天伦之乐"。

老吴和妻子育有四女一男，他们家不像有的渔民家庭那样，女孩读完小学就让她们留在家赶海织网，而是想方设法送孩子走向外面的世界。老吴的孩子们很努力，个个品学兼优，是渔村里的骄傲。

靠着他和妻子两个人的打拼，孩子们先后读完大专并参加工作。四个女儿中，两人是医生，两人是教师。其中两个女儿嫁给了渔政部门的公务员，一个嫁给了房地产公司的高管，小女儿在深圳一所学校担任教师。大学毕业的儿子更是他的骄傲，也是他寄托一生海上梦想的渔家传人。

"孩子们经常回来看你吗？"我问老吴。

"很少。"老吴摇摇头，脸上洋溢着父爱的柔情。他说："孩子们都有自己的家，自己的工作。不过，他们经常用微信发来问候！"

正当老吴力图做大做强的时节，大学毕业的儿子却给他泼了一盆冷水：儿子不愿意再回渔村，他接受了一家园林公司的聘请，希望在城市里实现自己的人生抱负。

彼时，渔船上老一辈的落寞背影和椰树下年轻人自主择业的"一家两制"，已成为渔村中并不少见的一种模式，这样的选择让老一辈百感交集，也让他们世代守望的传统祖业遭遇断代的可能。

"如果祖祖辈辈的传承断送在我这一代，我将愧对列祖列宗啊！"老船长的话语中充满了无奈，眼睛里波光闪动。

很多时候，老吴驾船归来，总是会走出驾驶舱，在黑夜里扶着栏杆，望着扑朔迷离的渔火，听温柔的海浪声一波涌来一波远逝。

那是一个渔民的怅惘，对与错，梦与失，都写在布满沧桑的脸上。

三

看着话语不多、沉稳干练的吴增芳船长，我有一种强烈的感觉，这位已经在风浪中奋斗四十余年的渔民，他身上所呈现的热情睿智和对大海的热爱，不仅是人们常说的奋斗不止的个人秉性，他的内心还蕴藏着一种大海般的深沉和博大的情怀。为了走近他，探寻这份激情背后的原因，我们走近老吴的渔船。

彼时正是涨潮时节，海水通体湛蓝，它那悠长而均匀的呼吸，仿佛绵绵的音乐。

渔船停靠在渔港深处，三层高，远远就可看见它那优美的轮廓。驾驶室内的地板是木质的，摆着一排沙发，茶几上放着一些零食和饮料，墙上挂着一个福字，一扇木门连接着卧室。二层的前面堆放着层层叠叠的渔网，散发出海水的气息。若不是窗外的茫茫大海和驾驶室内的主控制台提醒着这是在大海上，我还真以为走进了陆地上的一户寻常人家。

渔船收拾得很整洁，驾驶室内"五脏俱全"，主控制台上的卫星导航系统、雷达、探鱼器、太阳能照明系统和卫星电话等设备一应齐全。老吴介绍说，声呐探鱼器是政府有关部门专为渔民研制的高科技产品，这种设备能在船底下扫描发射出几百米范围内的海底感应回波，显示鱼群的深度、距离、方位。有了声呐探鱼器，围网作业的渔船收入倍增，也大大降低了燃油成本。

渔船的后部放着一艘小艇，在等级较高的船舶上，这样的小艇会被称为救生艇，而且不止一艘。在渔船上，小艇多用于捕鱼作业，等到了命悬一线的危难时刻，也可用作救生艇。

都说在南海若没有遇见过台风，就不算真正的渔民。如今，即便气象预报精准到每分钟，大海有时还是会闹出意想不到的动静。

老吴介绍说，有一次，当他满载而归的时候，突然风雨交加。风雨击打着渔船的外壳，发出各种各样的怪异声响，迎风的船舱走道变成了一条小河。随着船身的大幅度摇摆，搁在各个舱门外的厨房用品、上百公斤的大米桶，全部滑到一侧，从船头漂到船尾，又从船尾漂回到船头，最后，全部落进了大海。船舱瞬间积满了海水，倾覆的悲剧即将发生。

千钧一发之际，凭着多年海上遇险的经验，老吴沉着换成前进中速挡并向左打满舵，利用海浪的阻力调正船尾。原本倾斜的渔船仿佛瞬间感悟到船长的意图，迅速以船头正向对着风浪，加上船员及时排水，总算化险为夷，而这一系列操作，都是在瞬间熟练完成的。惊险的经历绝不止一次，每每回忆，即便是从风浪中闯出的老吴也难以做到平静如常。

老吴说："船跟人久了，就有了灵性和默契。"

这默契，来自风雨中的朝夕相伴，来自一个渔家人半个世纪和船与大海的不解之缘。

2000年以前，老吴最好的成绩是一年收获70多万斤鱼，而最近几年，每年的收获只有20万斤左右。现在近海捕捞产量基本上是一年比一年低，好在政府的各项补助到位及时，渔民即便是在歉收的情况下也能丰衣足食。

据吴增芳介绍，从2006年开始，为了鼓励渔民闯深海、造大船、抓大鱼，政府先后出台了对渔民的燃油差价补贴或海洋养护补贴，渔民每年只要出海三个月以上，就可领取。以老吴的中型渔船为例，每年可领取6万—10万元的补贴，100吨以上的大型渔船每年的补助可达30万—40万元。连续多年的政府"礼包"，让渔民远离了贫穷，日子越来越红火。

关于往后时日的安排，老吴告诉我们，他要鼓励儿子回归渔船，把一切知识和技能都传授给儿子。等儿子取得船长资格后，再给他换一条新的钢制大船，让他去闯更深、更远的海。

四

从西沙归来的冼清志船长也有满腹的苦衷。

"琼文渔40899"静静地停泊在岸边，渔工忙着卸货和清洗擦拭渔船，它那洁白的船体和高昂的船首显示出它的高级感和与众不同，在这里，我们见到了冼清志。

这是一个49岁的渔家汉子，长得敦厚结实，他是吴增芳多年捕鱼的伙伴，也是从陵水新村港迁到文昌的渔民船长。常年风吹日晒，使他的皮肤黑里透红，像是海中岩石的缩影，风暴雕刻的痕迹依然清晰，宽宽的额头下，明亮的双眸清澈而深邃——那是一双洞察大海、与风浪对话的眼睛。

冼清志是新一代有知识、有专业技能的年轻船长，也是渔民中为数不多的成功人士，全家兄弟四人共拥有两艘钢铁大船和两艘大型木船。

交谈中，冼清志显得很忙，一边接听电话，一边安排工作。他要赶在休渔之前再去一趟西沙渔场，对于他来说，"时间就是金钱"。

出生于1973年的冼清志，在南海的风浪里淬炼了30多年。

初始，冼清志在木帆船上打鱼，一直干到2011年。依靠政府支持，他筹资400多万元，买回一艘钢铁大船。渔船全长40米，航速可达9节，有着200吨的体量和炫酷的外形，船上配了20名熟练渔工。

从此，冼清志和渔工们常年往返于西沙、南沙和渔港之间，一次次收获了劳动的成果和丰收的喜悦，也见证了祖国的强大和对渔民安全的充分保障。交谈中，冼清志的话语里由衷地流露出对国家、对政府的无限感激和作为一个中国渔民的自豪与自信。

冼清志说，运气好的时候，他的单个航次可收获10多万斤，同伴中的最高纪录是一个航次捕获13万斤，最高售卖可达50多万元，每年下来，减去各项开销，可以有不错的收益。

当然，冼清志的成绩并非个例，渔民伙伴中一次下网收获几十吨的例子并不少见。西沙、南沙等渔场目前还是等待深入开发的宝库。

以灯光围网捕鱼为例，其在西沙海域的优越性显而易见。捕捉的鱼个头大，数量多，品种丰富，还可以捕到20多斤的大鱼，卖出的价格也不同。而在七洲列岛海域捕捉到的鱼品种比较单一，最大的也就6斤左右，这也是一般大船更愿意去三沙、闯深海的缘由。

同吴增芳的困扰一样，冼清志也面临着后继乏人的问题：三个孩子中，没有一个愿意上船接班当渔民。好在，他还年轻，他相信政府的后续政策会逐步帮助解决这一困扰渔民持续发展的难题。

"风里行，浪里走，走着走着，身边的人跟不上来，剩下的只有孤独。"年轻船长不无感慨。

同样，渔民从业人员逐年减少的还有离清澜港不远的文昌铺渔村，那是疍家人世代居住的地方，居住着430户渔民，共计1800余人。

在铺前镇的铺渔村，我们走访了老书记、前村委会主任韩建元。韩建元已经82岁，家里世代是渔民。韩建元的父亲韩绪丰是琼崖纵队战士，1945年牺牲在抗日战场上。韩建元老人的家面朝大海，是一栋两层的楼房，家里墙上至今挂着人民政府颁发的烈士证书。

老韩说，他年轻时也是一条敢闯风浪的汉子，带领渔民驾着帆船一次次去七洲列岛或东沙海域捕鱼，最多时一次可收获6000多公斤鱼。

如今，老人的两儿两女已不再从事捕捞。老韩的小儿子韩秦光在镇里当电工，他告诉我们：在镇政府的关心下，渔民家家户户都在海边盖了楼房。老一辈渔民已上岸安享晚年，每天听琼剧或者喝茶聊天。年轻一代多是从事销售或在城里打工，而下网捕鱼只是年轻人早晚在家门口的兼职。曾经的远洋之梦，鲜为人知的奋斗故事，大多隐藏于荒芜的岁月，成为一种遥远的回忆。

或许，一切都是必然而可喜的进步，没理由怨天尤人。

站在渔港码头上，细雨朦胧中，几十艘玻璃钢小船静静排列在岸边，少有人冒雨出海，码头上呈现着"野渡无人舟自横"的小清新，历史上千帆竞发的著名渔港，正逐步向休闲渔业转型。

"平生爱大海，披月乘风来。脚踩惊涛涌，心追鸿雁飞。"是的，渔民是那么热爱大海，除了渔轮上温柔海风的触摸，除了站在海岸眺望大海的诗意，除了朦胧夜色中渔火闪烁的深邃，他们更记得烈日暴晒下"一片汪洋都不见"的壮阔苍凉，更呼唤疾风暴雨中浪遏飞舟的勇往直前。

五

离开清澜的那天下午，雨在车窗外哗哗下着，透过雨幕远眺烟雨蒙蒙的渔港，一排排渔船静静地停泊在码头的一侧。而我脑海里浮现的，是吴增芳敦厚亲切的面容，是青年船长冼清志爽快热情的话语，是老渔民韩建元沉稳慈祥的笑颜。

我和吴增芳船长接触次数最多，曾两次上他的渔船参观，还和他一起乘坐渔民的小船出海，在颠簸起伏的渔舟上体验渔民的江海人生。他的善良朴实，谦逊厚重，都给我留下了深刻的印象。

我问老吴："你在海上捕鱼过程中最深的印象是什么？"

老吴憨厚地一笑："最深的印象就是抓了很多很多的鱼。"

我又问老吴："你在航海生活中最难忘的是什么？"

老吴想了一下说："最难忘的就是抓了很大很大的鱼……"

实事求是，一诺千金，这就是中国渔民海洋般的胸怀，金子般的品质。

三位渔民，代表着老中青三代人，虽然不是超凡脱俗的人物，也没有惊天动地的壮举，但他们有经历、眼光、胆识，有胸怀和意志，心中永远有一把金色的樯橹。

当韩建元以赤诚之心引领渔民走上共同富裕之路的时候，当吴增芳老之将至依然心向大海、情牵渔蓑的时候，当冼清志劈波斩浪、勇闯三沙的时候，从他们的背影里，我看到了整个中国渔民的可贵品质与豪迈情怀，也让我对这些渔民有了新的发现与认识。

　　风雨渐次小了，云层密布空中，唯有一罅天光，从天穹里悄然射下。凝望远方的海水，仿佛内心也变成一泓湖水，荡起层层波澜。如果说生命的过程是一次又一次的轮回，那么人类的文明史也总会走向相似的地方。人类先祖诞生于水中，更大的水域延伸为海洋，继而孕育了更丰裕的人类文明。由此，向着海洋更深远处进发就是人类永恒的使命。渔猎文明就是整个民族历史长河中不可缺少的伟大江流。

　　道路两旁，风过椰树，送来簌簌之声，远方的灯塔闪闪发亮，海潮涌动处水天相连。遥望清澜，我忽然想到两句古诗所传达的意境："君看一叶舟，出没风波里。"那是逝去岁月的艰辛记忆，也是渔耕文化的历史回声，更是勇立潮头的呼唤。

　　风吹过，海浪连天涌，渔火照流年。

　　（入选《南方散文》2023夏刊）

布衣

一

汽车在彭仙大道行驶，远远望去，窗外的田野尚未褪去经冬的萧疏，那些柳树倔强地挺直身躯，执着地向蓝天伸出臂膀，在风中低声吟唱，目之所及是蜿蜒的汉水，像一条深色的飘带落在人间，波澜不惊地向着前方延伸。

此刻，我几乎是带着朝圣一般的心境前往位于江汉平原的一个无纺小镇。

我想看看，在那段封城的日子里，这个小镇是如何创造出日产3万件防护服和日产5 000万片医用口罩的人间奇迹的；我想知道，在我脚下这条并不宽阔的道路上，每天有多少车辆日夜不停地向省城武汉，向雷神山、火神山战地医院运送着医疗防护物资；我想听听他们的声音，想知道，在那样一段日子里，他们是如何生活和工作的，又是如何度过一个个寒风刺骨的冬夜的；我更想知道，在这场疫情中位于风暴中心并不遥远的地方，一个负重前行、被评论关注最多的小镇，到底有着怎样的容颜呢？她是否真的充满了活力和重生的勇气？

在我的身边坐着三个人，一个是我的老同学雷体华——封城的日子，他就坚守在武汉，是那场抗疫斗争的见证者和参与者。这次，他专程从武汉赶过来陪同我们采访，向我们介绍武汉抗疫的情形。另外一个，是我的老同学刘景岗，他生活在武汉城市圈里的仙桃。那段日子里，他奔走在生产一线，为企业联系生产口罩的设备，助力抗疫物资的生产。本次采访，我也是应了他的邀请而来的；还有一个是彭场镇的人大主席团的熊楚清主席，他是那场战役的组织领导者之一，在那场事关全局的"防护服"之战中，他是领导者，是车间主任、服务员，也是司机、保安和清洁工。

此时，离武汉解封尚不到一年的时光，街上的人们戴着口罩，来去匆匆；公共场合仍然维持着刷健康码看行程的政策，个别地方还在实行更严格的管控或者封闭管理，人们依然较为警惕和紧张。

但是，春天毕竟已经来临。

谈起那段日子，面对解封后城乡的热烈和蓬勃，我们当然不会忘记刚刚经历过的困顿和艰难，除了一种劫后重生的感慨，我们谈论最多的，不是物是人非的朝夕之痛，不是劈头盖脸而来的惊悚回忆，不是面对亲人的相拥而泣，而是一个小镇的淳美情怀与人文精彩，是那些私营业主、打工族、个体户的无私奉献和大爱情怀，是一个无纺小城的内动力发掘与外开拓的展望，是回荡在心底如同高山大海般的感动。

打开车窗，寒风依然刺骨，但路旁的桃花已经在寒风中迫不及待地绽立在枝头。临近彭场的时候，我看到，在高高的楼房顶上，"英雄彭场"四个火红的大字，在春阳下熠熠生辉。

在后面的日子里，我们先后走访了新鑫、德兴、恒天嘉华、誉诚等多家工厂，跟他们的负责人进行面对面交谈，听镇里领导介绍情况。由此，我们看到了一个小镇众生的魅惑与风华，奋进与激情，以及责任和担当……

二

那个萧瑟的冬日，仿佛就在昨天。

那是一场突如其来的危机，新冠疫情肆虐荆楚大地，人类被迫面临未知病毒的汹涌侵袭。

仙桃紧邻武汉，是武汉城市圈的重要成员之一，经济、文化、市民生活都深度融入武汉，这使得仙桃"战疫"面向两个"战场"：一是正面抗击疫情，二是组织复工复产，最大限度地解决各大医院的燃眉之急。

"封城"之前，武汉全城的医护用品就已经严重紧缺，"封城"的第二天，"大年三十"上午，随着各类消息的广泛流传，疫情和舆情变得越来越严峻，新冠病毒也在口口相传中变得越来越恐怖。在铺天盖地的求助声浪中，以协和医院为首的武汉各家医院，医护用品全都是零库存，没有哪家医院不在呼吁社会各方紧急支援。在协和医院发热门诊的重症隔离区上班的医护人员，由于医用防护服太少，原本应4小时一换岗，不得不延长到8小时，甚至更长时间。一般医院职工，一个口罩要求必须使用两天以上。

从除夕开始，已有346支医疗队、4.26万名医护人员驰援湖北。与此同时，武汉的雷神山与火神山的战地医院也将相继动工抢建，16家"方舱医院"业已改造完毕，医用防护服和口罩的需求十万火急，刻不容缓。

将目光拉回到2020年1月22日（腊月二十八），仙桃彭场火线受命：湖北省新冠病毒防疫指挥部把生产具有高难度技术要求防护服的指令下达给这里，随即迅疾派人赶赴彭场调查部署。调查的情况很不乐观：彭场镇现有医用防护服贴条机设备72套，分布在17家工厂，如果工人全部到位，开足马力日夜加班，实际日产量也仅能达到2 000～3 000件。

1月26日，武汉封城第四天，省政府主要领导、省新冠疫情防控指挥部指挥长来到彭场督导医用防护服生产，要求立下"军令状"，确保医用防护服务必在1月29日达到日产12 000件，2月8日日产达到30 000件以上。

"封城"的第五天，1月27日，受习近平总书记委托，中共中央政治局常委、国务院总理、中央应对新型冠状病毒感染肺炎疫情工作领导小组组长李克强到武汉考察指导疫情防控工作。

当时偌大的中国，居然没有一家单位有现成的储备。根据工业和信息化部监察调度的情况是：当时全国医疗防护服日产不足1万件，而湖北省每日需求都超过3万件以上。

急难之时，大家想到了解放军——经过一番寻找，终于在某战区找到1万件防护服。

局外人很难想象，此时此刻，比凤冠霞帔还珍贵的防护服被运到武汉后，优先发放的对象是停工待援的殡仪馆工作人员和各大医院的清洁工。

面对军令状，仙桃市委、彭场镇委一班人责任如山，不敢懈怠，他们迅速制定出一个特殊时刻的临战方案：以"战时"机制生产保供，实行两个"六"的工作部署，即"六统一"和"六加一"。

"六统一"是指统一调剂采购设备、统一原材料供应、统一员工防护食宿、统一检疫检测、统一装箱运输、统一资金拨付。

"六加一"即六家生产医用防护服企业加一家原料企业。其中，"六家"企业是指誉诚、裕民、富士达、泰威、泰晨、致霖。"一家"是生产面料的拓盈卫生制品有限公司，其任务是从山东将生产医用防护服的透气膜采购回来，再将透气膜表层覆压一层膜，成为生产防护服的专用材料。（后期生产医用防护服的企业又增加了新鑫、万里、宏宇、三智，形成"十加一"的新格局。）

如何火线突击，尽快组织生产？应执行怎样的技术标准？由哪一家企业率先出击？

千头万绪中，领导层饱含希望的目光不约而同地聚焦到一家公司：誉诚防护品生产有限公司。

在彭场镇218家生产无纺布的企业中，誉诚只是一家小公司，但它是唯一一家生产医用防护服的专业厂家，它拥有自己独家的技术标准和完整的检验标准，并且，在送省专家组检验的全镇23家企业的防护服样品里，只有誉诚一家的产品符合进入 ICU 的严格标准。

只是，同大多数工厂一样，誉诚公司工厂已经春节放假，公司总经理周利荣女士和丈夫带着全家正外出度假。

三

她的梦幻之旅，一如三亚湾的潮汐，来去都在瞬间。

2020 年 1 月 22 日（腊月二十八），三亚凤凰机场。

周利荣和她的先生带着两个儿子走下飞机，准备在此度过一个温暖、惬意的春节。

走下舷梯，她刚打开手机，屏幕上立刻跳出好几个未接来电的通知。不一会儿，电话再次响起，镇里领导向她通报了情况，要求恢复生产的指令十万火急。

严峻的问题摆在眼前，作为多年专事生产医用防护服的企业家，周利荣意识到自己的责任担当。

海风温煦，阳光强烈，高大的椰子树和槟榔树在绿意葱茏的草地上摇曳着，周利荣却无心观赏这些热带风光，她归心似箭。

没有过多跟家人解释，她立即购买返程机票、车票。然而，她发现汉口、武汉、武昌火车站均已关闭，飞机也不再经停。于是，她果断绕道长沙，并通知厂里的司机去长沙机场接人。安排完这些事情，她又马上打电话给广东江门"铁金刚牌"贴条公司，订购了150台贴条机，要求他们以最快的速度将设备发往彭场誉诚公司。

从黄花机场出来，风雨交加，周利荣感到气温骤降，从温暖的夏日瞬间跌入了寒冬。茫茫夜色中，空旷的高速路上车少人稀，周利荣乘坐的汽车穿过雨幕一路北行，车灯划破茫茫夜色，成为数九寒冬的一抹温暖亮色。

四

匆忙回到彭场的周利荣，开始了第一个不眠之夜。

她迈着疲惫的脚步回到家里，迅速召集工人布置生产。当夜，为动员员工上班，周利荣挨个给员工打电话，晓之以理，动之以情。视频电话一直打到凌晨3点。

正值春节，天寒地冻，交通受阻，物流不畅。誉诚面临一系列难题：原材料库存不足、设备不够、熟练贴条工稀缺。复工时，厂里仅有8台贴条机、14名贴条工，即便满负荷运转，日产也仅不到1 000件。为了达到全市日供3万件的目标，周利荣立即把生产标准及生产技术无偿地分享给联盟企业，组建无纺布企业联盟，争分夺秒投入生产。

大年初一，70名员工上岗，初二90名，初三150名，正月初五，员工数量达到300人。

忙碌有序的"防护服之战"，在誉诚公司"打响第一枪"。

铺开，抻平，拉伸，一拉一甩，每个职工像机器人一样不间断地操作。从大年初一到元宵节，42岁的工人朱思国每天都要忙碌15小时以上。他告诉我们："医生、护士们都在一线拼命，我们也得把自己逼得狠一点，做得快些、再快些！"

"针眼大的缝都不行！"誉诚公司的质检员冯丹，眼睛熬得通红，仔细地检验着每一件医用防护服。工作的时候，她和20多名质检员水都不敢喝，为的是怕上厕所耽误了时间。

生产线上的工人多是一些女工。从年轻女性到白发老人，最大的超过70岁。在我参观誉诚公司的过程中，看着那些伏案工作的背影，我的心底不止一次涌出《木兰辞》里的诗句："万里赴戎机，关山度若飞，朔气传金柝，寒光照铁衣。"眼前的这些工人展现给我们的，何尝不是金戈铁马的豪情与殉身不恤的悲壮？

谁能想到一个个滴水成冰的寒夜，他们是如何面对和度过的——如何在紧张的环境里，演绎艰难岁月的至爱与忠诚，如何在岁月的风烟中，在冷雨敲窗的长夜里，传递人间最美的温暖。

高度的悲壮感萦绕于他们的心中：多一件防护服就可以多挽救一条生命，一切不可承受之重也得承受。在那些日子里，周利荣夫妇每天下沉到工厂车间，和工人们朝夕相伴，很少在凌晨三点以前休息，天不亮又匆匆奔向工厂。生产调度、质量把关、疫情防控、安抚情绪、后勤保障、安全检查……桩桩件件他们都要亲力亲为，心有时分成几瓣，常常连痛都来不及品味，就挟裹着刺骨的寒风冷雨迎接下一个黎明。没日没夜的加班加点，顽强的生命也会显出脆弱的一面，周利荣嗓音嘶哑，身心疲惫，眼睛通红，然而使命在肩，不能有丝毫的懈怠。

"那段日子就像打仗，有时躺下后，真的担心第二天还能不能够起来。"谈到过去的那些最紧张的日子，周利荣云淡风轻。

3月23日下午，在德兴公司总经理蔡栋才的办公室里，我们与刚从园区工地过来的周利荣女士进行了一次长谈。

周利荣个子不高，衣着简单大方，即便是寒风扑面的三月天依旧身着裙装。她的语调柔和，但说话简洁明了，透出精干、果断与沉静。最美的是她的眼睛，其中蕴含一种脱俗的清澈与纯净。这些，与整洁合身的衣装和谐地构成了一个整体，不经意间，女性的美丽与其在纷繁杂芜的工作中的状态形成强烈的反差。

从仙桃的农村一路走来，周利荣依循着父母骨血里的淳朴、善良，再加上自己的聪颖、务实，事业做得风生水起，并且，在那场惊心动魄的防护服之战中获得了她应得的荣誉。

但是，当说到和工人一起度过的日日夜夜，说到面对困难工厂里那些共产党员的责任奉献，说到有人感染她被迫接受隔离打算捐出工厂那一刻工人们的痛哭失声时，周利荣还是抑制不住激动的泪水，连我们也眼眶湿润。

五

当六家工厂按下快进键，紧锣密鼓地启动生产的时候，谁也没有想到，供货的拓盈公司那边却出了状况。

"六加一"的拓盈主要负责从山东采购透气膜，然后回到彭场的厂里再覆压一层膜后，将其加工成为防护服的专用面料。

然而，派去的车辆回来时却空空如也。

从仙桃彭场到山东东营，相距千里之遥，厂方派的司机到山东东营拉原材料，对方一看是湖北牌照，立刻给予了"高度关照"，不仅不让下高速，也不允许滞留，还派出专人护送，一直"礼送"到河南驻马店后才放心返回。

真的像宋人杨万里的诗句："正入万山圈子里，一山放过一山拦。"

司机顶着雪花而去，却空手而回，往返2 500多千米的路程，挥挥手没带回一份原材料。回到厂里，他放声大哭——为得不到理解而委屈，更为没有完成任务而难过。

总经理刘开宇心急火燎，他一方面安慰司机，一方面向镇里反映了这一情况，事态十分严峻，没有原材料，防护服生产便成无本之木，无源之水。镇领导及时汇报到市里，市里又立刻汇报到省防指，省防指迅疾与山东防指联络，同样遭到了婉拒，一时陷入僵局。

省政府领导知道后，立即将这一情况报告中国防洪防讯总指挥部（下文简称国家防指），国家防指的主要领导出面协调后，问题终于解决：一天后，山东省对拓盈公司的湖北车牌开具了特别通行证。

从那一天起，拓盈公司每天都可以从东营采购所需原材料。很难想象，一件小小的医用防护服竟然会牵动社会的每一根神经。

还有一个"家庭版"的防疫故事更令人落泪：武汉解除"封城"后，有一个在岗位上孤单值守五十五天的护士长终于有机会回家看一看令她牵肠挂肚的两个孩子和老母亲了。到了家门口的时候，八岁的老大从家门口露出半张小脸蛋，摇着小手，要妈妈别进来，说妈妈身上可能有病毒。刚刚断奶的小儿子更是被家人藏在卧室里，不敢抱到门口，哪怕只是隔空看上一眼也不成。这个护士长最终只能隔着家门，接过母亲专门为她做的饭菜，蹲在楼梯间里吃完，转身再去医院。

她说，那是有生以来母亲为她做得最好的一顿饭，也是最差的一顿饭，不仅菜很咸，饭也很咸，因为碗里全是她和母亲的泪水。

将自己反锁在家里与外面隔离，是那个时候人们普遍能采用的与病魔抗争的唯一方法。人人都在寻求自我保护，与亲友团聚成了奢望。只是，门关久了，心灵的窗户竟不知该如何打开。

好在，绿色通道的开辟，保证了原材料源源不断的供应。

六

德兴公司是最大的熔喷布生产企业之一。熔喷布是生产防护用品的核心原料，公司于2020年大年初二复工，每天生产医用高效熔喷布6.5

吨，普通民用熔喷布 12 吨，但还是供不应求。公司克服重重困难，紧急投资 400 万元，新建设一条生产线。"从动议到设备采购、调试、达产，半个月内完成，这在过去想都不敢想。"公司总经理蔡栋才如是说。

彭场新鑫公司是另外一家无纺布企业，此前一直专事做外贸出口，并不直接生产医用防护服。面对防疫要求，公司立即转产。

为确保原材料，新鑫公司做通国外客户工作，使其同意"开仓放粮"，将"春节备货"储存的隔离衣、防护服全部投放给防疫一线。"500 名工人，每天生产 5 000 件医用防护服、2 万件隔离衣和 2 万件民用防护服、5 000 双靴套。我们都在拼命。"公司主管欧阳雪这样对我们说。

医用防护服的生产有 20 多道工序，外层为高质多微孔聚乙烯薄膜材料（透气膜），内层为纺粘聚丙烯无纺布，产品必须符合 GB19082-2009 医用一次性防护服技术要求，并通过伽马辐照，消毒至 SAL10-6。

制作防护服的关键是缝制后有缝纫机针眼的部分。这一毫不起眼的地方必须贴上蓝色高性能尼龙胶带并做热贴合处理，以防病毒渗入。

"天衣无缝"这一成语，应该就是对防护服的最好诠释。

开始之前，彭场镇的贴条机分散在 17 家厂子里，由于热合贴条技术含量高，操作复杂，工人奇缺。平时，这些有技术的工人都是灵活调配的，哪家厂有需要就到哪家去做，镇内贴条工不足 50 人，因此，以此条件达到日产 3 万—5 万件防护服几乎是天方夜谭。

有人提出强化培训工人的方案，有经验的业主反映：这项工作技术，没有两年以上的工作经验，不仅达不到每日 100—150 件的工作量要求，质量根本无法保证，一旦出错，就成了废品。

一条湛蓝色的尼龙胶带，贴在防护服上，就是一道隔离病毒的屏障，对于知之甚少的人们来说，个中的奥秘和操作难度是常人难以想象的。

在茫茫人海中，去哪里寻觅贴条工呢？那是"八千里路云和月"，那是"众里寻他千百度",那是"风前孤驿,雪后前村"。

<h1 align="center">七</h1>

2021年3月30日,寒雨潇潇,路边的桂花树青翠欲滴。

踩着满地积水,我们在仙桃市劳动就业局副局长王桂红的办公室里见到了她:一身职业装,一头齐耳短发,声音很有磁性,说起话来富有感染力,一双微笑而温和的眼睛里透出干练和自信,一看就知道,她是那种既有理论素养又有工作经验的基层干部。交谈中,王桂红告诉我,她也毕业于长江大学,是与我们同出一门的小师妹。

在10多天时间里,王桂红完成了一件在常人看来几乎是不可能完成的任务:分散在四川、福建、江西、安徽、江苏、湖北等地的贴条工在新年期间迅速集结彭场,一个个萍水相逢的陌生人因为抗击疫情的共同目标而成为志趣相投、肝胆相照的战友。从不愿接听电话到耐心听她倾诉,到积极投身战场,再到帮助她提供线索,帮她找到招工的途径,最终成功使252名专业贴条工人风雨兼程驰援仙桃,这中间有太多感动人心的故事,不能不说是一个奇迹。

在王桂红的个人空间里,她的抗疫日志这样写道:

1月31日,正月初七

大清早,市局李爱红局长带着曾超方局长、我、汪念一起去彭场,

抵达镇人社服务中心时,八点不到,我们与匆匆赶来的镇人社中心的两名同志一起赶赴企业。

第一站,泰晨公司。大门口有特警把守。介绍人员,说明来意,测量体温,进入厂区,联系企业负责人。公司的杜总匆匆赶来,一身疲惫,说一直工作到了今天凌晨,交完货签字了才去休息。

第二站，泰威公司。一样的通关手续。工厂有 12 台设备，6 名熟练工，6 个新手，前一天的产量只有 310 套。公司朱总说厂区还可以安装 10 台设备，愿意听从政府安排增加设备，只是设备来了，没有熟练工。

第三站，誉诚公司。誉诚公司的女老板周利荣忙得声音都嘶哑了，看得出是一个干练的女人。厂里有 32 名师傅，有 20 个新手在培训，已经订购了 150 台贴条机，安装好的设备已经有 80 台了。陆续到达的设备准备自用一部分，调配给其他企业一部分。前一天生产了 3 000 件防护服，但同样面临着有设备无熟练工人的问题。

第四站，富士达公司。22 台设备，仅有 4 名熟练工，转岗培训的工人也只有 8 名。

第五站、第六站……都面临的是一样的问题呀！本地的熟练贴条工全都上岗了，急缺熟练的热风压胶贴条工，短期培训上岗不可能，而且设备还在增加……怎么办？

……

接下来的 2 小时，我给梁经理打了 5 次电话，梁经理是真心想帮助我的。他帮我先后联系了 3 个师傅，一个四川的，两个安徽的，尽管只提供了对方的姓氏和电话号码，但对于我来说，是那么的弥足珍贵！

我根据梁经理提供的电话，首先找到了安徽的姜师傅。姜师傅很爽快，很愿意帮忙。我上午 11 点 29 分加上他的微信，中午 12 点 14 分他就给我提供了 6 名贴条工师傅的电话。在誉诚公司办公室的电脑上，我迅速整理资料，并将其打印出来，提交给彭场镇党委主要领导和驻厂的领导。我来不及吃中饭，只匆匆啃了几口干面包——那是早上出门的时候我为自己准备的，因为我的胃不好，也怕给人家添麻烦。

接下来，我又找到了四川的贾师傅。贾师傅只有 35 岁，是一个做过培训的师傅。贾师傅说，今天晚上有 12 名贴条工要从福建到达长沙南，请我做好接车准备。这是此前他介绍给誉诚公司的，还有江西的5名、襄阳的2名也都是。我说："你帮了大忙啊！非常感谢你雪中送炭。"与他沟通的过程中，我又得到了7名贴条工的信息。然后他对我说，他知道的信息已经全部提供了，再没有了。我说："那你为什么不来呢？我们真的迫切需要熟练的贴条工，一个熟练的工人一天可以贴150件防护服，多一件衣服，就多一件战袍……"在我的说服下，小贾决定开车过来，并且还要带上一个同伴——精诚所至，金石为开！

2月8日，正月十五，传统元宵佳节

到达仙桃的熟练贴条工累计达到141人。这一天，终于完成了日产3万件防护服的任务，仙桃兑现了向省委省政府立下的军令状。看到《仙桃市报》上刊登的新闻信息，我喜极而泣。

太累了！这段时间，我休息时间少，心情紧张，吃不好，睡不香，心脏快要受不了了——有两个晚上我都有点担心自己第二天会不会醒来。

2月18日，正月廿五

累计联系的熟练贴条工有380多人，陆续到达的有208名，每天生产的防护服超过4万套，我终于长舒了一口气。

…………

久久凝视这些文字，我的内心百感交集，为作者，为春节期间来自各地的工人师傅，为灯火阑珊处的背影，也为文字背后的人们。

2020年2月26日，《中国劳动保障报》推出了《为了"战袍"上那一抹蓝色》的专稿，对王桂红进行了报道。2020年10月16日，在云南昭通召开的抗疫表彰大会上，王桂红获得了国家的表彰。

在王桂红办公室的一隅放着一个药茶罐子，房间里弥漫着若有若

无的中药味。作为那段时间朝夕相处的伙伴，它见证了它的主人如何将人间的美、淳朴的爱与信仰奉献给一段难忘的岁月。

小雨初歇时，我们走上大街，一阵清风滑过手指，我总觉得那轻轻溜走的不仅是充满诗意的岁月，还有昨天的温情。

八

宽阔的仙彭大道，串起一家家无纺布工厂。街头车水马龙，人声鼎沸，一如往常的繁忙。

2020年2月8日（正月十五），又是一个不眠之夜。

这一天，彭场医用防护服按"军令状"要求达到日产量3万件。到2月26日，日产增加到5万件，满足了湖北省医用防护的需求。此前，雷神山、火神山两家医院已分别于2月2日和2月6日交付使用，建设时间分别是10天和12天。

很多人都知道雷神山、火神山的建设奇迹，却不知道两大战地医院来自各地的援助湖北的医生和护士每天穿的医用防护服都出同一个地方——彭场！

作为中国非织造布产业的名镇，彭场在抗击疫情中创造了令世界瞩目的奇迹：截至2020年3月18日，以彭场为主要生产基地的仙桃市日供应口罩已达到5 000万片以上，医用防护服日供5万件以上，累计向省指挥部调拨医用防护服191.67万件、一次性医用口罩1.54亿片、N95口罩293.35万片、医用外科口罩1 221.96万片、一次性民用口罩7.19亿片，解决了全省战"疫"的燃眉之急，体现了英雄彭场的责任担当，在这些企业里面，誉诚公司的生产量占全部防护服的三分之一，是走在前列的排头兵。

现在，我们已经无法精确统计，究竟有多少人参与了彭场这场紧张的"防护服之战"。我们只记得，面对新中国成立以来发生的传播速度最快、感染范围最广、防控难度最大的一次重大突发公共卫生事件，小小的彭场展示出了强大的凝聚力和战斗力。在这场赶制防护服的胜利中，每一点、每一滴的温情，都在重现人世间的旷世之美。

2020年4月8日，这只是一年中的平常一日，却又是一个中部特大城市的非凡一天：因为这一日，作为全国新冠疫情防控的主战场，武汉在封城1 814小时后，重新打开了通向外界的城门。

然而，疫情似乎没完没了，世界各地的"抗疫"斗争依然如火如荼，彭场也没有一刻喘息的时间，那些挑灯夜战的身影甚至还没有来得及看一眼窗外阳光下盛开的玉兰和玫瑰，没有去体验一下阖家团聚的春宵一刻，就肩负起新的历史使命，在确保国内疫情防控物资的供应的同时，也投身支援全球的新冠肺炎抗疫战斗。

武汉解封后仅一周的时间，湖北新鑫公司向欧盟空运30万件隔离衣、1 300万片口罩、45万件CPE袍。"不到24小时，这批货已经送到客户手中。"总经理潘元静说，国外疫情紧，公司订单接不过来，生产只能连轴转。

这些只是彭场镇参与国际防疫物资供应的一个缩影。在这里，每天都在向100多个国家和地区供应医用、民用防疫物资，日夜开足马力，释放产能，助力全球战疫。

凭着在国内战"疫"保供中积聚的产能和口碑，誉诚公司被联合国儿童基金会选中。4月17日，由联合国儿童基金会委托的第三方检验机构代表专程来到仙桃，检验誉诚生产的防护服，10万件待发运防护服全部符合标准。之后，誉诚顺利接下联合国儿童基金会80万件防护服的订单。

战"疫"最紧张时，以彭场为主要基地的仙桃，向全省提供了80%的医用防护服。誉诚公司的产量从日产不到1 000件到日产11 000件，再到 14 000 件，最后到 18 000 件，短短的时间里，个中多少艰难苦涩、疲惫劳累、倾情奉献，都凝聚在一件件蓝白相间的"战袍"上。

周利荣告诉我们，公司还有英、法、波兰、比利时客商的订单，一周前还接下来自以色列的新客户的 5 万件订单，而面对意大利、西班牙客户的大订单，她只能婉言谢绝。

九

医疗防护物资是一面特殊的镜子，照出了人间百态。

致富的神话在小镇上传颂：疫情防控期间，在彭场，一台口罩机，尽管价格翻了 10 倍还是一机难求，一个口罩机修理工，一天的收入就能达到 3 万元；在口罩、防护服企业上班的工人，一个月收入 2 万元，很多人一年挣了 5 年的工资……这些都发生在彭场这个并不起眼的小镇。

那时，原本几十元一件的防护服，外面的收购价是几百元一件。一些"倒爷"找到誉诚公司，希望高价买工厂的防护服，被周利荣一口回绝。但那些"倒爷"还不甘心，继续游说，希望将生产的次品卖给他们，更是被周利荣严词拒绝。

当时口罩机被誉为"印钞机"，誉诚公司的董事长从企业的发展和公司的现状考虑，跟周利荣商量，镇上很多企业都在生产口罩，他们是否也考虑建一条口罩生产线，最大限度地供应市场。

"我们一旦动了这个心思，其他防护服生产企业也会动摇。"周利荣的耐心说服最终得到了董事长的理解。

还有一次，董事长的一个朋友要帮助一个公益组织采购一批防护服。考虑到对方是公益行为，董事长答应朋友卖给对方 3 000 件。防护服都搬上了车子，硬是被周利荣劝了回来："关键时刻，我们不能算小账。防护服是重要的防疫物资，我们要全力配合政府调度。"

在巨大的财富面前，几乎每个人的人性都会被考验。新冠疫情没有毁灭的良知和尊严，有时却会败给金钱的诱惑。那些日子里，高速公路路口聚集着太多幻想一夜暴富的人。知情人说，当时，只要你有办法将口罩、防护服弄到高速公路上，价格立即10倍、20倍上涨。身处各种利益包围中的周利荣，在历史变幻的关键时候，凭着做人的原则，凭着一个共产党员的初心和使命召唤，牢牢把握着自己的人生走向。

彭场镇市场监督管理所所长林进勇在疫情防控期间一直负责当地防护用品质量监督工作。林进勇透露，曾有人找到周利荣借生产许可证，要"克隆"誉诚的防护服。只要她同意，每个月就可以"躺着"挣钱。但周利荣严词拒绝了："一件防护服就是一道生命的防线，不容半点差池！"

微不足道的话语，道出了比一江春水还要深的使命担当。

十

2021年4月26日上午，布谷声声，柔煦的微风从太子湖面拂来，空气里弥漫着油菜花的清香，我们又一次来到彭场。那一天，双喜临门。

誉诚公司投资1.5亿元扩建的无纺布项目在非织造布产业园正式开工。非织造布产业园机声隆隆，防护服系列年生产量将达到900万件、无纺布衣服系列年生产量将达到500万件、无纺布帽子系列年生产量将达到900万只、无纺布鞋套系列年生产量将达到800万只、其他产品年生产量将达到500万件。

另外一个喜讯是，编辑部通知，我和刘景岗合作的报告文学《彭场十三日》作为建党100周年献礼作品将刊登在大型文学丛刊《长江》

第六期的头版。

周利荣夫妇和我已经成为无话不谈的朋友，周利荣的丈夫和我同姓，是誉诚公司的董事长，甫一见面就有种温暖亲切的感觉。朱先生话语不多，是那种淳厚实在的本分人和实干家。而我眼前的周利荣，依然是一身简洁大方的装束，浑身充满活力。面对这个思维缜密、笑声爽朗的女士，我很难将她跟娇嫩的玫瑰联系起来。

然而，周利荣确实配得上"铿锵玫瑰"这个称号，连联合国人员也这么认为。4月底，联合国妇女儿童基金会旗下负责紧急采购疫情防护服的一家荷兰公司，专门从遥远的大西洋之滨通过空运，给她寄来一束鲜艳的玫瑰，并附送了一张感谢卡。卡上写着："亲爱的利荣女士：感谢您及您所做出的重大贡献，因为有了您这样的人，我们非常看好全球战'疫'的前景，我们一定会取得最后的胜利。"

其实，这段话何止是对周利荣一个人的评价，也是对彭场、仙桃乃至整个中国对于世界抗疫所做贡献的高度赞扬和肯定。

这个温馨的场景背后还有一个更温暖的故事。周利荣创办的誉诚公司为联合国妇女儿童基金会紧急生产了80万套防渗透型疫情防护服。其他厂商每套卖7.5美元，而她只卖4.5美元。仅仅这一个订单，她就少赚了两百多万美元。这样的爱心善举，自然赢得了国际人士的赞许。

是的，来自世界的赞誉是发自内心的。通过彭场这个小小的窗口，他们看到，什么是"山川异域，风月同天"；什么是"风雨同舟，与子同袍"。他们看清了用泪水冲刷过的坚毅面容，看清了那双淌着血、伤口尚未愈合就开始努力的臂膀，看清了那颗任何时候都不缺失理想和良知的头颅，看清了小城大爱的布衣之光。

四月的仙桃，火红的玫瑰绽放枝头。

远方，汉江带着它的明亮和青翠静静地延伸，缓缓汇入雄浑的长江。春光灿烂，一切都是崭新的开始，春天，就在通顺河畔步履匆匆的人海里，就在彭场小镇雪白火红的记忆里，更在你我的永恒敬意和至爱情怀里。

（本文获北京"冬歌文苑""疫情中的我们"征文金奖，入选《南方散文》2022 冬刊。）

水乡变奏曲

前奏：游子吟

水色清亮、细浪如雪的通顺河，随着河边那些乡道波澜不惊地融入长江，流向大海。高大密集的柳树、杨树与苦楝，至今仍在为河两岸浣衣洗菜的农家遮风挡雨，那看似平静的水面曾经揉碎多少漂泊者的思乡之心，又包含了多少奋进者沉重的汗水。

千百年来，这片水乡不知隐藏了多少斑驳的时光，不知诞生了多少斑斓的故事，那些苦涩的传说和祖辈创业的艰辛，一如河中的水生植物蓬生无数，也像水里的浮萍一样袒露在岁月的河床上。

仙桃因水而生，但河流对这座城市并不友好。千年风雨，让世代沔阳人梦中的"仙桃"一次次尘沙盖地、水患滔滔，上了年纪的人大多有关于水害灾难的痛苦记忆。

仙桃（沔阳）地势低洼，水灾之多，位居湖北各县市之首。大小河流沟渠多达1 329条，加起来的长度相当于三条汉江。

仙桃的地名中常见一个"垸"字："西大垸""九合垸""赵西垸""刘家垸"，所谓"垸"，就是挡水的围堤；仙桃更多的乡镇名称都带有"水"的含义："剅河""沙嘴""三伏潭""长埫口""西流河""沙湖""张沟""郭河""通海口""排湖"等，就连原来县名"沔阳"的

"沔"字也饱含着"水"。浏览仙桃的地名，就如同置身于水乡泽国，波光潋滟。

一次次江湖横溢，心泪成河；一次次举家逃离，流落他乡。花鼓戏是逃荒路上悲苦的歌唱，三棒鼓就是演出的道具。曾经的期盼化为泡影，于是，就有了颠沛岁月中挥之不去的喟叹，有了泣诉如歌的感慨悲凉。

以沔阳花鼓戏为基础创作的电影《洪湖赤卫队》，曲调虽婉转悠扬，但依然摆脱不掉悲凉的底色："娘的眼泪似水淌，点点洒在儿的心上，满腹的话儿不知向谁讲，含着热泪叫亲娘"；"身背着三棒鼓啊，流浪嘛到四方，鼓儿咚咚，锣儿锵锵，含着眼泪去卖唱，好不叫人痛断肠"。

在仙桃，一条条饱含悲辛的河流，人们赋予它们的名称是"通顺""通州""西流""电排"，最大的湖叫排湖。无论是河流还是湖泊，无不寄托着世世代代的仙桃人心中最大的希望：通江达海、河湖顺畅，永绝水患。

一直到南朝建郡，沔阳依然是沼泽遍地，水泊接天，与周边的天门、潜江、洪湖等地同属伤心之域、水患之乡。

历史记载，自唐贞元十一年（795）至 2000 年，1 200 余年间，除了"沙湖沔阳州，十年九不收"的岁月常态，仙桃记录在册的特大水灾有 228 次之多。

"竟陵南去楚江深，云梦西连夏泽阴。息壤万家经岁潦，洪波千顷寄秋霖。"明代大诗人杨慎的诗句，或可作为历史上天沔水患的真实记载，竟陵就是天门，与仙桃同属水乡。那些分散在祖国各地乃至异域他乡的仙桃人后裔，那些在逃荒路上出生长大的仙桃儿女，谁家没有一本漂流的苦难家史，谁又没有一段饥饿记忆。

纵观千百年来的仙桃大地，几乎是被水灾的刷子一遍遍刷过，又一遍遍重生。人们一遍遍离乡背井，在故乡的废墟之上又一次次重建家园。仙桃这座城市的基因中的确有着与众不同的坚韧和修复能力，更有着不屈的精神内核与生生不息的接力传承，水乡的底蕴在于精神，在于意志，在于这里薪火传承的文明。世世代代在这里落脚生根的乡民，如野草一般，把全部家当、希望和生命与这片水中家园紧紧地结合在一起。夏日里倾泻而下的大雨，冬阳下袅袅升起的炊烟，树林中隐没的绿叶和草虫，都饱含着世代仙桃人的故园情结。

仙桃籍作家刘诗伟先生在他的散文集《人间树》里，不止一次地回忆着童年时代生活的艰涩。

他写自己少年时代背着小小书包离家求学时，祖母站在门口，用手搭着额头，满怀期待地观望远处的情景；写自己放学回家，独自站在堤上，望着纷纷扬扬的落叶，似曾听到沙哑的蝉声，黄狗乌子跑过来牵着他的衣，少年的脸上闪着泪光……

作家几乎写遍了生长在江汉平原上的常见的树木家族，这些姿形不同、年轮各异的普通的树木，也一一对应和象征着书中诸多普通人物的性格与命运，从作者对这些人间草木的仰望与顾怜之间，可以深切感受到作者笔下的故乡有着太多的苦涩与沉重。

如今的水乡，人们几乎难以寻找到当年水患的痕迹，但通过一部部文学作品，依然可以察识一个时代的倔强与坚守，感受水乡之上生命的坚韧与游子之情。

进行曲：西江月

我对仙桃并不陌生，它铭刻在我的心际。

许久之前，参加 1977 年高考的我，最后一批拿到了华师荆州分院沔阳中文班、曾经的湖北省第一师范的录取通知书。那光景，就好比古时科举高中似的，颇有光宗耀祖的架势，一张"高等学校录取通知书"，在家乡的亲友中既是荣誉的象征，也是新身份的标签，少不得从亲朋好友处赚来一些羡慕的眼光。

我去学校报到是在 1978 年之初，从钟祥到沔阳 170 余千米的沙土路，需在沙市转车前往。我早上天不亮从钟祥出发，过汉江轮渡、走襄沙公路，过午到达沙市，转车到沔阳县城时已经夕阳西下。

彼时正值人间四月，烟云雾霭在水乡园林间弥散，大地如同画布，编织着农家的生活希望，车窗外浅浅的风声携带着水乡大地未来的果香，沿着长长的 318 国道伴我前行，我已然听到心花怒放的声音。

我看到，河流沟渠密如蛛网，江河日夜奔流，湖泊烟波荡漾，构成仙桃纵横大地的江湖。南北奔流的汉江仿佛是一条柔软的缎带，将沿线城市与武汉连接起来，从更广阔的视角来说，借助众多的水道，仙桃已经遥遥牵起了黄河与大海之手，一方水土的氤氲与蔓延，一座城市的活力与希望，沿着大江大湖顺流而下，徐徐延展。

仙桃车站建在国道边，下车后还需走过一条很长的道路，路两边是菜地或农家的房子，田园风光，记载的是时代的劳作与民间的烟火。

挑着简单的行李，我几次向路人打探，才看见沔阳师范那并不高大的校门。此时已是夕阳西下，暮色苍茫，忘却疲惫的我终于抵达这个燃烧着从未有过的希望的地方。

星期天，我会走上汉江边高高的大堤，在堤坡的荒草地上，看孤帆远影，听惊涛拍岸。隔着一江春水，我不止一次地眺望远方、聆听汉江，倾力追寻它与生俱来的"江之永矣，不可方思"的文化，以及在它文明的映照下，水乡大地那些从未走远的苦难与芳华。

河的对岸就是天门，村庄、田野、茶圣故居、白龙寺夕照，隔江相望，四顾茫然。历史上天沔一家，水患相连，连接两县的纽带，是一曲悲情的"天沔花鼓"。解放后，天门的经济一度在荆州地区居于领先地位，而仙桃时常排名殿后。我不知道，在随后多年你追我赶的竞争中，改名为仙桃市的沔阳是否能创造后来者居上的奇迹。

江边大堤下，是一条狭长的解放街，那里的生活一如午后时光，慵懒而悠长。天上，几抹形态各异的云朵，不是随风而动，而是像画一样挂在空中，太阳的光线跳动着，像落在水面的瓣瓣桃花。

舒缓的仙下河从城边蜿蜒而过。喧嚣声在巷子里飘逸，空气中的灰尘在阳光下颤动，像是古老岁月的绵长回声，在露水凝重的黎明，在奔涌而来的黄昏，憧憬着多少梦想。

一年多后，我们被合并到荆师中文系（今长江大学文学院），离别时，反倒有了诸多不舍的惆怅。

时隔经年，生活如层层涟漪，一时微波荡漾，尘烟弥漫。这样温暖的记忆，随着那些在仙桃的日子，折叠在即将被遗忘的老皇历里，心底里低徊的，依然是对这座城市的翘盼与祝福。

咏叹调：诉衷情

再到仙桃，已是十个寒暑后的夏日。

当时，为了一些家事，我找朋友借了一辆车前往，司机因道路不熟，进城逆行，被执勤交警拦下，现场罚款十元。

晚上，在市委办公室工作的刘景岗约上在商业学校工作的周守旌同学在校门口的酒馆小聚，彼此谈经历，说人生，顺便感叹时光的流逝。他们两人，一个已是市委办公室秘书长，另一个是商业学校的校长。大家叙旧聊天，谈得最多的当然是仙桃的变化之大。彼时，沔阳已改名为仙桃市，走在新兴的城市里，随时能感受到一座新城扑面而来的活力。

第三次去仙桃，是在2019年的春天，我自己驾车前往，同行的还有两个荆州的同学李行德和郭小华。

下了高速，在纵横交错的街道上，我们几次走错路。即便开着导航，我们还是同计划入住的丽枫酒店擦肩而过，更不要说寻找当年那个仙桃的影子了。

当时，仙桃设市已经25年，城区的面积早已今非昔比。滨江大道、仙南大道、汉江大道、丝宝大道、沔阳大道、仙桃大道、黄金大道、新城大道、彭仙大道，这些密如河渠的街道，在周而复始的晨昏交替中，构筑起一个数字化城市。

城外，318国道、汉宜高速铁路、沪渝高速横贯东西，随岳高速公路和武汉城市圈环线高速纵穿南北，武汉连接仙桃的城铁也即将开通，纵横水乡的立体交通呈现出全新的面貌。

随着南拓东扩，仙桃中心城区的面积也在不断扩大，骨架路网快速拓展，市政功能日趋完善。仙桃的城市能级、城市品质和颜值一如"灼灼其华"的人间仙果，在江汉大地亮彩显影，一座绿色、生态、和谐的现代化城市在不舍昼夜的星空下酿造着四季芬芳，而仙桃周边城镇的发展与连接，如彭场、张沟河胡场等，则模糊了城市与乡村的界限，让百里水乡处处都是城市风光。

聚会期间，在刘景岗同学的精心安排下，我们乘车游览了仙桃城乡，夜晚入住梦里水乡风景区，近距离感受了"流水门前过，绿树村边合""灯火幡影，柳舞池边"的楚乡风韵。

乘船游览湖面，眼前的风光令人沉醉，看着莲荷摇曳，林木葳蕤，一颗颗不再年轻的心忽然也开始萌动、聊发少年之狂。

船行水面，时有红衣女或船头抚琴，或亭边轻舞，在古老、清幽的古筝音乐声中，她们深衣及地，像朵朵云霓，轻歌曼舞，如波似弦，疑似阆苑仙葩的上古之风重现于世，牵动水乡深处那些不为人知的悠悠往事和千年荆楚的日月重光。

那是一种氤氲着浪漫的美丽冲动，仿佛红颜知己恭候千载，奇迹般地相遇一样让人怦然心动，一颦一笑，一弦一柱，让游客的心绪飘忽而怅惘。

更令人惊叹的，是屹立水中的一行行水杉，英武挺拔，自带一缕时光深处的侠骨幽香，虽不浓烈，却胜在久远，像千年不倒的武士，独显出云梦之魂的悲壮与刚烈。

站在岁月河流的渡口，我们惊诧于目不暇接的烟雨花树和曲水流觞，更惊诧于俯拾即是的人文精彩与丰厚底蕴。临别，我们以单薄的身影躬身致敬，深深感动于水乡的激情与温柔。

二重唱：满庭芳

仙桃是一座水做的城市，有着温润、谦逊、乐善的城市性格，也有着水一样的品行、水一样的底色和水一样的胸襟。

"沔彼流水，朝宗于海"，"沔彼流水，其流汤汤"。《诗经》中的吟唱，诉说着仙桃依水而生、因水而兴的厚重底蕴。在这里，关于水乡的前世今生，关于一座城的风物淳美与人文精彩，给后来的人们留下了太多的沉思与感动。

再去仙桃，是在 2021 年的春天。应了老同学的邀请，我们到仙桃彭场采访，共同完成一篇报告文学的写作。

雨水刚刚离开，毫无萧瑟冷酷的印迹，青草挟带黑土的味道，让微风梳理成一缕缕的芬芳，围在身边，惠风从湖面掠过，问候了路边盛开的桃花，仙下河自远方逶迤而至，环绕城区静静流过，随后汇入汉江，逐浪外面的世界。

走在仙桃的大街上，虽在疫情防控期间，但在这里，平静的河流与荷生莲开的湖泊，似乎并未因一场人间意外而陷入困顿。静静地倾听，生命行吟的声音朦胧缥缈，回味悠长。仙桃的城市活力，仙桃的市井烟火，已能让人联想往日的热烈与喧嚣。

此时的仙桃早已闻名中外：武汉城市圈西翼中心城市，亚洲体操之乡、文化之乡、状元之乡，国家园林城市、卫生城市，中国县域经济百强，湖北省综合实力十强县（市）之首，等等。这些荣誉的获得，与其开放包容的新姿，与其涌动的创新与朝气，与其魂魄相依的大江大湖，都密切相关。

彼时，雨后春笋般的民营工业，正经历着一场从复制到创新、从"一块布"到"一座城"的历史蝶变，一幕幕由政府搭台、企业唱戏的二重乐章在百里水乡上演。

自20世纪80年代起，仙桃人发扬"拱"的精神，拱人际关系、市场、原辅材料，将乡镇企业做到了全省县（市）第一；90年代和跨世纪时期，仙桃人学习沿海一带"走出去""引进来"精神，外向型企业业务长期保持全省县市第一；近些年，仙桃的国内生产总值更是一年一个台阶，上年已超1000亿元，甚至超过省内个别地级市的水平。

所有的故事都留下大书特书的精彩，而我们要采访的只是布：无纺布，以及生产抗疫物资的人，是一座无纺之都的人间大爱与布衣之光。

交响乐：破阵子

十多天的时间里，我曾三次前往仙桃，从誉诚公司到万里公司，从德兴公司到拓盈公司，从恒天嘉华到新鑫公司，一次次走访座谈，一回回泪流满面，倾听仙桃故事，见证仙桃精神，所有的企业都在"忙碌"，所有的故事都是"奉献"，所有的企业家都是"周利荣"。

周利荣领导的誉诚无纺布制品有限公司原本只是一家不起眼的小工厂，也是仙桃唯一一家专业生产医用防护服的厂家，防护服的产量几乎占仙桃市的三分之一以上。在那段特别的日子里，从大年初一到元宵节的每个日日夜夜，周利荣夫妇和公司的职工每天休息不到 2 小时，几乎像机器一样不停地工作，防护服的日产量是过去的近 20 倍，保证了防疫物资的战时之需。

在争分夺秒的防护物资"保供之战"中，仙桃人就是在"拼命"，聚全市之心，举洪荒之力，贡献了湖北全省 80%、全国 40% 的防护物资，产量占全球市场的四分之一。他们的事迹感动了世界，仙桃的名字吸引着世界的目光。

从一名普通女工到建起 3 000 平方米工厂，再到拥有 60 000 平方米车间、400 余员工的企业家，周利荣创造了奇迹，而誉诚公司的发展历程，也缔造了一个民营企业的传奇，是仙桃一众无纺布企业的时代缩影。正是众多"周利荣"式的朵朵浪花，奔涌出仙桃非织造布产业无中生有、从小变大、由弱变强的历史浪潮。

仙桃企业家的壮举，让我们记住了什么是"醉里挑灯看剑，梦回吹角连营"的壮美，什么是"八百里分麾下炙，五十弦翻塞外声"的紧迫，什么是仙桃精神，什么是人间大爱。

周利荣在回忆她的童年时说，家里时常遭遇无米之炊的困境。这时母亲就让她到生产队的仓库周围去摘公家的蚕豆荚回家煮了充饥，管仓库的老人心地善良，从未呵斥干涉一个五岁的女孩。

有一次，在通顺河边捞水草的周利荣看见水里有小鱼，想抓鱼回家给生病的母亲吃，她一下子落入深水，几经挣扎，溺亡的感觉瞬间逼近。生死之际，一个过路的中学生及时跳入水中救她上岸，否则她早已丢了性命。

贫困的童年时光，不止一次的好心人的帮助，让成年后的周利荣知道了生活的艰难，懂得了珍惜拥有的一切，懂得了感恩和回报社会，并且在后来的日子里，能够知恩图报，缔造传奇。

新冠疫情暴发的一年，周利荣和她丈夫朱思雄的誉诚公司用自己的不懈努力，创下4亿元的年产值。周利荣先后荣获"全国三八红旗手""荆楚楷模""巾帼建功标兵"等称号。誉诚公司也先后荣获"全国抗击新冠肺炎疫情先进集体""全国先进基层党组织""湖北五一劳动奖状"等荣誉。

在仙桃，周利荣的故事并非个例，在那些不分昼夜生产熔喷布的企业、生产口罩机的厂家、加班加点生产口罩的工厂工作的人和她一样，有着相似的经历，一样的担当，一样的情怀。从水乡农家小户走出，走过岁月的河流，走过人生的昨天，岁月流走了青春时光，如同门前屋后的果蔬，从青翠到凋零，最终奉献出芬芳的果实。

在后来的日子里，我不止一次地想起参观走访誉诚、新鑫、德兴、拓盈、恒天嘉华等公司时，看到的国旗、党旗、员工手册和印在墙上的"时间就是生命"的标语。想到周利荣、付立新、刘永刚、刘开宇、潘元静、杜哲、王桂红……一个个鲜活的名字在诗意的水乡大地上，织造并雕刻了风生水起的时代版图。

正是因为这些倾注了深情和心血的企业家和劳动者的不懈努力，才有了仙桃今日的壮美。在采访的数日里，不论是市里、镇里的干部还是普通职工，总会带给我如斯感动。一声声热情的问候，不仅蕴含了时代个体的内在品质，还蕴含着仙桃人对这座城市的钟爱、自信与祝福，蕴含了水乡人博大、寥廓的胸襟。

也许，天空不留痕迹，但飞鸟已经展翅，它羽翼渐丰，属于一座无纺之城，属于水乡的蓝天。水乡的时代，水乡的远方和风雨历史，终将被历史铭记，以存在之名，以那些微小又神圣的生命印迹，记住仙桃人的一个眼神、一个微笑、一滴泪水、一声问候……

走在仙桃，光阴温情地覆盖每一个地方，从楚至汉唐，宋元明清又至当下吟啸徐行，光影婆娑间，凝聚了岁月的丰厚沉淀。

屈原沧浪遇渔父、李白赋诗太白湖；楚王五乐台、曹场古墓群、诸葛武侯祠；文圣庙、沔州府、普福寺、梦里水乡；李之龙纪念馆、彭场无纺小镇；一咏三叹的花鼓，道情，民歌——每一处都可枝蔓出许多神奇的传说和荡气回肠的故事。

捧读关于仙桃的历史，水乡的故事常常激荡我的内心，诵读悠久而漫长的诗句，就像倾听激越高亢的交响乐章，无数为了这座城市发展前赴后继的先贤志士、当代英雄和平民百姓，就会一一呈现在眼前，让我永远记住他们。

回声：望海潮

又一次站在汉江大堤上，远处凌空飞架的彩虹让昔日"危乎高哉"的大堤黯然失色。我站在远古云梦大泽的腹地，站在"逝者如斯夫"的汉水之滨，如波涛般的时空穿越感在胸中奔腾。

无论是大桥之下的激荡奔涌，还是远处惊涛拍岸的叩击之声，有一点毋庸置疑，这天地之间的回声在提醒我们："要看银山拍天浪，开窗放入大江来。"这"桃之夭夭"的水乡，这拔地而起的无纺之都，与不远处的大江大海始终浑然相依。

我的周围原本就是沧浪之水，如今早已沧海桑田，稻菽桑麻，呈现着"暖暖远人村，依依墟里烟"的乡歌情调。

举目四望，在重建的古建筑旁边，在陈友谅故居那黯淡的阴影里，到处是初春的薄暮微光。在东沼红莲池的湖畔，铺天盖地的莲花构成一片绯红的梦境，延伸向四面八方。

风轻轻吹来，撩动我的头发和内心。我想象自己正身处那些跌宕起伏的王朝，是陆游诗里"月斜欹帽影，霜重湿裘茸"的沔阳夜行人，能看到查慎行见过的"宿雨才如露，秋云不近天"，甚至可以坐一坐甘复那水白草青的小船，望一望韩偓停留过的酒楼。若是时光停留，还能听见他们曾听过的暮鼓晨钟，那声音带着悠远和凄切，却能安抚所有的喧嚣，继而平静沉潜。

　　水灾早已散尽，洪水猛兽如今也"柔情似水"，废墟之上是一座座充满革新和创造精神的城市。它带着难以描摹的骄傲和奇伟，像它拥有的那些名人志士那样凝视消失的过去和往来的景色：千里绿映红，桃花笑春风。

　　仙桃，这个名字不仅讲述了千万年来的曲折和破碎，也诉说了无数生命在其后的新生，他们等待着世界的倾听。

　　（"走进仙桃"征文二等奖获奖作品。）

在河之洲

一

回到古城，已是春意渐深的四月。

清新的空气、疯长的菜花，奔流的江水，灿烂的阳光，一切都那么熟悉，那么和谐与恰到好处。

清晨，我会沿着城墙下的绿荫小道走下去，走过一座座小桥，视野就会变得开阔。繁华围裹的古城墙下，安静睡去的是古城曾经的文明，历史的硝烟仿佛刚刚散去，独特的楚声乐舞仿佛就在耳畔与眼前。

站在临河栈道边，我仿佛听见，远古的文明正在残破的砖体下发出悠长的回响，听到滚滚东逝江水的风吹浪打之声，听到这座穿越世纪、望向世界的古城的深沉呼吸。

在那些远去的故事中，多少人随着淘尽风流的浪花消逝了，多少事物在古城的记忆中一点点剥落，然后一点点被微凉的江风荡然销蚀。此刻，从街角传来的乐舞中，悠然泛起的似乎只是一份专属于这座古城的独特记忆。

事实上，这些年古城虽有发展，却依然不如它名字的内涵那样丰厚。其温情柔软的文化底蕴，远远胜过由经济数据所构建的竞争实力，它更适合缓慢地行走，让人们在河流与城市之间感受静由心生的文化旅程。

我走在碧水荡漾的护城河边，河岸的芦苇悠闲地摇动着叶片——这从《诗经》里繁衍到当代的精灵，不仅见过大世面，经历过岁月风雨，还有一个诗意的名字：蒹葭。

"蒹葭苍苍，白露为霜。所谓伊人，在水一方。"当秋天来临时，荻花萧萧飒飒，如雪如烟，撒落一地寂寥，满目苍凉。

古城的东边，有一个从《诗经》流传下来的名字：关沮。

资料显示，在沮漳河注入长江之处，有一地名叫关沮，坐落于荆州城东北郊，长湖之南，现为关沮乡政府所在地。

《江陵府志》内有记载："关沮，古地名，由来亦不可考。"当地老人说，过去该地名一直写作"关雎"，后来嫌麻烦，改写为"关沮"。

从中国地名命名常识来看，该地名的由来不外乎三种解释：一是该地或者沮水两岸就是《关雎》歌谣的产生地，后来这个歌谣被传唱于神州大地，索性便以"关雎"来命名；二是地方统治者为正乡风教化，启智开愚，便用这"乐而不淫，哀而不伤"的《关雎》来命名该地；三是因为该地本就是礼乐教化之乡，为树立榜样、楷模，遂以"关雎"命名之。

楚地多水，原本在水一方的沙洲，随着沧海桑田，湖山裂变，在过客匆匆的千百年中，随着城市的诞生、发展、潮起潮落，清洗了刻满斑驳记忆的时光，而后河流隐退，大地崛起，才有了今天的沃野相连，阡陌纵横，并且为人们留下了一些可资凭吊的风景。

如今，当我走进关沮，可以想象的是，在这块曾经诗意葱茏的土地上，既有过"关关雎鸠"的琴瑟和鸣，也有过鼓角争鸣的战云硝烟，还有过创业者的艰难跋涉与月下吟唱。

二

夕阳余晖里，正是古城风情万种之时。

那些淡雾间的亭台楼阁，高树低花，那流水小桥、民居古渡，无一不可入画。古城人津津乐道的，正是这些独特的景象。因为美得别致，这里曾经成为一些电影和电视剧的取景之地。然而，一个真正有历史、有底蕴的地方，当功利匆忙介入，它的那份让人心颤的古意和诗性也就有了短缺和遗憾，一如关沮刚刚起步时的开发。

关沮并不大，坐落在荆州城东、沙市以北的低洼处，最高处海拔45米，人口不足两万，镇子里散落着一些新修的民居，也有一些古墓群、古庙宇的遗址。一条水泥路穿镇而过，路两边排列着超市、歌厅、理发店、卫生所、餐馆以及摩托车，装点着绵绵延续的生活。生意最好的一家餐馆，墙壁上题写了这样几行诗句："三月，杨柳依依，花草萋萋，谁在三月桃花盛开，许下一生誓愿，从此天涯执手。"很有些文化气息。

走进店内，老板娘目光含露，顾盼生姿，让人想起《诗经》中的"巧笑倩兮"。进店的人围桌而坐，相互推杯换盏。碰杯的弧线筑起情感之桥，饮下的美酒在体内燃烧。他们暂时忘却白日的烦恼与窗外的喧嚣，心甘情愿地滞留在流逝的岁月中。

曲终人散时，"喝高"的人们会相互搀扶着告别，脸上挂着满满的不舍。有的晃荡着骑上摩托，有的钻入路边等候的轿车，引擎声回荡在夜空中，载着他们驶往梦乡。

另一边，哗哗的麻将声响起来，如同开闸的河流，从酒楼的包间里，从一家家亮着灯光的窗口里流出，激活百姓人家的寻常生活，遥相呼应着荆州古城内的人间烟火。

镇外，一条并不宽阔的河流，仿佛一条飘带，向北连接海子湖，滋润一方平静的田园，偶尔也会将时代的洪流撩拨得活色生香。

　　相传，海子湖是三国著名将领关羽操练水军的地方，这一带的关沮口（古名关渡口）、凤凰山、洪山曾是屈原先祖屈瑕的封地。走在这里，你几乎凭吊的就是一座尘封在地下的楚文化馆藏，在这片深藏不露的土地上，你会觉得，古人的脚步并未走远，俯仰之间就能捡起一段古风楚韵的吟唱和悠悠往事。

　　我曾不止一次地想象着，《诗经》里的那些"窈窕淑女"，怀揣着怎样的梦想，行走在这片土地上：她们的目光清澈如水，摇曳着希望的光芒。伴随她们的是欢乐与歌声，以及绚丽与光明，她们的身后，蛮荒远逝而去，文明姗姗而行，从遥远的时空一直延续到新的时代。

　　如今，曾经植被茂密、水草丰美的"在河之洲"已成传说，但在关沮的土地上，在尘封已久的沃土下被唤醒的千年文明在时光里依旧慢慢滋润着后人的心底。按照古城的规划，海子湖一带将会陆续诞生楚文化主题公园、旅游休闲配套区、荆楚人家民俗区三大区域，区域内将重建古纪南城，再现楚国宏伟气派的都城景象。作为楚人的后裔，无不对此充满期望。

　　想起多年前的一个春天，也是春风浩荡，海子湖波光激滟。

　　我走进关沮，出现在眼前的还只是一幅近乎荒凉的景色：厂房七八座，物流三五家，空置的地方荒草萋萋，灰蒙蒙的阳光照出一片苍茫，斑驳的围墙落满岁月的尘灰，一条"时间就是金钱，效率就是生命"的标语在阳光下生出若干光彩，狭窄的路面被超重货车碾成碎片，那些庞然大物慢慢驶过，凹凸的地方积水飞溅。

　　透过灰白的日光，我看到穿着工装、戴着套袖的人们行走于车间和工棚，漫步在并不通透的春光里。当我离开它的时候，心里就像那条被碾压过的马路，装满支离破碎的片段。

　　我想象并期待着关沮诗意的明天，十分强烈地祝愿它走出历史的旧光景，犹如一道残阳悄然隐退，在迷离日久的记忆中射出新鲜的亮光。

古城正待发展，新的生活正在起步。在先人遗留的传统和现代文明的诱惑之间，尘封在光阴里的关沮或许不像"荆州古城"那样让人耳熟能详，不像"章华台"那样曾经在文化史上熠熠生辉，不像"车马阵"彰显曾经的辉煌，也不像"凤凰山遗址"拥有的传奇。

关沮，它更像是一册内涵丰富的书籍，摆放在历史的书架上，尘封在匆忙的光阴里默默等候，等待着有心人前来翻阅。

三

在关沮的那家酒楼里，几个中学时的同学聚在一起，50多年过去，连时光也变得温柔了，仿佛温暖的水波流过，一切细碎却又温暖、静好。

晚宴上，大家把酒叙旧，行礼如仪，谈经历，说人生，顺便感叹岁月的苍茫。当年的青葱少年，如今都成了爷爷奶奶、外公外婆，按说都应该是"招孙办"的重要成员，可是一经交谈，我发现我的这几位老同学很不简单，都有着不同一般的诗意人生。

同学老王，早年下乡，最后一批招工进了煤矿，在1 000多米深的矿井下挖煤度过了八个春秋，后来调入一家军工企业，随企业迁到了荆州从事工厂管理，后在荆州购置了房产。他培养女儿上了大学，夫妻相敬如宾，其乐融融。说起他的那位来自"白云边"故乡的太太，老王的脸上泛着自豪和幸福的光泽。

蔡女士当年是班上一个腼腆的小女生，下过乡，后被招进工厂从事财务工作。她利用业余时间苦学八年，最终取得中南财经政法大学的文凭。她的丈夫吴先生是荆州文物保护中心主任，二级研究员，著名的文物保护专家。蔡女士后来也"加盟"了丈夫的文物保护工作，成了吴教授的得力助手，许多地方文物发掘的保护现场都留下过他们夫妇的足迹。我曾去蓬莱参观过古船博物馆，里面的古船修复保护，就有他们夫妇的贡献。

同学徐洪林，下乡后先是被招工进了煤矿，后来考入中南矿业学院，毕业后自主创业。创业伊始，万事皆难。如今的老徐管理着一家300多人的大公司，除去每天正常上班，加班加点已是常态。问起公司的经营状况，老徐说他的工厂就是生产销售一些"铁砣子"，产值也就两个多亿。

老王同学介绍说：老徐现在的名气可大了，经常被邀回到母校做励志报告。母校几次聘他当客座教授，都被他婉言谢绝。

查资料才知道，老徐的企业叫九菱科技公司，是一家在新三板上市的高新企业，产品配套服务于南北大众等全国近20个省市100多家客户，是中部六省重要粉末冶金制品生产的龙头企业，也是荆州当地的纳税大户，企业就落户在关沮工业园。

忍不住地好奇和怦然心动，于是就有了我第二天去老徐工厂参观的行程。

从园林路到西湖路，新修的柏油路坦荡如砥，道路两旁是正在盛开的樱花，人行道上的花坛里开放着月季和映山红，香樟树林间，几只黄鹂毫无顾忌地唱着晨曲，一瞬间仿佛走进一个开放的大型园林，关沮的诗意变迁，倒有些超出我的意料。

几年前初到关沮的时候，还能看到城外稀落而低矮的农舍以及金黄的油菜花地，如今田园风光荡然无存，取而代之的是宽阔的大街、高耸的楼房和密集的车流以及正在施工的高高的脚手架。那个我记忆中的老工业园，仿佛一个意味深长的老故事，在漫不经心的翻阅中，就这样留在了昨天。

四

我们来到西湖路 129 号。

当时正是春天，一簇簇波涛起伏的樱花把道路两边染得雪白一片，高高的香樟和银杏树笼罩在薄薄的虚烟里，枝叶沙沙作响，那是绿色生命的延续。

路边赭色大理石的基座上，镶着公司的名牌。门卫热情开门迎接，说老板早有交代，请我们直接到办公大楼。

在老徐的陪同下，我们依次参观了检验大楼和生产车间。走进厂区，矗立在我们眼前的是纤尘不染的检验室和写字楼，宽敞明亮的生产车间，井井有条的自动化生产线，连同那花坛中绽放的花朵都显示着，这是一家有着现代化管理水平的公司。

在公司的生产车间里，工人神情专注，各自忙着自己的工作，或许是见惯了来访者，即便是对董事长陪同的客人也只是礼节性地点一下头，就继续忙着自己的活计。给我印象最深的是，一个工人同时管理着六台机器的操作，依然是忙而有序，井井有条。

更让我感动的是，在公司的包装车间里，我看到不少残疾人在紧张工作。老徐介绍说，在他的公司里，总共安排有 65 名残疾人工作，在这里，这些残疾人享受着全额的社保和医保待遇，每天都是专车接送。这解决了 65 个残疾人家庭的后顾之忧，老徐的企业也因此被荆州市多次表彰，是一家爱心企业。

由于疫情影响，很多企业在经营过程中困难重重。为了企业的发展，老徐经常天南海北地洽谈业务，所到之处，也自然不会都是笑容满面、鲜花铺路。有时候为了一笔业务，他可能会在某个会场外面等上半天甚至一天的时间，一次次赔着笑脸，跟在客户后面点头哈腰。正是在一次次的等待和交流中，他深切体会到企业生存的艰难。

工业园的一侧，新竖起的围挡告诉我们，不久之后，这里将建成一座关沮新城，成为一家 AAAA 级的文化旅游景区。新城的开发范围已经延伸至长湖南岸，面积扩大至 30 余平方千米。按现在中心城区 90 平方千米的面积测算，已经占到中心城区的 1/3，成为荆州近年来开发规模最大的新区，也是荆州未来的文化教育、医疗和休闲中心。搬迁对于在园区的三十多家企业而言，既是一个新的发展机遇，也是一次难以割舍的选择。

那时，关沮新城将成为荆州古城外最有诗意的地方，也或许只有到了那个时候，关沮的定位才更符合它诗意的名称。

风有些凉，远处传来机器打桩的声音。我透过窗户看外面那些高大的龙门吊，觉得那些庞然大物离这里的距离已经越来越近。工厂、工人、产品，看来老徐的人生已被那些"铁坨子"深度套牢。

在通往成功的路途中，摸着石头过河的企业家，尤其是民营企业家，他们的人生轨迹都饱含带着惯性的身不由己，曾经付出的一切努力，人前人后的疼痛和挣扎，只有交给岁月的来去匆匆。

阳光升起，朗照在每一个车间，而老徐的工厂，就站立在时间的光影里。

五

和老徐匆匆告别，已经是正午时分。

当我离开关沮行走在海子湖岸的时候，一路上繁花绿树，鸟的叫声从河洲传来。在未来的关沮新城，或许这些绿树、鲜花、鸟鸣都将是每一个春天登台亮相的主角。

从园林路一路向北，海子湖就在我的身旁，湖水清清，湖面泛起涟漪。丽日蓝天下，在体育场的周边，在沙北新区，一幢幢新修的高楼伸向远方。在那里，那些让我感动的风景生生不息：那里的树与花、人和事、楼与路，一切都像是千年前就注定的那样，有古老的诗情，有崭新的活力。

曾有人说，所有古代史从某种意义上来说都是现代史，因为与人类漫长的演化相比，文明史太过短暂。从这个角度看，关沮就显得格外特别。

阳光浓烈，沿途的杨花在春风的吹拂下绽开白色的花絮，洋洋洒洒地落在复兴大道的路边，落在汽车的挡风玻璃前。车行其间，像是沐浴在飞花的河流中。春风骀荡，风声依旧。这春风，可曾吹过当年那位辗转反侧的君子，吹过那位采摘荇菜的窈窕淑女？昨天、今天和明天都在春风里匆匆飘过，生活一如河流，波澜不惊却不舍昼夜，绵延汇入远方的荆江。阳光里，我仿佛听到，我的背后是一片清新的歌唱。

歌声里，我看得到一座古城的蹒跚起步和渐行渐稳，听得到她那充满生命力的脉搏。在那些行色匆匆的陌生人里，既有本土的乡民，也有新生的过客。他们的足音组成同行者的乐章，吟唱于关沮的上空。也许，古城的迷人之处也就在于此：那些消失的，总会穿过岁月重返我们身边。

（发表于《长江丛刊》2022 年第 8 期，曾在《收获》客户端展示）

犹怜草木青

　　我对胶东半岛并不陌生，更对那里的女性怀有深深的敬意。

　　不仅仅是因为我的亲人在这里工作，也不仅仅是因为我多次探访这里给我留下的那些美好回忆。

　　这里的山水风情像油画里的一股青烟，萦绕于我的脑海。在读小学的时候，作家峻青先生的《黎明的河边》《党员登记表》，冯德英先生的《苦菜花》《迎春花》与我不期而遇，很多章节耳熟能详，甚至可以背诵。我对写作的爱好，也始于那段时光。春梅、春玲、娟子、星梅、冯大娘、黄淑英、黄妈妈，众多鲜活的女性形象留在我的记忆里，她们坚强、隐忍、百折不挠，为了民族大义和祖国的解放献出了家庭乃至生命的全部。那些鲜活的形象，那些河流村庄，常常走进我的梦境，伴我入眠。

　　放学的时候，我行走在乡间小路上，在油菜花和蚕豆花的簇拥中，在蝴蝶和蜜蜂的追逐下，一边呼吸着花的馨香，一边高声吟诵着小说里美好的段落：

　　"月亮高高地悬挂在深蓝色的夜空上，向大地散射着银色的光华。大街两旁那一排高大的白杨树，也向人家的屋顶上院子里洒下了朦胧的阴影珍珠似的露珠，从白杨的肥大而嫩绿的叶子上从爬在老槐树上重重地下垂着的淡紫色的藤萝花穗上，悄悄地落下来。大街上，飘荡着浓郁的花香……"

那时的我，对《老水牛爷爷》里的隈庄风景，对《迎春花》里黄垒河畔的山河村，对《苦菜花》里王官庄旁边的小沙河，充满了近乎崇拜的向往——它们是如此唯美和纯粹，这种直逼灵魂的诗意气息，让我念念不忘，从少年到今天。

岁月久远，诸多往事已成陈迹。今天，当我走在胶东半岛的土地上，当我走进青岛即墨区的龙泉瑞草园，当我伫立龙泉河的河岸，眺望碧波荡漾的河水时，此前以为已经丢失的美好记忆又变得清晰起来。与君初相识，犹如故人归。

二

进入即墨龙泉社区的地界，弥漫的雨雾，烂漫的花朵，将欧式民居的红瓦、黄墙、庭院、石板桥，以及路旁静默站立的碧树，温柔拥于怀中，宛若山水画的绝佳意境。

行不多久，便来到瑞草园的生态基地，仿佛一脚踏进了江南的某个茶园，跌落在时光的长河中。这是一个静谧的园林茶场和水果种植基地，就连空气中也弥漫着果实和清茶的芳香。

初夏刚刚来临，瑞草园就进入了一年中最美的季节，缤纷的花朵大片开放，竞相辉映。在葱茏的翠色掩映中，仿古建筑和绿色的大棚点缀在广阔的花丛里，背枕青山，水倚田园，嵌于锦峰秀岭、清溪碧河的自然风光之中。此时雨后初歇，雾霭朦胧，碧水环绕的居民村落，如古典的诗行，达到了美的极致。行走在乡间小道上，两边红黄相间的石竹、天人菊、兰花和矢车菊疯长，缤纷争艳，步步皆景。烟雨蒙蒙中弥漫着老家的气息，不知是画在眼前，还是人在画中。

眼前的茶园令人心动，新雨过后，几个采茶姑娘正穿行在田畦采摘新茶，轻烟飘过，时有笑语连连，惊鸿一瞥之间，仿佛看到作家笔下胶东半岛的女性形象。耳畔响起一首关于采茶的诗句："凉山五岭照晴岚，坡上青龙笼翠烟。阵阵清香飘四野，诗情画意我陶然。"

令人惊讶的是，守望瑞草园 300 多亩茶业王国并干得风生水起的人竟然是一位八〇后的美女。吴连英女士，温婉中略带青涩，初一接触，笑意盈盈，便有一种他乡遇故知的温馨感觉。在她陪同我们参观的半天时间里，她的知性和睿智，她的干练和真诚以及骨子里流露的自信和优雅，给我们留下难以忘怀的印象。

创业之前，吴女士和丈夫任先生都在体制内工作，有着一份稳定的工作和优厚的待遇，一次偶然的茶文化之旅让她怦然心动，使他们毅然将双脚踏进了乡村农田，成为名副其实的"新农人"。在他们夫妇的努力下，瑞草园由原先单纯从事种茶、炒茶、卖茶的普通茶园华丽转身，变为集产学研游于一体的国家级 3A 景区。

三

喜欢喝茶的人都知道崂山绿茶，由于其处于北纬 30 度以北的独特地理位置，拥有肥沃的土地、被高山云雾滋养、昼夜温差大，且崂山是驰名中外的水源地，这里产出的新茶汤碧色青，回味悠远无穷，色、香、味、韵、型俱佳，是绿茶中的佳品。瑞草园虽是后起之秀，但博采众长，更由于地处龙泉，因而培育出的品种在市场上大受欢迎。

在吴女士接手之后的起步阶段，瑞草园的茶品种虽然供不应求，但依然没有从传统的"种茶—炒茶—卖茶"的模式中走出，业务比较单一且市场有限，在一定程度上制约了企业的发展。

"刚开始我对茶文化也是一窍不通。2015 年我参加了一次高级茶叶研修班，被典雅深邃的茶文化魅力吸引，便萌生了做茶文化旅游科普的念头。"提及打造茶叶科普展厅的初衷，吴女士如是说。

中国是茶的故乡，也是茶文化的发源地。"昨日东风吹枳花，酒醒春晚一瓯茶"，茶的发现和利用在我国已有4 700多年的历史，且长盛不衰，传遍全球。茶是中华民族的举国之饮，发于神农，闻于鲁周公，兴于唐朝，盛于宋代，普及于明清之时。

茶文化糅合佛、儒、道诸派思想，独成一体，是中国文化中的一朵奇葩！同时，茶也成为全世界最大众化、最受欢迎、最有益于身心健康的绿色饮品之一，达到"融通三教儒释道，汇聚一壶色味香"的境界。

茶文化即通过沏茶、赏茶、闻茶、饮茶、品茶等与中国的文化内涵和礼仪相结合形成的一种具有鲜明中国文化特征的文化现象，也可以说是一种礼节现象。在长期的历史发展中，礼作为中国社会的道德规范和生活准则，对汉族精神素质的修养起到重要作用；同时，随着社会的变革和发展，礼不断被赋予新的内容，和中国的一些生活中的习惯与形式相融合，形成了各类带有中国特色的文化现象。

山东是孔孟之乡，具有悠深的文化礼仪内涵，但是在茶文化、茶礼仪方面的普及教育同南方相比还存在一定差距。选择对在校学生进行一些茶文化方面的科普教育，既符合政府提倡的精神文明建设，也为企业的发展拓展了新的方向。

有了这样的认识，吴女士决心把她的瑞草园办成青岛第一家茶旅文化融合的高端园区。她把闲置的竹楼清理出来，设计展板展示茶树品种、茶叶加工、茶区分布、茶叶分类等，让参观者了解南茶北引的过程、并为他们科普相关知识，同时招聘茶学专业的大学生开展茶艺表演和茶文化讲解。在她的努力下，青岛市第一个茶叶科普展厅和即墨区中小学生茶文化社会实践教育基地应运而生。如今，每周五都有四五百个来自青岛各区市的中小学生前来学习中国茶文化，全年接待各种茶文化科普实践团体3万余人次。

或许，繁华的都市常让人感觉过于浮艳和喧闹，在时尚和奢靡的包裹下，谁也看不透它的真面目。只有走到城市背面，寻到茶园的空寂禅意，才能抛却烦琐刻板的日常，感受幽幽茶香的静谧别致，品味时光的缓慢流动，感受生命朴素的原生动力。

在当地政府的支持下，瑞草园声名鹊起，吴女士和任先生先后带领企业扩大生产规模，建成了生态茶餐厅、果蔬采摘大棚、宠物运动场地等特色业态，推出了以茶文化推广、采摘体验、宠物观赏为主的田园综合服务，加快了瑞草园农旅发展的步伐，成为龙泉街道农旅发展的龙头企业。同时，凭借多样化服务项目、完善的农旅配套和庞大的游客群体，瑞草园文化旅游区获评"国家级3A景区"，吴女士也获得诸多荣誉称号。

考虑到园区所在的石门社区种茶户众多且分散的状况，吴女士主动联系沟通，在当地政府的帮助下，成立了"青岛石门茶叶专业合作社"，采取"合作社＋基地＋农户"的方式，引导茶农种植优质茶叶，并邀请青岛农业大学教授免费提高茶农的种植加工技术，帮助社员年均增收两万余元。此外，瑞草园还与附近台子、张家庄等村签订了乡村振兴合作意向书，为村庄困难家庭村民提供就业岗位，并通过劳动力入股的方式，在解决剩余劳动力的同时帮助村民增收。

"目前，我们在建的茶树新品种科普示范园即寻梦园、百鸟乐园、爬宠馆、星级宠物酒店和精美民宿将陆续完工。下一步，园区将以康养休闲为目标，进一步完善相关服务配套，加快农旅文旅产业发展，希望在龙泉甚至即墨的乡村振兴蓝图中画下浓墨重彩的一笔！"吴女上满怀信心地告诉我们。

在茶文化博物馆，吴女士领着我们实地参观了茶叶的种植、采摘和制作加工，感受三产融合的高端茶旅文化，徘徊其间，心绪就浸泅在浓浓的茶文化的氛围中，久久不能离去。

四

走在乡村的小路上，雨后的一切都是清新的，连空气都是澄明清澈的，所有的颜色都在这样的空气里显出了深邃的意境。远山变成青黛色，水如冰晶般一眼见底，房子的屋檐变得比往日更加亮丽而朴实，在绿树的环抱中显得更有诗意。透过樟树、银杏、胡桃树形态优美的树枝，可以看到错落有致的一行行茶树展现出令人心醉的美姿。

告别吴女士夫妇，我们来到了瑞草园近处的龙泉河畔，这是一条缓缓流过的小河道，白杨和垂柳的树枝伸展出来，几乎遮盖了整条河道。沿着河道，一条新修的沥青路画着标准的行车线，向密林深处延伸，青石板铺成小路蜿蜒而过，让我们深深地感受着它的幽远、深邃、厚重、苍古和逶迤。漫步其间，可以清晰地听到自己的脚步声和怦怦的心跳声，整个村子静得似乎让时间也停了下来，眼前挥之不去的，是那些采茶女的盈盈笑意。我的眼前仿佛再次闪现出文学作品中那些千姿百态、令人难忘的女性形象。

如今，瑞草园的发展变化已经成为胶东半岛一个时代的缩影。短短五年的时光里，在莲花山下创造了唇齿留香的奇迹，在时间的长河里让人沉浸追忆，让人缱绻难忘。在这里，袅袅炊烟把日常琐碎的生活串成一幅幽静、恬谧的水墨画，人在画中，画在心中。昔日村民艰苦劳作的身影渐行渐远在绿色涂抹的山水之间，一丝淡淡的乡愁悄然在心里氤氲蔓延。

竹暗闲房雨，茶香别院风。

胶东人既爱饮茶，也爱饮酒，既有茶缘，亦有酒品。在意盈天地的品茶饮酒中，梦想与真情俱有了寄托。"已识乾坤大，犹怜草木青"，透过一杯杯茗香闪烁耐人寻味的光泽，我分明看到，吴女士和她的团队进取的身影和智慧的结晶。在这份亦茶亦酒的醉意朦胧中，除了意气风发的旖旎往事，还有担当千古与担当现世的精神重量。

乌蒙雨

一

县城在山上，连接各个去处的是一条条或上或下的路，生活在这里的人们，每天都在状如波涛的山路上跌宕起伏。在这里，岁月不仅是晨昏交割的时光流逝，更是平平仄仄的诗意永恒。

大姐一家是 20 世纪 60 年代初从遵义迁到纳雍的，她的几个孩子中，一个在外地工作，其余几个都长期生活在这里。

那一日，雨停的间隙，外甥说："我们去纳雍的公园走走吧。"我们登上雍熙公园的山崖，只见高大而密集的松柏挺立在一座禅寺的周围，粗粝的根须如化石一般扎根于石缝，盘旋于累累山石之上，坚硬、孤独、冷峻，庞然如鹰，一切源于自身的坚韧。

眺望远处的深谷危岩，在那里，汹涌的河水从崖底流向远方，湿润的风带着高山的寒意从古老的峡谷上方掠过，天和地一片空寂旷渺。

崖壁是散发着神秘意味的黑色岩石，远处是起伏错落的绿色松林和满山满谷的悲壮气息，谷底时有炊烟袅袅，从容地飘向天际，犹如连接着人世和天界的桥梁。

我想，在那炊烟的深处，究竟有着怎样的景观和人家，有着怎样的尘世烟火？

二

我们告别老县城是在第五天的早晨。

天空蒙着羽灰色的轻纱：远处，浓雾不散；近处，细雨缠绵。湿漉漉的城市被昨夜的雨水濯洗，一片凄清，略有寒意。

在孩子们留恋的泪光里，我们挥泪作别，驱车前往千里之外的荔波大小七孔。

雨，渐行渐密，哗哗地敲打着车窗。

依据导航提示，我盘旋迂回着，竟然到了峡谷的深处，却没有找到来时那条宽敞平坦的高速路的连接线，只有弯道急促的山路。

我想起1981年那个感伤的早春，想起那时天空中飞扬的春雨。那些关于路的故事，伴随着荒芜的群山在苍凉的寒风中毕现。

那个早春，我第一次领略到贵州"天无三日晴，地无三尺平"的艰难。

刚下过雨，新设立的六盘水市已拉开基建的序幕。踏着漫长的泥泞道路，绕过挖掘机推出的一堆堆小山似的黄土，我们从火车站走到水城汽车站，住在小旅馆一直等到第二天。第二天上午，一辆很旧的大客车载着我们，从水城前往纳雍。山高弯急，直到傍晚，大客车才从高高的山顶盘旋而下，然后又驶上一座高山。急转弯处常常会有突然出现的对面来车，满车皆惊之时，独有司机镇定自如，化险为夷。

晚上，我们围在昏暗的火塘边，伴着窗外的风声雨声，听大姐和姐夫讲述着当年的故事。姐夫告诉我，当年，他带着队伍徒步翻越悬崖峭壁赶到纳雍羊场参加战斗，行军中有的战士就牺牲在了路上，当时，全县没有一条能通车的公路。纳雍解放后，部队和当地群众开山炸石，肩扛背驮，修成一条泥土路。后来，泥土路变成了砂石路，一般下雨天勉强可以通车，解决了物资运输困难的问题。如今，每天从县城和水城之间对开一班客车，到了水城可以坐火车直达贵阳，交通条件逐渐有了改变。言语间，充满了如释重负的满足。

火苗跳跃着，人脸在火光映照下，泛着暗淡的质朴。那一刻，我想起一句名言：地上本没有路，走的人多了，也便成了路。

三

下山的路边有一个废弃的加油站，颓败的墙壁间蔓延着半人高的蒿草，依稀可见往昔的烟火之气。

我把车停在废弃加油站的空地上静候片刻，一个背着竹筐的妇女从远处过来避雨。从她的头饰上我判断她应该是一个彝族大嫂。

我问大嫂去贵阳该怎么上高速。大嫂说："就是这条路嘛，这条路能上高速的，你开到山下，过桥再往前翻越对面的那座山，再转几个弯弯，就能见到高速路的收费站嘛。"

远处峡谷里云雾弥漫，到处是哗哗的水声，进退两难的情况下，我们只能硬着头皮冒雨前行。

山下的石桥已被水流覆盖，流水从两边锯齿样的石墩缝隙漫过桥面。汽车驶过湍急的水流，又逶迤攀上对面的弯曲山路，一次次都是仰视前进在大于40度的陡坡上，常常是正爬行时突然又是一段回头急转弯，左边是悬崖峭壁，右边是万丈深渊，路面又有积水路，容不得半点疏忽，深不可测的峡谷中只传出轰鸣的水声。

这里虽然是乌蒙山余脉，却依然群峰峭立，苍山如海。这里最"亮丽"的景观，就是垂直千米的深壑以及长度达数千米以上的断崖绝壁、深谷，之间没有任何过渡，山呼海啸，步步惊心。

雨，越下越密，积水从山上向下奔流，汽车仿佛逆行在一条飞流直下的河床里。靠近岩石的一侧，无数条水流汇成一条条瀑布涌向路面。我和爱人两人都沉默着，不敢看后视镜里哗哗的水流，不敢看两边陡峭的岩石，只有紧张地盯着车前的山路，或者说飞流直下的地上河流，后悔和恐惧折磨着我们，时刻有一种大祸降临、山岳压顶的感觉。

风雨中，上山的路被无限拉长，任凭怎么行驶，却始终感觉在山腰里盘旋。

此时此刻，险峻的山峰与孤独爬行的车辆是风雨中唯一的主角，稍有差错，一旦停车熄火或路面打滑导致"溜车"，或许，我和爱人以及朋友这辆崭新的雷克萨斯越野车都将永远留在这高峡深谷的底下，化作大山深处的一粒尘埃。

从山下的石桥到壁立千仞的山峰，漫长的地质运动与流水侵蚀也为我们带来了一场群山的聚会与视觉盛宴，见识了风雨中乌蒙山一系列罕见的地质奇观。惊魂一叹，每一座山岳都似一个孤绝的背影，立体的山路让我们不断地上升与攀登，远远望去，山坡上蜿蜒曲折的"天路"，浩荡极致的裂谷景观，近乎垂直的峡谷边缘，仿佛伸手就可撕下一片云雾，装进车内。

面对野性的自然之趣，我们心存敬畏，不敢丝毫懈怠。好在，除了一辆下山的三轮摩托车，路上再没有遇到其他车辆，省去了会车的惊扰。

惊魂中陡坡稍缓，总算经过一处村落。

雨雾中，散养的家畜与悠闲的村民，若无其事地在门前走过。梯田的田埂上，几个妇女戴着斗笠在雨中劳作，她们穿着朴素的深色衣裤，胶鞋或是雨靴上沾满泥巴。

房屋很旧，有的是布满青苔的黛色瓦房，有的是茅草覆盖的草屋，土黄的墙体配上深色的屋顶，那是人烟与自然的完美结合。富有年代感的木门纹理暗淡，推开门，可以见到晃动的背影。门前放着农具，墙上挂着牛角、红辣椒和一串串稻穗，记载着岁月里收获的艰辛。

路边有两棵粗壮的栎树，交错的枝干陈列着生命的苦难和累累创伤，褐色粗粝中托举着宁静之美。

我不知前面究竟山有多高，路有多长。望着烟雾弥漫的山顶，我把车停在路边一片难得一见的平地上，下车跟一位牵牛的大哥打招呼。我问他这里距高速路还有多远，大哥轻松地一笑说："快了嘛，上到山顶就能看见高速路的收费站。"我问大哥离山顶还有多远，大哥笑笑说："快了嘛。"大哥请我们到家里火塘边歇歇脚，喝杯罐罐茶。

在彝族的家里，火塘是家庭生命的标志，也是山里人沿袭的烟火记忆，充满了神秘和温馨。看着车外满地的泥泞，我不知"快了嘛"到底还有多远。我谢过大哥，转身回到车上。

四

这里曾是古滇国，现在是彝族人的家乡。

在这里，坑洼泥泞、陡崖急弯，土地贫瘠，气候恶劣，在勇武强悍的彝族同胞面前一切习以为常。他们祖祖辈辈以手中的锄头和犁耙为画笔，在陡峭的山地上画出一条条诗意的曲线，镶嵌着岁月的永恒。许多起起伏伏的故事，隐藏在大地的褶皱里，像山一样，包容着琐碎的天地。

一道闪电撕裂了天空合拢的乌云，雨又哗哗下起来了。疾风呼啸，树叶飘落。只是，身边的彝族汉子毫不慌张。对着高峡深谷，对着潇潇山雨，一切云淡风轻。或许，山水之险，风雨之难，人生之叹，在生活在这里的彝族同胞的精神底色之上，只是一个微不足道的感叹号。

我感叹彝族同胞的勇武镇定，感叹这种民族文化辐射的血色图腾。

当年，彝族各部落骁勇的武士也曾杀伐不断，一个个部落诞生了，一个个部落消失了。烽火硝烟不息，箭弩鸣镝耳闻。纷乱的高原，就像雨中的山林，从未有一刻的平静。终于，生命的巢穴换了又换，纵横的沟壑留下英雄的慨叹。

从山下避雨的彝族大嫂到山上问路的彝族汉子，我看到，无论环境多么恶劣，无论生活多么艰难，他们的精神层面依然丰满、自然，不论是故老相传的民间故事、祖辈传承的淳朴民风，还是新建的现代民居、城市化的崭新生活，对于他们，是历史与当下的相容并继，更是文明互鉴的和谐共生。

岁月的烽烟在这里留下了太多的烙印，为这块古老土地添加了厚重和苍凉。

1949年，纳雍解放，解放军53师162团进入纳雍。1950年2月，解放军47师141团挺进纳雍剿匪。4月，解放军在纳雍羊场展开了一场血战，烈士的鲜血染红了这片土地，一举收复纳雍。大姐夫当时在47师141团的某部，他参加了那次著名的羊场战斗，后来，他又转战四川、贵州各地。当局势稳定之后，他从遵义调到纳雍任职，并且把全家搬到了纳雍。从遵义出发，沿途第一天住在金沙、第二天夜宿黔西、第三天在毕节停留、第四天晚上抵达纳雍，辗转四天，完成一趟不到300千米的迁徙，那时"黔"路之艰，不亚于蜀道之难。

改革开放以来，高速公路的通车，铁路的建成，为纳雍这个偏远、贫瘠的地方添加了双翼，凭借煤炭资源优势和旅游资源优势，经济发展也取得显著成绩。昔日的县城也进行了搬迁改造，今天的纳雍新城已经高楼林立，山河岁月风云几度，人间匆匆换了新颜。当年在这块土地上抛洒热血的革命先烈的遗愿正逐步成为现实。

近几年，贵州高速公路的建设花团锦簇般地崛起，四通八达的空中立体交通横亘在高山峡谷中，从隔山相望到咫尺相连，从举步皆山到空中平川，千里之遥，指日可达，已构成世界上最美的立体景观和多彩画廊。

只是，一次导航近路优先的选择，让我在风雨中重温了一遍最早的古老山道，"忆苦思甜"，才知道什么是山路之险，什么是行路之难。

五

彝族大哥轻松的笑语舒缓了我们的情绪，一番诚恳邀请更让我感到温暖。人的一生里，超越自己或许比精彩本身更加精彩。稍事休息后，趁着雨水减弱的间隙，我们离开了村落，继续驱车驶向山顶。

路边，一簇一簇的野花竞相在细雨中绽放，那么热烈，那么绚丽，从眼前一直延伸到山的顶端。山顶越来越近，连天的芳草夹杂着雨水洗涤过后的花朵，像草丛中闪烁的繁星，眨着灵动的眼睛。

山下，纳雍河喧嚣奔流，它划过高山的肌肤，穿过森林、沟壑的间隙，远远地消失在身后，泽被人间。

离高速公路入口不远的地方，有一条通往沙台坝村的乡道，道路的尽头，就是我大姐和姐夫长眠的地方。那里远离故乡，也远离县城，春夏秋冬，唯有这些野花芳草与他们为邻。风雨中，我仿佛看到大姐和姐夫的影子，我看不清他们的面容，但听到他们深情的呼唤。

风在车后边追逐着我们，像是依依不舍地挽留，车窗外，芳草举着晶莹的水珠，在风雨中坠落。

人的一生无论怎样行走，都走不出自己的内心世界，无非是一次次的长途跋涉，一次次的山重水复，心归山河，岁月向好，在万事万物美且灵动的怀抱里，直到停下自己的脚步。

从进入高速公路那一刻开始，我们的视野瞬间开阔了：山峰是青翠的，河水是碧绿的，向远方延伸的道路是彩色的，云雾在峡谷飘荡，更有飞瀑在天，如飘带时隐时现。

我们的车全程被旖旎景色围裹，不时遁入幻境仙界。那一座座隧道，更如一座座艺术宫殿，灯光璀璨。隧道的壁画是彩色的，地面道路也是彩色的——那彩色，汇成一片空中花花世界，在山川河流间不断变幻，直到想象力都无法触及的远方。

5小时后，富有民族风情的荔波古城出现在我们的视野中。近千里风景变幻，因了一次意外的迷途，更让我体验了从历史到现代的穿越之旅。

晚上，骤雨初歇，站在荔波古镇民族广场上，透过缤纷的灯火，我看到凌空飞架的铁路、公路银河般越过古镇的上空，变幻的灯光流星般滑过，忍不住就想伸出双手，虚空模拟着她岁月流逝的痕迹。晚风有些甜，送来葫芦丝演奏的芦笙恋曲。那令人沉醉的音乐，仿佛藏匿在心灵深处，只为自己保留的民族之风。在我的眼前，喂牛的汉子、避雨的大嫂、长眠于山坳的亲人，那些或清晰或模糊的面容，那些久远的历史，似乎正穿过岁月，一一在眼前呈现。

从"地无三尺平"到天路凌空，从"天无三日晴"到风雨彩虹，从隔涧相望到大道坦途，从蛮荒村落到恢宏时空，正是有了世代筚路蓝缕的开拓与守望，有了民族精神的薪火传承，有了民族政策的源头活水和财力投入，曾经承载悲辛的山野荒径，曾经多山之省的举步维艰，曾经苍凉贫瘠的记忆残梦，终被峰隧相连的空中平原覆盖，更被巨龙在天的时代超越。

苍穹之下，那些大山深处的开拓者，正以"金沙水拍云崖暖"的豪情，刷新着村村寨寨蒙尘的苍颜，更以"乌蒙磅礴走泥丸"的气势，熨平多山之省坎坷的内心。漫长的跋涉之后，我们的面前才有了峰回路转的锦绣前程，我们的脚下才有了熠熠生辉的时代文明。

贵州多山，汇聚成山的"海洋"。"海洋"之中，蕴蓄着深邃而厚重的大山之魂。贵州也是歌的海洋：无论是乌江边的小路上，还是乌蒙山的云雨中，都能听到清脆的山歌；无论是梯田上拖犁带耙的男人，还是山寨中舂米煮饭的女子，都能唱出人间最美的诗意。

走在民族广场上，远望夜空中闪烁的星辰，听着千回百转的芦笙旋律，山水、路桥、歌谣、背影，都如此纯粹地铭刻在我的生命之中。今夜，我会枕着芦笙的恋曲做一个沉醉的好梦，让我尘世间沉重的脚步在山的怀抱里变得明快轻盈。

第二辑

———

青未了

曲阜怀古

一

汽车驶出曲阜东站，顺着崇贤大道一路向北。时值六月，金色的麦田一望无际，公路两边是密密丛丛的白杨、银杏和榆树林，放眼远眺，正是一派令人心灵震颤的恢宏深沉的气象。

车过沂河，田野层叠的鲁南大地，在灰云和浓雾里隐隐呈现出独特的风貌，无论是起伏的山峦，还是舒缓的田畴，都被金色的麦田和青葱的玉米覆盖，显得博大深沉，我的内心顿然生出对齐鲁大地深蕴不露的神奇伟力的感动。

我远远地便瞅见了沂水河，深沉的河床紧紧贴着绵延起伏的群山逶迤而来，抖落下沉重的泥沙，悄无声息地涌流着，岸边铺展开绿莹莹的芦苇，左望不见边际，右眺也不见边际，那一派芦苇青葱的绿色所蕴聚的气象，在人初见的一瞬便感到神往与心旌摇曳。

带着朝圣般的虔诚，我们来到了曲阜。

车缓缓地驶进曲阜古城的南门，渐渐地看见了飞檐翘角的古建筑，看见了荒地，看见了土屋，看见了五马祠街的牌楼，看见了鼓楼的城墙，阙里大街的围墙在绿树丛中慢慢地移转着……

走在大街上，清风扑面，到处都能感受到儒家文化的素朴低调和内敛沉稳，要不是街头路灯下那一幅幅醒目的《论语》宣传牌，要不是大街上那颇具文化意蕴的酒店名称，要不是那一辆辆行驶过的复古马车和 20 世纪五六十年代的人力三轮，要不是颜庙广场上那巨大的孔子雕像，我会把这座城市看成某个等待拆迁的老旧县城。

是的，这就是曲阜，就是被称为"东方耶路撒冷"的圣城曲阜，就是被联合国评为"世界十大文化名人"之首，中国著名的思想家、教育家、政治家孔子的故里，就是中国儒家文化的开源之地，就是世界的儒学之都、儒教之根。

这座小城也许并不算精美，但一定底蕴深厚、诗意葱茏。这里的每一条小巷、每一块石板都展现了岁月的沧桑，几千年稳定的建筑伦理代代相袭，秉承着曲阜独特的文化基因。2 500 多年历史的孔庙以"金声玉振"的牌坊立起"万世师表"的标记，以"万仞宫墙"守住了纲常伦理的流脉。

在这些龙柱飞檐、斗拱翘角、偶身塑像、楹联匾额、字画点缀的古建筑之间还掺杂着低矮的青砖灰瓦的简陋民居，鼓楼东街、颜庙街、陋巷街，甚至处处露出一种残落和凋敝，斑驳墙壁的石缝里黯淡的苔痕，发芽的嫩绿色小草拱出头来打量着大千世界，寄寓着生命的智慧和饱经风霜的顿悟。间或也能看到粉红色、嫩黄色的小花盛开在各个角落，仿佛每一天都是对生命的礼赞。

我相信，眼前这素朴的环境更适合我们表达对于一位杰出的古人的敬意。那么多的画栋雕梁，那么多的金银珠宝，那么多璀璨的灯火，还有旺盛到令人窒息的香火缭绕，会让本来想追寻人生与世界真谛的人们不知所措，在财富的堆砌与炫耀中迷失了自我。

二

夜幕降临的时候，一场并不多见的夏雨淅淅沥沥地从天而降，远远近近的街灯在夜幕中闪烁，不华美，也不张扬，朦胧而富有诗意。

第二天早上，那雨继续下着，带着远古的愁绪飘飘洒洒，淋湿每个参拜者的心。我们冒雨出发，走过鼓楼大街，顺着阙里的石板路，深一脚浅一脚地走向孔庙。

我们寻了一名孔子第七十四代后裔的孔姓导游带着我们，走在历代帝王曾经走过的青石板路上，在见证了千年历史的古柏的观照下缓缓前行。那些参天古柏仿佛是生命的精灵，无声地陪伴、护佑着我们。

历史在时光的流逝中传承，文物在空间的取舍中留存。2 500 多年历史的孔庙，许多建筑随朝代更换一次次轮回，秦砖汉瓦，唐基宋础，都可能深埋于泥土，而今我们看到的，多为明、清时期的建筑。而这些变迁，只有立于眼前的古树为其作证。那些古柏，聚千年之力扎根地下，不管地多坚硬，总能枝繁叶茂，仿佛印证着儒家文化的源远流长。

踏上孔庙门前的泮水桥，仰望棂星门的一刹那，仿佛就置身于2 500 年前的春秋时期。

孔庙是孔子去世后第二年始建的，此后历代王朝帝王不断扩建，最后一次是清雍正年间大修，才成就了如今的规模：深红的墙皮，杏黄的墙里，九进院落，古柏森森。各式房间 400 余间，仅门坊就有 50 余座，更有 10 余座"御碑亭"分布其间，规模宏大，雄伟壮丽，金碧辉煌。

沿着中轴线一路看过去，圣时门、弘道门、大中门、同文门、大成门，一道道门槛，承载的是一代代先人的崇敬，就如同在奎文阁里的那些藏书，记载的不仅仅是文字和历史，更多的是文化和文明的憧憬与传承。

不只是读书人心存恭谨，工匠们也将自己的虔诚敬畏与聪明才智相结合，用自己的方式表达着对圣人的崇拜，碑亭的"勾心斗角"，大成殿的"镂空龙柱"，圣迹殿的"连环画圣迹图"，堪称巧夺天工。

孔庙东侧是孔府。

据导游介绍，现在孔府占地约 7.4 公顷，分前后九进院落，有古建筑 400 余间。

府门前一副对联："与国咸休安富尊荣公府第，同天并老文章道德圣人家。"奇怪的是"富"字上少了一点，"章"字中多了一笔，据说是清朝大才子纪昀的手书，意思是孔子后人官居一品，家中良田无数，又是乾隆女婿，富贵无顶；孔老夫子作为天下读书人楷模，文章与日月同辉，与天地并存——古人的奇思妙想真是让人敬佩。

孔府说是住所，其实更像是官衙。据记载，自唐朝开始，曲阜的县令就一直由孔子的后人兼任，大堂里到处可见各种仪仗和官衔红牌。

孔府花园是我们此次旅行的一大亮点，花园占地很大，有山、水、林、曲桥、花坞、水榭、喷泉，还有水中石岛、乘凉的花厅、敬花神的石坛、赏月的凉台、焚香读书的坛屋。

园内有两大奇观堪为神奇。一是"五柏抱槐"，一株柏树岔开五枝，中间位置生出一株槐树，让人啧啧称奇。另一奇观是一面影壁墙，据说是孔府的一名工匠绘制的，墙上高山大海，一条道路通向远方，神奇的是无论从哪个方向看这幅画，路口都是冲着自己的。一次次试过，果然神奇。

其实，无论是孔庙的辉煌壮观，还是孔府的尊荣华贵，这一切殊荣都与孔子无关，孔子生前既没有享受过孔庙的四季香火，也没有在孔府的豪宅内下榻栖身，这个孤独的老人最终在颠沛流离的凄风苦雨中，在弟子们的泪水中，结束了自己的一生。

三

孔子的墓地在孔林。

拜谒孔林是在到达曲阜的第三天上午。雨后的孔林，空气是湿的，路是湿的，树上的水珠不停地落在地上，像是流不尽的泪。林中的参天古柏，在清晨阳光的轻拂下更显幽深。起起伏伏的土丘后面，一块块石碑隐约竖着，如画屏一般。

长长的路在古柏之间向远处延伸，在晨光中更显得凝重、深沉。

阳光如圣水般从空中落下来，落在我的头顶，落在长满青苔的路面，让人有一种温暖的感觉。巍峨的牌坊，长长的甬道，一个一个列班站立的石像，透出古朴悠远的气息。行走其间，于现实之中，却生出许多悠远的思绪。

从进门到孔子的墓地，到处都是森森古柏，参天古松。或许，这些古树的使命，就是簇拥着那个伟大的灵魂，让他在这里静静安眠。它们郁郁苍苍，就是为了隔绝那些世俗的尘埃，让圣人的思想不被蒙尘。

孔林占地 3 804 亩，前有洙水，后临泗水，比整个曲阜市区还要大。那么多碑文牌匾都是历代帝王封赐的，真正属于孔子的，只有眼前的一碑一墓而已。

身后的显赫只是做给后人看的，而后人仰慕、祭拜的似乎已经不再是原来那位穷愁潦倒、孤独贫寒的老人。

四

刚开园的孔林里几乎看不到其他游人，显得异常寂静。

高大的古柏树在晨风中静静站立，苍郁、肃然。被阳光点染了的树叶在风中轻轻摇动，晶莹的露水悄无声息地落在墓地和四周的荒草中，堆积在已经有些残损的灰色方砖上，显出墓地的凄清和萧索。环顾四周满目苍凉，只有夏日的阳光照在那些花草落叶上，才泛出温暖的光泽，让拜谒的人们也从中获得一丝温暖。

这座不起眼的土堆上荒草萋萋，当中长着一些不知名的野花，地上落满枯黄的树叶。如果不是土堆前那块简陋的石碑，如果不是石碑上那古朴的篆书，谁会在这里驻足呢？

穿过巍峨的牌坊，走过长长的甬道，在那些石人、石兽穿越千年的目光中，面对着一抔黄土，满眼荒草披离，这景象让我们这些前来拜谒的人一时屏住了呼吸，甚至有点不知所措。

现在，那个人却在我的眼前，在一个不起眼的地方，一个简陋的墓碑后面，安静沉睡。再看那些帝王将相，哪一个不是生前极尽奢华，死后又极尽哀荣。即便不能永垂不朽，他们也幻想着让那奢华永远伴随，万古不绝。可是，眼前一层薄薄的黄土，就掩埋了一代圣人。

孔墓规模宏大，长长的神道两侧林立着威武的石像，一座座巍峨的牌坊显示出墓地非凡的气度。可是，这一切都是后世赋予的，确乎与长眠于此的主人无关，属于他的坟墓是如此简单。他静静地安卧在墓地的一个角落里，一如在诸侯割据、百家争雄的春秋战国时期，他选择了泰山，在一个偏僻的角落静静地思索，思索着如何在一个被武力主宰的世界里，让思想的光辉映照战火弥漫的长空。

孔子在世时是孤独与落寞的。据《史记·孔子世家》记载，周游列国推销自己思想并"知其不可为而为之"的孔子受到了许多同时代人的嘲笑和讽刺，惶惶如丧家之犬，一生饱尝人生三大苦：少年丧父，中年丧妇，老年丧子。孔子病重，渴望弟子去看望他，子贡请见。孔子方负杖逍遥于门，曰："赐，汝来何其晚也？"透露出孔子对亲情的无限依恋。歌曰："太山坏乎！梁柱摧乎！哲人萎乎！"因以涕下。谓子贡曰："天下无道久矣，莫能宗予。夏人殡于东阶，周人于西阶，殷人两柱间。昨暮予梦坐奠两柱之间，予始殷人也。"后七日卒。孔子凄凉一生，他死时，除了弟子，就只有三间破败的茅草屋。

一抔黄土掩埋了一具肉身，身后文化遗产却惠及了千秋万代。长眠于这堆黄土里面的人，生前颠沛流离，历尽磨难，穷其一生创立儒家学说。普通中蕴含着伟大，对比中自有一种不同寻常的力量，这力量长久地震撼着后世的人们，并让他们永久铭记在心。

思想的光芒是无法掩盖的，真理可以穿越时空永存于世。

五

忽然想到我老家钟祥的明显陵，占地面积和孔林大体相当，那是明世宗嘉靖皇帝动用国家力量，耗时47年为其父母建造的陵墓。其规模之宏伟，建造之豪华，历代皇陵无出其右，也是明代帝陵中面积最大的皇陵；其规划布局和建筑艺术精湛独特，尤其是"一陵两冢"的陵寝结构在历代帝王陵墓中绝无仅有。可是到今天，人们除了欣赏那精美的建筑艺术和精巧的设计，有谁还记得那两个长眠于地下的老人，不要说记得他们的姓名来历，音容笑貌，就是连嘉靖皇帝的名字又有几个人能够说出呢？

身后是否厚葬，陵寝是否宏大，与地位身价有关，却与不朽无缘。我想起了住酒店时看到的一首小诗："孔林拜罢问颜林，东望尼山橡影深，不朽非关曾厚葬，丧予万古圣人心。"

站在孔子墓前，聆听清风飒飒而过，岁月的落叶在时空的隧道中纷纷飘落。俯身拾起一片落叶，或许，你会从那隐隐约约的脉络中，读出齐鲁大地上那风尘覆盖的崎岖山路，有一个奔走呼号的身影，在刀枪剑戟中闯关过隘；你会看到烽火硝烟弥漫的城头，有一双焦虑的眼睛，注视着城头变换的旗帜；你更会看到一身瘦骨，满身疲惫，备受冷落的落魄之人，在简陋的柴房里奋笔疾书；你会看到一个不甘寂寞，不识时务的人，在诸侯割据、诡计盛行的时代不遗余力地宣扬他那"仁义礼智信"的儒家学说。

这就是孔子。

当年的孔子游历诸侯各国不被重用，或者被供而不用，也曾忧愤郁闷过。但当他看清了世事的无奈，人情的寡薄，也就不再怨天尤人。一声叹息之后，他潜心于诗书礼乐之海，游走于典籍史册之中，开创了博大精深的儒学思想。

若论思想家在人类文明史上影响时间之长远、影响力之深刻、影响范围之广大，孔子堪为万世之最。他在开创历史文化高峰的同时，也成就了自身的精神高度，令后来之人无以企及。

苍天有眼，万世流芳，命运总是在关上一扇大门的时候，为你轻轻推开一叶轩窗，只是孔子没听到风吹窗启的声音，这声音，留给了后人。

六

早晨的风从泗水吹过，林中的太阳带着炫目的光，在空中飘飘洒洒，像从天宇间散落的思想碎片。墓碑的旁边静放着几只素朴的花篮，上面落着几片枯萎的树叶。

微风掠过，叶片轻轻旋动，似乎将历史与现实衔接，告诫前来瞻仰的人们"朝闻道，夕死可矣"的道理。

太阳升起来的时候，灿烂的霞光更加强烈地映射到林中，一片温馨的光环落在孔墓和我的身上。树上有几只鸟，一身斑斓，像是夏天独有的景致。

声声慢

一

白露虽过，酷热并无消退的意愿，草木依然葳蕤，生机盎然。秋阳升起的时候，大地炎热难耐，无风的天气里，大街两旁遒劲的老槐树上，激越的蝉鸣不绝于耳，犹如断续落下的雨声。

清晨，站在酒店的阳台推窗眺望，青州，这座千年古城已悄然拉开一天的帷幕。

趁着日头低矮，我们踩着一地露水走向昭德大街。街头，行人还是一副夏季的短衣打扮；老头、老太三五围坐，边剥着豆秆上的新鲜豆荚，边有一搭没一搭地聊着家常……

顺着他们指示的方向，我穿过一段窄窄的旧街向前走去，就像走过一段幽微的历史。

与宽敞的偶园古街相比，眼前的街道略显狭窄，也因而得以保持古城的原貌。

民居的建筑风格以明清建筑为主，也呈现出兼容并蓄的特色，那些饱经沧桑的古屋，一面伸长脖子，好奇地眺望远方的来客，一面又固守着脚下那一方已然老去的故土。

踩着坑坑洼洼的石板路，我走上南阳桥，桥面上，一道深深的辙印仿佛一道擦不掉的历史，记下了匆匆而过的往事，也记下我身后小城里，至今诵读不绝、弦歌琅琅的声音。

石桥对面，是一条不知其名的旧巷，布满沧桑的房屋参差不齐，少有人住，以红砖瓦和水泥为材质的房屋孤独地站立在一片年代久远的土坯房废墟之中，周围被丛生的杂树簇拥掩盖。这样的季节，是街巷整体色泽比较单调和灰暗的时候：那些残缺的墙壁，在秋色中显得愈发落寞与萧瑟。一行大雁南飞，渐渐消隐于澄澈的天际。我想，当年欧阳修、李清照是否也曾走过这样的街巷，听"墙外行人，墙里佳人笑"，看"云中谁寄锦书来，雁字回时，月满西楼"。

当地人告诉我，这里的建筑大多源自明代，同样驻足在岁月深处的，还有一些和当地建筑风格略有差异的元代建筑，至今多是黄土遗址，其间的沧桑难以言喻。旅行者须穿越时空，驰骋想象才能发现这座古城的独特魅力。

步入巷内，才发现这条长方麻石铺成的街道的曲折幽深。相比我走过的许多新建的散发着油漆味的"古镇老街"，这里算得上是原汁原味的明清风貌。只是沿街店面柴门紧闭，像是捂着一段未解的奥秘。

街上的游客极少，几个老人聚集在一棵老槐树下说古论今，晶莹的露水顺着槐树的叶子无声地落在地上，偶尔也落在老人们的身上。那槐树，据说植于北宋，迄今已逾900年。偶见一个年轻母亲推着婴儿车，颜色鲜亮地从树下走过，老人们就会忍不住多看上几眼。

一位老人告诉我，这条街已经划进了拆迁的范围，只是政府一时拿不出钱来，才保留下来。我想，幸亏拿不出钱，幸亏没有拆迁，才给后人留下一处回顾凭吊的去处。

站在景区仿古牌坊式门楼下的阴影里，可以看到远处是一道自西北向东南逶迤的山岭。或许因为前一日滂沱大雨的洗刷，此刻，白云轻拂的云门山格外青翠、飘逸，令人顿生出尘之思。

二

南阳河千曲百折，流进繁华的北宋。河水悠悠，泛着宋词的激浪，载着宋诗的情韵，用一道弧线将青州古城分为东阳城和南阳城。

正是这亘古长存的河流，惠及了当地的万物生灵，也哺育出引领风骚的历史风流，上溯管仲、姜尚，下启范仲淹、欧阳修、李清照，这河流看见他们哭过、笑过、痛过、醉过的万千况味。

南阳河南端东畔的古城墙下，有一座绿树掩映的千年庭院——三贤祠。庭院深深，清幽静穆，唐楸宋槐向人们诉说着北宋青州的物事。院中六角飞檐、造型别致的范公亭，已成为青州北宋政治文化的代表性符号。

三贤祠园内的古树，是当今山东省内古树名木种群之一。其中，三棵槐树种植于宋代，两棵楸树种植于唐代。最大的那棵楸树号称"世界楸树之王"，虽经千年风雨，依然生机勃勃，枝繁叶茂，正如三贤的人格魅力，穿越历史尘埃，仍然闪耀着耀眼的光芒。

古树之中，宋槐更具魅力，硕壮而遒劲。较大的一株，树围长6.4米，高12米；另一株树围长5米，高14米；两棵树的树冠覆盖面积都在70平方米左右，它们的主干都已中空，大丫杈也已枯，但老枝发新芽，绿叶苍翠，生机盎然，顽强地生存于兹。

史料记载，范仲淹为青州知州时，率领官民于唐朝既有的三官庙遗址（今范公亭处）挖井汲水，造福当地百姓，并在井旁植槐若干株，将其时已有的楸树予以保留，因此，唐楸宋槐相扶并存于今。春天来时，它还会发芽开花，一如宋词长短句那样昂首云天，清香四溢。

对这里的槐树，我慕名已久。今天，仰视它苍劲的枝干，我想，这槐树一定是见过大场面的，甚至，它还听到过范仲淹、欧阳修和李清照等先贤谈笑风生，或者说，范仲淹、欧阳修和李清照也见过、抚摸过这里的槐树，并在树干上留下过他们的体温。千年虽逝，但今人和古人之间，竟然以这一棵棵古树为媒介，达到了心灵的相通。

顺河而下，不远处的河对岸就是古色古香的李清照故居纪念祠了。灰墙黛瓦，红柱曲廊，清馨的易安精舍，蕴涵着温情的金石意趣，散发着典雅的艺术气息。

天色向晚，院内几乎看不到游客，这个在中国文学史上相当重要的地点如此冷清，确实有点"寻寻觅觅，冷冷清清，凄凄惨惨戚戚"的况味。驻足在易安居士的旧居内，在时光深处的某个角落里，我似乎能听到旧主人黄鹤杳去时的一声长叹。踩着石板上潮湿的青苔，我的内心涌动着秋意般的寥落。

三

徐徐展读青州这轴生动而宏阔的宋韵画卷，让人不禁遥想到北宋时代的繁华，想起那些活跃在画境实况中的先贤名流。

北宋青州为京东东路首府，辖七州三十八县，是青州历史上最兴盛的时期。

名人扎堆，名贤会聚，让这里成为北宋政治家施展政治抱负的舞台。先后有十几位宰相、副宰相任职于此，更有 800 个进士、12 个状元从这里走出。有诗云，"宋汴人才无先后，东方作郡总名贤""朝廷择相多从此""青州名宦宋时多"。他们或从朝廷还居、谪守、外放青州，或从青州入仕京城，升为高官乃至宰臣，都在青州写下人生的重要一页。

有"大忠伟节"称誉的范仲淹是在其政绩卓著的人生暮年来到青州的，在此之前，他写出了"先天下之忧而忧，后天下之乐而乐"。这位以天下为己任的北宋第一政治家，虽已风烛残年，但仍勤政爱民，关注民生。他用老练的政治智慧，解除了青州人民的诸多困苦。当时青州流行眼疾，他亲自从南阳河畔醴泉中汲水制药，发放给民众，遏制疫情扩散，为百姓祛除病患。为纪念这一善举，人们将醴泉称为范公井，其上构亭，名范公亭。千年之井，如今依然清澈，映照着外面的世界，吸一口水汽，足以荡涤心胸，仿佛听见了尘世的回声。

官至副相的欧阳修，在政治上一直是范仲淹的支持者。他任青州知州，实施"宽简不扰"的为政方针。在他的治理下，百姓安居乐业，生产发展，无上访事件，出现"年时丰稔，盗讼稀少"的景象。他在青州的一些决策虽然受到朝廷责难，但合乎实情民意，一直受到百姓拥戴。

被苏轼称为"四杰"之一的富弼，"伟望能使中国重，奇谋曾压北方强"，在担任青州知州的时候，安置并解救了大批从黄河以北涌来的饥民。他晚年对人从不夸耀自己出使辽国拒不割地之事，却对救活灾民一事引以为豪："在青州二年，偶尔能全活得数万人，胜二十四考中书令远矣。"因政绩突出，他升任副宰相，进而成为宰相。

范公、欧公与富公，都是庆历新政的改革者。我想，皎洁月光下，他们定会在三贤祠外院中，坐在楸槐树下，谈论富民强国、社稷民生的话题。也许他们的目光能穿越千年，关注着青州今日的巨变、开放与改革的进程。在这里与古人神遇，观其容貌之秀伟，听其议论之宏辩，自然是一种对心灵的震撼和启迪。

这座有"东方第一州"之称的名城，在北宋年间，多少名人雅士进进出出。不动声色的城楼与高墙，见证了一个个来去匆匆的背影。

王曾是从青州走出的状元宰相。他从青州应考，连中三元，跻身仕途。他39岁任副宰相，48岁任宰相，是朝廷倚重的名臣。在青州做官时，他扩建校舍，兴办州学，造福桑梓。宋仁宗御赐四书五经一批，并诏示各州以青州为榜样，大办儒学。古柏谡谡、松涛阵阵的松林书院成为青州教育之源。生动传神的汉白玉王曾雕像，方正坚实的王曾读书台，在今天仍然是一种昭示。

松林书院里的名贤祠中祭祀的其他先贤，都是北宋任青州知州的一代清官。

善断大事的宰相寇准、深谙政道的宰相庞籍、安国重臣李迪、睿智务实的宰相文彦博、铁面御史赵抃等，都在青州做过知州。有如此多的名贤重臣相继知守青州，如同云蒸霞蔚，紫气东来，这在全国二十三路中，实属罕见。

汴京政坛的羁绊太多，无法施展抱负，而在这里，先贤们尽可一展雄风。他们怀着富国强民的政治理想和经世致用的人生追求，把青州当作施政的试验地，用思想的犁铧，自由耕耘。他们超群的政治智慧，撑起辉煌的大宋王朝，也给青州百姓带来福祉。

以"郁郁乎文哉"著称的北宋青州，是诗文飞扬、文化灿烂的地方。那些知守青州的大臣，都是出色的文学高手。范仲淹、欧阳修、富弼等人是大政治家，也是大文学家。他们的到来，使青州的政治、文化跻身全国前列。

这些守臣在处理政务之余，喜欢吟诗赋词。他们虽是职业政治家，因抱负宏大，胸襟高阔，偶尔为文为诗，都是杰作。他们写青州的诗文，有的充溢着一股豪气和进取精神，"好山深会诗人意，留得夕阳无限时""飞泉落处满潭雷，一道苍然石壁开"；有的表现出浓郁的山水情怀，"须知我是爱山者，无一诗中不说山"；有的是赞美青州山水景物的，"极目烟岚九霄近，满川楼阁万家春""清明风日家家柳""南邻北舍牡丹开"；有的是反映社会稳定、物阜民丰的，"年丰千里无夜警""富饶足鱼盐，饱暖遍牟麦"。他们吟颂青州的诗作，自然舒畅，清新洒脱，体现了宋诗的光辉成就。

天才诗人苏轼与爱弟苏辙，虽没有在青州任职，但他们任职的密州、齐州，都属京东东路管辖，与青州相距并不遥远。他们都有机会来往于此，对青州当然非常熟悉，也因此留下写青州的名篇。苏轼在《登表海亭》中写道："谯门对丛压危坡，览胜无如此得多。尽见西山遮岱岭，迥分东野隔新罗。花时千圃堆红锦，雪昼双城迭白波。回首毬场尤醒目，一番风送鉴重磨。"诗中描绘出他登高望远看到的青州景象，充分体现出苏诗的大气、豪气。苏辙也在赞美青州的诗中创作出名句："面山负海古诸侯，信美东方第一州。"苏氏兄弟之作，为青州增光添彩，留下了千古佳话。

四

青州乍看上去并不像是一个风流之地，但它却孕育出了一个重量级的"千古第一才女"，并且在刚柔相济的地理中与东坡的豪放词作平分秋色，进而成为宋词婉约派的代表，她就是李清照。

与那些政治家兼胜诗文之长不同，李清照近似一位专业作家，文字也更纯、更美、更精致。这位"自是花中第一流""倜傥有丈夫气"的奇女、才女，她一生最平静、最幸福的时光是在青州：有与丈夫猜书斗茶的欢愉，有思念宦游丈夫的离愁，也有对朝廷党派争斗的忧虑，还有对社会风云的心灵折射。她将种种情感发为华章，或婉约动人，或浩气干云。她在许多地方住过，但最爱青州，晚年辗转漂泊南方时，仍思念着青州："欲将血泪寄山河，去洒东山一抔土。"现在，李清照的名字已经镶嵌在天宇中的一颗行星上。我想，在晴朗的月夜，她定会把光柱打在这东方古州，照耀她的精神家园，让人仰其光芒，沐其清辉。

那天，我在洋溪湖畔徘徊了很久，想象着当年李清照在湖边的情形，这片湖水在当时一定给了词人状如泉涌的灵感。

李清照在青州生活了近20年，她的生命在这里达到了最自由的境界。在这里，她的词作越写越多，也越写越好，呈喷涌勃发之势态，她词作的三分之一都是在这里写就的。

在宋代乃至以后的词人中，李清照大概是写愁最多的女子。李清照词的基调是开朗、欢乐的，但闺愁闲怨也时有流露。她后期的词作与国家和民族的命运息息相关，具有强烈的时代感。但她的词与同时代其他爱国词人所表现出的悲愤、愁苦或慷慨激昂又有所不同。她不是一个人站出来历数时代的不幸、社会的痛苦、民生的愁怨，而是以自己作为抒写的主体，在自己凄凉的身世中，饱含国破家亡的深愁与悲歌。因此，李清照的词更具有超越时空的感人力量。

在我眼里，李清照情感世界的妩媚，鲜有堪比者。她有一种精神上的性感，一种才情上的妖娆。她的眼神是彩色的、氤氲的，她不仅迷恋酒，且是灵魂里有酒意的人，无论"误入藕花深处"的慵散、"奴面不如花面好"的娇嗔，还是"沉醉不知归路"的迷离、"轻解罗裙，独上兰舟"的幽情，抑或"绛绡缕薄冰肌莹，雪腻酥香"的露骨，都可见她的汹涌和喜悦，那是一个女人最佳的身心状态。

然而，"花自飘零水自流，一种相思，两处闲愁。此情无计可消除，才下眉头，又上心头"，青州，这个李清照至死想念的诗和远方，也收藏着她一生的花瓣和思念。"莫道不销魂，帘卷西风，人比黄花瘦。"公元1126年，当金人的铁骑踏上汴京的城头的时候，北宋在"靖康之难"的战火烽烟中，永远停下了脚步。从此，在断肠与销魂的人群里，清瘦落寞的李清照只有一次次流落在逃难人群中，遥望北方的天空，看"征鸿过尽，万千心事难寄"。

五

数百年的烟雨，半个城的落花，一切都停留在那个最寻常的初秋末夏。

秋风送爽的傍晚，细雨霏霏的黎明，当我驻足于洋溪湖畔的时候，当我行走于偶园大街的时候，当我向青州古城的历史纵深处投向深情一望的时候，眼前就会叠化出 900 多年前的景象，那些先贤向我款款走来：他们匆匆走在悠然逛街的人群之中，他们在万年桥头和我擦肩而过，他们在范公亭的老槐树下举杯邀月，他们在南阳河畔和我拱手告别。山风撩起他们的长发，风霜沾满他们的长衫，诸多岁月履痕，沧桑感慨，都托付在一阕鲜活的古风雅韵之中。

湖面的残荷还留着昨夜的宿雨，水珠儿清圆俏甜，随风而动，飘散成空中的几滴清露。是谁的轻舟小楫从芙蓉浦深处款款而来，惊起的飞鸟扑扇着翅膀，飞出了我的梦境。一对鸿雁从空中飞过，留在身后的，是归来堂边柳荫花丛里飘出的书声："三杯两盏淡酒，怎敌他晚来风急！雁过也，正伤心，却是旧时相识。"

一切都鲜丽如昨，一切都未曾褪色。

海岸线

一

从青岛出发的时候，还是阳光灿烂，靠近蓬莱，大雾就弥漫开来了。整个城市在雾霭的笼罩下若隐若现。或许，仙境大都如此。好在，当我抵达市区的时候，大雾已经开始消散。走出宾馆，行走在蓬莱那有几分喧嚣和狭窄的街巷中，迎接我的，是真实的人间。

街道两旁的带状公园里，盛开着硕大的月季和石榴花，大叶女贞绿色的枝叶间，点缀着一串串紫红色的果实，空气中有着海风的清凉。我信步走进一条古旧的小巷，大街的喧哗与骚动消失了，取而代之的是商业街或新或旧的明清建筑，看得出历史的痕迹。

我知道，无论今天的蓬莱繁华与否，重要与否，它都属于一座活在历史上的城市——它曾经因为地处中国东部沿海地带而成为丝绸之路的起点，曾经有过另一种我们鲜见的光辉岁月。我来到这里，就是为了寻找这座城市曾经的记忆。

二

从市容市貌上说，蓬莱只是一个小城市，和沿海的大多数县级市一样，热闹、喧哗，同时还有几分凌乱。不过，除了它因为海上交通枢纽而延续千载的花样年华，还有一点是我此前没有想象到的，那就是这座城市里可以看到很多博物馆的踪影：蓬莱博物馆、登州博物馆、古船博物馆、长岛博物馆、海洋博物馆、民俗博物馆……这座城区人口不过40万左右的城市，竟然奇迹般地拥有如此丰厚的历史收藏。

这些博物馆虽然涉猎甚广，但其实万变不离其宗：它们是蓬莱作为中国海上丝绸之路东方零公里而自然衍生的产物。在这些博物馆之间徜徉，这座城市的历史与现实、光荣和梦想就栩栩如生地展现在我们的眼前。

海上丝绸之路博物馆位于蓬莱水城内，是在蓬莱古船博物馆的基础上改建而成的，占地面积7200平方米，是目前我国陈列古船数量最多、种类最丰富、唯一陈列有外国古船的博物馆。这里通过大量实物、图文和多种展陈手段，系统展示了中国古代先进的造船技术以及繁荣兴盛的登州古港在古代海上丝绸之路和海防中的重要地位，突出反映了中国古代经略海洋取得的辉煌成就，引发后人对于海洋强国建设的深刻思考。

馆内展出了蓬莱小海出土的4艘元明时期古船及随船出土的大量文物。这些古船见证了蓬莱作为海上丝绸之路的一个重要港口昔日的繁荣与兴盛。作为蓬莱水城的重要组成部分，小海曾在1984年和2005年进行了两次大规模清淤，发掘出4艘元明时期的古船。出土古船里既有战船，也有货船，还有2艘古代韩国商船。

走进船馆一楼，穿过中厅，便可看到4艘古船里保存最好的那一艘。它的四周已经被粗铁丝支撑的网给固定住了，其余3艘古船则被放置在博物馆的地下一层展出。

在博物馆的一层，我们看到随古船一起出土的铁锚、缆绳、炮弹、残铁剑、货币、陶瓷器等大量文物。很多文物上都有厚厚的海洋生物攀附的痕迹，原汁原味地保留了海上出土文物的特征。这些文物对研究中国古代航海史、造船史、军事史以及登州古港在中国古代海上丝绸之路和海防中的地位和作用都具有深远的意义。

<h1 style="text-align:center">三</h1>

在中国历史上，"丝绸之路"的开辟有力地促进了东西方之间的经济文化交流。

隋唐时期，中国对外贸易和文化交流达到鼎盛。除了"陆上丝绸之路"，海上对外交流活动也十分频繁，被称为"海上丝绸之路"，蓬莱是其中的一个起点。

有专家、学者认为：从汉到唐乃至后世政权统一稳定的时期，长安、洛阳是全国丝绸的集散地，山东是丝绸之路的重要源头，中国丝绸先东传到朝鲜、日本，后西传到中亚、西亚直至欧洲，而运输这些丝绸的港口多在登州，也就是蓬莱。

中国的文化和经济在唐朝时空前繁荣，蓬莱作为海上丝绸之路的起点和日本、朝鲜使臣来中国的登陆点、居住点，成为中外文化交流的重要城市。"日出千杆旗，日落万盏灯""帆樯林立，笙歌达旦"，描述的正是蓬莱当年的盛况，也是蓬莱作为海上丝绸之路东方零公里的又一佐证。

受"丝绸之路"的影响，登州地区在唐代逐渐成为新罗人往来中国大陆的主要集聚处和居住地。当时，登州城南有新罗馆作为接待新罗朝贡使团的专用驿馆。大批新罗人往来、定居于此，积极学习汉文化，有一些新罗人还在唐政府中获得官职，这对促进唐朝与新罗的友好关系有着积极意义。

除新罗人外，日本也派遣了大量遣唐使前往长安学习，登州是重要的登陆地之一。在这些遣唐使中，最著名的就是阿倍仲麻吕，他的中文名叫晁衡。

历史记载，阿倍仲麻吕随遣唐使在登州入唐，在中国做官，历仕三朝。他是大诗人李白的莫逆之交，更是力邀鉴真和尚东渡讲学的有功之臣。

唐天宝十二载（753），阿倍仲麻吕随鉴真和尚乘船归国的时候，传闻他在海上遇难。李白听了十分悲痛，含泪写下《哭晁卿衡》的著名诗篇："日本晁卿辞帝都，征帆一片绕蓬壶。明月不归沉碧海，白云愁色满苍梧。"诗人把阿倍仲麻吕比作洁白如碧的明月，把他的死，比作明月沉碧海。因为是明月沉碧海，所以天愁人哭，万里长空的白云，霎时间也变得灰暗阴沉，一片愁色笼罩天地人间。诗中感情充沛，深刻表达了两人的诚挚友谊，成为中日友谊史上的千古名篇。仲麻吕几经周折回到长安后看到李白为他写的诗，百感交集，当即写下了著名诗篇《望乡》："卅年长安住，归不到蓬壶。一片望乡情，尽付水天处。魂兮归来了，感君痛苦吾。我更为君哭，不得长安住。"

此外，日本著名高僧圆仁随遣唐使从古登州港入唐，先后在唐朝游学9年，其中有3年居住在蓬莱开元寺。他回国后在日本佛教界影响很大，终生致力于中日友好，去世后被日本天皇赐予"慈觉大师"谥号，为日本佛教界第一人。

多年以后，阿倍仲麻吕须发如雪，长辞于长安，圆仁法师卒于日本，蓬莱阁的海浪依旧水光接天，逝者如斯。只是他们没有想到，他们终生奔走致力的中日友好的愿望，在以后的岁月长河里化作幻影，他们的国家以枪炮舰艇的方式一次次叩开中国海防的大门。

位于蓬莱的开元寺，是一座回响着梵音与法鼓的佛教庙宇。在漫长的时光里，这座庙宇的香火极其鼎盛，接受过万里之外的信徒们的顶礼膜拜，庶几也可以看作蓬莱这座东西方文化交流的桥头堡里最活跃、最生动的因子，为中国佛教东传日本起到过重要作用。而圆仁撰写的

《入唐求法巡礼行记》与玄奘的《大唐西域记》、马可波罗的《东方见闻录》并称为"东方三大旅行记"。这本书是中日两国文化交流史上的珍贵文献，对登州的地方行政、经济以及唐时登州的物价情况都有详细的记载。

唐中后期，登州古港以其优越的战略区位，上升为中国古代北方最大的港口，与泉州、扬州、明州并称中国四大古港，成为中国古代中央政权与位于辽东半岛的地方政权以及朝鲜、日本联系的海上纽带。

另外，在北宋时期，蓬莱与朝鲜之间的民间贸易也相当繁荣。据不完全统计，北宋共有100多批、3 000多名商人前往高丽从事贸易活动。宋商运往高丽的货物，主要以丝和丝绸织物为大宗。高丽虽也制作丝织品，但其丝线织物却都是通过商人从山东、福建、浙江等地运出，后经登州港出海而进入的。即使到了明清时期，蓬莱仍是海上丝绸之路的出海主要通道。

作为海上丝绸之路的起点，蓬莱为山东半岛与朝鲜半岛、日本列岛等沿线国家和地区的友好往来、文化交流做出了突出贡献，同时也留下许多珍贵的资源，这些文化沉积至今仍发挥着积极影响。

四

蓬莱阁建于山顶。远远望去，楼亭殿阁掩映在绿树丛中，高踞山崖之上，恍如神话中的仙宫。居身阁上，脚下云烟浮动，有天无地，一派空灵，令到访者切身体会仙阁凌空的感觉。正如东坡诗云："东海如碧环，西北卷登莱。云光与天色，直到三山回……"

众所周知，苏轼的一生是浪迹天涯的一生，他自己曾作诗曰："问汝平生功业，黄州、惠州、儋州。"然而就是在这些所谓的贬所，苏轼挥毫泼墨，留下了千古佳作。他一心为民，恩泽乡里。在登州（蓬莱）

也是如此。北宋元丰八年（1085），几度命运浮沉，苏轼被重新起用，担任登州府的知州，也就是现在的蓬莱。他于十月十五日到任，二十日奉调礼部郎中，十一月初离开登州。可以说，苏轼在蓬莱停留不过二十几天的时间，做了五天的知府。然而，就是这五天，苏轼在蓬莱的足迹就成为永恒，蓬莱也嵌入了他的永久记忆。

自那以后，苏东坡漂泊的脚步如同暗夜远去的灯盏，再也没照亮过身后的归途。但他的《海市》一诗和那篇著名的关于海防的奏折，却成为当地海洋文化的宝贵遗产，成为留在人们心中的一道"苏堤"。

我对蓬莱向往已久。

小时候家里过年，门前年画中的内容，不是哪吒闹海就是八仙过海，海洋对于我来说是那么神秘而遥远；而我心目中的蓬莱，又是那么神圣虚无，令人魂牵梦萦。再后来，我读了白居易的《长恨歌》，更对蓬莱多了几分烟霞缥缈之叹。

我第一次到蓬莱，是1998年4月的一次出差。那时的蓬莱阁范围不大，古意翩然，游人极少。虽是初春，极目仍是萧疏，沧桑难以言喻。海风吹拂着刚露新芽的树木和几处废弃的民居，间或能在路边菜地里看到劳作的村妇，她们疲惫的神色和那特殊的有机肥的气味，将我从仙境拉回人间，终因行色匆匆，留下的印象只是浮光掠影。

今天，当我再次站在蓬莱海岸的时候，过去大气磅礴地立于海岸之巅的"北方第一阁"，在周围众多景观的拥围之中，宛如大海中的一叶小舟，在太阳的照耀下泛着孤独的白光，先前的小路已经在视线中消失，周围的树木、山丘、民舍，变成了海天之间的崭新景观，带给人一种目不暇接的恢宏。

在水城大桥上东望西瞰：新建的滨海公园和蓬莱广场连接着浩瀚的大海；海岸边有长亭栈道、游船码头，水阔天远，通江达海；一条新修的马路正在安放庞大的下水管道，焊光闪烁，车来车往；更多的仿古建筑初露端倪。在古老蓬莱阁的注目下，现代化的蓬莱正在日新月异地被建造起来。

从驻地到蓬莱景区，从三仙山到八仙过海景区再到蓬莱阁所在的丹崖山顶，最后绵延到胶东半岛最北端的田横山，重重叠叠的仿古建筑群一路铺展开去。那些延伸到大海中的古城垛，那些参差错落的古建筑群，连绵的防波堤，横空飞架的缆车，像是无数散落在海面上的明珠，大气、安然，昔日的海上丝绸之路，业已辉煌再现。

在积淀了众多往事的泥沙沉入海底后，在这片厚重的土地上，我们或许还能感受到古老历史与现实生活的碰撞和交响。

站在蓬丹崖山顶，面对宁静的阳光和宽厚的大地，在历史与传说中恣意远眺。"蓬莱胜景誉人间，美景奇闻任畅谈，海市蜃楼皆幻影，勤耕巧织即神仙。"有了精神动因，曾经荒凉弱贫的疆土也被书写成为让历史浩叹的诗篇。

五

日光从云缝中泻出，景区里的苍松翠柏落满光斑，恍如碧波荡漾，聚散不定。

这座建于宋代、完善于明代的水城，又叫抗倭城。宋、明以来，这里一直是胶东沿海停泊战船、驻扎水师、屯兵练武之地。经900多年风雨的侵蚀和海水的冲刷，这里依然坚固如初，雄伟气势依稀可见。

导游介绍说，当地政府投资4.5亿元，征用土地376亩，分批搬迁水城居民600余户，用5年的时间对这座水城分三期工程进行修复、扩建，把水城建成以明代海港风貌为基本特征的海洋文化展示基地。在恢复明代海港风貌的同时，政府还修复了城墙、敌台、楼铺，恢复备倭都司府、坐营司、校场，并建设古船展示馆等项目，展示出中华民族抗击外侮、保卫海防的英雄之光，意在告诉后人：落后就会挨打，发展才能自强。

站在新建的水城墙头，迎着海风，我沉思良久。抚摸锈迹斑斑的铁炮，凝视古城墙上的累累弹痕，苍茫的天穹下，我似乎听到大海的回声，眼前战火硝烟，胸中隐隐作痛：犯我者必诛，为什么不以战舰出击，拒敌于国门之外？又何故让倭寇横行于海岸之上？

漫长的中华民族历史上，曾经有过海上辉煌，也有过苦涩和屈辱。特别是到了近代，人们对于海洋的认知，大多停留在苦痛的回忆之中。血泪更路簿，飘摇打鱼船，生活在海边的人们，只是从大海收回一点聊以为生的鱼虾海产而已。

真正使国人海洋意识苏醒，切肤感受到海洋主权之痛的是一部血泪的近代史，一个帝国幻梦的破灭，中华民族在漫漫长夜中为此曾付出惨痛的代价！

让人刻骨铭心的历史是，在八仙过海的地方，并非正规国家军队的倭寇，从海疆上不断侵扰，成为明帝国的心腹大患。

面对倭寇的骚扰，来自农耕文明的戚继光的军队只是在陆地上筑起城墙，被动防御。即便是离此并不遥远的刘公岛的一次真正的海上较量，也是以中国军队的惨败而告终。据不完全统计，从 1840 年到 1940 年的一百年间，外国列强从海上入侵中国竟达 479 次，千里海防，竟如同虚设。

多少年了，我们的民族从苦难中走来，他们的奋斗历程与海洋的距离太过遥远，海洋对于他们，或者是遥远传说，或者是外敌侵入的代名词。

我走过远方的山川河流与故乡的田野，看到过太多粗糙的大手抚摸他们那片贫瘠的土地，看到过父辈心怀悲悯地种植与收割着生活的未来和希望，铺就他们心中认为更有长度的人生。

是的，他们不敢奢求来到海边面对这样的辽阔，也无力攀登高山去面对那样的遥远。对他们来说，温饱其实就是大海，生存就像一座高山。至于那个哪吒闹海的神话，那个八仙过海各显神通的故事，仅仅是民间的传说和愿望而已。

或许，中国人的海洋之梦太过遥远。只是到了今天，当中国海军的访问巨舰停留在远洋港湾的时候，当"辽宁号"驰骋在万里海疆的时候，当南海岛礁的灯塔为过往船舰指明航向的时候，我们才有理由相信，中国人的海洋之梦已不再是神话传说。

在这片蔚蓝色海洋上穿越的人，今天或许是外乡客，明天就会成为同路人，因为，我们也是大海的子孙。

六

离别蓬莱，已是下午时分，我走在海边的栈道上，斜射的阳光照耀着苍黛的远山，蜿蜒的海岸线把人的视线延伸到很远的地方。奔涌不息的海水被阳光镀上一层闪烁不定的金色，长山岛在烟波浩渺中时隐时现，身边偶有游艇从海上掠过。

远处，回环于丹崖山的云雾氤氲蒸腾；山下，郁郁葱葱的林木千姿百态；身后，造型独特的八仙雕像奔放大气；观音苑的钟声和悠扬的诵经声伴着缭绕的雾气徐徐飘来，丝丝入耳，隐约可闻，让人恍若身临仙境。大自然的鬼斧神工就这样与人类的伟大创造结合在苍茫的海岸上。

在我的眼前，喧嚣的依然喧嚣，热闹的依然热闹，尘土飞扬，烟火阜盛，但那些大海昨天的故事，依然萦怀于我的心中。回头望，沧海茫茫，那些昼夜不息的海浪，那些乘风破浪远去的帆影，依然鲜活如初。

此刻，几艘军舰正从海上缓缓驶过，它那苍凉浑厚的笛声提醒着我：黄海之上，有一个承载着中国海军沉痛记忆的地方。

浮沉之叹

一

船行海上，细雨如诉如泣，周遭的一切都笼罩在一片迷蒙的烟雾中。

几艘经年停驶的渔船，泛着斑驳的色彩，静默地靠在岸边，如同阅尽世事的老者，在涛声中沉默不语。海浪泛着白沫朝远处延伸，慢慢变得模糊，同样模糊的是我的视线，还有对岸刘公岛上的树和建筑——它们在雨雾中显出凄清的轮廓。头顶上，海鸟振翅高飞，似乎感受到一丝深秋的萧瑟。当年，它们的祖先是否也经历过那场血与火的洗礼？

在这里，战争的痕迹早已被时间与水流淹没，唯有历史的记忆如烟雨迷蒙，萦绕在这座岛屿上。

如果没有那场战争，如果没有那些北洋海军旧址，如果没有那些战败的屈辱……这里该是多么美好，它流传下来的只会是从汉代以来就有的优美诗意和故事传说，而不是民族淌着鲜血的伤口和永远的沉痛。

细雨如同泪滴，淋湿了我的头发，无声地落在我的身上。穿越时间的隧道，在远处那片废墟中，我会搜寻到怎样的历史碎片？

泪，依然在流。

二

时光回溯到 120 多年前，回到 1895 年 2 月 17 日那个寒冷的早春。

那一天，刘公岛见证了北洋海军的覆灭。生活在岛上的居民，见识过各种各样的来客，但这次，他们看到的不是彬彬有礼的客人，而是骄横的战争胜利者。

从此，那个曾经飘扬着大清国旗、战舰林立的刘公岛再也回不来了，那个中国海军一度震惊世界的时代结束了，那种豪迈又自信的文化破碎了。来自东瀛帝国征服者的霸气与强悍，成为这座古老岛屿上不堪回首的短暂插曲。

威海卫，曾经是北洋舰队的主要军事基地之一。在晚清的海防版图上，威海卫军港隔渤海与辽东半岛旅顺港遥相呼应，构成拱卫京津的虎踞龙盘之势。

当年，留英学成归国的邓世昌、刘步蟾、林泰曾等北洋水师年轻将领从西方将"定远号""镇远号""超勇号"等战舰迎回。正是在这片海域，他们心怀"师夷长技以制夷"的理想，抱有建设中国近代强大的海军之梦。

史料记载，北洋舰队至 1888 年在刘公岛正式成军时，已拥有大小舰艇近 50 艘。1889 年，美国海军部长特雷西在一份报告中将清朝海军实力排在世界第 4 位，甚至位于美国、日本之前。

然而，就是这支"就渤海门户而论，已有深固不摇之势"的北洋舰队，时隔不到 7 年，经过中日甲午威海之役，全军覆没，沉没在茫茫的海底。

远处，掩映在岛上绿色植被中的忠魂碑直插入云，提醒着我们：前事不忘，后事之师。

三

19 世纪末期的大清帝国，如同汪洋大海中的一艘颠簸起伏的破船，在故步自封的状态下盲目自大。北洋舰队在其建立之初的 1891 年曾到访日本，日本全国为之震撼，军界大惊失色，日方海军更是惶恐万分。

只是，一个不容忽视的细节露出了破绽，一个细心的日本将军发现：炮管上布满灰尘。这个日本将军嘴边顿时掠过一丝不易察觉的冷笑，他就是日本海军将领伊东祐亨。

也就是这次，伊东祐亨向日本天皇报告说，大清所谓的无敌舰队实则管理混乱，训练废弛，战时将不堪一击。反观日本：从明治维新开始，日本就在磨刀霍霍、富国强兵。他们从国家总收入里拿出六成来壮大军队。天皇还以身作则，每年从自己的"小金库"拿出 30 万元贴补国防，还动员政府人员捐出工资的十分之一用于强军，对外扩张的野心昭然若揭。

具有讽刺意味的是，清政府当时正忙着拨出 3000 万两巨银的专款，为慈禧太后操办六十大寿的典礼。因经费不足，清政府又从海军经费中挪用上千万银两建造园林。所以后来有人作诗讽刺说，北洋水师的铁舰全军覆没，倒是颐和园的石头船永不会沉。

彼时，战事尚未开启，双方的准备判若云泥。

丰岛海战后，北洋舰队拘于"保船制敌"之令，巡弋于大同江口以北和威海、旅顺之间，将黄海制海权拱手让给日本海军。

清廷建立北洋舰队，本意不过是装点门面，李鸿章更是把舰队看成私家财产。大敌当前，那些北洋大臣、清廷权贵对时局和前途或许各持己见，但对于如何享乐与关键时刻如何保全自身的观点却是殊途同归。于是，主和投降的意见很快占了上风，只因派出的使者和谈被拒，才被迫仓促应战。

9月17日，北洋舰队在完成护航任务后准备由大东沟口外返航，突然与日本联合舰队相遇，黄海海战随即爆发。战斗历时5个多小时，北洋舰队被击沉舰艇5艘，4艘受到重创，日本联合舰队却无一沉毁，仅伤4舰。海战中，邓世昌指挥致远舰奋勇作战。在日舰围攻下，致远舰多处受创，邓世昌决定与敌同归于尽，命令致远舰全速撞向日本主力舰吉野舰右舷。不幸，敌舰的一发炮弹击中鱼雷发射管，管内鱼雷发生爆炸导致致远舰沉没，邓世昌和全船官兵以及与他们朝夕相伴的致远舰，全部沉入茫茫大海。250多个鲜活的生命就这样永远消失在历史的深处，甚至连姓名都不曾留下。

战争的第二阶段，清军更是斗志全无，后勤保障缺失，伤船无力修复。很快，旅顺口失陷，制海权丢失，渤海湾门户大开，日本海军获得重要的前方基地。

旅顺失陷后，丁汝昌率领"坏无以换，缺无以添"的北洋海军舰队退守威海卫港内，此时的威海卫尚有大小舰艇27艘，港区陆上筑有炮台23座，安炮160余门，守军19营，在风雨飘摇中苦苦支撑。但外购的舰艇大炮，再先进也不过是一次性使用的耗材而已，没有完整的军事工业体系支撑，战局胜败可想而知。

北洋海军困守威海军港直至全军覆没，最终也没能做出其他选择。其中的原因固然很多，但军舰残破不全是一个不可忽视的客观因素。而造成这个客观因素的，正是清朝相当于无的工业和军事后勤体系，无法支撑起一支工业化国家才养得起的舰队。一个没有成熟工业体系，也没有完备的近代军事后勤体系的军队，一切配件全靠外购，再先进的设备，终逃不脱一次性消耗品的命运。

实际上，真正的北洋舰队在黄海海战一战就已消耗殆尽，之后存在的，只是一支千疮百孔、徒有其表的空壳罢了。

四

一条石板路斗折蛇行，从松林穿过，沿着小路，我向海岛的深处走去。因过往行人太少，石板的边缘生出一层厚厚的苔藓，在雨中如同青色的地毯；旧时战场的上空，只有悠闲的白鹭和云烟漫不经心地飞动。

雨水将草木冲刷得青翠欲滴，葱郁之色依山就势铺展开来，白色的烟岚如云似雾笼在绿树间、罩在海水上，远看如云，近看如丝，仿佛挥之不去的发散的思绪，回荡于山之巅水之湄。

1895年的冬天，刘公岛滴水成冰，从黄海吹过的寒风凛冽如刀，岛上的人们都蜷缩在低矮的房舍中，战争的阴云笼罩在海岛的上空。那些祈求和平安详的人们还在盼望着一个花红柳绿、莺歌燕舞的春天来临——他们不知道，即将迎来的却是一个屈辱与沉重的时刻，并且，自那以后的半个世纪的时光，都将是一种冰冷的记忆。

山坡下面是当年北洋海军办公的地方，也是一个承载了太多痛苦记忆的场所。

丁汝昌的名字总是和刘公岛紧密地联系在一起，尽管他只是一个匆匆过客。他是那么热爱与他朝夕相伴的舰艇，那么热爱这座岛屿，热爱它的山光海色、风声鸟语，热爱这里春花万树的喧嚣，也热爱它秋雨落叶的孤寂，但他59岁的生命还是定格在了刘公岛那个凄清的午夜里。

我顺着海军提督署向西行200米，来到一处院落，这里是丁汝昌当年的寓所。在这里，丁汝昌度过了6年的时光。

院内西侧有一株上百年历史的紫藤，是丁汝昌当年亲手种植的。每年5月，这株紫藤都会开出淡紫色的花瓣，流芳吐艳，清香四溢。并且，这株紫藤还多次施恩于岛上人家：在饥饿的年代，每到紫藤花开时节，岛上百姓便来这里摘取紫藤花，制成菜饼或菜团充饥，借此渡过难关。

前花园正中正对着大门的地方，立有一尊高 3.80 米的丁汝昌铜像：他面朝大海，手捧兵书，似在沉思。

我来到丁汝昌寓所的时间，正是紫藤盛开的花季，满树亭亭如盖，像一条瀑布，从空中垂下。但我的眼前并没有赏花的人群，有的就是这一树带泪的、盛开的紫藤。它们和我一样，在微风细雨中，追忆着一个逝去的风云年代。一切恍若隔世。

1895 年 2 月 11 日，一个寒冷的下午。从战场上被部下冒死救回的丁汝昌从这里告别家人，最后一次走向北洋提督府。

眼前，弹痕累累的定远舰和靖远舰倾斜在威海湾内，海浪悲风，寒鸦哀鸣，昏黄的夕阳淡扫在伤痕累累的战争废墟上，伤兵在低声呻吟；身后，波涛汹涌的黄海铅云密布，天地间是一片战争过后的恐怖和凄凉。

连日困守孤岛，丁汝昌一次又一次向朝廷发出求援，但最终等不来援军，投降的呼声充盈于耳，甚至步步紧逼。作为舰队最高长官，他对外求援无望，对内无人听令，"威海之防尽堕"，陆上孤城陷落，北洋海军被封锁在港内，形势万分危急。此时，丁汝昌断然拒绝日军的诱降，决心以死明志。

"我昨曾下令炸毁伤船以期突围，怒人心已散无人听我令矣。吾或死或被擒，然吾既为中国人，宁死不降也……" 2 月 12 日凌晨，在弹尽援绝的绝境中，丁汝昌自杀殉国。死前，他留下遗书，期望善待民众，为船员和百姓换来一条生还之路。

只是，丁汝昌没有想到，舰上的外国雇员勾结威海卫水陆营务处候选道员牛昶昞等人，借他的名义与日军签订了投降条约，陷他背负卖国之名。他更没有想到，在他殉国之后，清廷下令籍没其家产，将其棺柩加三道铜箍捆锁，棺材和铜箍均以黑漆涂之，以示戴罪，十年不准安葬。他的妻子吞金自杀，亲眷全部流放，子孙后代被迫流落他乡。

威海卫保卫战中，同样选择自杀的还有定远舰管带刘步蟾、北洋护军统领张文宣、镇远舰管带杨用霖等人，一代海军名将，就这样化作缕缕海魂杳然而去。

五

清光绪二十一年（1895）2月17日，日本联合舰队开进威海湾。

日军在刘公岛盘踞3年，耀武扬威地在铁码头的东侧海滩上修建了一座"攻占威海卫纪念碑"。高高耸立的尖状石碑，似一把利刃插在中国人淌血的心脏上。

而后，刘公岛经历了"国帜三易"的悲剧：1898年5月23日下午，威海大地上，日本的太阳旗慢慢落下，大清国的黄龙旗缓缓升起。一天之后，刘公岛的黄岛炮台又被换上了英国的米字旗。

此后，英国强行"租借"刘公岛42年，直到1930年方才收回。抗日战争中，日军于1938年再次侵占威海，在列强铁蹄的践踏下，威海反复经历了"山河破碎风飘絮，身世浮沉雨打萍"的黍离之叹。

著名诗人闻一多在留学美国的时候，曾经愤懑地写道：

"再让我看守着中华最古老的海／这边岸上原有圣人的丘陵在／母亲／莫忘了我是防海的健将／我有一座刘公岛作我的盾牌／快救我回来呀／时期已经到了／我背后葬的尽是圣人的遗骸／母亲／我要回来／母亲！"

七子尽泪下，诗人独悲歌。

雨中的刘公岛，到处苍翠欲滴。徘徊在湿漉漉的道路上，我寻访着当年留下的历史痕迹。从炮台到教堂，从东村到西村，从山下到山顶，诸多的战争旧迹、英伦印记，都指向一个逝去时代令人感喟万千的风雨苍茫。

六

旗顶山炮台遗址处，四尊 24 厘米口径大炮横卧在此。炮筒之上锈迹斑驳，昔日那种轴舻衔接、旌旗蔽空的盛景已无从想象，我只能用痛惜的目光将其一一扫过：扭曲的铁炮、弹痕犹存的炮台、绑着锁链的鱼雷——阴云之下，它们无声无息地回望着细雨轻风。

在以原北洋海军提督署为址所的中国甲午战争博物馆里，透过昏暗的玻璃橱窗，我知道：这里曾经是远东最大的海军基地，驻扎着当时亚洲第一、世界第四的庞大舰队，兴盛时，船坚炮利，气势如虹。

然而，落后的经济形态和腐败的政治制度，最终导致了甲午海战的悲剧，纵有丁汝昌、邓世昌等众多民族英雄，也已回天乏力。

因为昏庸腐败，一个国家有钱修建颐和园，却没有钱购置军备。

也是因为昏庸腐败，大清的统治阶层花天酒地、穷奢极欲，整天灯红酒绿、纸醉金迷。而左宗棠去新疆打仗却还要到处借贷筹集军费。

还是因为昏庸腐败，大清国营的开滦煤矿生产的无烟煤不卖给北洋舰队，而卖给日本人以获取高价。北洋舰队烧不起无烟煤，只能用价格低廉的黑烟煤，在飞扬跋扈的敌方舰船面前只有被动挨打。

在倭寇炮口的威逼下，随着丧权辱国的《中日马关条约》的签订：清朝开放通商口岸，割地赔银，辽东半岛、台湾岛和澎湖列岛等拱手相让给倭寇。"四万万人齐下泪，天涯何处是神州"，弥天国耻，从此改变了中国的命运：帝国主义的瓜分狂潮席卷而来，包括刘公岛在内的国土一而再、再而三惨遭蹂躏，中国半殖民地半封建社会的程度进一步加深。

陈列馆里，社会名流即兴挥毫不少，最朴素、也最真切的却是丁汝昌寓所庭中，原来远舰二副谢葆璋之女、著名作家冰心老人的题词："不要忘了甲午海战！"

是啊！忘记历史就意味着背叛。

"拼将十万头颅血，须把乾坤力挽回。"17年后，辛亥革命以摧枯拉朽之势，宣告了腐朽没落的清王朝彻底灭亡，中国的前途和命运从此才迎来了新的曙光……

七

淅沥的小雨还在下着，乍暖还寒的东风，催开了海岛的花朵，玉兰、杜鹃和迎春花竞相盛开。游人稀少，略显寂寞，与它曾经的繁华形成鲜明的对比。行走在炮台上，我仿佛可以随时邂逅百年以前的人们，他们在这里或行走或操练或悲歌呐喊。他们在时光的流逝与朝代的变换中，在战火硝烟的火光中前赴后继，并用它来照亮悲喜交集的风雨人生。

尽管刘公岛还有"海外仙山""世外桃源"等美誉，名胜古迹移步皆是，但是，来此登临，我已经没有了游山玩水的兴致，因为我们脑海里积储了太多需要思索的东西。

"一朝瓦解成劫灰，闻道敌军蹈背来。"从丰岛海战到鸭绿江溃败，从大连陷落到旅顺屠城，从大东沟海战到刘公岛北洋舰队全军覆没，从《马关条约》的签订到台湾军民的反割台斗争，透过历史场景的再现，人们对这场战争的认知也在不断深化。战争虽然过去了120多年，但两个甲子沉淀着几代国人的痛苦与思索，横亘在历史与现实之间，留存于中华民族的集体记忆之中。

恩格斯曾经说过，每一次历史的灾难都是以历史的进步为补偿的。从20世纪30年代开始，学界对于甲午战争的研究就已经展开。在学者们看来，今天我们对甲午战争的反思与拷问，就是要找出战争失败的原因，认真吸取失败的教训，并有针对性地采取切实有效的举措，把教训转化为民族振兴的契机和动力。

好在，我们已经启航。

当我即将乘船离开刘公岛时，我看到：一艘艘中国海军军舰停靠在港口远处，年轻的水兵们正在雨中的甲板上操练，雄姿飒飒，壮志昂扬；一艘中国海警的舰艇正待出海巡航，它厚重的笛声回荡在刘公岛的上空，也回荡在我的心中。

当我回头向山顶望去的时候，细雨如丝如缕，漫山遍野尽是湿漉漉的雾气，那雾笼罩着我，一如我的思绪沉浸在刘公岛的沉郁凝重之中。

多少年后，邓世昌、丁汝昌、林泰曾、刘步蟾等北洋将领的后人们也都相继登上过这座岛屿，当这些须发皆白的老人沿着海边码头漫步时，那些迎面走过的年轻水兵，很少有人知道他们是谁。其实，他们不必知道，因为所有到达刘公岛人们的心中，都深埋着一个逝去时代的隐隐风雷。

抗战胜利后，中国海军从日本索回了部分甲午战争中北洋海军的遗物，甲午之耻给我们带来的伤痛似乎稍稍得到慰藉。然而，当我们战战兢兢地拨开历史的尘雾，重新回顾这段令人心碎的历史时，我们看到的不仅是一个人或一支军队的沧桑浮沉，而是一个国家曾经因为困窘、短视、漠视现代化而感受过的苦难悲痛。从这一点反思，或许才能找到当年真正的致败之由。

雨渐渐消散，熹微的日光透过薄雾，泛出淡淡的米白色光芒。我仰望天空，看见那些身披斗篷的英魂之影，那是大厦将倾的飞烟，也是碧血忠诚的挽歌——那是刘公岛的名字，在猎猎海风之中闪耀，在索索海波之上传唱……

青未了

　　从平安庄到高密市区，不过 40 千米的路程，而我，却像是走过了一段悠长的历史，一段从乡村到城市的历程，一段从贫穷到富裕的路径。

　　在这里，岁月温情地覆盖在这个城市的每个角落，时光不紧不慢地在春秋烽烟、秦砖汉瓦与唐诗宋词间逶迤穿行，每一处都可枝蔓出古老的传说与奋进的故事。

　　我仿佛看见，在那高远深邃的天穹下，在那飘逸的云霞中，有大禹后裔的脚步，有先哲智慧的灵光，他们御风而行，在浩瀚的齐鲁大地牧歌耕读。因了一个村庄文化的催生，我看到一座诞生诺贝尔奖得主的城市的文化渊源与精神高度，看到一座现代都市的进取意志和奋进壮歌。

　　造访高密，莫言旧居是第一站。

　　六月的风从田野吹过，弥漫着大地特有的芬芳。

　　麦田在阳光的照耀下显现出耀眼的金黄，村道上满眼的青绿和丰收的繁忙。在南风舒缓的节奏里，依稀能听到麦穗伸展腰身那慵懒的声音和绿树丛中蝉的鸣唱。

　　顺着胶莱河行驶，河中水草茂密，铺张出一片远古的绿。芦苇于夏风中摇荡，温柔地指向天空和远方。透过车窗，映入我眼帘的是一批老式房屋，它们秉承着北方建筑特有的风格，低矮、夯实，由于沾染了道路上扬起的灰尘，显得陈旧、斑驳，仿佛穿越了历史。走进 20 世纪 60 年代的村庄，一切让人恍然如梦。

新拓宽的道路上，不时驶过一些大型水泥罐车或货车——这里和中国其他大多数城市一样，正在飞速发展。一排排高大茂密的白杨树拥立路旁，透过林间的缝隙，我还看到了一片片广阔的土地，从胶河两岸平旷的河滩与沼泽到静坐无言的浑圆丘岗，都满披着庄稼，风吹麦浪，一直滚动翻飞到蔚蓝的天边。

莫言旧居在高密市夏庄镇大栏乡平安庄村。汽车越靠近目的地，行驶得越缓慢。我们找了一个地方停好车，然后顺着村道向村里走去。大部分人已搬迁到街上，住进了楼房，村子的旧宅就被废弃，成了“文物”，一切都显得散淡而静谧。

村头立着一组牌子，上面先用中文介绍了莫言旧居的历史，同时还用英文做了翻译。旁边两块大石头上雕刻着莫言的手书，一块写着一首打油诗：“少时辍学牧牛羊 / 老家大栏平安庄 / 芳草连天无人迹 / 野兔飞奔鸟儿忙……”

另外一块上则刻着莫言的另一首诗：“生我养我的地方 / 美丽的胶河滚滚流淌 / 遍野的高粱高密辉煌 / 黑色的土地承载万物 / 勤劳的人民淳朴善良 / 即便远隔千山万水 / 我也不能将你遗忘 / 只要我的生命不息 / 就会放声为你歌唱。”

或许，这就是诗歌之乡的人文语境，就是莫言旧居的丰厚意象。

在莫言旧居背后的空场地上，一些村民摆着摊位：有的卖红高粱酒，有的卖莫言的书籍，有的卖高密泥塑，有的卖其他的纪念品。他们一个个质朴热情，和正午的阳光一样，显现出恬然和随意。

站在"莫言旧居"院子门口，面前的门框有些矮，身材高大的人须低头才能进入。两扇粗陋的柴门无言地立在门边，注视着岁月的沧桑。

轻轻地走进门内，那院墙是用泥土砌成的，地面是泥土地，屋内的光线比较暗，几个房间局促而狭小，空着，泥土地面凹凸不平，留有一个家族深深浅浅的足印，墙面已有罅隙。

阳光照在塑料纸挡住的窗户上，原本昏暗色的土坯墙上落下许多斑驳的印痕。有的地方糊着泛了黄的报纸，并且开始曲曲折折地皲裂。墙角蹲着一只锈迹斑斑的水壶，屋里面陈设着那个年代常用的物件，风箱、煤油罩子灯、收音机、老式挂钟。墙角静卧着一个小皮箱，装满无声岁月残留的往事。

在文人心目中，拥有一方雅院是一种充满情怀的理想，是中国人文化与情感的积淀与传承。院子里秋冬春夏的岁月流转，成为润物无声的境界。那些文化名人居院子而心观天下记录岁月，数一数飘落的秋叶，尝一尝月下的佳酿，听一听虫鸟的鸣奏，让身心浸润在这片属于自己的天地中，也让笔头的诗意如灵泉般涓涓而出，写下一部部传世佳作。

莫言家的小院东西向有一米多高的土墙，面积有百余平方米。紧靠水缸有一棵柿子树，南面墙边种着两棵柿子树，树冠不大，叶如翡翠，如是秋天，或许满树红云。院子的东南角有一篱笆围着一个小棚子，大概是北方农村司空见惯的"洗手间"。整个院子局促狭小，空空如也，连坐的凳子也没有一个，所有作家心中的小院风情在这里看不到踪影。

站在院子里，一切很静，像一首歌唱的那样，连风都听不到，听不到。

这里没有茅盾先生笔下充满诗意的乌镇岁月，没有鲁迅笔下令人眷恋的鲁镇时光，没有老舍向往的四合院风情，也没有沈从文笔下边城淡淡的忧郁。

这里只有贫穷和谦卑，只有一个农家少年渴望成为城里人的梦想。一个人静静立在小院的一侧，似乎听得到忧伤的叹息。

时光送走了太多的东西，唯独留下曾经的贫寒记忆。我能想象一个农家少年的种种困窘和无奈，能想象他在村子里和邻居拉家常记录往事，能想象他如何在深夜坐在炕桌上半铺开纸张、沉入静谧的文学世界……

莫言获奖后，一位瑞典作家来到莫言旧居。当她踏进房屋，看到破旧的房间时，忍不住号啕大哭。她怎么也不相信一个"诺奖"作家竟然是在这种环境中长大的。作为一个外国人，她当然难以理解昏暗油灯下能创作出如此波澜起伏的作品，更不会想到新时代中国农村的巨大变化。

这是除"诺奖"的文学意义之外，莫言旧居献给人们的一笔另类财富：它让我们记得20世纪60～80年代中国农民的生存状况，并印证了莫言文学创作的历史和人文背景。如此看来，莫言创作了许多让人震撼的文学作品，其旧居的存在，也为我们留下想象那个年代中国农村生活面貌的真实依据。

好在，俯仰之间，一切皆成历史。

旧居的周围是整个平安庄，或者说是这个小村原有的旧貌。

这是一片低矮的土屋，那样的灰颓，没有光彩。村民们早已搬到外面，无法搬动的只是一片败落和荒凄的记忆：倒塌的院落围墙，杂草野树丛生，有的院墙外边已辟成了菜地，静寂中有了一畦翠绿，自带一种向上的力量。

在外面宽阔的公路两侧，一路排开的是村民的新居。楼房是别墅样式的，门前可以停车种树，一楼多是底商，楼后有院子，可以养花种菜，少年莫言进城的奢望，在后来的村民中全都成为现实，依托名人的效应和政府的补贴，村民户户丰衣足食，告别了贫穷苦难。

莫言旧居的旁边有一家叫杜老三的民俗馆，据说老板是当年莫言的近邻，房间里还摆放着和莫言的合影。老板人很和气，我们在她的店里品尝了三种价格的"九儿"高粱酒，最后买了8斤带回。老板很热情，一再邀请我们去她家吃中饭。山东人好客，我想，如果能盘腿坐在农家的小炕上，端起一碗碗高粱酒，或许能喝出一个物我两忘的境界，喝出红高粱故乡最原始、最本真的明快和酣畅，消解旅人的万千乡愁。我们虽没好意思前往，但高密人的热情，让我们感到馨香如酒。

走在村里的土路上，电视剧《红高粱》的主题曲一遍遍地在村子里响起来："身边的那片田野啊，手边的枣花香。高粱熟来红满天，九儿我送你去远方……"

歌声有点悲壮，也有些凄凉，一波一波荡向远方，像是在告别一个遥远的时代。

我不知道这些声音消失在什么样的地方，是齐鲁大地那些大大小小的绿荫之间，还是视线尽头的河流两岸起伏的沙滩。那些河滩两边，铺天盖地的高粱地正在孕育拔节，随风摇曳，迎接一个红色秋天的来临。

红高粱影视基地的门前，又是一片广阔的绿，高粱已经长到半人高，如同一片片密集的青纱帐，在微风中摇晃，阳光赋予它们金属的质感，未到火红之际，却已魅力无限，璀璨与褐红仿佛只在一夜之间。

地头的水沟里生长着一丛丛的芦苇和荠菜，成排的垂柳和白杨守望在田边地头，起伏错落的民居里时有鸡犬之声相闻，红色的瓦顶宛如秋天的高粱垛，散漫地分布在绿树丛中。

站在高粱地边，阳光明丽而令人眩晕，碧浪翻滚，一波一波向远处奔去，一种若明若暗的乡愁便在心底涌动。

小时候，每年放暑假我就和姐姐跟着母亲去南湖，住在汉江堤上的农家。每天，我们顶着烈日在大片收割后的农田里捡拾麦穗，一次次遭受粗暴的驱赶和善意的掩护，这中间多少汗水，多少无奈和多少苦涩，我至今都难以忘记。母亲一次次用她的一双小脚奔走在收割后的麦田里，捡回一点可怜的麦穗，填补我饥饿的童年。

今天，在历史古道的深壑里，饥肠辘辘的年代，离乡背井的辛酸，已隐入时间的沟渠。曾经血染的壮志、泪浸的梦想，伴随着一座乡村、一个城市勾画的诗意曲线，凝聚成了挥之不去的神韵和怀想。

我的外甥女在高密的同事赵先生和他太太冯老师在县城的酒楼里热情接待了我们。酒楼的门口，立着两口硕大的酒缸。巧的是，赵先生带来的酒就是当地出品的红高粱高度酒，酒具是那种平底的釉色瓷碗。果然，开坛浓香扑鼻，口感醇厚，优雅细腻，饮之难忘。赵先生先后在东海和海南舰队服役，还在西沙永兴岛驻守了七年，只是忘不了故乡高密，转业后回到家乡工作。说到海南的生活，海南的风土人情，彼此的感情一下拉近，酒就喝得酣畅。

走出酒店时，我们几个人已经有了微醺的感觉，以至于在高密的繁华大街上，看到的是林林总总的高楼和满眼晃动的红高粱，不知今夕何夕。

灼热的酒香酝酿出一幅美妙的图景，让我看到一个崭新的高密：她站在胶东经济圈的核心位置，抓住机遇，通过龙头企业强劲的带动效应和高新园区的支撑作用，发展起生机勃勃的产业集群，形成厚积薄发的资本市场的"高密现象"，催生出多家主板上市和新三板挂牌企业的闪亮登场。

如今的高密，聚历史文化之灵气，揽天时地利的东风，高起点地奔跑在经济、文化的发展之路上。

　　高密大地的美艳是热情奔放的，也是缄默厚重的，这种美建构了一个开放、大气而智性的高塔，让我们在造访中得以窥见——

　　风从田野间吹过，青纱帐迎风摇曳。眼前的景色，一如岁月的陈酒：酒一般的记忆，酒一样的歌。一座城市的记忆，有太多希冀，也有太多说不完的情愫，因为我们都是大地的歌者。

　　仰望新高密，齐鲁青未了，新的高度和传奇还将继续。

　　（本文获中国艺术报、山东作协等举办的首届中国红高粱文化散文季优秀作品奖，入选中国文联出版社出版发行的优秀作品集）

疑是故人来

一

在青岛的那些日子，我不止一次地走进小鱼山文化名人街区，感受那里厚重的文化气息。

如果说繁华与璀璨是属于青岛的"盛世美颜"，那么像鱼山路、福山路这样的老街旧巷，就是青岛最为深邃的文化内心。它们仿佛青岛文化的底色与血脉，自由地穿行在闹市中央，化作天然去雕饰的屏障，将喧嚣的声浪隔在了远方。

从鱼山公园的福山支路向下走去，路不太宽，用石板铺就，干净整齐，一路下坡上坎，蜿蜒曲折。道路的两旁是错落的德式别墅，那些红瓦黄墙的楼房已然老旧，大多历经 200 多年的沧桑，仍然完好地保留着钢铁铸造的护栏或木框镶嵌的窗棂。阳台上爬满了绿色的藤蔓和鲜花，坐在路边的长椅上，隐隐可以听到楼房里传出的弹琴与歌唱。

有时候，随意踱步，迎面也会遇上几个行人。他们要么面带微笑款款而来，要么手提菜篮徐徐而去，给宁静的背街小巷抹上一笔最为鲜活的人间烟火气。

一切是那样静谧安详，仿佛历史尘烟中的诗意从未散去。

二

　　鱼山路 36 号，那里树木环绕，庭院寂寥。

　　拾级而上，道路的一侧会出现一面古老的围墙。那墙没有粉刷，在绿荫中更显沧桑。墙的中间赫然立着一扇紧闭的大门，门的上方，光泽渐褪的金粉淡然地写着一行字："冯沅君　陆侃如故居"。

　　冯沅君、陆侃如，两个近乎陌生又偶有所闻的名字。也许就在某个不经意的时刻，这名字突然地跃入我们的记忆，但更多的时候，它们被淹没在一大串的名家之后。

　　与故居隔着一条小路，有一个德式建筑的别墅小院，名叫"白玉兰"酒吧。走进小院，高大的玉兰树用硕大的树冠覆盖了整个院落，围墙上一簇簇月季和蔷薇花恣意绽放，为院内平添了生命的色彩。那曾经从历史走过的亮色温情而绵长，透过枝叶的缝隙，温柔地落在我们的身上。

　　我坐在树下，望着外面静静的小路，思绪仿佛被拉回到那个星光灿烂又风雨飘忽的岁月，眼前这个小院，是否有梁实秋、沈从文饮酒时坐过的椅子？是否有陆侃夫、冯沅君夫妇时常走来的身影？

　　微凉的风倏忽而起，如丝的夜雨从茫茫的空中落下，昏黄的路灯下面，雨点是那样小，雨帘是那样密，给道路两旁的梧桐树和小鱼山披上一层薄如蝉翼的轻纱。

　　陆侃夫先生撑开一把油纸伞，挽着冯沅君的胳臂从远处走来，那雨若即若离地追随着他们，在地上溅起小小的水花，路灯把影子拉得修长。他们走进这院子，相对而坐。他们谈人生，谈历史，谈文学。"就在这样的夜里：月瘦如眉，星光历乱，一切喧嚣的声音，都被摒弃在别个世界了。就在这样的夜里：我们相搀扶着，一会伫立在社稷坛的西侧，一会散步在小河边的老柏树下，踏碎了柏子，惊醒了宿鸦，听得河

冰夜裂的声音。"（冯沅君《隔绝》）

深情、飘逸的文字带着梦幻色彩，朦胧、典雅，充盈着空灵的精致，冯沅君用文字展现了一幅婉转伤感、美丽和忧郁的青春画卷。

三

冯沅君，河南南阳唐河祁仪镇人，现代著名女作家，中国古典文学史家，中国首位女性大学一级教授，是我家乡引以为傲的杰出人物。我母亲的老家跟她相距很近。我小的时候，母亲不止一次地给我讲冯氏三杰的故事，讲冯沅君的父亲如何教育子女，讲她的母亲如何深明大义，讲冯友兰先生回乡后对乡亲们如何热情有礼，讲冯沅君小时候如何聪明好学。

1910 年，冯沅君进入本县端本女子小学堂；辛亥革命时辍学，居家自修。1917 年，她考入北京女子高等师范学校文科专修班。从没有受过正规教育的冯沅君第一天去大学报到时，被当成了乡下姑娘。但很快，在顾震福的"历代文选"的第一堂课上，这位穿土布衫裤、系红头绳的河南少女就把那些城里的"洋"学生们镇住了。顾教授让学生们全文背诵一篇自己喜欢的三百字的名篇佳作，全班只有冯沅君一人"接招"，背诵的是王粲的《登楼赋》。

当时的女子高等师范学校名家云集，在这里任教的有李大钊、胡适之、陈中凡、胡小石、鲁迅、周作人、陈衡哲、吴贻芳、顾震福、刘师培、黄侃等人，可谓既有传统学派打国学基础，又有新派人物传播新思想。冯沅君受革命思潮影响投入到"五四"运动中，排演了反封建礼教的新编话剧《孔雀东南飞》。经历五四文化运动的洗礼，在同班同学黄英（女作家庐隐）的影响下，冯沅君也拿起了笔——1924 年的春天，一个名为"淦女士"的作者在创造社刊物上横空出世，并引起鲁迅的关注。此后，冯沅君的第一部短篇小说集《卷葹》出版，出版一事得到了鲁迅的大力帮助。冯沅君也被称"五四五大女作家"之一，另外四位是苏雪林、冰心、丁玲和凌叔华。

冯沅君幸福的童年十分短暂。在她刚满 8 岁的时候，父亲冯树侯突发脑卒中病逝于崇阳县衙任中。冯沅君是那么爱自己的父亲，心里充满对父亲无上崇敬、仰慕和爱戴的真情实意，无奈人生无常，事至可悲。

冯沅君的母亲吴清芝，是一个通晓诗书、思想开朗的知识分子，曾担任过当地的女子小学校长。吴夫人教子有方，除对子女亲授诗书经传外，还特别聘请了一位名师对子女严加训练，即使对年龄最小的沅君，也从不因爱而废严。这就使冯沅君从小受到良好的教育，并打下了研究古典文学的坚实基础。

可惜，冯沅君从登上文坛到退出文坛只有短短的四五年时间，彼时已经在北京大学国学研究所深造的她醉心于古典文学研究。1926年秋，冯沅君结识同是国学翘楚的陆侃如，才子对才女，充满"爱、自由与美"的浪漫，这在冯沅君的小说集《春痕》中可以一窥。

三年后，冯陆二人结为秦晋之好，生活上心心相印，学术上更是合作无间。1932 年，二人前往法国巴黎大学留学；1935 年，双双获得文学博士学位。二人毕业回国后仍然专注于古典文学教学与研究。学术伉俪，名士风范，曾经是鱼山路 36 号到山大校园这段距离上的一首美丽诗篇，凝聚成青岛文化星空的一抹灿烂。

冯陆夫妇都担任过山东大学的副校长，都是大学一级教授，他们合著的《中国诗史》是中国唯一的一部诗歌史专著，闪耀着夺目的光彩。他们的经历与成就，还有那些承载着民国记忆的人和事，那传诵在峥嵘岁月的名士风范，已经渐行渐远于这个纷繁的世界，无关乎我们的挽留和依依不舍。而依然生活在我们身边的，自然寄托着人们更多的珍惜与念想，期盼与希冀。

在生活上，夫妻二人节衣缩食，论文用废纸写，内衣补了又补。他们虽著作等身，又存有相当数量的稿费，且身边无一子女，但他们始终过着清贫、节俭的生活。冯沅君的长兄冯友兰回忆道：1962年，乘工作之便，我曾到他们家去过一次，室内的陈设非常简陋。她喜欢买书，但书架子几乎是用几根棍子支起来的，给人的感觉是在住旅馆，好像明天就要搬家的样子。去世后，他们却把存款、藏书悉数捐给了国家。

冯沅君逝世后，陆侃如曾写过一篇悼文《忆沅君》。在这篇悼文中，他深情地回忆着他们的相识、相爱与结合，以及冯沅君死前的悲惨情景。爱情犹如人生，是一本永远写不尽也读不完的书，陆侃如的这篇悼文，充满着他对爱情，亦是对人生的体味、启示……

曾经的辉煌渐渐融入民族文化的长河，滋养着后来者，他们曾经的苦难，也载入绵长的记忆，记录下属于他们的时代音符。

四

眼前的山东大学旧址依然简朴含蓄，但它的历史却如同浩瀚的星空，永远熠熠发光，从不褪色。无数令人仰视的名字在这里刻下印记：梁启超、蔡元培、张伯苓、黄炎培曾经是这所学校的董事，老舍、梁实秋、闻一多、陆侃如、冯沅君、洪深、沈从文、童第周、王统照、萧涤非等文化大师曾经在这里任教。

我轻叩门环，如同叩击一段远去的苍凉岁月。遥想当年，山东大学在战火中几经搬迁，一直到抗日战争结束以后的1946年10月，才在青岛正式举办开学典礼。而今，烽烟远去，战火消散，这静立的大门倒显现出历经沧桑后的雍容与安详。仰望它，如同仰望一组文化巨人的浮雕与一个时代的壮阔与苍凉。突然,我发现那围墙墙头竟然芳草萋萋,繁花盛开。那些丰润的芳草,零落的小黄花,还有鲜嫩的爬山虎,轻柔灵动,迎风招展,竟将这古墙木门映照得翠绿葱茏,生机盎然。

脚下道路由青石铺就,上面长满了碧绿的苔。一脚踏上去,只觉那石头还是从前的石头,那苔却是今天的苔,所谓前世今生便在这脚下步步交错。再转过几道弯,便见一道红砖砌成的大门。那门光滑平整,而且十分干净,仿佛不惹一粒尘埃,门旁的牌匾上清清楚楚地写着"梁实秋故居"几个字。

以小鱼山为中心的这块区域,是自然美、建筑美、艺术美的完美融合。这里风景秀丽,紧邻碧波荡漾的汇泉海湾,曾经是很多历史文化名人的居住之地:如福山支路5号的康有为故居,福山路1号的洪深故居,福山路3号的沈从文故居,鱼山路7号吕美荪的"寒碧山庄",鱼山路33号的梁实秋故居,鱼山路36号的冯沅君、陆侃如、童第周故居,海洋大学校园内闻一多故居,黄县路12号的老舍故居。

附近还有王统照故居,以及稍远些的观象一路1号的萧军、萧红故居等多处名人故居。当地政府已经对此进行了专门的规划保护,形成了著名"青岛小鱼山文化名人街区",也是中国的一条著名的历史文化名街。

令我感到惊奇的是,在那个"荡涤旧世界一切污泥浊水"的年代,众多旧居竟然保存完好,让人由衷敬佩青岛人民在那个特定年代所秉持的理性和冷静。

20世纪20年代,梁实秋和闻一多关系要好,共同赴美国深造。异国他乡,长夜漫漫,两人在宿舍偷偷用酒精炉炒鸡蛋,再分一瓶酒,西窗剪烛,杯酒论文。两个人硬是把异国他乡的苦寒日子,过得有酒有乐。

1930年,梁实秋与闻一多一起应当时国立青岛大学校长之聘,回国任教。梁实秋出任外文系主任兼图书馆馆长。在青大任职的四年间,位于现今鱼山路 33 号的这处院落就成为梁实秋在青岛的居所。就是在这处居所里，梁实秋开始了《莎士比亚全集》的翻译工作，直到 1967 年，梁实秋最终翻译完成了全部 40 册的《莎士比亚全集》，这成为他一生中最辉煌的成就。如今的小院早已没有了当年灯影下墨香的味道，但这里却留住了梁实秋先生对于青岛的美好回忆。

"我在青岛居住的时候，那地方背山面海，风景如绘，在很多人心目中是最理想的卜居之所……"这是梁实秋在追忆青岛时所用的笔墨，不难看出他对这座美丽城市的怀念。

五

八关山位于中国海洋大学东侧，海拔 68 米。20 世纪二三十年代，中国现代文学史上一批著名的作家在此聚集，八关山也因此在现代文学史上留下了足迹。著名作家、戏剧家洪深的故居就在八关山的山脚，他在这里创作了《劫后桃花》。1931 年至 1933 年间，作家沈从文在青岛大学中国文学系执教，《从文自传》《记丁玲》《八骏图》等著作就是在这里创作的，加上老舍在此创作的《骆驼祥子》等作品，青岛小鱼山的上空，星光闪烁，云蒸霞蔚。走在这样一条被文化团团环绕的道路上，内心充满了感动和怀想。

思绪回到现实，不经意间抬头，我发现自己已来到黄县路老舍故居的一隅。黄县路陡峭的小街宛如几条小河，自北往南穿过这美如油画的老街旧巷，两侧斑驳的围墙里是一座座陈旧素朴的二层小楼，那一砖一石一草一木里都藏着这条街这座城市里的许多扣人心弦的故事，富有诗意的马牙石路立刻就闪入了我的眼帘。凝视这一块块充满个性和灵气的石块，再用脚掌去丈量爱抚，人就仿佛来到了欧罗巴世界里富有诗意的画廊。

这里位于青岛市市南区，挨着老"山大"、老博物馆、老图书馆以及迎宾馆，顺着下坡的老马路由东迈进，前面路口的那座百年老桥跃然映入眼帘。右面街口上的一座小楼当年曾住着"山大"的杨振声校长，往前走几步左拐，名满天下的长篇小说《骆驼祥子》就诞生在小巷深处的一个小院里。84 年前，老舍一家在这里度过了他们一生中一段美好的时光。艺坛传奇的"卖艺人家"黄宗江、黄宗洛和黄宗英兄妹也曾先于老舍一家在这小院的楼上度过他们终生难忘的少年读书生涯。档案显示，民国时期，岛上的许多名士文人不谋而合地在这条静谧的老街上留下过或深或浅的足迹。

　　1934 年，老舍来到国立青岛大学中文系任教，1936 年他辞去学校的教职，搬到黄县路 12 号这处幽静的院落中住下。在青岛，老舍度过了他一生中成为职业作家的最初两年。就在这个二层楼的院落中，老舍先生完成了其著名的长篇小说《骆驼祥子》、中篇小说《文博士》及数篇短篇小说。抗战爆发后，老舍举家迁往当时的陪都重庆，这处院落渐渐地被人们遗忘。新中国成立后，青岛市政府逐步修缮了老舍先生在黄县路上的这处故居，于 1985 年对外开放，并将纪念馆的名称改为《骆驼祥子》博物馆，这也是国内首个以一部文学作品命名的博物馆。

　　这是三度春秋与永生深情的寄托，小巷屋宇所容纳的不仅仅是老舍自己的写作和一家人的生活，因着伟大作品诞生的缘故，因着内在人道主义光辉的缘故，这座小楼与广阔的世界产生了深刻的联结，让我们看到小楼里面的大世界。注视着简陋的屋宇，我感到有一种神光内敛的气质，那内在的精神气息至今未曾消泯。

　　那天从黄县路出来，走到路口，我的目光顺着长长的街道延伸，因老舍的作品，我对那遥远年代的感受似乎深切了许多。我想象着，当年为撰写这部作品，老舍一定不止一次走在这条路上。他缓缓移步，在历史的陈迹中思考与行走。

今天，老舍的作品和旧居，已然成为某种象征，消融在文化的长河之中，成为人们的精神寄托。但他人生悲惨的结局，却让后人至今唏嘘感叹。

1966年8月24日，那是老舍一生中最漫长的一天。北大未名湖畔，一个老者带着那场浩劫留下的累累伤痕，带着前一天承受的人格侮辱和巨大压力，走出了家门——这是他最后一次出门，他再也没有回来。

浓重的夜色里，没有人发现老舍做出最后选择。

老舍留给亲人心目中的最后一幕，将伴随他们走过一生，他为后人奉献了宝贵的精神文化财富，却把屈辱、困惑、自责、痛苦留给了自己，也把一个悲剧留给了历史，留给了不断关注它、解说它的后人。没有看到他告别这个世界时留下什么文字，我们无法得知，在生命即将结束的时刻，他是如何回望人生，是如何回望身后的世界的。

因为探寻这些名人旧迹，我无意中得知了一些人物关系。比如，全国政协原主席俞正声，他的父亲叫黄敬，黄敬的姐姐叫余珊，是一个话剧演员。余珊的先生就是青岛大学首任校长杨振声，而杨振声是俞主席的姑父。除了创立青岛大学，杨校长还对青岛人文历史的发展起到了巨大的推动作用。彼时，他请了一大批文化名流来青大任教，对提升青大乃至青岛的文化地位起到了至关重要的作用。这些文人包括闻一多、梁实秋、沈从文、赵太侔等名家大腕。据说，青岛30年代时在全国的文化地位与影响一度与北京、上海齐名。

六

北依莱阳路，南临汇泉湾，东接第一海水浴场，西临小青岛，这里就是被称作汇泉景区第一景的鲁迅公园。公园沿狭长的海岸向东西展开，长达1 000米，占地面积约4万平方米。公园里有红礁、碧浪、青松幽径，水光山色，淡雅清新，景色十分迷人。这里曾多次入选"青岛市十佳旅游风景点"和"市民最喜爱的旅游景点"。

公园始建于1929年，经过多次修缮。1950年，为纪念鲁迅先生，公园更名为"鲁迅公园"。穿过牌坊沿正门的石阶而下，近3米高的花岗岩雕成的鲁迅先生站姿雕像矗立在圆形的花畦之中，两侧青松成排，更衬托出雕像的庄重、肃穆。绕过雕像，迎面就是赭红的岩礁和碧蓝的大海。岩礁间坚硬的牡蛎和沙汀内散落的各种贝壳，使游人流连忘返。园中曲径回环，高低起伏。沿曲径漫步，在凉亭小歇，看浪花飞舞、鸥鸟竞翔，听涛声拍岸，令人陶醉其中。

相比于鲁迅公园与八大关的名声显赫与游人如织，同处一条沿海游览线的小鱼山文化名人街区如今却显得有些冷清与寂寞，来此探访的仅有一些文学爱好者而已。然而，唯其如此，在喧嚣的现代化的大都市里，才保留了一份难得的清高与孤傲，仿佛那些曾旅居于此的文人学者，可以于闹市中独享属于自己的孤寂与清闲的空间。

"陶令不知何处去"，那些曾在小鱼山的大街小巷悠闲散步、在海风吹拂的院落或窗口凝神思考并留下深深浅浅足迹的大师们，都永远回不来了。海风如斯，夕阳依旧，紫陌红尘湮没了多少历史的一声长叹。当然，对于普通百姓而言，自然没有必要去了解过往历史中那些难以置信、不可思议的事情，也没有必要让快乐的情绪里飘过历史的阴影。

然而，暮雨潇潇的傍晚，晓风轻拂的黎明，当我驻足于鱼山路与大学路的交叉口，向小鱼山的历史纵深处投向深情一望时，却又分明看见老舍、冯沅君、陆侃如、沈从文、梁实秋、闻一多等大师的款款身影。他们的身影渐渐淡去，但那些或悲或喜、或柔或刚的文字，依然像是充满哲学感的宿命那样，留在尘世间，不断触动着我们，让我们一次次受到震撼、折磨，为之呐喊、哭泣，让我们忘记了时间的轮回，又看清了现实的真谛。

东莱遗韵

一

一条乱石铺就的驿道，一队疲惫跋涉的行客，从湖北黄州一路延伸，到中原视野之外胶东半岛的最北端。山一程，水一程，风一阵，雨一阵，那个承载了苏东坡太多苦涩记忆的黄州，那个被他赋予超越时空气质的赤壁，已然渐行渐远。眼前斜阳荒草古道西风，耳畔绵绵秋雨穿竹打叶，仿佛传来民间的疾苦之声。

从酷暑六月到深秋十月，启程时还是草木葳蕤的盛夏，到达时已是万木摇落的悲秋，三千里云水激荡，苏轼的赴任之路漫长而孤独。

"乌台诗案"给苏轼的打击是沉重的，那是苏东坡人生的一大转折。他宦游之路的上半场匆匆收场，天真烂漫的诗酒生活被罩上浓重的暗影。不过，他正值壮年，人生之路才刚刚开始。

昔日的廊庙之器，一下沦为戴罪之身——被贬黄州的苏轼，生活卜拮据无靠。团练副使仅是个八品小官，俸禄微薄，生活窘迫，不足养家；安全上也无保障，他本身属于管控对象，政敌诽谤依然不断。

"莫听穿林打叶声，何妨吟啸且徐行。竹杖芒鞋轻胜马，谁怕？一蓑烟雨任平生。料峭春风吹酒醒，微冷，山头斜照却相迎。回首向来萧瑟处，归去，也无风雨也无晴。"

历史上，许多伟大诗人的不凡之处，正在于他们用充满韵味的文字，记录了真实人生的哀愁、人间的凉薄，以及被命运屡屡痛击却始终顽强坚守的执念。今天我们读苏东坡的《定风波》的时候，除了几分寂寞凄清，感受到的更多的是那份素淡与平和，但这背后，也同样隐藏了诗人无尽的失意伤怀后的隐忍与坚强。

　　此后，苏轼在黄州又度过了两个年头，岁月的洗礼和打磨让他的心态已经改变，从彷徨不安逐渐变得心如止水，也正是在这个时段，他学会了解脱，诗风也随之改变。

　　同古往今来许多大家一样，苏轼也体味过自然和生命的原始况味，经历了人生的磨难苦痛。苏轼的才情和学识姑且不论，单是他的人生故事就足以写成一本厚重的书卷。他蹲过大牢，有过底层人的挣扎和彷徨，有过"草根"的自卑和无助，被押解回京，一路示众街市；蹒跚于乡野，领略过人性的卑鄙和丑陋，也体会过人间的高尚与美好。他经历过羞辱恐惧，也被众人仰视敬重，他接触过世界文明，也见识过世间最暗黑的牢狱，却未曾泯灭忧国忧民的情怀，始终保持一种人之初的纯洁天真。

　　来到蓬莱的苏东坡已然大彻大悟，一身轻松。经历了一次脱胎换骨，他的艺术才情又获得了一次飞跃和提升。幸好，他还不曾衰老，"他在黄州期间是44岁至48岁，对一个男人来说，正好大有可为。中国历史上，许多人觉悟在过于苍老的暮年，刚要享用成熟所带来的恩惠，脚步却已踉跄蹒跚"（余秋雨）。

　　与他们相比，苏东坡是幸运的。蓬莱，也因此"蓬门"生辉。

二

　　多年之后，当我追随苏东坡的脚步来到蓬莱时，这座海滨的古城依然宁静安详，一如温润的北宋王朝。

踱步旧城区，黄叶缤纷，满目秋光，空气中偶尔飘过玉米饼子的清香，仿若时空折叠，误入记忆的上游，进入时光之海漫游。远眺浩茫的大海和起伏的群山，让人一下子就想起苏东坡初到蓬莱时所作的诗句：

> 东海如碧环，西北卷登莱，
>
> 云光与天色，直到三山回……

北宋元丰八年（1085），苦熬六年之久的苏轼，被安排到山东登州，即现在的蓬莱做登州知府。那正是蓬莱阁初建后的第 24 个年头，当时的蓬莱阁名不见经传，又远离朝廷。眼前的景象令"落实政策"后的苏东坡心事浩茫，他的内心深处是否天真地认为：从此，自己的人生之路也将如顺水行舟一样写意而美满？

苏轼在蓬莱只任了五天知府，总共停留不过二十几天的时光。然而，在蓬莱的这些日子里，他把关注的目光投向人间，使这短暂的时光成为永恒。深入地方，了解民情，视察海防，为当地百姓踏踏实实办实事，他在蓬莱的足迹成为当地人的永久记忆。

此前，蓬莱阁只是一个耸立于丹崖山上默默无闻的建筑，苏轼的到来，使蓬莱阁正式成为群仙毕至的海上仙阁。可以说，蓬莱正是有了蓬莱阁，才守住了一座城的文脉和气度，蓬莱阁正是因为苏轼的到来，才有了历久常新的艺术生命力。

在蓬莱阁所在的丹崖山上，最初的苏公祠已经永远地消失了，无论多么巍峨牢固的建筑，都无法抵挡以千年计的自然风雨和人为损毁。但那个真实的苏东坡，却依然活在人们的心中，活在蓬莱的大地上。

我知道，现在的苏公祠和蓬莱阁，是后人在大致相同的地方，一次又一次重建复活的结果。幸好，苏公已经永恒地矗立于人们心中，而非大地之上。

<h1 style="text-align:center">三</h1>

10 月下旬的蓬莱，槐树和梧桐的叶片被秋色初染，黄叶在飞扬跋扈的海风中纷纷坠落，砸在行人的肩头和头巾上，发出咚咚的声响。空气里流动的，是海水的咸湿气息和经太阳烘烤后的桂花的幽香。

苏轼站在蓬莱阁上，苍茫的大海水天一色，潮起潮落，浩渺无边，他的思绪也像眼前的大海一样潮汐奔涌，别有一番炎凉。

其实，对于苏轼来说，这样的异地任职早已司空见惯。自 1071 年至 1080 年，在不足 10 年的时间里，苏轼由杭州到密州，继而到徐州，最后到黄州，经历了多达 4 次调动。而且，随着频繁的调动，其任职地越来越远，官职也越来越小。调动，对于苏轼，其实就是一种不断被流放、疏远的过程。

登州任职是苏轼的第 5 次异地调动，但这次调动的意义却不同以往。对于苏轼来说，到登州任职是遭受"乌台诗案"残酷迫害后的一次平反，一次重新起用。当时的苏轼一定是踌躇满志的，一如他在杭州等地一样，为官一任造福一方的信念充满他的心间。

> 不学孙吴与《六韬》，敢将驽马并英豪。
> 望穷海表天还远，倾尽葵心日愈高。
> 身外浮名休琐琐，梦中归思已滔滔。
> 三山旧是神仙地，引手东来一钓鳌。

当苏轼得知调任登州的时候，他以这首诗向友人抒发了自己对事业的期待和远大的政治抱负。然而，登州的任期之短却出乎他的预料。

按理，苏轼初来乍到，总要休整一番。尤其是在这仙境般的地方，面对浩瀚的大海，把酒临风，品登州海鲜，游登州美景，或许还能看到海市蜃楼的奇观，让疲惫的身心放松一下，此乃人之常情，理所应当。即便是苏轼到任五天后接到朝廷的一纸诏书要他回京，他也可以游几天山水再转身离去，既顺理成章，又轻松自如。毕竟，五天能做些什么呢？此地离人文荟萃的青州古城并不遥远，那里是他的老师欧阳修和他敬重的前辈范仲淹的任职之地，去那里瞻仰旧址，凭吊前辈，留下诗文华章，既在情理之中，也符合苏轼的性格。

但是，登州的史料告诉我，他没有这样做。苏轼就是苏轼，他没有委顿在"乌台诗案"的劫难里，没有陷于"拣尽寒枝不肯栖，寂寞沙洲冷"的黄州五年里，尽管从杭州到黄州"十年生死两茫茫，不思量，自难忘。"难忘，却不纠结，更不抱怨；更没有游山玩水，沉浸在仙境之中。

五天的任期里，苏轼的脚步走向了民间。他察民情解民忧，掌握第一手资料，履行着一个军政长官的职责。苏轼的工作做得很细，问题看得很准，而且抓住了主要矛盾。通过实地调研，他即刻给朝廷写了一篇《乞罢登莱榷盐状》。

这篇《乞罢登莱榷盐状》和苏轼的许多议政文论一样，针砭时弊，言简意赅，切中要害。

当时的登州为宋朝的边陲之地，交通闭塞，经济落后。沿海一带的百姓以煮盐为生。按照当时的榷盐政策，百姓所产之盐只能卖给官家，再由官家卖给百姓，买低卖高，其结果是盐户纷纷破产逃往他乡。苏轼到任后了解到这种情况，当即写下了《乞罢登莱榷盐状》，向朝廷如实反映民间疾苦和榷盐政策的弊端，提出了整改措施。其中有这样几句话："欲乞朝廷相度，不用行臣所言，只乞出自圣意，先罢登莱两州榷盐，依旧令灶户卖与百姓，官收盐税……"句句情真意切，真诚感人，彰显了一代文豪的拳拳之心。

这篇奏状很快得到朝廷的批准。自此，登州百姓不再需要承受榷盐政策中那些不合理的负担，减轻了压力，也有了喘息的机会。

罢榷盐这一政策在登州即蓬莱从宋朝一直延续到了清朝。这一奏议给蓬莱人民的生活带来的改变，在随后的900多年的历史进程中，如同春风化雨般，滋润着当地的黎民百姓。

对此，当地的百姓对这位体察民情、关心民生疾苦的苏知州除了感激以外还给予了极高的评价和礼遇。蓬莱阁上的苏公祠就是历史的铭记和印证。《增修登州府志·职官》也有这样的记述："在郡未一月即内召，士民感化，深惜其去之速也，后立祠祀之，并祀名宦祠。"蓬莱阁作为与黄鹤楼、岳阳楼、滕王阁齐名的古代四大名楼之一，专门修建苏公祠以示永久怀念。

同时，苏轼作为军州事，在到任登州的五天内，他还深入兵营，视察海防并由此写下了《登州召还议水军状》，在加强海防建设方面提出了自己的建议。

在《登州召还议水军状》中，苏东坡首先分析了登州在防御东北少数民族过程中战略位置方面的重要性，接着报告了百余年间登州屯兵戍守的具体情况，指出当时登州武备松弛，屯兵多有外调的严重问题，向朝廷表达了他深恐"兵势分弱，以启戎心"的忧心。奏请之下，朝廷同意了他的意见。从此，登州海防、边防得到了进一步的巩固，也正是在苏轼的努力下，宋代蓬莱阁下建成了刀鱼寨，明代更是大兴土木，将其扩建为备倭城。

五天时间里，苏轼或深入民间，或灯下疾书，写出了两篇关乎国计民生的调查报告，并提出解决问题的办法。他脚踏实地，心系苍生，同那些乐于"作秀"的官员相比，何止是霄壤之别。

此后，当地百姓自发在蓬莱阁附近修建了苏公祠，祠内供奉着苏轼的画像。苏公祠门口曾有一副对联："五日登州府，千年苏公祠"——短短一联，便把苏轼对蓬莱的影响刻画得淋漓尽致。

除了上述《乞罢登莱榷盐状》和《登州召还议水军状》两篇行政报告，苏轼作为一代文豪，在短短的五天里，还先后在登州留下了《望海》《海市诗》《海上书怀》等十余篇诗文佳作和难得之墨宝。现存于蓬莱阁刻有苏轼《海市诗》和苏轼手迹《书吴道子画后》楷书的碑石展示了一代文豪非凡的才华和笔力，同时，也印证了苏轼在蓬莱五日的连日辛劳和步履匆忙。

四

美丽的相遇总会生发美好的故事，而美好的故事又催生了美丽的诗作。

在浩如烟海的中国文学史册中，蓬莱无疑是齐风鲁韵中富有诗意的章节。两个韵味无穷的汉字，赋予人们太多的想象空间。或许可以说，烟波渺茫的梵天净土，是最适合诗人发挥想象的空间：蓬莱高阁、三仙名山、仙阁凌空、神山现市、渔梁歌钓、日出扶桑、晚潮新月、八仙幻宫……这些最能触动诗人敏感神经的景观，都是蓬莱最富有的典藏。

但是，蓬莱最为吸引和触动我们的，是一代文豪在这里留下的历史足印和翰墨诗章。

在蓬莱阁景区卧碑亭内有一座石碑，碑上雕刻着一首苏轼的诗——《登州海市》。据说，当年苏轼在蓬莱阁上有幸看到了令人神往的海市奇观，欣喜之下即兴而作：

东方云海空复空，群仙出没空明中。

荡摇浮世生万象，岂有贝阙藏珠宫？

心知所见皆幻影，敢以耳目烦神工。

岁寒水冷天地闭，为我起蛰鞭鱼龙……

蓬莱是神话之都，素以海市蜃楼闻名天下。但在秋冬之季却很难见到这一奇观。对此，苏轼在诗的前面也有说明："父老云：'尝出于春夏，今岁晚不复见矣。予到官五日而去，以不见为恨。祷于海神广德王之庙，明日见焉，乃作此诗。'"

这段文字告诉我们，苏东坡来晚了，海市一般出现在春夏之交，可他来的时候已经是十月份，苏东坡不甘心错过这个大好机会，于是向东海龙王做了一番虔诚的祈祷。或许是上天格外垂怜，或许纯是巧合，在他祈祷后的第二天，海市蜃楼竟然神奇地出现了。

大自然和心灵的力量，有时确实不可思议，苏轼离开蓬莱的前夕竟有如此完美的巧合，堪称千古佳话。因为苏东坡，蓬莱更像仙境蓬莱；因为苏东坡，蓬莱阁对于后来的文人墨客就有了神奇的吸引力，成为他们追随东坡脚步怀古思幽的精神之乡。

东坡是直率坦诚之人，他当然不会为了写诗就编造一段离奇的经历。那个转瞬即逝的海上幻境，更多的时候，也许有想象的成分，但在这里，我宁愿相信这是一个真实的故事。

可以想象的是，离别之前的苏东坡站在蓬莱高阁眺望东方云海，只见仙山琼阁，变幻无穷，祥光缭绕，霞光普照。一切如有神助，一切如在梦境。面对这神奇的一切，苏轼有理由相信：从这个并不寒冷的秋天开始，他的未来必将一片光明。或许，他还想到自己任职密州怀念亲人时写的词句：我欲乘风归去，又恐琼楼玉宇，高处不胜寒。

此后几年，在哲宗祖母太皇太后高氏的欣赏和关照下，苏氏兄弟的仕途的确顺风顺水，一路升迁：苏东坡升至翰林学士、侍读学士、龙图阁学士、兵部尚书、礼部尚书；苏辙升至相当于副相的门下侍郎。苏氏兄弟的毕生功名，至此达到人生巅峰。

然而，好运并不长久，如同转瞬即逝的海市蜃楼一样，命运很快向他浇下一瓢冰水——尽管苏轼也确实需要一点冰水来沉寂身在高位的百感交集，只是这冰水，太过寒凉刺骨，并且饱含着一系列的难堪、屈辱和失意。此后，命运之神再没有眷顾他，那首著名的《卜算子》恰到好处地反映出东坡当时的心境：

"缺月挂疏桐，漏断人初静。谁见幽人独往来？缥缈孤鸿影。惊起却回头，有恨无人省。拣尽寒枝不肯栖，寂寞沙洲冷。"

九个月后，高氏驾崩，哲宗亲政。和祖母完全不同，哲宗是新政的积极支持者。这时候，作为旧党重要人物的苏氏兄弟显得非常不合时宜。尽管苏东坡曾经是皇帝的老师，然而，就在哲宗亲政当月，苏东坡被罢去礼部尚书一职，被派往偏远的定州任河北西路安抚使兼定州知州。半年后，更大的打击随着一纸诏令传到定州：贬宁远军节度副使，惠州安置。

黄州虽然偏僻，毕竟还在内地；惠州却远在瘴气弥漫的岭南。并且，贬谪黄州时，苏东坡45岁，年富力强；贬谪惠州时，年近六旬的苏东坡，已是风烛残年之身。

实际上，贬谪惠州还只是苏东坡晚岁流贬生涯的开端。此后，道阻且长，风物恶劣，蛮荒之地的海风冷雨已经遥遥在望。

历史是人类活动的过去，而历史的每一步又都在缓慢地走向未来。多年以后，当年的翩翩东坡已是须发染霜，以戴罪之身谪居海南儋州的桄榔庵，旧日的记忆能否再次唤醒？在永恒的江山与白驹过隙的岁月之间，他是否还记得蓬莱的海市蜃楼，是否还记得三仙山下的浩渺烟波？直到瘦弱的手指在常州永远松开那枝生花妙笔，他所留的诗文中再没出现对蓬莱记忆的吟唱。

　　但是蓬莱人民却永远记住了他。

　　在苏东坡足迹所到之处中，蓬莱只是他人生驿站中的匆匆一瞥，所占分量轻若微尘；所幸，同样留下生命中金石相击的火花。

　　在蓬莱古城，历朝历代的文字都记录着历任官员的种种不凡，但后来大多如了无痕迹的春梦随风散尽，唯有东坡在蓬莱脚踏实地的五日，至今还长存于人们的记忆中，成为一道别样的风景。

　　（《齐鲁壹点》2022 年 1 月 22 日起分上中下三次发表。同期发表的，还有吴忠波先生与本文作者的散文对话）

第三辑 ——

山中月

纪山之南

一

顺着汉水西岸的宜城平原而下，有一条历史悠久的襄沙公路。这条公路北端可达洛阳——东周时代周天子的都城，南端连接荆州古城，沿途有丽阳驿、石桥驿、团林铺、五里铺、十里堡、四方埔、枣林铺等乡镇村落。

"铺"在古代也是"驿"的意思，"十里一铺，三十里一驿"，都是为递送公文者提供交通工具和食宿条件的机构。如今，这里已是宽阔的二〇七国道，沿途城区相连，村庄密布，向北直达内蒙古锡林浩特市，向南连接琼州海峡的对岸。昔日的苍凉虽已杳如云烟，但在这些从远古沿袭至今的地名上，依然可以听到那个时代的沉重脚步，追寻一缕余烬之上的烽火狼烟。

距离荆州古城北门 5 千米的地方，是楚故都纪南城的遗址，立有两块郭沫若手书的"楚纪南故城"石碑，迄今已经历了半个多世纪的风雨。20 世纪八九十年代，我每次从襄阳至荆州，看到路边两块巨大的石碑临风矗立，总会想起烽火戏诸侯的年代，想到那个桀骜不驯的楚国，并且在心头揣摩这座古城自公元前 704 年至公元前 278 年之间那难以描摹的存在感，想象二十多位帝王曾经的"高光时刻"，想到屈原的

《哀郢》。

又是一个萧疏的深秋，我来到纪南故城。

远处的村庄，飘曳着一层淡淡的雾霭，像挥之不去的思绪。连绵的衰草在风中颤动，初染秋霜的银杏点缀在烟树之间，像一幅动态的油画，随意铺开。周边是崛起的建筑群和日新月异的城市，繁华伸手可及，却又恍然若离。

遗址的周围既有修竹密集，也有香樟、构树的高低错落。与很多农村一样，这里杂树参差，阒然无声，在岁月深处透着几分冷清。这样的情景，非常适合追忆那遥远的时光，触摸它的无尽感伤，凭吊它的深邃苍凉，从荒草连天中寻觅一丝历史的残影。

举目四顾，远处的墩台、城垣依稀可辨，最高处高出地面7米之多，较低处也高出地面4米有余，城垣顶部的宽度有10米到14米，眺望城垣内外，仍可想见当年古都的华彩。草丛中，残碑断石依稀可见，它们静谧地躺在杂草之上，成为荒野中孤独的守望者。它们因沉默而孤独，因孤独而高贵，永远定格在这片泛着柔和秋光的天地当中。

走在这里，时光似乎凝固了：它凝固了初春或深秋的田野，凝固了薄薄的雾霭，凝固了寂静的村落。城狐社鼠蛰伏于地下，野兔昏鸦卧于草丛，无一不凸显着生命的苍凉寂寥，令人想到人类意志力的坚韧和战火中永无尽头的困厄与无奈，想到一个国家曾经的辉煌与荣光。

二

纪山，东周楚国名山，位于湖北省荆门市沙洋县最南端的纪山镇境内，南距三国名城荆州20千米，历代王侯将相无不视为风水宝地。纪南城，因在纪山之南，故有其名，时称"郢都"。后来，楚国后人不管迁都到何地，都一律称都城为"郢都"，那是一种念念不忘的家国情怀与黍离之悲。

历史记载，楚武王去世后，楚文王即位。他上台的第一件事，就是顺汉江而下，把首都从偏僻的丹阳迁往南方各地。在漫长的岁月中，楚国的都城或陪都多达七八处，宜城、当阳、钟祥、荆门、沙洋、天门、潜江等地，都曾有过楚都的影子，而建都时间最久、历史影响最大的，正是今天荆州所在地——郢都（纪南城）。北魏郦道元在《水经·沔水注》中说："江陵西北有纪南城，楚文王自丹阳徙此"，当为佐证。楚国在此建都长达400多年，五霸和七雄的故事都源自这座古城。

一个不争的事实是，一个偏僻狭小，以子爵之位"封国50里"的楚国，甚至"盗牛祭祀"的楚国，从此沿着长江流域走上历史舞台，随后羽翼渐丰。

无论南下还是北上，彼时的一条南北通道并非坦荡如砥，即便是到了20世纪五六十年代，那条穿越千年、纵横南北的襄沙公路，依然崎岖不平，灰沙蔽天。好在，与之相邻的还有一条黄金水路：汉水。

汉水，又称汉江，是长江最大的支流，全长1 532千米，源自秦岭与米仓山之间的冢山，进入鄂西北过十堰流入丹江、老河口、襄阳、宜城、钟祥、沙洋、沔阳等地，在武汉与长江汇合。"三山半落青天外，二水中分白鹭洲"，"在河之洲"的交汇处总能激发文人墨客的多少文采与想象，并由此涌动灿烂的诗和歌谣。"南有乔木，不可休思；汉有游女，不可求思。汉之广矣，不可泳思；江之永矣，不可方思。"就出自《诗经·汉广》篇，成为中国山水文学的发轫之作。

汉水连接长湖，长湖连通长江，而长湖，就在纪南城的大门口。如今，车代舟楫，长湖让位于公路高铁，但它在历史上，却也曾百舸争流，千帆竞发，流传着艄公纤夫苍凉的歌谣，也有着艨艟联翩的景观，堪为维系诸侯兴衰的沧浪之水。有学者认为，大诗人屈原的放逐之路，就是从长湖开始进入的汉水。

长湖，曾经富庶、通达而又充满风情的生命之水，曾经流动着升平年代的寻常岁月，莺飞草长，斜风细雨，画船箫鼓，全都充盈着鲜活的楚风楚韵，交织着"钟鼓乐之"的美好爱情。

说到底，楚国的疆域囊括"江河淮汉"，楚国的版图占尽天时地利，楚国子民的生活充满和谐安宁。

那是一方什么样的土地？种子落在地上就能发芽，拔节就是稻菽千重，开花就是丰收在望，收获就是仓廪丰实。

而那时的中原大地，旌旗，铠甲，弓弩，长长的马刀，在风中猎猎作响，闪闪发光，风萧萧，马亦啸啸。一声声悲鸣撕裂一道道强劲的狼烟，一匹匹战马落荒而逃。匆忙的历史似乎忽视了南方这个蕞尔小国，让它在战火狼烟的间隙赢得崛起的黄金时光。

自信霸业传万代的楚王，便是从这里走出去的熊氏子孙。

三

时值深秋，四周寂寥无声，只有脚踩草叶上时发出的沙沙声响。寻找历史大抵就是这样的声音，在平淡中带着深沉、细腻，在散漫中透出庄严、虔诚，比站在博物馆的展厅里，隔着一层透明玻璃更加真实可期。

站在废墟之上，我的目光在寻找，寻找那种大历史下的生命气场，寻找那令人血脉偾张的王者气度和傲视群雄的大国之风。

楚国的大国之风在于地域之广——

全盛时期的楚国疆土广阔，西起大巴山、巫山、武陵山，东至大海，南起南岭，北至今河南、安徽和江苏，几乎包含了整个南方，疆土在 150 万平方千米以上，是当时人口最多、军力最强的"第一大国"。

楚国的大国之风在于城郭之阔——

纪南城城址面积为 16 平方千米，人口有 30 万之众。这个数据，与当时强大的秦国都城咸阳大致相当。有关纪南城的阜盛，桓谭在《新论》中有这样一段文字记载："车毂击，民肩摩，市路相排突，号为朝衣鲜而暮衣弊。"相传，楚庄王有一个儿子娶亲，女方家住在城外三里之地，娶亲的队伍从清早出发，一直到太阳下山了才回来。出发前个个新衣新帽，回来后个个衣衫褴褛。楚庄王问其原因，竟然是因为人流太过拥挤，把衣服都挤烂了。这样的描述，与晏子使楚中形容的齐国临淄"张袂成荫，挥汗如雨"可以互为印证，虽有夸张，但繁盛 400 余年的楚都情状，不难想见。

楚国的大国之风在于国力之盛——

自公元前 689 年楚文王始都"郢"，至公元前 278 年秦将白起"拔郢"，楚国先后剪除了黄河以南大小 50 多个邦国政权，统一了北至黄河、西至巴蜀、南至湖南南部的广大疆域，20 位楚王在此开疆扩土，建立霸业，谱写了至为辉煌的一页。

历史上的"楚河汉界"，就是楚王们霸业的真实写照。

楚国的大国之风在于文脉之深——

屈原、宋玉等一批文学大家诞生于楚。诸子百家中的荀子、老子、墨子曾活跃于楚。文臣武将如范蠡、伍子胥等，均系楚人。钟子期、俞伯牙也是楚之"知音"。

春秋战国时期的名士如孔子、庄子、墨子、晏子，莫不出入纪南城。在荆州博物馆，那里的珍贵文物向世人证明，当时楚国的冶炼技术已位居世界前列，漆器、玉器工艺达到了惊人境界。由此推断，工业繁荣、贸易兴盛的楚郢都，无疑是春秋战国时期中国最繁盛奢华的"一线城市"。

毫不夸张地说，纪南城的历史，就是一部楚国兴盛时期的历史，也是楚文化发展中最为光彩夺目的阶段。

楚国的大国风范在于霸主之气——

公元前 704 年，也就是熊通在位的第三十七个年头，他支使随侯向周天子要求晋升他的爵位。但是，周天子断然拒绝了。熊通勃然大怒，遂自立为王，称楚武王。

这是一位不可一世的楚王，他性情高傲，睥睨天下。天子六驾，诸侯五驾，他偏偏也要六驾——在纪南城北出土的熊家冢坑里竟惊现三乘六驾马车。自从周平王东迁以来，周天子就不复从前的权威，但诸侯敢于冒天下之大不韪而僭号称王，却是从楚王熊通肇始；而宣言要"问鼎中原"的楚庄王，更让周天子一度战战兢兢，寝食难安。

九鼎是天子权力的象征，西周立国 500 年来，楚庄王是第一个"问鼎"的人，而且还率领了大队人马前去。楚庄王的这一举动，明面上是对周天子的挑衅，背后却有着极高的政治意义。从楚庄王问鼎开始，楚国俨然拉开了称霸的帷幕。以此为界，这个昔日被封在边疆的南方小国，正式作为一支强大的政治力量，登上历史的舞台。

楚庄王并没有夸大其词。他的楚国，无论是会盟诸侯的文治，还是攻城略地的武功；无论是倔强霸蛮的楚人性格，还是洪钟大吕的楚国音乐；无论是阴郁、敬鬼的楚风，还是荡气回肠的楚辞——楚国因问鼎中原而"一鸣惊人"。

在随后 300 年的时间里，楚国始终牢牢占据"五霸""七雄"之列，无论是春秋争霸的烽火，还是七雄兼并的狼烟，你都能看到，楚国的身影，听到那金玉交辉，凝重深远的天籁楚声。

四

站在纪南故城的遗址上，豪气油然而生。多少金戈铁马，多少神秘璀璨——从楚文化辐射出来的深红图腾，仿佛永不熄灭的火焰，跌宕在青史之间，让人历久难忘。

这里的地下就是一个纵深王国：隆隆的战车，奔驰的骏马，宏伟的建筑，让中原使者感到震撼的楚歌乐舞，让楚王沉醉不朝的宫阙，都如同微电影胶片呈现的效果一般，占满了我的双目。

这里是楚，春秋五霸的楚，战国七雄的楚，"一鸣惊人"的楚，"唯楚有材"的楚。

楚人尽剽悍——

"诚既勇兮又以武，终刚强兮不可凌。身既死兮神以灵，魂魄毅兮为鬼雄。"一曲《国殇》，写尽楚人之武。"力拔山兮气盖世"写尽楚人之强。以项羽为首的楚国男儿，既是华夏冷兵器时代强悍勇武的代表，更是华夏古代战争史上顶尖的战术指挥家——那是起兵三年就推翻秦帝国的首功之王，那是在巨鹿、彭城两场历史上以少胜多战役中叱咤风云的英雄好汉。

"楚虽三户，亡秦必楚"，楚人"英"到了极致，"雄"亦到了极致。

楚歌亦悲壮——

且不说《召南》《周南》，且不说《楚辞篇章》，且不说宋玉在兰台宫为楚风而唱，只说一首楚歌，就能叫霸王魂归垓下，那该是一首怎样绝灭霸业之歌？"虞兮虞兮奈若何！"四面楚歌声，能抵百万兵。

那是怎样的力量，又是怎样的忧伤：唱败了霸王的刘邦，眼见自己久请不至的商山四皓"偕入汉廷，一语吾主"，只能与他那哭哭啼啼的戚姬"为我楚舞，吾为若楚歌"。细查下来，那个"威加海内兮归故乡"的刘邦，竟然也是楚人。

楚国多美女——

无论是诗经《关雎》在河之洲的"窈窕淑女"，还是屈原笔下的"既含睇兮又宜笑，子慕予兮善窈窕"的山鬼，抑或是宋玉笔下那位"旦为朝云，暮为行雨"的神女瑶姬，都带给人无限美的遐思和神往。楚襄王的巫山神女梦，让多少文人墨客跟着一梦两千年，连大名鼎鼎的苏东坡也为之写下"好梦惊回，望断高唐梦"的诗句。那些楚女确实很美，如果看过楚国宫廷舞，便可知晓什么是楚女细腰了。在沉寂、古老、清脆的编钟声中，她们长袖及地，绾着瀑布般的秀发，像朵朵云霓，轻歌曼舞，如波似弦般自天而降。

楚女如此多娇，令无数君王竞折腰。

楚辞更灿烂——

《楚辞》，中国文学史上第一部浪漫主义诗歌总集，它采用楚国方言，运用楚地声调，记载的是楚国的地理，描写的是楚国的风物，因而富有楚地的地方特色。她的出现，不仅使《诗经》后沉寂三百年的诗坛重放异彩，而且以其突发的华美、更新更美的歌声，开创了中国诗歌史上继《诗经》以后的又一个辉煌时代。

"她是中国文学星空最灿烂的星座，像水银泻地，像丽日当空，像春天之于花卉，像火炬之于黑暗的无星之夜，永远启发着、激励着无数后代的文学家们"（郑振铎）。

五

站在遗址的台地上，一抹残阳，数点寒鸦，几许悲怆也在我心中升起——为一座破败的都城遗址哀伤，为一个国家的命运惋惜，更为战火带给人民的灾难而悲叹。

春秋战国的历史，就是一部诸侯相互征战的历史。在大鱼吃小鱼、小鱼吃虾米的兼并中，小国不断消失，大国滚雪球似的做大做强。诸侯之中，楚国灭国最多，达五十余个。极盛时，楚国疆域名列第一，相当于其他诸侯国面积的总和。可以说，如果不是战国后期几代楚王昏庸无能，翦灭群雄、一统天下的，更可能是楚国，而非偏居西北的秦国。所以才有"唯楚有材，于斯为盛"的说法，所以才有"横则秦帝，纵则楚王"的名言。只可惜因了后期楚国内政腐败、僵化保守、穷奢极欲、劳民伤财，导致国疲民贫，给楚国造成重大创伤。到楚顷襄王时，国势顿衰，民心涣散，在强秦的进攻面前，楚国已经无法摆脱灭亡的命运了。

德不配位，必遭祸殃。

根据《战国策》《史记》等史料的记载，公元前278年，秦国名将白起率军伐楚，先后攻破楚国别都鄢（湖北宜城东南）、都城郢（纪南城），重创楚军主力，并烧毁楚国的宗庙，以及楚国先王的陵墓。大火烧尽楚都400多年的繁华，也烧尽了楚国一统天下的豪情。自此，800年辉煌历史，沉沉埋于地下，2 000年屈子绝唱，绵绵不绝于华夏。

历朝历代的战争，都是以摧毁对方皇城、焚毁宗庙为胜利标志的，历史上几乎所有的王城都难逃兵燹战火的报复性摧毁：纪南城是这样，咸阳城也是如此，"楚人一炬，可怜焦土"，匈奴的都城被北魏所毁，六朝古都邺城被杨坚踏平，十三朝古都洛阳先后六次毁于战火，长安古城八次被毁，北宋都城汴梁毁于金兵铁蹄之下，南宋都城葬于元兵之手。

中华的灿烂文明，就这样湮灭在岁月的尘埃之中。人们在创造一种文明的同时，却又以埋葬另一种文明为代价。楚国的命运如此，其他诸侯国的命运莫不如此。当战争和灾难从天而降的时候，百姓只是随风飘散的尘埃，一如元代词人张养浩在《潼关怀古》中悲叹的那样："兴，百姓苦；亡，百姓苦。"

屈原在《哀郢》中写道："皇天之不纯命兮，何百姓之震愆？民离散而相失兮，方仲春而东迁。"诗中真实记录了当时楚国举国东迁，百姓离散的悲惨情状。

屈原是贤者、智者，是忧思深广的政治家和文学家。宦海沉浮中，他不仅用沉重的笔墨审阅历史，更用智者深邃的目光审视现实。他看透了楚国背后深藏的危机，并为之上下求索，九死不悔，期待明君贤臣，共兴楚国。"举贤而授能兮，循绳墨而不颇"，他劝阻楚怀王订立黄棘之盟，也为巩固楚齐联盟殚精竭虑。然而，即便黄钟大吕，也唤不醒一个"众人皆醉"的朝堂，面对国君的昏庸，面对奸臣的排挤，面对破碎的山河，面对自己壮志未酬的困境，他无力回天。

汨罗江，注定是他人生的终点。

从此，一条江停止了歌唱，沉入江水的一代诗魂，让中国百姓的龙舟打捞了千秋万代。一江碧水，呼唤着一缕游荡的忠魂回归原乡。

此后，楚在和秦的军事斗争中不断失利：先是溃退到陈地（今河南淮阳），将陈作为都城存活25年；再迁都巨阳（今安徽阜阳北），避秦锋芒，之后以巨阳为都存活12年；又迁都寿春（今安徽寿县），一直到公元前223年楚国被秦国所灭，大多只是一段苟延残喘的尾声。

霸主的后裔竟然成了时间的猎物，在奔逃的过程中步履踉跄。

杜牧的《阿房宫赋》中写道："灭六国者六国也，非秦也；族秦者秦也，非天下也。"这一思路用在楚国的身上，何尝不是如此：后人哀郢而不鉴之，亦使后人而复哀后人也。

文明的进步，有时是在一次划破历史苍穹的瞬间闪爆中完成的，有时却要以多少个世纪来计量它的蹒跚之履，2 300年到底有多么遥远多么漫长，谁都无法说清，但透过一层历史云烟，楚国的兴衰留给后人的，却是一种看得见、说得清的教训。

六

风从纪山吹来，吹在纵贯南北的二广高速大桥上，吹在长桥卧波引江济汉的碧水间，吹在荆州世博园的飞檐重阁，吹在寻常人家的旧时堂前，吹过岁岁枯荣的绵绵荒草，吹过那些匆匆赶路的古人：有人刻舟求剑忙，有人抱璧荆山旁，有人一夜白了头，有人招魂汨罗江……这纪山的风雨啊，从何而来，又向何而去，带着消散不去的千古苍凉，吹过云吹过雨吹过一切，一吹就是2 300年。当我们想起那些楚人的时候，他们就复活了，活在后人的记忆中，后人替他们活在永恒的时间里。

此刻，我的面前，是烟波浩荡的长湖。长湖的周边，是高楼如林的荆州新城；西北面，是祥云缭绕的纪山山脉，那是历代楚国王侯贵族的长眠之所。回首之间，繁华与寂寥，璀璨与苍凉，喧嚣与静穆，就这样隔着一条历史古道相看两不厌，在变与不变中或古典或现代地互致问候，见证着一个城市的命运、惊异、重生和希望，提醒后人对于历史文化本质给予不断关注。

一座2 300年的都城，就这样静静横卧在纪山之南。它躺在寒烟耸翠的寂寥村落，躺在鸡犬相闻的烟火之间，躺在日新月异的荆楚大地，独守一脉大巧若拙的古韵，牵着一股大俗大美的上古之风。

我坚信脚下的楚国都城仍然还存在，因为我脚步的回声中还挟带着苍古的风尘气息，甚至还传递着楚宫乐舞那特有的顿挫有致的质感。

多少年了，古老的长湖与同样古老的纪山就这样默默对视，在雄浑与坚韧，冷峻与娇媚，阳刚与婉柔的眼波对视中，历史的脚步从未停歇，纪南城也从未远逝，楚文化的根脉依然深深地扎在这里，历史与现实的交谈中，有深情的诉说和相濡以沫的厮守，有丰厚的精神文化沉淀，智者的灵光抵达四方，诗意之美无所不在。

　　莫道隔千山，秦关更楚关。有"三年不出兵，死不从礼"的精神内核，千年之楚，方得生生不息。硝烟散去，但圣火仍存。那些筚路蓝缕、披荆斩棘的创业故事，那一鸣惊人、名列前茅的拼搏精神，那凤鸟崇拜的吉祥文化，那《楚辞》展现的浪漫情怀，都从这片土地喷涌而出，生发开去，激励后人书写最新、最美的楚风汉韵。

　　(《孝雅》2023年第二期刊载)

山中月

一

电话打来之前，我正在湖边散步。

月光下的莫愁湖很美，有悠长的栈道，有静谧的花香，灯光在若即若离的朦胧里聚散匆匆，照在水中的芦苇和路旁的花丛中，像雾像雨像风，像岁月年轮的暗香浮动。走在夜色温柔的风中月下，山村月夜的许多往事就会浮现在眼前。也就是在这时，我的手机铃声响了。

道贵在电话里说，他现在回李家台当书记了。"这几年，美丽乡村建设有了一些成效，如果老师方便，欢迎到李家台考察并指导工作。"这当然是谦虚之词，不过，我倒很想去看看在乡村振兴的进程中，李家台迈出了怎样的步伐。我更好奇的是，作为九里回族乡的人大主席，他怎么会去担任村干部呢？于是，我欣然答应。

李家台，实际是一个行政村的名称，相当于过去的五团大队，下辖九个生产小队，三十多个自然湾分布在大小十多条山冲里，生活着以回、汉为主的七个民族共1 000多人，是远近闻名的革命老区，也是钟祥的少数民族集中居住地之一。

翌日清晨，我从莫愁湖大酒店出发，越野车一路穿红破绿，行驶在山林之中。车窗外丘陵连着丘陵，民居零星散落其间，像一粒粒彩色石子镶嵌在大山的深处，带给人一种恍若隔世的感觉。

　　陪我去李家台的，是李飞和他的舅舅、我少年时的好友代贵。路上，我们谈论家乡的变化，谈论李家台的人和事，谈论当年农忙时节住在李飞家里时的生活情境，谈论过去来往县城的路途之艰和行路之难，免不了感慨丛生。

　　我问李飞，你公司办得好好的，怎么回村里了？李飞说，村里缺人手啊。

　　那一刻，我想到了李飞的父亲。

　　李飞的父亲是我少年的伙伴，只是不属于一个生产队。后来，我到大队小学担任民办教师，他的父亲参了军，几年后复员回乡，本可以安排在城里工作，但时值大队干部换届，公社硬是要他回乡当了大队书记。当时是政社分开的改革阶段，他留在村里一干就是十多年，最终积劳成疾，英年早逝。

　　父亲去世后，李飞在县城附近开了一家农资公司，开始自主创业。

　　2021年，事业上已风生水起的李飞，离开自家的公司，受命回到父亲当年工作的地方，在村委会担任主任助理。

　　看着专注驾驶的李飞，我不知该为他高兴还是替他惋惜。

　　汽车在接近盘石岭时向右转入新修不久的九五公路。过去，这一带山岭环绕，坡陡路险，许多汽车司机闻之惊魂，望路兴叹，如今群山已被宽阔的四车道抛在身后，满目所见，是郁郁葱葱的绿和层层叠叠的金，以及硕果累累的黄。

二

　　对李家台，我始终有着一种深厚的感情。曾经，笪家湖也是李家台的一部分，在这里，我度过了少年时光。于我来说，这里是我不是故乡的故乡。

记忆中的李家台农舍，并不是如今随处可见的三层洋楼，而是一种瓦房，或草房与瓦房的结合体。那些房子土墙木窗，斑驳陈旧，院里摆放着农具，无花无草，更无风月，李飞外祖父的家就是这样的一个院子：门口一个禾场，禾场外边是一个很大的堰塘，水是浑的，人畜共用。堰塘外面是一条浅浅的小河，两边的稻田形态各异。

我曾经无数次设想，退休后如果能从城市的喧嚣中脱身归去，走进鸟语啁啾、山清水秀的山区，看那高大浓郁的树木，聆听夜晚淙淙的流水，月光下浓郁的蔷薇花香，以及此起彼伏的蝉鸣蛙唱，该是多么富有诗意啊。

只是，记忆中的小山村，没有这么浪漫。那时的山村，缝补着贫困的碎片，陈列着生活的伤痕。

李飞的舅舅说，他家当年的老屋，作价2万元卖给了别人，为的就是结束农村的日子，去追求一份在区供销社的安稳。

或许，所谓牧歌田园，只是富裕之后的内心回归，一旦艰辛的劳作如影相随，浪漫和诗情就会沦为一团幻影。

三

汽车转入乡村道路，笪家湖已在身后慢慢远去。

因为修路，浑圆的山岭被从中切断，像是大地留下的伤口，几处藤蔓覆盖断崖，"万条垂下绿丝绦"，穿过缺口，犹如混沌初开，眼前惊现片片黄绿交错的拼图，引发人们对伊甸园的种种猜想。其实，人间事也大抵相似，残缺与断裂，也伴随独具一格的惊世之美。

在一个名叫"南山小院"的地方，李家台的路标醒目于前。从这里，赵庙村向右，李家台向左，而往南，则是凤凰山、花岭、红庙、罗汉寺和长滩，它们位于李家台的南面，海拔也逐渐降低，一直绵亘到富饶的江汉平原。我要去的地方，是海拔渐次抬升的李家台——大洪山的余脉。

车进入一条山谷，眼前所见，惊艳了我的双眸。阳光从稻穗上反射过来，炫目异常。富有山地特色的民居不时出现在视野中：大多已换成红顶楼房，墙上贴着米色或浅色的瓷片，也有粉墙黛瓦的院落夹在中间。宽敞的沥青路面，如同丝绸般平滑，向着远处延伸，一朵朵桂花应声而落，美艳的花瓣轻轻洒在越野车的盖板上，泛着金子般的光彩。太阳能路灯静静站立在路边，让人不知身在城市还是乡村，亦不知今夕是何年。

溯无名小河而上，我寻找那条荒芜的小路，寻找"露从今夜白，月是故乡明"的离情别绪。河水静静地，已失去最初的模样，草丛中有黄色的小花，在河边细细碎碎地开着，一路荡漾过去，像记忆之湖卑微的涟漪。

50多年前，初中毕业的我被安排在山村小学担任民办教师。放学后，为了找回那些中途辍学的孩子，我一次又一次走访学生家长，一次次踏月归去，看惯他们在昏暗灯光下贫困的无奈和苍老的背影。一道道山梁，一处处堰塘，一家家农舍，足以唤起对一个贫穷闭塞山村的记忆。

我总怀着一种说不清、道不明的乡愁，生活中不乏风风雨雨，最沉重的脚步却留在了这里。

那时的太阳依然明净，有着火热与温暖的表达；月亮下的农舍安谧而温情，听得见叹息与孩童的哭声——那时的月光也很妩媚，月光像梦，梦像月光一样飘浮。

四

天空湛蓝，一群山雀鸣唱着掠过大坝的上空，朝着张家坡上空飞去，翅膀上带着秋天收获的喜讯。

站在李家台大坝顶上，我把目光投向远处，追寻她负重前行又不失轻盈的脚步，现实和回忆交叠之间，所有的情感和记忆在瞬间复活。

水库对面，曾经是一个叫杨湾的地方。当年新四军五师医院、师文化站和"七七报社"就设在那里，向上不远的地方是吴家湾，李先念曾在那里居住。杨湾东边的山坡上，是重新修建的张家坡烈士纪念园，高高的纪念碑矗立在万绿丛中，苍松翠柏环绕，褐色粗粝的躯干袒露着生命的风霜和裂痕，在经年岁月间呈现出一种庄严肃穆之态。

顺着山坡向上，就是历史上著名的武汉军区后勤部军马场。如今，那里已改建成万紫千红的植物园。那里芳草连绵，山花竞放，在不舍昼夜的星空下，与长眠的英魂守望相伴。

20世纪70年代，为了修筑这座水库，五团大队六、七队的村民献出了自己的土地和家园。杨湾、吴家湾等诸多村庄，已永远淹没在库水之下。山洪漫过一座座老宅，碾石磨盘、砖头瓦块、烧火的锅灶、发黑的墙壁，在这里汇聚成一方碧水，也让许多不为人知的往事，脱落在荒芜的岁月里，成为悠悠水下不绝的惆怅。

行走之间，沐浴在清风和艳阳里，我被安宁祥和的气氛围裹笼罩，内心充满难以言表的怀恋与怅惘。

五

李家台是远近闻名的老区，在这里，厚重的历史如深锁的大门，走进去，华彩万千，有水的低语，风的呼唤，以及"群山万壑赴荆门"的浩瀚。

这里山高谷深，人烟稀少。从县城到这里，山峦连绵起伏，不少地方人迹罕至，道阻且难。200多户人家长期分散生活在这里。因了自然条件恶劣，缺少水源，梯田的收成多少只能"靠天"。正是这看似蛮荒、实则生机勃勃之地，当地人用他们勤劳的汗水养育了一片红色的故土。

1925年冬天，在这里诞生了第一个中共党支部；1930年8月，钟祥苏维埃政府在此成立；1937年6月，新四军五师医院、五师文化站和"七七"报社的驻地迁址于此；1940年初，钟祥境内第一个抗日民主政府在这里成立。李先念、陈少敏、谢威、彭刚等老一辈革命家在这里留下过战斗的足迹，涌现出卢祥瑞、杨介仁、答汉臣、赵直堂、罗耀光等一批叱咤风云的回汉优秀儿女，带领新四军和地方武装浴血于山川大地，奔走于丛山密林，以热血男儿之躯抗击数倍于己的日伪军和国民党反动武装，写下过无数撼人心魄的篇章。

在李家台村，据不完全统计，除在战争中牺牲无法记载的英烈之外，解放后记录在册有名有姓的革命前辈有近40人。这中间，有些人是当年抗日根据地的区、乡级别的领导，有的是五师师部的军医，有的曾经参加过八一南昌起义，担任过周总理的警卫员，有的是江北支队的指挥员……

1946年6月，国民党反动派对中原军区实施大规模军事围剿，新四军五师被迫突围。在极其恶劣的环境中里，失去联系或掉队负伤的战士，按照上级指示"投亲靠友"留下，借以保存革命力量。多少年来，他们默默耕耘在这片土地上，守望着被战友鲜血染红的山川大地，扎根南山。

只是，在后来的风雨中，这些人命运多舛，经历一次次的人生坎坷。十一届三中全会以后，有人落实政策恢复了离休待遇，有的政府为其做了妥善安排，有的人却没有等到这一天的到来，在历史的风雨中远离尘寰，留给后人一声叹息。

六

我在李家台学校工作的时间，正是山村最困难的时期。一次次农忙下队劳动的情景，都深刻地留在我的记忆里。

山上少有树木，茅草灌木被砍光，做了农家灶前的柴火。光溜溜的山坡上镶嵌着"农业学大寨""改天换地"等巨幅标语，站在山上才知什么叫一览无余和满目苍凉。

那时，李飞的母亲和同队的一个叫邓凯英的女孩给我留下很深的印象。她们都是山村小学宣传队的骨干成员，形象和身材在高年级里出类拔萃。我那时也算是一个"文艺青年"，课余时会辅导她们唱歌跳舞。农忙的季节，我就住在李飞的外祖父家，被安排和女孩子们一起下田栽秧或除草收割，在劳动和生活方面没少受到关照。

邓凯英的妹妹是我当年的学生。她们的父亲邓秀全为人本分，忠厚老实。他家只有三间正屋，一间厨房，都是茅草苦顶，属于生产队里的困难户。我每次回队里劳动遇到他的时候，他总要热情地邀请我去家里吃饭。

当时，李家台只有一条自然形成的泥土路，路上布满水牛走过留下的脚坑，下雨后满是积水。天晴的时候，那条路勉强可以通行人力板车；若是下雨，不要说拉车，就是行人都无法通过，只能绕道田埂上。有一次，刚学会骑自行车的我，想借机炫耀一把，就骑着我哥的自行车去学校上班。然而，在李家台泥泞的小路上，大多数时间，我都是扛着车子赶路的，村民们见了少不了开我的玩笑。

20世纪90年代末，我应学友之子李俊的邀请，专程回李家台参观并在他家与他共进午餐。那时刚下过雨，但新修的沙土路少有积水，已通行无忧。李俊当时是村支部书记，从生产队长算起，他已在李家台工作了20多年，为人谦虚低调，深受村民喜爱。

当时，沙土村道大部分已经通车，个别地方正趋于完善。后来，李俊招干到乡里担任副乡长，继任的村委会领导闵德春、刘玉祥在几位李家台籍的领导干部的帮助和乡里的支持下，筹集到270万元资金。

2017 年 10 月，在庆祝北京盛会的鞭炮声中，祖祖辈辈盼望的致富之路终于破土动工。

2018 年，全长 25.8 千米的水泥路举行了通车典礼，李家台历史上第一次水泥公路贯通到户。之后，村里又解决了通水的难题，久居深山的李家台人，结束了喝堰塘积水的历史。

至此，山村的发展，有了坚实的基座。

七

坐在我面前的李道贵，还是几年前的老样子，敦厚精干，双目有神。从他身上很少看到岁月流逝的痕迹；他说话时声音洪亮，精力充沛，谈起村里的工作，他的言语中带着几分幽默。他说，他忘不了乡里领导找他谈话的情景。

2020 年，对于退休前的李道贵可谓双喜临门。

一是官升一级，解决了副处级待遇，这在乡镇干部一级是很难达到的高度。二是喜得第二个外孙，正好是含饴弄孙，畅享天伦之乐的时光，人生堪称圆满。然而，平静的日子尚未开始，乡里领导找到他，与他长谈一番。

领导说，鉴于李家台原来的书记已经到龄退休，老区的发展刚刚有了起色，但要完成的工作还有很多，希望他能重回李家台执掌大印，当一个只拿退休工资的村干部，接过村支部书记的位置，助力老区经济起飞，同时，逐步完成培养新人交接过渡的工作。

平心而论，对于李家台，李道贵有着不同一般的情感。早年，他就是从李家台村走出来的。他当过生产队长、村主任和村书记，走村串户十余年。最早的一条沙土路，就是他和村委会一班人带领村民修筑的，那是山村从无到有的第一步。

后来，他招干进入乡里，无论是担任党办主任，还是担任乡里的人大主席，李家台的大事小事，他一直放在心上。

如今工作需要，作为一个从李家台走出去的老党员，对于乡里的安排，他义不容辞。

"组织放心，我尽我全力。"他的表态，干脆利索。随后，他还不忘幽默一把："干不好我就回家。"

那是一个傍晚，月光落在山头、田畴、农舍，构成月下烟柳人家。一条小河，把山谷一分为二，回到山村的李道贵站在山坡上，山峦遮住了他的眺望之眸，他说，李家台就是老李今后的诗和远方啦！

静下心来，他开始安排自己的工作。他每天很少休息，几乎一直在外面活动，四处求人。不是到乡里、市里要钱、要政策，就是带着村委会的人走村串户，规划着一村一户以后的发展，着手解决多年没有连通的与邻村的"最后一公里"问题。他几乎动用了20多年乡镇干部的所有资源和人脉，一切为了山村的重塑与升华。

仅仅一年多的时间里，李家台村站在了新的起点上，实现了路宽、灯亮、水清、花香的蝶变。美丽乡村再上层楼，一如锦上添花。

走进李家台，我的第一感觉是道路变宽了。原先3.5米的道路现在全部加宽改造成5.5米的双向沥青车道，有的地方还加装了护栏，过去"两车相逢勇者胜"的难题没有了；修了好几处大型停车场，旅游大客车可以直达红色驿站；90多根造型新颖的太阳能路灯高高地立在路旁，点亮了山村的每一个夜晚；12 000株桂花和紫薇，让李家台成为真正意义的花园，行走在山谷里，随时飘过的花香足以让人沉醉；连接县城的水管并网成功，村民饮用的自来水由过去的水库用水变成汉江碧水；光电网缆连接到家，足不出户便已知外面的世界。

作为一个有着多年乡镇工作经验的基层干部，李道贵或许看得更远，想得更多。他要依托紧靠大口国家森林公园和万紫千红植物园的地域优势，把李家台打造成旅游度假的胜地；他要凭借李家台的红色历史，打造出十里红色文化长廊；他要凭借李家台的民族风情，建立"红石榴家园"示范点，让民族精神之花绽放在南山地区。

300多个日夜的心血和汗水，绘制了一幅幅崭新的图画：上千亩优质水稻，市场价已卖到500克10元的价位。扶持村民种植的2 000亩泉水柑和1 000亩其他水果一经上市，深受好评。其中，泉水柑还获得绿色食品地理标志产品和中国农业博览会金奖。"李家台"品牌正走进千家万户的生活……

八

看山看水，一路走过，我最后来到村委会办公的地方。

阳光从云罅里泻下来，为两排朴实的平房镀上一层绯红。宣传栏里，分别挂着"红色的土地""和谐的土地""发展的土地"和"希望的土地"几块大幅图文介绍。其后的山坡上，三易其址的李家台小学已经废弃，一簇簇烂漫的野花点缀着山村。

村民政务大厅的对面，同样是一排红瓦粉墙的平房，和村委会围成一个温情的大院——那是李家台村的卫生室。

下车后，道贵指着卫生室门前一位老年妇女问我："您还记得她吗？"

端视半天，直到那妇女向我踽踽走来，喊我"朱老师"，并用一双粗糙的手握住我的手，我仍然不知道她是谁。

道贵说："她就是邓凯英啊，当年学校文艺宣传队的积极分子，如今是村里的老板啦！卫生室就是她家办的，主治医生就是她女儿。在村里，村民的日常就医取药、打针注射，全村的医保、防疫，都是她负责。"

那一刻，我很难把眼前的人同当年那个能歌善舞的女孩联系在一起。昔日的少年伙伴已霜染两鬓，岁月的刻痕早已爬满她的脸。握住那双颤抖的手，望着一脸沧桑的童年伙伴，我忍不住一阵感慨。半个世纪过去，她的形象，就像一面镜子，也照出我自己现在的模样。生活的回廊，早已布满沧桑，像一首歌唱的那样："时光一逝永不回／往事只能回味……"

山风掠过，吹乱了白发，昏花的眼里慢慢洇出水雾，最后形成颗粒。

欣慰的是，几十年的风雨人生，终于有了令人感动的结局。当年的贫困之家，如今已是幸福驿站，美好家园；当年的瘦弱之身，如今也成苍劲大树，亭亭如盖，福荫绵长。

走出村委会，站在村民广场上，我抬眼望去，龙尾山青葱如盖，山脚下稻田一片金黄，预示着丰年的来临。

村庄静悄悄的，那种静，挟着青山、树林、农舍、稻田、夕阳而来，像一幅油画涌入我的眼帘。在这个宁静的黄昏，立于村民广场的大型显示屏边，我仿佛听到午夜时分风轻叩柴门的低语，80多年前山村经历的澎湃风云和枪炮声，都已经化作蝉鸣之声与风动松涛的气息。

道贵告诉我，在过去，九里乡的四个大队：边畈村紧邻江汉平原，土地资源最好；赵庙村紧邻公社所在地，有近水楼台之便；三岔河紧邻笪家湖和县城，交通便捷；而李家台什么都不占，一直在四个行政村中默默无闻，就像那条不起眼的山中小路，蜿蜒在岁月深处。

如今，在四个行政村中，李家台不仅名列前茅，就是在整个市里、省里，也是榜上有名。目前，李家台的人均收入约为2.3万元，比十年前翻了一倍。十几年来，村里没有发生一起刑事案件，没有产生一起民族纠纷。去年，李家台还被省民宗委授予"民族团结进步示范村"称号。重建的张家坡烈士陵园是荆门、钟祥闻名的红色教育基地，依托李家台水库、六堰冲水库建设的高标准的垂钓基地和农家乐，吸引了众多外地游客慕名前来，节假日常常"一位难求"。

天色向晚，沥青路落下柔和的光芒，一轮圆月在山顶缓缓移动，山村静静的。我站在山坡的边缘，看着远近连片的屋宇，耳边鼓噪着风声。顺着风的方向望去，我看不到炊烟的袅袅升起，闻不到柴火灶谙熟的气息，以及灶前农妇的咳嗽，人们似乎正在跟过去的日子握手言别。

面临全新的环境和生活方式，或许有的人还不适应，但年轻人不会为交通出行一筹莫展，老人不会因缺医少药饱受病痛折磨，孩子也不会再为上学而"少小离家"。这，就是山村重塑后的沧桑巨变。

新生活的美好画卷在李家台徐徐展开，一切都将如约而至。

已是星河在天、月华如水的时辰，我和道贵握手告别，还是由李飞开车送我返回酒店。路上，他专注开车，很少说话，那种稳重实在、温和儒雅很像他的父亲——生命就这样一代代地接力。

站在新老交替的节点，新一代李家台人生逢其时，笃志前行，循着前人的足迹，一路走向诞生英雄、传唱英雄的红色故土，走进抚慰灵魂栖居的山川大地，去触摸民族之村的成长年轮，去寻找新的发展方向，实现老一辈的光荣和梦想。

汽车在乡村的道路上静静行驶，像在丝绸之路上的滑动，道路两边溪水淙淙，蛙鸣蛰吟不绝于耳，清风花香环绕于侧，让人不忍踏月归去。

月光下，我看见稻穗上细碎的亮光，看见屋舍淡然地矗立，看见一扇扇亮着灯光的门窗——它们静卧在一片一片的山坳之间，正柔情万种地注视着乡村，注视着人间。

（《荆门晚报》2022 年 12 月 16 日 /12 月 23 日 "荆楚文学" 分上下两期刊登，曾在《收获》客户端展示）

芦花似雪

一

光线有些昏暗。

慵懒的小雨在路灯下轻轻飘过，间或有风，摇动着榕树下那几盆孤苦无依的雏菊。外面的灯光飘进屋内。站在窗前的时候，我向镜里看了一眼，刹那间，不禁悲从心来，原来，我也衰老了。

我坐在地上，心里泛起深深的悲凉。

昨夜我又一次梦到父亲。

他坐在瓜地的草棚子里，天上是密集的星星，流萤在眼前飞来飞去。他半闭着眼问我："海南那边的海滩上能种西瓜吗？"我躺在一张破旧的躺椅上，回答说："不能，海滩边上盖的都是酒店。"

"哦。"他过了好久，很失落地回应我一声。

不知为什么，我看不清他的脸，醒来，我怅然若失，枕头上是湿的。

父亲离开我已经 30 年了，不知为何，我一想起父亲，就会想起他在瓜田里干活的样子。

我的老家在笪家湖。那里有一个小小的村庄，十多户人家都靠着给村里种瓜种菜吃饭，我们家也是。家里管理着队里的好几块地，父亲在其中的一块地上种了很多甜瓜和西瓜。瓜很大，每到瓜熟时，父亲的瓜棚里就充满活力。

父亲也曾有过光荣的历史。他早年先是在外地学纺织，然而战火硝烟打乱了他做一个纺织技工的梦。回到家乡后，在抗日政府的安排下，他多次领着村民在南阳到唐河的公路上破坏日寇的交通线，在抗日的战场上也算留下了自己的足迹。解放初，父亲参加了"土改"工作队，只是在最后决定是否随军南下的时候，为了我奶奶和我母亲祈求的那份安稳，他脱下令很多人羡慕的军装，选择留在家乡当了农民，痛失成为城镇户口的唯一一次机会——钢铁就是这样没有炼成的。再后来，为了生计，他领着全家迁移到了湖北钟祥的笪家湖。

笪家湖的土地是靠山的生产队在 20 世纪 50 年代后期组织村民从芦苇荡的边上开垦的。开垦之初，芦苇疯长，每年种下的麦子收获的时候就成了一捆捆芦苇。经过年复一年的深耕细作，村民终于挖尽了芦根，将这里改造成了肥沃的油沙地。除了种植庄稼，生产队还专门留出一块地让父亲为生产队种植瓜菜。收获的季节，生产队就派人把瓜菜运回山里按人头分配给村民。对于种植的瓜菜，父亲只有管理权，没有处置的权利，当然，自家的需求不受影响。

在临瓜田不远的小河边，有一大片芦苇荡，那是农场专门留下的。秋风一吹，芦花就汇成白茫茫的海洋，如雪如絮，颤巍巍随风飘曳。夏天的时候，经常有皇庄、林集一带的人到芦苇荡割马草。临近中午，那些人又饥又渴，就到父亲瓜棚借口找水喝。面对着那些金黄的香瓜和绿油油圆滚滚的西瓜，他们都会露出渴求的眼神，提出"买"个瓜充饥，父亲都会解释一番，但有时经不住那些人一遍遍说着好话，特别是有带着小孩的人，父亲不忍看着小孩眼中渴求的目光，就会到瓜地里摘几个熟透的香瓜洗干净给他们。他生怕被人发现，说他"侵吞集体财产"。有的人临走留下个三五毛钱的时候，父亲是绝对不敢要的，那些人就丢下钱赶紧离开，当然，这为的是下一次再来时留下个好印象。父亲捏着那几张毛票，像做了亏心事一样不知所措。

二

父亲是个地道的庄稼人，整天都在地里忙碌。夏天日头很强烈，他就光着膀子忙碌在瓜田里。滚烫的阳光落在他身上，也落在瓜地的香瓜和西瓜上。我坐在田边的小树底下，笨拙地数着地里那些个头大的瓜。

老家的方言管父亲叫"伯"，这时，我会喊他："伯，我想吃瓜。"他摘下草帽，看着我笑笑，从地里摘个长得歪瓜裂枣的小瓜在身上擦擦，再递给我。

有一次，生产队里派人协助到湖里干农活，带队的副队长领着两个人来到瓜棚里，对父亲说："西瓜熟了没有，挑个瓜尝尝。"父亲的脸上堆着和善的笑："西瓜还差几天熟，要不吃甜瓜吧。"副队长坚持要吃西瓜，父亲碍于情面，只好到西瓜地里这里敲敲，那里看看，最后挑个头大的西瓜摘下一个。当刀锋切下去的瞬间，父亲就说："只有八分熟啊。"

果然，瓜的中间露出淡淡的胭脂红，靠近瓜皮的地方还是白生生的，副队长几人在切开的西瓜上咬了几小口，便将其扔在脚下，转身离去。微红的瓜瓤在刺眼的阳光下水光盈盈。我看了看父亲，他皱皱眉，表情难过地摇摇头，眼睛里含着泪水。

这些瓜，都是父亲像呵护孩子一样才慢慢长大的，他心疼它们。现在，看着被扔在地上的西瓜皮，他心疼得直吸气，眉毛拧成了一个结。

"伯，你不要难过。"我捡起那些扔在一边没吃完的西瓜，小心地啃着，父亲深深地叹了一口气。

父亲说，瓜长这么大很不容易，吃的时候一定要啃干净。他总是盼望每个吃瓜的人都能啃净瓜瓤，啃到露出绿色为止。他教我，吃瓜的时候，一定要吃到瓜皮薄得透着光亮，轻轻一折就会断掉，这样他才会露出满意的笑容。

晚上，我和他睡在瓜棚里。四周漆黑一片，我数着天上的星星。

"伯，你说队长明天还会来吃瓜吗？"

"不会。"他摇着大蒲扇，很自信地回应。

他笑了，我也笑了。我眯眼看着繁星，萤火虫在眼前飞舞，拼尽全力享受着生命的美好和飞翔的尊严。我开始沉沉睡去，他给我扇扇子，一个夏天就过去了。

在我的印象中，童年最幸福的时光就是在瓜棚里度过的。

三

父亲读的是私塾，古典文学的功底比我深厚，只是很少显露。有一次，队里把我们住的房子的篱笆墙换成了土坯墙，在鸡笼的上方抹平了一块。有人问该写点什么上去，父亲拿来毛笔，用正宗的颜体字挥笔写下四句诗："江柳影寒新雨地，塞鸿声急欲霜天。愁君独向沙头宿，水绕芦花月满船。"那是白居易的诗句。

或许，苍劲洒脱的字迹后面，隐藏着太多人生的感慨，只是我那时还不太明白。

我去读中学的时候，因为办粮油关系的过程中遇到诸多不顺，一开始只能先在学校的食堂里搭伙，需要给食堂里交柴禾。每次，父亲就挑着一大担棉柴梗从笪家湖送到钟祥一中的食堂。父亲身材高大，但一大担子柴禾压在肩上仍显得有些吃力。他走走停停，到学校时已是中午，浑身的衣衫被汗水浸透，背上是一道道的盐斑。放下柴禾，他连我的宿舍都没去看一下，就急急忙忙往回走——他是担心自己穿的衣服太过破旧，同学们会笑话我。

我调到荆门工作的第二年，还没有接父亲到我在城里的房子看看，父亲就去世了。他刚刚走过84岁的人生门槛，原以为打破了民间传说的"魔咒"，但他最终没有熬过那个寒冷的冬天。

在以后的岁月里，我常常会梦到父亲。

无论走到哪里，我都会在梦中回到一个地方：一间没有人影的瓜棚，一片如真似幻静谧的瓜地。我一次次在梦中流泪，不知不觉湿了枕边。

父亲去世后，家里开始还种过几年瓜菜，后来就不再种了。直到去年回唐河老家，去冯友兰纪念馆参观。中午在唐河边幽静的树林里，接待我们的朋友带着小桌、小凳和几个西瓜。在桌上切开，我们围在那里吃。

一会儿工夫，桌上放了不少西瓜皮。我啃过的瓜皮掺在一堆瓜皮里，很特别——我的瓜皮啃得没有一点红瓜瓤。这些年我都是这么吃西瓜的，把瓜皮啃成一张纸，那是曾经和父亲一起度过的时光。

那些被我啃得透着光亮的西瓜皮，寂寂地躺在桌上。瓜皮上留着我牙齿的印痕，仿佛我走过的路。

阳光从树缝里跌落，打在我的脸上。我的心中涌起一阵苦涩，这股苦涩滚动着，从眼眶里涌出：那一刻，我无比想念父亲，想念像西瓜皮一样轻飘飘的时光。

四

过完年，春天的脚步已经在路上了，但我看不到柳丝泛绿，草色青青。

房顶的积雪倒是越来越薄了，有的地方已经露出苫盖房顶的茅草；房檐下挂着的冰柱，在午后的阳光下慢慢融化，一滴一滴的水珠落在地上，砸出一个个小水坑。门前的土地上，一片洁白渐渐变黄、变黑，裸露出土地的原色，一群不知名的小鸟在积雪融化的地面上寻觅食物，稍有惊动，就呼啦啦一片飞向蓝天。

门前打谷场的麦秸垛朝阳的一面，几个老人坐在那里聊天晒太阳，手里做着针线活。那中间就有我的母亲。这样的景象，一次次在我的梦中出现。

最后一次见到母亲，是在 2015 年的秋天。

走向母亲的小屋，黄昏的光线短促而凄凉，暮色缓缓地流逝，有如蹒跚独行的老人。

小雨洒在房后的小路上，透出一片凄清。已经 103 岁的老母亲，拄着拐杖缓缓走出，用手搭在额前遮住亮光，仿佛一株随时都会被风吹倒的枯草。

我说："娘，我回来了。"

娘说："是林亚回来了？"

我说："我是湘山啊。"

娘说："你是林波？"

娘说的林亚和林波，一个是我侄儿，一个是我外甥。

不知为什么，我突然很想哭，忍了半天，泪水还是流了下来。

母亲的小床后面有一个窗口，姐姐说，母亲精神好些的时候，常常伏在窗台上往外看。随着季节的变迁，她的脸上一天天地凝重，叹息也变得悠长，她或许知道自己的日子已经不多了，但在她已接近混乱的意识中，却始终念叨着几个儿孙的名字，这中间也有我和我女儿的名字。

我搬到城市以后，母亲曾经也去我家住过一段短暂的时光。然而，城市的景观，终究不如乡村那样鲜活流畅：朝朝暮暮，几乎永远是一种节奏和色调。母亲是离土地很近而离城市很远的农民，每天，她都明白无误地记得农历的日子，以及还有几天该是什么节气。城里人对天气的反应是极淡漠的，至多关心一下上班带不带雨具及阳台上的衣服要不要收之类，只有母亲忧心忡忡地说："多少天不下雨了，娃儿，我想回去看看。"

我当时初到一个新单位，整天心里装的都是工作，很少有时间坐下来跟母亲聊天。母亲每天就站在阳台上，久久地向远方瞭望——她的心里还挂念着那个笪家湖的家。那几年，母亲常常是到了我家里，就放不下我哥那里；等到了我哥家后，她又惦记我姐家。每年都会在河南、湖北等地辗转，只有在笪家湖我姐家里能够住得长久一些。

她的一生几乎从未停止过奔波，似乎拥有使不完的力量。她喜欢笪家湖的田野，喜欢那朦胧的绿色、有些青涩的味道、淅沥的小雨和即将收获的快乐期待。但是，随着时间的流逝，母亲的孤独感越来越强烈。

她能够承受生活中的一切苦难，能够承受早年失去双亲的剧痛，但是在人生的晚年，却难以承载心灵的孤独。

去世前的一周，母亲已经完全不再进食，只是静静地躺着，只有轻微的呼吸。然后，她走到了生命的终点。

后墙上的那扇窗，粗糙的木条被娘的双手磨得锃亮光滑。我用手握住窗棂，像触摸到娘留下的余温。

五

去年秋天，我又回到钟祥。姐在咸宁林波家里照料孙子。童年时的好友张代贵陪着我和妻子一起去给长眠在山坡上的父亲和母亲上坟。踩着满地的落叶，我们分开密集的茅草和荆棘乱刺，小心翼翼地往山上走去，父母亲的坟茔在河边的山坡上。

山下，是一片白得发亮的芦苇。

天空瓦蓝，成片的白云浮在上面，云朵下面是洁白的芦花。风吹过，芦花一层层地荡开去，像刚洗过的白床单。

芦花指的方向，就是父母亲安眠的地方。

父亲的坟墓原先就在家门前的果园里，是在一个风雪天悄悄埋下的，连墓碑也不曾有过。农村里的人大多对于身后之事都看得平淡，一抔黄土足矣。这次由于要修路征地，家里人才把父亲的坟迁到山坡上和母亲埋在一起，并且立了一个墓碑。

父母亲的坟边有树有草。我们在那里烧着纸钱，说："伯、娘，好想你们啊。"我点着的火苗腾腾地着了，又看见火苗映在那块石碑上。我俯下身，跪在地下，看着墓碑上的字想象着两位老人的容颜，就像依偎在父母身边，从来都没有离开他们。

临走的时候，我起身采来一束芦花，放在碑前。山风吹过，芦花随风飘落，最后落在山坡那些俯仰如一川河水的茅草丛中。

离开那个地方，站在路边，再回头看看。

就像平日里出门，向站在家门口的父亲、母亲挥手作别一样，喊一声："伯、娘，我们走啦。"

不同的是，当我转身的时候，背后一片茫然。没有应答我的声音，眼前只有萧萧的芦花和满山坡的茅草，我的告别是那样孤独，顿时泪飞如雨。

终于懂得人世间什么最重要了。不是地位，不是财富，更不是荣誉。那些可有可无的东西没有了可以再来，但是亲人没了从此就真没了。

从山上回到笪家湖老屋的时候，看见父亲住的那间茅草小屋已经坍塌，土坯散落在地上，墙根已布满青苔。靠近厨房的一根水管还滴着水，地上是当初我从三线厂带回的一个铝制水盆，里面接满了水，水流到了地上。旁边一棵结满了柿子的柿树，经霜后已经变得透红，几个金色的南瓜伏在瓜藤下面，静待着主人归来。

四周空荡荡的，烟火气已随风逝去，一只无人照料的小狗眼里含着泪，可怜巴巴地依在我的脚下，不住地用嘴蹭我的裤脚，嘴里发出凄凉的哀鸣。

夜深了，清寒的月光，透过杨柳树密集的枝干洒在清冷的院子里，一道长长的身影陪伴着我。静静地听着自己的脚步声，静静地感受着自己的心跳、自己的呼吸。踏着寒风，我在那间倒塌的小屋前徘徊良久，仿佛走在父母的身边。

想起父母，总感觉心中愧悔难当。走着走着，感觉有什么东西落在我的脸颊，并且，在风中被吹得飞起来。

我伸出手拭去泪水，那些泪水有着烫人的温度。回到县城，我找出一本纸笺，拿出笔，在秋夜里，在灯光下，我写下一些文字，听到笔尖和纸笺摩擦的声音，我的心终于安静了下来。

窗外，沙沙的雨敲击着窗户。我的手按在冰冷的窗户上，感觉自己不过是落向人世雨滴中寂寂无言的一滴。

（入选中国言实出版社的《渔樵歌笙》）

八千里长路

一

从古城襄阳出发，乘坐火车一路向南，扑入视野的是连绵起伏的高山。苍黛的群山经襄阳，过宜城，至荆门，莽然百里，逶迤成一首气势磅礴的长诗，最终又平息于远方的江汉平原。

在宜城西边约 30 千米的群山里，坐落着我大学毕业后工作的第一个单位。多少年了，我还会经常梦见那里的场景：山的怀抱里，整洁的苏式红楼，自成村落的红瓦平房，高大的法国梧桐和白杨树环绕着它们，大雪覆盖的峡谷，褪色的标语和伟人语录藏匿其间，隐约可见。

山外有一个火车站，是那种焦枝铁路上最小的慢车站，名字叫上大堰。它的功能更多是连通工厂的自备铁路，让产品由此进入国家的铁路运输网络。紧靠工厂的那座山叫八万山，它像一座屏障，隔断了山里山外的世界，虽然工厂有通勤车到稍远一点的雷河车站接送，但接送的时间是每天下午。为了当天能顺利回家，我每次必须赶在 8 点以前进入车站，乘坐从上大堰经过的那趟早班火车，必须翻越那座横在工厂外面像屏风一样的高山。

火车站到荆州的距离并不遥远，由于不能直达，全程需要中转五次，仅步行的部分就有 30 多千米。说来难以置信，200 公里不到的回家路常常需要我耗费一整天的时间。若是误了车次，还得多住一个晚上。那种"永远在路上"的焦虑，总让人坐立难安。

二

除夕的早晨，山谷里睡意蒙眬，少数人家的窗户灯光闪烁。我们早早准备着，忙着翻山越岭去搭乘那一天只有一个班次的绿皮火车，如此方能在当晚前抵达荆州，赶上岳父岳母家的年夜饭。

外面的雪花有些夸张，目光极尽，不过 10 米远。潮湿的房子，潮湿的树，还有潮湿的马路。结了冰的道路让人望而生畏，也让归心潮湿不已。咬咬牙把女儿背在身上，冒着漫天飞舞的雪花出门，没来由地就想起中学课本里的一段话："正是严冬天气，彤云密布，朔风渐起，却早纷纷扬扬卷下一天大雪来。"远处，那横亘在工厂东边的高山在风雪中威风凛凛，等候着我们去挑战。

说是山路，实际是当年土匪、野兽抑或是牧羊人进出留下的履痕，几乎是在荆棘丛中和乱石缝勉强通过的崎岖小径，有些地方需要攀过横在路上的巨石，有些地方需要侧身而过。树木、野草、岩石，都落满厚厚的冰雪，山风吹在上面，发出凄厉的声响。除了眼前那条崎岖的山路，除了飞雪和卷起的落叶，视野之外尽是白茫茫的世界。

翻到山顶的时候，那雪竟越下越大，中间夹着小雨，大衣很快就结了一层薄冰，全身像披着一身铠甲，走起路来哗哗作响。和我们一起去赶车回宜昌的厂办杨幼英女士，一路上帮我们拿着行李，三个人互相牵着手，小心地踩在枯草上面，借助身旁一棵棵马尾松树，缓慢地向山下挪动，路上几次差点儿摔倒，全靠那些树才勉强站立。说来也怪，那些树就像富有灵性一般，只要扶住树干，拉住树枝，内心顿然就生出几分安全感，身上也多了几分力量。

如期到达车站，买完车票，那列火车就穿过寒冷的大地，拖着一股浓浓的白烟缓缓驶进了站台。绿色的车厢顶上覆盖着厚厚的积雪，铁轨与车轮合奏的单调音节与同一节奏的摇晃，带着我们如在梦中一般穿越在冰封雪覆的旷野，路上逢站必停，然后又是一声长啸，继续向前行驶。

喘息未定，心中便生出诸多感慨：或许，人生并不如我们年少时想得那么理想，但也不会像我们失意时臆测得那么糟糕。在这片土地上时常能见到痛苦和矛盾，但也充满着爱和希望。一次次攀越群山，也许是因为，在攀爬中我们才能找回坚持的勇气。

车窗外，一个个村庄，一条条河流，疏朗宽展的河床，蜿蜒的水流，还有遒劲沉默的大树，都在冰雪的覆盖中恭候着新年的脚步。

三

火车到达荆门的时候，已经是下午 1 点。

我们先要乘坐公交车前往荆门长途汽车站，然后再乘坐到荆州的汽车。遗憾的是，那一天一班的长途汽车已经错过，大厅里，几个等着去荆州过年的旅客，围着售票窗口不肯离去。好话说尽，总算等到站长的出现，大家围上去请求增开一趟班车。站长说，要凑 20 个人才能增开一班。等了很久，也才只有 8 个人。一个带孩子的女士忍不住泪如雨下，哭得稀里哗啦，泪水感动了站长，他答应增开一趟到荆州的班车。

那时候的道路自然不像现在的高速路那样全程封闭、直平如泻，坐上车就有轻捷欲飞之感。当时的二〇七国道几乎到处都在修路，行车自然少不了多一些弯曲和颠簸，还可能遇到失修的土坑——沿途没有钢铁护栏的"管束"和"押送"，没有各种交通标志的频繁警告。开车的师傅态度和善，脸上红红的，估计中午喝了一点儿酒御寒（那时还没有查酒驾一说，大家也都认为正常）。路上他几乎逢人招手就立马停车，也不问是长途、短途，在哪里下车，团林铺、五里铺、十里铺、四方铺，能上就上吧，大过年的都不容易。行驶中他想慢就慢，想停就停，想撒尿就下车撒尿，经过小镇时还下去捎点儿年货，把一趟长途硬是开成了公共汽车。在旅途的孤寂里，那种气氛是和善的，也是喜悦的。终于，在日暮时分，我们到了荆州古城。

岳父岳母的工作单位是荆州地区的农科院，位于沙市东南郊区。荆州地区的长途汽车是不发郊区短途的，我们到荆州城后又搭乘公交赶到西门江陵县的汽车站，在那里换乘去往乡镇的班车。

那也是一个简陋的小站，候车室摆着几条水泥做成的预制板。或许是沿途见识了太多的艰难跋涉，或许是一天之间积蓄力量的突然爆发，女儿站在那预制板上，竟然摇摇晃晃地学会走路了，这真是旅途上的一大惊喜。下午6点多的时候，我们终于坐上江陵开往郝穴的汽车，这已是当天途经农科院的末班车了。

我们在一个叫王家桥的地方下车，此时天色已经完全暗淡下来。那里离家大约还有10千米的路程，就只能靠我们的双脚了。

晚上变得更冷，地上的积雪泛着白光，天空中还有一丝灰白，不久就暗淡于家家户户的窗灯后面。没有路灯，树林间不时有雪团落地的声响，偶尔会听到树林中传来"咯吱"一声响——那是树枝被积雪压得断裂的声音。双脚走在雪地里，发出"吱吱"的响声，偶尔有鞭炮声从远处响起，却又不知来自何处。我和太太抱着孩子，忘记了寒冷和饥饿，向着远方那个有灯光的方向一步步走去。

此时此刻，想必年夜饭已经摆上了餐桌，香气从挂着积雪的屋檐下飘出，油炸春卷和鱼糕的香味混合着雪的清冽。

四

决定去钟祥看望父母亲，是初三的早上。天空继续飘着雪花，我们又一次踏上湿滑的道路，步行走到王家桥，搭乘江陵县过路的班车到达荆州长途车站。

当时，钟祥还属于荆州地区管辖的范围，每天都会发一班到钟祥县城的车。问清我们这趟班车是从沙洋过轮渡，我和太太都很高兴，那样走，车会从县城南边的南湖农场经过，在南湖下车，会省去很多麻烦，直接顺着河边步行到笪家湖父母的家里，能节省10多千米的路程。

那辆车很旧，全身裸露出生锈的斑驳底色，像披了一件迷彩服，一身的苍凉感慨，很多地方油漆已然脱落，起步加油的时候发出声嘶力竭的咆哮，如同一个久患哮喘病的患者的呼吸，车窗没有一个能关严实的，一路上发出"瑟瑟"的声响。开车师傅的脸色跟天气差不多，路上一声不吭，好像全车人都欠了他多少人情债似的。是啊，大过年的，谁愿意冒着寒风冷冻离开家里的亲人呢？一路无休无止的颠簸，走沙洋、过汉江、经过旧口、罗集，经过大小几十个村庄，遇到招手搭车的，司机一律不予理睬，更不会停车。我心里想，虽然车很破旧，但司机技术不错，挺会赶时间的。正在暗自庆幸，司机却七弯八拐把车停到一个路口，开口说了一句话："你们搁这儿歇歇，俺回家看看。"一口正宗的豫西话，抬头看时，他把车开到他家的村口了，那是大柴湖的移民区。

车上的乘客静默无语，看着司机把我们丢在车上，消失在那些芦苇墙、红瓦顶的低矮民居当中。围过来看热闹的，是几个老人和小孩，一个孩子突然发出惊叹："哟，恁大4个车轱辘。"

我们在车上足足等了半个多小时，那司机才从远处走来，手里提着编织袋，身后还跟着两个搭车的人，看样子是他的熟人。

客车继续拉着一车人往钟祥县城的方向驶去，过余家山头大堤以后，我走到前面，给他递上一支烟，用最正宗的家乡话跟那司机套近乎：说我们带着一个小孩，还有东西不太方便，家就在前面不远的南湖桥头往东八里地，希望在桥头停一下车，行车方便。

"不中。"司机一口回绝了，说，"你说的那个地方不是站，俺这是长途车，不能随便停车下车。"任凭我和太太好话说尽，司机就是不同意，一脚油门，一直把我们送到县城车站的大院里。看着车站值班室的门开着，我当时真想进去反映一下这位司机的德行，但最终还是没有进去。

人世百态，自然不能都用圣人的标准去要求他人。那些手中拥有一定特权者，不一定都是侠骨柔肠，这背后也有小人物的个性和貌似原则的固执。在我所在的单位里，司机是不折不扣的特权阶层，而且还属于科技工作者的人才范畴，比后来的高级工程师以及现在的 IT 工作者都要"牛"很多，他们永远都是从俯视的角度去看他人的。人们可以得罪单位领导，但是不会去得罪汽车司机，甚至开拖拉机的司机。

一家人走出车站，踩着满地的落雪积水，竟茫然不知所措。大过年的，找谁求援都不合适。远处停了几辆柴油"三脚猫"，我急忙过去跟开车的师傅商量，他们说南湖的路远不好走，返回还得放空，不肯去。说了半天好话，只有一个愿意，他的报价让我吓一跳，那几乎是我半个月的薪水，附带条件是只能走到哪儿算哪儿，不好走的时候就返回。我千恩万谢，哪里还敢讨价还价。

三轮车载着我们朝南湖的方向驶去，寒风通过帆布篷吹打着我们冻僵的手脚，过龙仁寺、刘桥和砖瓦厂，到南湖桥向东，往笪家湖方向走了不到半里路，眼前是积水很深的烂泥路，师傅说："前面不敢再走啦，再走连我都回不去啦。"看着眼前深深的车辙印和水坑，我们只得下了三轮车，抱着孩子，躲着满地的泥水，向家的方向迈开脚步。

不知什么时候，那雪悄悄地停了，天也渐渐有了亮色。树木也在寒风中静静守望，远处，家家户户的上空正飘着袅袅炊烟，间或传来几声温柔的犬吠。

那个温暖的家在等待着我们。

在家的几天，时间过得特别快。落雪的日子，虽然寒冷，心里却感到家的温馨。透过窗外，一缕炊烟正从草屋的上方缓缓升起，望着雪后残阳在天际留下不真实的绯红，望着树木静静地伸开枝杈指向干净高远的天空，感受故乡富有诗意的黄昏。如果不是惦记着上班的日子，故乡的每天该是多么美好。我想，每一个身处异乡的人不就是怀恋这诗意的黄昏和袅袅炊烟吗？

两天之后，我们又踏上返回工厂的旅途，步行到县城，乘坐开往胡集的班车，在江北的一个路边站下车，步行 4 公里到双河火车站，乘坐火车到上大堰车站，再去翻越那座大山。那过程，几乎就是年前去荆州岳父岳母家的一个完美重合。七天长假，有三天就这样耗在归途上了。

后来，我当上了学校的领导，有资格找工厂的车队派车了，但那也仅限于出差。荆州、钟祥、上大堰这个旅途大三角形，我们年复一年地奔波，深度体验"鸡声茅店月，人迹板桥霜"的意境。这是我们每年的必修科目，好在后来有了私家中巴车的加盟，让山重水复的回家之程多了一份色彩和温馨。

于是，每年除夕的早晨，每当淡淡的光亮从地平线升起，我们就匆匆奔向那座大山，再奔向那个远方的家。说来也怪，湖北的春节前后，不是漫天飞雪，就是细雨霏霏，我们也只能年年重复着"柴门闻犬吠，风雪夜归人"的行程，粗略算下来，每年的奔波都在千里之外——我在鄂西的山区度过八年时光，还真的凑成"八千里路云和月"了。

后来我的工作调动到荆门，再后来又调到海南，回家的次数基本是一年一次，算上空中里程，再从武汉坐车到钟祥，又从钟祥到荆州，仅一年下来已是八千里云路迢迢了。退休以后，每年都会有一次长短不一的远行，行程叠加更是长风万里，时有闪电飞光，更有寂寥的淡云残月，山重水复，别人司空见惯的东西，对于自己来说，神奇和诱惑无所不在。

每一次在路上的奔波，都觉得是最艰难的时刻，直到领悟出山河教给我的奥义：有对平凡岁月的感恩，还有"一期一会"般的温柔和执着。

五

或许人一生的劳碌与奔波，大抵也是天命注定吧。

我走过巴塞罗那古堡的林荫道，去过墨尔本的咖啡厅，当然也到过美酒飘香的南澳巴罗莎山谷，还去过群楼如林的青岛、广州、北京和上海。我惊喜那些城市建设的神奇，但从不会梦见它们，只会一次又一次在梦中回到当年的那些工厂、学校：一排排没有人影的红色楼房，还有那座高山，那风雪归途，那个褪了颜色的火车站，而且莫名其妙地为之感动。

八千里长路，从来就和我们的心血肉相连，密不可分，所以，这路上没有叹息，也没有抱怨。许多琐屑悲凉的生活里外，许多浮华可笑的人生背后，许多迷茫动荡的旅途之程，如果去细细询察，就会发现里面深深隐藏着真诚的渴盼、顽强的热爱和丰厚的情感。

馨香如故

　　太阳挂在东边的山梁上，苍茫之中，一片片油菜花热情地举着花苞，为料峭的初春增添了生命的温暖。

　　河床两边，油菜花明辉闪耀。欣喜若狂的蜜蜂和蝴蝶成了这个季节的主宰，在油菜花上方辛勤地盘绕，呼应着农家劳作的身影。

　　小时候，我跟随母亲为生计奔波，饥饿时曾用油菜花救命。一个春天，我随母亲从家乡去沙洋，临近农场油菜地的时候，饥饿让我浑身无力，步履艰难，头上直流虚汗。母亲便从油菜地里采来一把油菜花苞让我吃下。那花苞清新微甜略有苦涩，却带给我一种力量，让我跌跌撞撞地走完剩余的路程。

　　母亲在世的时候，我每年回老家，总陪她走在房前屋后的田野上。一夜春雨，那遍地的油菜花像是初春乍到的阳光使者，将温暖的金色泼向大地，为农田披上新装。暖风吹来淡淡清香，风中飘来片片花瓣，一团团，一片片，仿佛画在大地上的油彩。

　　行走在河边，清风在菜花上轻吟，月光在树林剪影里随着脚步前行而同步轻移，牵动着此起彼伏的虫鸣和蛙声，与满地的油菜花相映成辉。蜿蜒的河道流水汤汤，如同一匹闪着银光的巨幅绸缎。

　　今天，当我只身走在油菜地里的时候，眼前的一切让我怅惘。倾听江河之水一声声起伏的呼唤与细语，苍穹之下，飞鸟的群影掠过一片金黄。那间盖着芦苇的草屋下面的故事依然历历在目，一遍遍在我心中激荡。

落户笪家湖后，印象中那油菜花从无刻意种植播撒，更无人细心打理。那房前屋后，几乎年年都蔓延一片片金黄，那时的人们自然是没有观赏油菜花的雅兴，更没有踏青郊游的爱好，油菜花带给我们的是解决生活的必需。

每年五月下旬，正是"夜来南风起，小麦覆陇黄"的前夜，也是油菜籽收获的季节。收获的油菜籽可以送到油坊换回一罐一罐的菜油。母亲就用这种菜油满足全家的口腹之欲，给我们炒菜、下面、包饺子、煎韭菜合子，厨房里永远都是强烈的菜籽油的味道。

说实话，小时候的我对菜籽油怀着很深的误会。那时榨油工艺极其简单，没有经过处理的菜籽油会有种强烈的刺激味道。一到吃饭的时候，菜籽油浓烈的味道常常让饥肠辘辘的我少了食欲。我那时最不喜欢的就是闻菜籽油的味道，有时候，宁愿酱油拌饭，也不愿吃那种油炒的菜或凉拌的菜，有时候还会把这种不满表现在自己的语言当中。

每到这时，母亲总是沉默，她那无奈的目光里有太多我看不懂的东西。

多少年后，我才知道，在所有的食用油里，菜籽油是营养最丰富的食用油之一，它的保健价值远远超过了其他的油类，几乎是一种包治百病的"神油"。母亲无意中让我们在困难的20世纪60年代就一直享用着如今城市富人才能享有的消费啊，倒是我有点身在福中不知福了。

这种后知后觉的感悟让我惶恐，更让我不安。

儿时总盼望早些长大成人，但真的成年后却又喜欢回忆过往。在那些物质匮乏、生活清贫的年代里，母亲用她的坚韧和朴实、勤劳、知足，带着我们全家人简单而积极地活着。生活的艰难困苦，似乎只是平淡日子里飞过的小虫，眨眼间就会消失不见。而绝地求生之后，日子一天天变好，母亲也不曾发出任何感慨，仿佛那屋前舍后的油菜花一样，平静地绽放出生活之美。

油菜花因时而长，因地而生，知足常乐，潇洒随性，最富于中国乡野村民的品质和生命力，有一种"给一滴春雨就陶醉，洒一缕阳光就灿烂"的秉性，既知恩图报，又从不埋怨，这样的品质和母亲何其相似。

走在田野上，我心中对油菜花这弱小的精灵那顽强的意志和无私的奉献精神充满着敬畏。想那一粒粒细小的菜籽，在寒冷的冬天被抛向大地，冰河尚未解冻，大地布满严寒，却凭着自己的力量挣开冻土而出，伸出绿色的嫩叶，任凭风霜侵袭，高扬生命的绿枝，迎接着新春的脚步。

当大地一旦呈现出春的色彩，它们就在平地、丘陵、山岗、房前、屋后、沟渠、池塘边，织出一片灿若云锦的世界，献出丰硕的果实，丰富人们的生活，最后再把自己化为灶膛的一束薪火，燃烧自己，温暖世界。这人间的至诚大爱之物，自始至终对人类充满着无私的感恩回报，以自己生命的全部，践行着"滴水之恩，涌泉相报"的承诺，零落成泥碾作尘，只有香如故。

母亲一生深情地爱着油菜花，她的生命也永远定格在这个农家花事的季节。

那是7年前的4月18日，母亲走完她生命的第104个年轮，在一个风雨交加的春天里溘然长逝。从此，母亲就与脚下的土地永远融合在了一起。

对于亲人来说，世上哪有什么"喜丧"，不过是安慰活着的人的一杯苦酒而已。

凄清的小雨无声地洒在村前村后，泥泞的小路上空无一人，大片的油菜穿过冰冻的土地，带着晶莹的泪珠滴落在忧伤的田野中。幽深的河流，摇曳的芦苇，空空的院子，萧瑟的树林，全都交付给了早春的风和雨。在夜风的尖厉长啸中，仿佛在一瞬的时间里，母亲的一切就成为风中往事。

是的，母亲走了。她的一双小脚再也承受不起生活之重，她急急忙忙地走了。是不是为了能够走进那些令她午夜梦回的时代，去和童年就离她而去的外婆和外公朝夕相处？还有常为生活琐事和她争吵不休的父亲，还有那个被时代遗忘而在她记忆中才真实存在的过去。

清明节刚刚过去，湖水寒冷无比，那天的最低气温是十摄氏度；油菜花瓣点点飘零，覆盖了积水的小路……

七天后，当我再次回到笪家湖的时候，天已晴朗，阳光暖暖地照在油菜地的阡陌小路上，呼啸的南风从河谷中吹来，从一望无际的麦田和油菜地上掠过。油菜花已经凋谢，摇落了一地芬芳。嶙峋的秆茎或倒伏或挺立在田垄里，饱满的果粒正在孕育，早熟的菜籽落到地上，少数尚未凋谢的黄花，正抓住最后的机会开放。几只弱小的白蝴蝶围着我深情地盘旋寻觅，像是在追忆那馨香如故的昨天，生命的凋谢与盛开就在咫尺之间首尾相继，此起彼伏。

我闭上眼睛，眼前总出现一幕久违的画面：漫山遍野的油菜花丛中，父亲在前面松土，姐姐栽下菜苗，我跟在后面一瓢一瓢地浇水，母亲在家里忙着烧水做饭。苇叶苫顶的屋顶上方，炊烟正袅袅升起，白色的，轻轻的，柔和的，温暖的……

这记忆的片段像一幅永不褪色的油画，燃烧出满盈的爱意和春光。那些温暖的金色最终化作尘世间最珍贵的烟霞，停驻在我的心头，永远纯净、清澈。

一朵忽先变，百花皆后香，如此平凡，却又如此光芒万丈。

我知道，那间心中的小屋今后依旧会阳光充沛，那些陈旧的家具、灶台、灯盏，还有放着母亲遗像的香案……依然向后人述说着鲜活的往事。孩子们会轻轻地为照片旁的素菊添上水，它们娇艳地簇拥着母亲永恒的微笑。

人生是路，我们总在路上，不能指望所有的鲜花为你开道，但油菜花始终开放在我的心中。

莫愁光阴诗卷里

一

又一次来到莫愁湖畔。

阳光透过湖岸垂柳的缝隙，金子般地落在水里，也把天空的颜色投射到湖面——那是一种贵族气的淡蓝，温润而又傲慢的天空有着童话一般的神秘高远和无尽辽阔，几缕淡云恰似淑女照相时不经意抖动的轻纱，带出一种说不清楚的妩媚和诗意。

走过花草掩映的栈桥，莫愁古村就出现在我的眼前。

顺着一条小巷缓慢独行，一种暌违久矣的幽静诗意就扑面而来：刚下过雨，石板上还有积水，整条小巷像是镶嵌了无数面镜子。透过这面镜子，我们可以看见逝去的光阴和走丢的故事，以及，往昔的苍凉和眼前的繁华……

沿着一条不长的小巷，我慢慢地走着，我不知道何时才能从小巷的这头走到终点。我走得很是缓慢，迟重的双脚踩在路上面，像沿着记忆的小巷重新走过自己的人生。

小巷里十分安静，"自在飞花轻似梦，无边丝雨细如愁"，木制门楣被岁月打磨出凝练的柔光，古铜色的门环流淌着岁月的痕迹，充满水墨情调的民居建筑，全都整齐地坐落在古老的石头巷子两边。远远望去，既是一座厚重素朴的村落，又像一座民居建筑博物馆。古朴典雅中又不乏自由洒脱的质感和厚重。

一只小花猫睡在门口，半天才懒懒地叫上一声。我静静地从它身边走过，不必惊动这里的每一寸光阴，也不必让喧哗的心事惊碎这难得的静谧。任微风拂过，任阳光洒落，于无声中静看花开花落，时光老去。

二

2 000多年来，围绕风景名胜莫愁村、莫愁湖、莫愁渡、阳春台、白雪楼等，在古郢荆楚，流淌着很多美丽哀怨的故事，也伴随着钟祥人的乡愁记忆。

正是在这种乡愁记忆中，时光和时代前行的步伐隐隐可见。

荆楚多诗情，很多地名的保留，都会留下一些模糊的记忆。这记忆，足以唤起人们的想象，唤起怦然心动的文化灵气和画面感。

今天，历史的古村风月只能靠想象复活。在这样的想象空间里，依然透露着历史执拗的骄傲和文脉的延伸。汉语的美感即在于遐想空间的无限扩展，而"莫愁村"这三个字，早已穿透历史的拘谨，从桃花片片的古村里飞出，落在古朴巷口的青石和柔软的阳光里，落在莫愁古村的美好遐想中。于是，若干我熟悉的旧时光在这里得以保留、收藏，如同风干的标本。

我踏着一块一块的石板往前走，中果园、韩家街、古楼坡、子胥台……一个个熟悉的地名从我的脑海闪过，像黑白水墨画面般历历在目。那些台阶，那些窗格，那些木门的背后，都有我无法看透的岁月苍茫，当每天第一缕阳光照进小巷的时候，门窗里就会飘出缕缕青烟，会听到老人的咳嗽声和儿童的读书声，会看到白发苍苍的老人对着镜子的叹息……

我还想看到拐角处的那家充满诱惑的东方红照相馆。照相馆里的摄影师是一个我十分熟悉的女士，她的丈夫是与我很要好的农场的书记。我和太太的第一张合影照还是那位女士免费为我们拍的，那照片至今还留在我家的影集里，可惜摄影师的丈夫已经永远离开了我们。我每次经过那个地方，都会想到那个金桂飘香的秋天，想到那位笑意盈盈的女士。当时，我还是一个在校的学生。

眼前小巷呈现给我的，只有它的寂寞和静谧，并且，它只是后人凭记忆复制的产物，真正的老街旧巷早已不复存在了。坐在小巷冰凉的石板上，我想到一位诗人的话："在涛声中唤你的名字／而你的名字／已在千帆之外／潮来潮去／左边的鞋印才下午／右边的鞋印已黄昏了……"

一时间，我的内心充满失落，泪水模糊了双眼。

三

在莫愁村一个幽深的巷子里，当地一个诗人开了一间工作室，不远处还有一条文艺长廊，墙角的藤蔓摇曳着"庭草无人随意黄，落叶满地不开门"的伤感。

一个高大的戏台赫然立在眼前，虽然朱颜尽改，斑驳破碎，但又明明白白地透出高高在上的威严。戏台的旁边是一座青瓦覆顶的老房子，房前有几棵槐树修禅悟道般静默着，也有一些枯草样的藤蔓，在黑瓦灰墙的院落间攀爬附着。卷枯萎缩的叶子间，隐隐长出新绿色的青藤，院里是清一色的老式座椅，直觉告诉我，这是一家茶馆。

一株高大的香椿在风中待立，枝条上都是春雨过后才站上去的嫩芽。这样的嫩芽是一种绝佳的食材，可以用来炒蛋。在钟祥的很多家庭里，春天的餐桌上都会有相同的一道菜：香椿炒蛋。但这株茶馆边的香椿，它的嫩叶居然无人采摘，被遗忘的美味挂在梢头，像埋没的诗情隐身于市，一任雨打风吹去。

时过境迁，在这个急剧变化的数字化时代，绝大多数老茶馆已经寿终正寝，取而代之的是西餐厅和咖啡馆。因而，眼前这座老茶馆才像一座历史的活标本那样，吸引了游客的目光——当我要离开的时候，我发现，好几个穿摄影背心的人正拿着单反相机来来回回拍个不停。

老茶馆两面临街，青砖加木质结构的墙壁斑驳晦暗，如同抽象派的油画；屋舍宽大，地面却是一如既往的青砖铺地，临街的两端，木制的板门一块一块地抽下来。屋子正中，顶上是一扇天窗，春天的阳光就从这些地方漫进茶馆。几只白炽灯亮着，灯光昏暗而多余。像那些年代久远的老茶馆一样，这里也必不可少的有一口老虎灶，上面摆放着几只烧水的大铁壶。只是喝茶的人寥寥无几，茶炉上也没有冒着热气的大茶壶。

靠里间的一张桌子后面，茶馆老板正悠闲地坐在一张竹编的椅子上养神，他的旁边，放着一本颜色有些发黄的书。见我走进去，老板立即站起来笑脸相迎，问我："要壶茶吗？"说话间，我再次看到了那本书，那是一本洛夫的诗集，书名《烟之外》。我问他："你喜欢写诗？"老板笑笑，露出一口发黄的牙齿说："早年出过一本诗集，现在已经不写了。"

交谈中得知，老板早年也是学中文的，在市里一家文化机构上班，后来恋上这里的环境，和朋友投资办了这家茶馆和文化长廊，定期接待一些文化社团在这里举办的活动，虽然效益一般，倒也乐在其中。

四

离开茶馆，游人开始增多，古村落的各个店铺开始了一天的繁忙，叫卖声不绝于耳。在村口的树下，几个游客围着一位老人不停地拍照，老人光着膀子，抡着木槌不停捶打着木墩上的大块麦芽糖，从他身上不时涌出浑浊的汗水。木槌落下的声音，仿佛历史深处的回声。走过一家家店铺，似乎听到了一座古村和一种生命存在方式的空寂与无穷无尽。

于是，寂寞的小街开始亢奋，一切似乎与飘浮在莫愁湖畔平稳古朴的空气不相和谐，然而它却是变革中古城活力延伸最真实的一个部分。

徘徊在莫愁村的街巷中，我似乎回到了后山的村庄里，落日、黄昏、小河、流水，不再是高高的城墙，也不再是木板墙的缝隙，眼前是满树的梨花，拨开花枝，能看到小桥流水、竹篱茅舍，能伸手触摸到真实的乡愁。

或许，文化之旅已经叩响古村的大门，古村正待敞开诗意的胸怀。

走出巷口，一阵风从湖面吹过，卷起片片梨花和墙头上绿色藤蔓的新叶，扑面而来的是春草的气息。湖上的游船已经靠岸，空中飘起了细雨，几个少女撑着红色雨伞袅袅婷婷走过古桥，风吹起她们的红裙，如同雨里一道夺人眼球的闪光。慵懒的小花猫不见了，它迅速窜进临街的店铺，躲在了门板的后面，睁着亮亮的眼睛，和游人一起欣赏着莫愁光阴的诗卷。

第四辑
——
天堂草

天堂草

一

那一夜，我坐在一路向西的绿皮火车上，听着大兴安岭的呼吸和草原之夜的呓语慢慢睡去，直到幽蓝的光线温柔地在窗外出现，直到黎明缓缓走来。

梦醒时分，列车缓缓驶入呼伦贝尔海拉尔区——当年匈奴、鲜卑、突厥、契丹、回纥、女真一度征战杀伐的古战场，曾经的"北方游牧民族的摇篮"，在这些民族的血管里熨烫下战马嘶鸣的诗行。

走出车厢，瑟瑟凉风迎面扑来，熹微的晨光，正次第推开一座城市的万家窗扉，像是给予远方来客温暖的迎迓。难道这就是那座在呼伦贝尔的风云变幻中演绎过文明交替的城郭吗？这就是那片在笼盖四野的草地上驰骋过金戈铁马的战场吗？这就是那个在《木兰辞》的诗行中"归来见天子，天子坐明堂"的都城吗？

彼时，街上尚无车马喧嚣，空中偶有飞鸟掠过。风有些凉，晨练的人们已来来往往，广场上，成吉思汗高大的塑像为城市投下庇护的暗影——因了年代的久远，这高高在上的一代天骄，却愈加显出神秘、威严。

围绕这位骑于马上、弯弓搭箭的雕像，我盘桓良久。我正好利用

188

静候等待的时刻，凭吊一个世人仰视的英雄，一个凝聚着草原魂魄的一代天骄。

公元1227年，当宽阔的草原即将降临第一场严寒冬雪的时候，成吉思汗——那位勇武奋伐、流尽英雄之血的草原之鹰，永远停飞在流淌着民族壮歌的天穹之下，定格在他曾经叱咤风云的草原之上。700多年后，当他雄硕的躯体化为尘土归于大地的时候，他的身后，正挺拔起一座座崭新的城市。那些伟岸的钢筋水泥森林，用高大无比的身姿，向草原深处致以敬意和回望，在辽阔的视野和诗意的对话中，见证了草原的生命故事与命运羁绊。

行走于成吉思汗广场，我忽然想起英国学者约翰·基根在《战争史》中的论断：国王们是由伟大的战马造就的。虽说那指的是西方国王，但成吉思汗这位蒙古帝国的缔造者，同样也是由战马造就的。当然，除了战马，还有一样东西，那就是他脚下浩茫的草原。

告别那座勇武的雕像，汽车载我们一路西行，沿着当年成吉思汗战马的足印，去深度感受草原上青草与泥土的气息，触摸草原生命的深邃与苍凉。

溯海拉尔河一路上行，是世界四大草原之一的呼伦贝尔大草原。在这里，在纵横1.4亿亩的绿色草地上，3 000多条河流纵横交错，500多个湖泊星罗棋布，像血管一样，深情滋养着这片天然牧场，也承载了世代居民对自然的敬畏和对生活的期望。漫长的历史过程中，这些河流湖泊的名字，曾留下多个民族生活、交流、融合的印记。

海拉尔河，源于大兴安岭吉勒老奇山的西麓，蒙古语意思为"雪水之河"。它是额尔古纳河的上游，连接着一条被称为"神秘风景线"的国际长河，在流经蒙古国、中国和俄罗斯的4 000多千米的漫长旅程中，它以不同的名字点亮人们的金色梦想，给人们带来牧场的气息，草原的花香，当它与号称"天下第一曲水"的莫日格勒河汇合之后，名称变为"额尔古纳",成为蒙古族世代感恩传唱的母亲之河。从此,她沿着中俄边境北上千里旷野,开启漫长的西伯利亚之旅,河的名字从此又变成了"黑龙江",是边界之河,也是友谊的纽带。

如果说这条河流的上游是一首悠扬的牧歌,那么她的下游就是一首雄浑的交响乐章:浩瀚的绿色是她的基调,绵绵青草是她跃动的音符,高山森莽是她永不停歇的旋律。

乐声里,海拉尔河的清波迤逦而去,莫日格勒河奔腾而下,额尔古纳河一路北上,两岸是红飞绿绽的景色,芦苇、青草和一丛丛的灌木交织在一起,带着沿途所有的色彩、气息和生活情调,伴随历史的电光石火,牵着草原的烽火狼烟,在爱与希望中,走过或平静或波澜起伏的时光。

青草起伏着,像母亲深情的召唤,我走向她的怀抱,用我不再年轻的脚步,带着朝圣般的向往。

二

汽车像一条船,在绿色的波涛间破浪前行,扑面而来的花花世界在一曲《天堂》歌曲的伴随下,带人进入幻境之地:天穹之下,绿色化为底色,红蓝紫是其主调,橙、黄、白点染其间,远看奔涌成潮,浪漫似海。

道路两边,用铁丝网围成的牧区内,成群的牛羊悠闲地吃着青草。那种安详幸福之态,让我想起去欧洲时看到的一幕,只是,我眼前的草地更宽、更阔,我身边的河流更长、更远,我脚下的大地更高、更绿。我们似乎离天更近,站在高处仿佛走在白云深处,伸手就可扯下一片云彩塞进行囊。

秋风吹过,阳光温柔地洒下来,上百种青草完美组合成一张漫无边际的碧毯。每一片草叶上都顶着一个晶莹剔透的王国，在向四周的蔓延中连接了山岗河流和树林，如绿色的项链模糊着地平线的绿意。

河流扭动着款款细腰，各色碧草是那么善解河流之意：它们葳蕤地让出绿色，让河流不再单调中无奈地摇动。红蓝苜蓿鼓胀汁液的小叶已由嫩绿换成紫红，白色银莲的细枝在密叶下露出深红，粉红的格桑花如胭脂粉黛开满枝头，金莲花叶下叶上层层花朵被阳光染得金黄，能与它们媲美的当数红色的山丹花，散乱的野罂粟带着几分野性，与高挑的蒲公英混杂出一曲漫天散放的牧歌。

在花草的世界里，格桑花又名波斯菊，如星辰一般点缀着草原的诗意，永远是最具活力的精灵。它们将草原岁月所有的苦难风霜，化成一抹淡然云霞，温暖着每一座牧区毡房。

红、白三叶草永远是草原的牧草之冠。这种草叶量丰富，匍地而生，再生能力很强，耐践踏、抗碾压，其中的四叶草更是被称为"幸运草""天堂草"。传说亚当和夏娃被赶出伊甸园后，夏娃决定要找回四叶草，以此纪念失去的天堂的生活。因为，如果发现了这样的青草，就拥有了天堂的一部分。时至今日，四叶草仍被喜爱它的人们赋予各式各样的美好含义，隐含着上天的眷顾，若能找到，代表着一生的幸福与荣耀。

狼尾草气息冷冽，苍老而粗犷，仿佛专为干旱与贫瘠而生，它那长长的白色花穗，站立在风雨中，像岁月轻舞的经幡；黑麦草质地柔软，穗状花序，广布草原，一年可多次收割，是当仁不让的"草原王子"；紫苜蓿、黄苜蓿枝叶茂盛，花柱短阔，花色多样，装扮着草原的绚丽多姿，还有草木樨、柠条、紫云英等120多种营养丰富的牧草各领风骚，占尽万千风情，共同构筑了草原春的柔情，夏的活力，秋的烂漫和冬的冷峻，让灵敏的"看花识图"软件也为之一筹莫展……

其实，在岁月的河岸，我们每个人的生命，何尝不是一棵小草，周而复始，岁岁枯荣。

三

草原的秋色总是短暂的，"胡天八月即飞雪"并非传说。

为了储存足够的饲料，刚入秋，牧民们就开始忙着用机器收割牧草，并打捆收藏。导游介绍说，在草原，靠着政策的源头活水，牧民家家走上致富之路。很多家庭拥有的草场都在 5 000 亩以上，每年牧草收获有 4 000 捆之多（每捆 250 公斤）。靠着出售牧草和牛羊，家庭年收入可在 40 万元左右，这样的家庭并不在少数。

一路走过，喝下马酒，看民族舞，最后凭吊甘珠尔庙，见长号梵香，听暮鼓晨钟。那融合了汉、藏、蒙文化的梵音，仿佛从历史深处袅袅升起，敲在每个旅人的心上，在人们的精神世界里搭建起一座神奇的高塔。

寺的旁边，是一座佛塔，信男善女围着佛塔顺时针转圈祝福祈愿。在无穷无尽的生命轮回里，依托佛塔寄托宗教神秘转世的赤诚。这些佛塔的蓝本实际是原始的覆钵式佛塔，周围彩色经幡飘动，风铎悠然，尖顶的位置好像在与太阳交换着金色的光辉，站在地面就能领悟通天达地的心灵感应。

我们抵达满洲里的时候，已是夕阳西下，暮色苍烟。一抹晚霞，把城市建筑映成绯红一片，海拉尔河、额尔古纳河从城外淙淙流过，那是同一条河在迂回行进中身份的变换，也是它从草原奔向大海的浴火重生。

四

草原宏大叙事的史诗中，从来不乏金戈铁马的悲壮。在这里，我匍匐身心，聆听秦关汉月的征伐，感悟羌笛胡笳的苍凉，惊叹长河落日的悲壮。

在这里，我会想起卫青北伐、木兰从军、文姬归汉的故事，想起"不教胡马度阴山""已报生擒吐谷浑"的诗句，想起战马嘶鸣，响彻天空的征战杀伐。纷乱的穹庐之下，旌旗、铠甲、弓箭、战刀，在大漠中闪闪发光，何曾有过"谈笑静胡沙"的美好。

这里曾经是匈奴王庭的领地。

从草原诞生的那天起，始终活跃着鲜卑、匈奴、契丹、突厥、女真等游牧民族强悍的身影，他们是冷兵器时代令人防不胜防的神勇杀手。特别是活跃在公元前2世纪到公元5世纪的匈奴最为强劲，一直威胁着中原王朝的社稷江山。若非匈奴内部争斗不断，中华民族的发展演变很可能就是另外一个版本了。

中原楚汉相争之时，匈奴族征服东胡族，统一了北方草原，呼伦贝尔地区属其三部领地之一的左贤王庭辖地。东汉初年，匈奴内部因天灾和内斗分裂为南北两部。北匈奴在1世纪末为汉所败，悲壮地西迁，穿过中亚，一路攻城略地，打过地中海，消灭了罗马帝国，留在了欧洲，成为今天匈牙利人和土耳其人的先祖，深刻地影响了整个欧洲的历史。

南匈奴经过连续多年混战，后来依附于东汉王朝。曹操将匈奴分化内迁，安置在汉族聚居区。这些内迁的匈奴人逐渐汉化。自此，匈奴单于王朝的大部分宣告终结。而后，部分匈奴部落也曾数度崛起，余脉消失于南北朝——一个看惯大漠孤烟、长河落日的民族，就这样消失在岁月深处。

公元1世纪，强悍的拓跋鲜卑族"南迁大泽"（即呼伦湖），建立了鲜卑部落联盟，进而取代匈奴的统治，由此入主中原，成为北魏王朝。这是中国历史上第一个强大的少数民族政权，统治达148年之久，《敕勒歌》《折杨柳歌》《木兰诗》是北魏时期民歌的经典，郦道元的《水经注》文笔雄健俊美，既是古代地理名著，又是山水文学的优秀作品。

自此，拓跋鲜卑人沿着海拉尔河、莫日格勒河、额尔古纳河流域开始了属于自己悲壮的演出，建立起一个强大而稳固的政权，同时也创造出属于自己的文化。中国文化已不再局限于长江黄河之域，由大兴安岭出发的凛冽漠风呼啸而下，人类的文明进程由此站上一个新的高度。

沿河畔行走，一不小心，就会走进那个曾经十分显赫的年代，走进一个曾让大宋王朝寝食难安的朝代，或者，走进那悠悠的胡笳、羌笛里面，沉醉而无法自拔。你会惊讶于突厥、契丹、回纥、女真的野性，你会感叹那个北魏、大辽、大金帝国的强盛，同时，也会为中原那个大宋朝廷而深深叹息。

北宋王朝的百十年间，豪放的宋词也曾试图在草原的烽火狼烟中留下铁板铜琶之声，只是它的邻居太过强大，骁勇的西夏，强悍的大辽、大金国，骄横的蒙元，将大宋王朝冲击得七零八落，风雨飘摇。最终，柔美的宋词雅韵丢失在"敕勒川，阴山下"的车辚马啸中，丢失在"万水千山，知他故宫何处"的叹息中，丢失在清凉如水的草原月色里，大宋朝引以为荣的三大发明，最终只有指南针在关键时刻发挥了作用。

这里也是蒙古大汗的领地，当历史的时钟有力敲响某个时空的时候，那个被称作"一代天骄"的人，带领他的铁骑，迈着雄阔的步伐来到莫日格勒河畔，秣马厉兵，与各部落争雄。

南宋德祐二年（1276）五月初一，当屈辱的南宋君臣一路风尘走进人迹罕至、牧草枯黄的草原深处的时候，当他们走进元上都幽暗的城门洞里，向人家的列祖列宗表示臣服的时候，那时，无论是"西北望，射天狼"的意气风发，还是"驾长车，踏破贺兰山缺"的呐喊，终已化作过眼烟云。大宋，已走完319年的坎坷岁月，湮没于波澜不兴的时光之河。

194

他们多半也会惊惧地联想到，徽宗和钦宗在冰天雪地的五国城度过的那些不堪回首的凄凉岁月——现在，他们也将重复祖先的命运。

从此，那个曾经的大宋永远回不去了，那个璀璨繁华、商业发达、开放仁厚、婉约精致的时代被疆域空前、等级森严的元朝取代了。中国这艘大船没有沿着"近代拂晓"的方向航行下去，而是转向了另一个游牧时光的彼岸。来自草原帝国的霸气与强悍，最终以气吞万里如虎之势，结束了五代十国以来长达三个多世纪的分裂格局，成为古老大地发出的一段跌宕起伏的旋律。

今天，曾经的烽火硝烟、金戈铁马，早已消遁于岁月的云烟中，那些刀光剑影，在岁月长河的循环往复中，不过是一段悲壮的插曲。挥手之间，草原走进了意气风发的时代。

五

沿着国境线，我们前往牧区，开启了第二天的行程。在那里，我们有半天的自由活动时间，更主要的是导游推荐的很多自费项目在静候游客的钱包。

在牧区蒙古包外，陆续到来的游客开始聚集，有的随着歌曲翩翩起舞，有的穿着牧民的民族服装留念，有的到羊圈里喂小羊羔，有的抱着羊羔拍照，也有人悄悄告诉我，路边的蒙古包都是人造景点，所谓的牧民和跳舞的女孩子，都是聘请的演员。聪明的游客大多心知肚明，看破不说破，心照不宣。

消费时代里，靠记忆复活的景观比比皆是，心甘情愿当一回观众，既是一种心灵的抚慰，更是城里人短暂规避庸常的简单方式。

阳光从云的罅隙筛下，追光一般洒向草原，一片片，一簇簇，景物渐次展开，格桑花、青草、树木、羊群和丘陵中，依稀可见一条隐隐约约的河流，从白云深处飘然而来。有人告诉我，那就是莫日格勒河。

眼前的河流堪称千回百转，思绪缠绵。从大兴安岭的深处出发，莫日格勒河在短短200多千米的直线距离当中，竟然绕出了2 000多千米的长度。它不停地流淌，缓缓而来，又缓缓而去，俯仰天地，滋养众生，像少女的哈达，如牧歌的长调，哀婉、苍凉，向人类喻示着永恒的大地伦理和生生不息的活力。

我不知道，身边的牧民家族是否曾经为那些善战的勇士准备过军粮马草，眼前的河流是否为他们饮过战马，脚下的土地是否就是昔日的帐房，"朔气传金柝，寒光照铁衣"的诗句是否就发生在这里。也许，这一条弯弯曲曲的河流，它的每一个转折都蕴藏了呼伦贝尔的前世今生。

六

偏西的太阳软软地照着我们，我来到莫日格勒河的岸边。

苍穹之下，我看到，一河清波兀自澎湃，摇曳在绿草苍茫之中。它那线条简洁的倒影，那幽幽的蓝、起伏的绿，像无声无形的语言。那种安详神秘，让我的内心长跪不起，将一切蒙尘荡涤濯洗。

河边台地上，一个身着蓝色蒙古族服装的女子正忙着往拉水车里汲水。我们走过去对她说"塔赛白努"（你好）。女子灿烂一笑，露出好看的牙齿，明亮的双眸下，印着淡淡的高原红。她热情地用汉语和我们交谈起来。

女子说她叫乌日罕，住地离这里并不遥远，如果我们愿意，她邀请我们去她的蒙古包里喝茶休息，那里有自家做的奶片和风干牛肉，比商店里新鲜优惠很多。想到我们在满洲里被导游"忽悠"着采购的那些大包小包的土特产，只好婉拒了乌日罕的邀请，说如果有可能，下次来草原一定去她家参观，并留下了她的联系方式。

交谈中我了解到，乌日罕一家四口，儿子在满洲里读书，父亲和丈夫喂养着30多头西门塔尔牛，她自己在家养了两头奶牛。家里的5000亩草场租给了别人，日子过得很富足。她的言语间充满着感恩与幸福。

我问乌日罕，休闲时可否出门旅游，去过哪些地方？乌日罕笑了起来。她说她和牧民伙伴们，包括她的祖祖辈辈，从来就没有离开过草原，从没有想到去哪里旅游。如果说旅游，放牧就是旅游。

乌日罕的回答令我汗颜，也令我顿悟。历史上的牧民家族居无定所，他们择草而居，以水为邻，把近乎"流浪"的游牧时光过成了诗意的永恒。无论身在何方何地，脚步虽未停留，内心却从未"流浪"。这样的心态令人敬仰，也让我们这些常常为物所围、为房所忧、为游所累、为情所困的人自叹不如。

临别之际，我们对乌日罕说"巴雅尔台"（再见）。她咯咯地笑着，随即以轻盈的歌声，向我们告别而去。

歌声旋律很美，是一首在牧民中流传很久的歌曲《阿尔斯楞的眼睛》。起伏的颤音里，跳动着生命的活力和顽强，以及对生活的热爱。乌日罕唱的是蒙语，歌词大意是：

要说飞快的骏马哟，数我们草原的马群／要说勤劳的小伙子，数那放马的阿尔斯楞／啊，他那对马的爱心啊，赢得了人们的赞赏／他那深情的眼睛，印在了姑娘的心上……

歌声在身后回荡，像是呼应乌日罕的歌声一样，一个骑马的蒙古族汉子赶着马群从远处驰过，在他的身后，也留下豪放的歌声。因为空旷，回声肆无忌惮。

小时候常听《草原上升起不落的太阳》和《赞歌》，总感觉那歌声来自遥远的世界，空旷缥缈，遥不可及。我当时心想，世界上哪有这么大的舞台，盛得如此歌声，听者又是谁？今天，当我站在这里的时候，我终于明白：草原的歌声不需要刻意聆听，牧民的歌唱永远是飘向虚空的，那是飞向远方的冲动，是对高山、河流、草地、天穹的精神崇拜和依偎，是对茫茫草原的深情拥抱。

七

天上飘过几朵云彩，渐渐遮蔽了日光，清风过耳，周身就感到了寒意。寂静空旷的草地上，只留下我的脚步。明暗交织之间，我带着内心的虔诚，去追逐莫日格勒河瘦削的流水，回忆生命的丰盈时光，曾经怎样真实地存在和悄然远行。

关于草原，我有着太多的敬畏，敬畏它源远流长的文化，敬畏它粗犷勇武的漠风，敬畏它生生不息的精神。关于呼伦贝尔湖，关于海拉尔、莫日格勒、额尔古纳，关于青青草原的每一条河流、每一个名字，都是穹庐下神一样的永恒，从来没有哪一个地方，能像草原一样，让我魂牵梦萦。毫不夸张地说，未到草原，我就已深深地爱上了她。相对于那座生活了30年的海岛，相对于汉水边上的那座城市，我的内心其实早已"出轨"。

此刻，她就依偎在我的身旁，她飘然的衣袖掠过草梢，发出"簌簌"的声响，这样的声音奔涌在草原深处，也撩拨着我的内心，储存着无穷无尽的爱意。隔着河流，我能听到她深情的吟唱。

她朦胧的身影映在蒙古包的窗前，夜幕下的千帐灯火、萧萧马鸣、弯弓射箭的雄姿，纵横驰骋的背影都环绕着她，还有云朵、酒香、呼麦、传奇，这所有的一切，都将被我深情回望并铭刻心际。

夕照中，我躬身向她致以膜拜之礼，轻轻亲吻她青草的叶片。她那晶莹剔透中的生命之光，温润着我的内心、耳畔，仿佛响着她那千回百转的歌："我爱你，我的家 / 我的家，我的天堂……"

阳关道

一

眼前的画面缓慢展开，那是一座黄土色的城门，它孤独而硬朗地横亘在我的眼前。

有那么一瞬间，我习惯性地把眼前的汉阙牌楼看成是故乡的某一个，但随着前方黄色沙垄的无限延伸，延伸到我的视野不能达到的地方，它将我惊醒，那一刻，我明白，我来到了阳关遗址，来到了诗人岑参笔下的边塞。我的意识瞬间撇清了故乡与边地之间的熟悉感。

我看到一望无边的黄色天地，衬着天际的一抹黄云，荒凉中带着神圣，黄出了叠加与层次，黄得深入和透彻，整个世界，乃至我的内心和灵魂，都被这苍凉的黄色征服、震撼。

我看到那些行色匆匆的商人，踩着漫漫黄沙来到阳关的都尉府办理通关。疲于奔波的商队逶迤在关外，朔风萧然，瘦马夕阳，驼铃声不绝于耳，马蹄在古道上敲出璀璨的火花，一派风沙茫茫。

我看到关门缓缓开启，疲惫的人们被一一验证放行，守关的将士站在门口，几声羌笛悠然响起，回荡在边关的四周。在这寂寥的午后，那羌笛带着格外悲凉的韵律，飘荡在茫茫的时空。

多少年来，人们就是这样，从这里或欣悦地走过，或悲苦地穿梭，沿着沟壑纵横、荒凉肃杀的边境，重复着那些关于古阳关、关于跨国通道和戍边遗址的种种经历与传说。

远处，有汽车驶过，卷起一溜长烟，那一刻，时光仿佛凝固了。

循着前人的足迹，我一步步走向关隘。时值深秋，满目的萧索寂寥。我没有遇到一个游人，连孤独的牧羊人也不见踪影。当年的车辚马啸，已化为岁月长河的云烟。

很难想象，这片现代文明的边缘地带，曾经是丝绸之路的重要大门，是从中国前往西域的必经之地。

位于敦煌城西 70 千米处的阳关古镇，因据守玉门关之南，古以南为阳，故称作阳关，始建于汉武帝元鼎三年（公元前 114 年），距今已有 2 000 多年的历史。西汉时这里是阳关都尉的治所，是一个异常重要的军事关隘，也是丝绸之路南道的必经之路和关塞。凭水为隘，据川当险，岁月的烽烟走过千百年，阳关依旧无声无息地横卧在日色暮光深处，恪守着自己特立独行的属性。

阳关古城曾以雪山为屏，原也有过优美的环境，2 000 多年前，它曾是湖水碧波、林草丰盛的处所，只是由于各种天灾人祸，变成了连天的荒原，一个又一个朝代风云般掠过，朔风、沙漠、温差和岁月流光，剥蚀了大地的胶原蛋白，只剩满目苍凉。那时的它，也曾以一己之力，横亘荒漠，抗击着凄风与冷雨，阻遏着铁蹄和刀光；多少年后，它默然横卧，风化为尘。

最早在阳关道上留下足印的并非骚人墨客，而是驻守边关的将军和兵士。对他们而言，阳关古道无异于一道生死关，归乡的路变成空想的梦境，像阳关古道的那弯冷月，清凉而缥缈。他们是这条古道上最赤诚的守望者与诗人，留下的点滴浩叹，曾经摇动着无数心灵的荒原。

阳关道上，关门在前却深不可测；

阳关内外，面积不大却风云无垠。

自此，东进西出的长长马队，沿着历史的纪年走过了茫茫大漠，走过祁连飞雪，走过华夏和西域的分野。

二

沿着丝绸之路，我们向前方走去，把目光投向天际，让心灵沉醉于大地。脚步轻轻地，怕惊醒了沉睡的灵魂，衣袂却被一脉长风牵引，回首之间，才惊觉自己已走在岁月的深处，听见历史的心跳。

一座约 4.7 米多高的烽火台立在眼前。这座采用土块和芦苇层层叠压夯筑而成的烽燧，历经千年的风沙侵蚀屹立不倒，将所有的寂寞化作一抹云烟，在戈壁上空静默经年。

站在烽火台上，放眼眺望：绿洲田园与戈壁沙漠相映生辉，逶迤蜿蜒的龙勒山若隐若现。极目远望，白雪皑皑的阿尔金山直插云霄，数十里独特的大漠风光尽收眼底：我看到了连接东西的那条阳关大道，看到横亘大漠的丝绸之路，更看到 2 000 年前的铁马风雨，看到荒坟座座的上古战场，看到北风卷地白草凋零……

2 000 多年来，沿着那片黄沙茫茫的戈壁，中华民族用心血和汗水浇灌了一条通往外部世界的开放之路。天山暮雪，云水激荡，这开放之路涵养了中华民族的文化性格，也造就了丰厚的民俗风情和历史内涵。

眼前，一袭袈裟惊扰了视野，苦行僧的背影踽踽独行。

法显走过了，唐三藏走过了——走过河湟，走过罗布泊，走过雪山。一代代中土的高僧大师，背着苦行僧的行囊，一步一步地走向殊方绝域，走向空阔无边的塔克拉玛干沙漠，以宗教般的执着，往天外的佛国走去。他们伟岸的背影在黄尘古道时隐时现。

张骞出使西域，曾两出阳关。他出发时高车驱马，持节云中；到后来只能跟跄于散兵乱民之中，流离奔命。史书记载，张骞两度被匈奴扣留。再返长安之时，已是青丝染白发，苍凉十三载。衣衫褴褛，而开路精神恒久，并由此被西方人尊为"东方的哥伦布"。

玄奘作为大唐使节也曾经从这里走出关门，行进在从长安去西域各国的路上。那当然不会是一次只有诗情画意的从容之旅——耗时17载，惊魂5万里，才走出大唐盛世的气魄，走出中华文明的熠熠华彩。

如今，岁月的风尘湮灭了悠悠古道上的辙印，连那座与诸多历史大事维系在一起的国门，也只剩下一座并不雄浑的土墩。砖石塌落，荒草萋萋，虽断裂在时光深处，却依然回荡着昔日的浩然之气。

三

窸窣翻动的史册，翻卷起一幕幕褪色的诗篇，在车轮和马蹄声中连翩而过。那快马的汗息挟带着九重圣意和浩浩狼烟，凄清的夜雨浸润了多少历史，又留下多少无奈的叹息和分离。

掩上书页，不能不生出这样的感慨：阳关，这两个藏在词章深处的字符，竟负载着令人难以想象的恢宏历史文化韵味。

由此，也就不难理解，为何阳关总笼罩在一片悲壮气氛之中。那急遽的马蹄声骤雨般地逼近，又旋风般地远去，从古都长安走到这里已经是人困马乏，生命似乎已耗去了大半。长路漫漫，西行万里之遥，回望故乡，人们的天涯之叹也就怆然而起。

由此，也不难理解，阳关似乎总与孤单相随。没有觥筹交错和前呼后拥，没有炫目斑斓的色彩，连日出也顾影自怜般羞怯。这里只有孤烟、夕阳、冷月和罡风。但孤独又是一种相当难得的境地，只有这时候，人们才能从红尘的喧闹中平静下来，轻轻抚着伤口，心平气和地梳理自身的情感；而所谓的诗，也就在这时静静地流出。既然是在这么一个荒凉僻陋的去所，没有什么可以描摹形状，便让诗句走向自我，走出内心，走向深邃。

文字，是社会生活的反映。汉武帝开疆扩土，纵横大地，催生了铺张华美、浩瀚恣肆的汉赋；大唐国力昌盛，四海来朝，铸就了唐诗昂扬向上、乐观旷达的诗魂。

一方面是强大的边防和高度自信的时代风貌；另一方面在于建功立业的渴求和入幕制度的刺激。唐代的文人普遍投笔从戎，赴边求功。在告别的态度上，就充满了洒脱自信："海内存知己，天涯若比邻""我寄愁心与明月，随风直到夜郎西""大漠孤烟直，长河落日圆"。就美学上来说，其主导的特质是阳刚之美，给人一种极为向上的生命张力，展现出泱泱大国的雄浑的民族精神。既不像前朝人的送别"黯然销魂者，唯别而已"，也不像后人写的"莫唱阳关曲。泪湿当年金缕。离歌自古最销魂，闻歌更在魂消处"。

四

一簇簇野花与衰草，托着一脉盈盈暗绿，星星点点地匍匐于路旁，在这里，它们并不奢望长高长大。它们一年只做一件事：贴着几千年的体温，陪伴着阳关古道，一味下沉，向深处，也向四周，活着。

几棵粗粝的老榆杨，伸着瘦骨嶙峋的骨骼，瑟瑟地生长在古道边的沟壑。灰褐色的枝条蔓延着，覆盖着脚下的黄沙和如斗碎石，见证着阳关的诞生、成长和远去，也见证了沿途村庄的兴起、发展和衰落，它们和它们的祖先，既是孤城万仞的见证，也是思乡游子故园东望的寄托，更是古阳关的守护者，一代代在岁月流沙中生生不息，赓续着自己的脉络春秋。

树如人生，人生如树。阅人的树活了一年又一年，阅树的人却走了一轮又一轮，留下的只有人间诗话，秦砖汉瓦。"秦时明月汉时关，万里长征人未还"，晋兴唐盛明灭清衰，树干生长一轮，历史就迈进了一步。

今日，地理上的距离已不再是人们相思之泪洒落的因由。"夜听胡笳折杨柳，教人意气忆长安"，也已成为传说。只有心灵的距离，在岁月的时空中画出长长的弧线，留下绵绵不绝的文字。

从骄阳似火的盛夏，到寒意冷冽的隆冬，阳关的垂柳飘去了汉代的柳絮，路旁的枝条也绽放过大唐的杏花。那些花开着开着，就开成那一行行悲壮的诗句：黄沙百战穿金甲，不破楼兰终不还。

临行饮酒赋诗，吟唱《阳关三叠》已演变为一种离别的仪式，唐代大诗人王维的那首《渭城曲》更是功不可没。

在古阳关城堡前面，万里蓝天之下，伫立着唐朝大诗人王维饮酒赋诗的巨大雕塑：诗人把酒向青天，巨大的袖笼仿佛刚刚被风吹起，儒雅倜傥的气度，古美俊秀的袍服，那著名的诗句还在手中的酒杯里酝酿。古老的阳关，曾经是中国人心头的一杯离别之酒，它是漂泊、孤独和伤感的意象，挥手自兹去，望断天涯路。王维的酒杯，是否也会盛满这样的离别愁绪？

"渭城朝雨浥轻尘，客舍青青柳色新。劝君更尽一杯酒，西出阳关无故人。"细雨初雾，柳色清新，语出惊人，俊朗洒脱，丝毫没有流露凌厉惊骇之色，而只是缠绵淡雅。淡淡的晨雾，笼罩着苍凉敦厚的气韵，充满对友人旅途的关怀和祝愿，清风徐来，举杯相邀，一切尽在这杯酒之中。"莫道前路无知己，天下谁人不识君"，这就是唐代人的风采。这风采，李白有过，王昌龄有过，高适有过，诗人岑参更独树一帜。

作为一门三相之后，岑参5岁读书，9岁吟诗作赋，少有擎云之志，

欲振岑家声威。他万里赴戎机，只为青史留名，不辱祖先。唐天宝八载
（749）后，他两度出长安，过北庭，入大唐安西都护府，先为大唐名将
高仙芝幕府掌书记官，后随一代常胜将军征小勃律国，兵出葱岭，威震
西域，写下可歌可泣的边塞诗篇，是一位要阅历有阅历、要诗情有诗情
的军旅作家。

在岑参的笔下，边塞风光奇绝瑰丽，气势万千，丰厚的不仅有大
漠的凶险，更有个体生命的华彩。所谓临别无语，所谓歧路留言，所谓
千帐灯火，所谓故园东望，不过是诗意一叹，一叹千年。

同样是分别，到了宋代，面对国运的式微，西出阳关的文人越来
越少，即便是豪放派的领军人物，写到阳关别离时，也充满了泪水和凄
凉："唱彻阳关泪未干。功名馀事且加餐。浮天水送无穷树，带雨云埋
一半山"；"西山阳关万里行，弯弓走马自忘生。不堪未别一杯酒，长听
佳人泣渭城"。

宋人的诗与远方，只能一次次在梦中抵达，又在梦中远行。"靖康
耻，犹未雪。臣子恨，何时灭"，"何日请缨提锐旅，一鞭直渡清河洛"，
辛弃疾是这样，陆游也是这样，岳飞何尝不是这样？

五

逆着秋风，自西向东，我在高高的土墩上走着，走过黄沙漫漫的
戈壁，走过亘古沉默的荒原和瞬息万变的岁月流沙。

对于中华民族的历史来说，烽燧不过是一束烟火，边关不过是一
个音符，阳关之外的丝绸之路才是一首宏大的史诗，是国门开放的通关
坦途。

对于中国文人骚客而言，边关冷月，胡笳悲声，长河落日，大漠
孤烟——灵魂有了回归之处，心中自有诗性与阳光。于是，半阕平仄，

两行苦吟，一声声仰天长啸，顿将一片洪荒之域，化作温馨的诗性之乡，谱写成千古绝唱。

从此，一首诗，一句经典，成就一处人文景观。只要诗人精神常驻，阳关便永远有一个文化之魂踏歌而行，留下万世景仰。

阳关，不仅是一条物质之路，更是一条文化之路、诗歌之旅。诗歌之路或许隐形，却让人心相惜相通，魅力绵远。

看吧，一队队驼队逶迤而来，身后扬起茫茫的黄沙，驼铃在孤寂的空旷中摇曳。红柳、芦苇、骆驼草和一丛丛的灌木交织在一起，它们试图用生命的本色来补偿沙漠的寂寞。而一丛丛的野花犹如星星一般，在这恣肆蓬勃的色彩中细细碎碎地开出几分高贵和矜持。

旷野上开始有了牛羊和炊烟的影子，马队和牦牛远远地构成一幅动态的油画。背着弓弩的大汉从远方飞驰而来。阳光照在古老阳关的土黄色的城墙上，风干的黄沙泛出一种金色的光泽。波斯的商人、突厥的马队从中亚的荒漠逶迤而至；出行的使团旗帜飘扬，抖擞精神奔向万里之外的西域；它把民族自豪和盛唐风采写在高举的旗帜上，带着古老的华夏文明呼唤着同样古老的异国文明，期盼着更加富于激情的牵手，更加恢宏壮丽的融合。

阳光静静地流淌，天高云淡，秋风惆怅。荒原，在死一般的静谧中演绎着沧桑的含义，如一幕生命的轮回。古道上，战马的嘶鸣早已遁去，无论是梦里千回百转的回首，还是胡马阴山征战的烟尘，如今都消弭于风霜飞雪、铁马冰河之中。千秋人间，唯有文化活着，一首首气势磅礴的诗歌如星光闪耀，闪耀于阳关古道，闪耀在泱泱华夏的青史断简里。

告别阳关，我向它深深地致以膜拜之礼。此时，天蓝得像异族少女的裙裾，脚下的戈壁璀璨得像她叮咚作响的手镯，连绵起伏的沙山随着视线不断地向前延伸，这幅画面定格在旅人的心中。

秋风不知疲倦地抚着沙原与沟壑，无所事事的云朵在天上追逐而来，又飘然而往，流泻着夜光杯般的清透。漠漠黄沙荡起一圈圈涟漪，平仄成岁月长歌，把阳关大道吟唱。

（入选作家出版社《灯盏：2019》参考书籍：夏坚勇《湮没的辉煌》）

浊酒一杯家万里

一

夕阳渐沉，一群飞鸟披着霞光落入森森柏树之间，眼前的建筑挡住了湍河，只有隐隐的水声掠过我的耳畔。几辆汽车从街上驶过，碾碎了这片古朴的诗意。"山映斜阳天接水，芳草无情，更在斜阳外"，范仲淹的词句瞬间出现在我的脑海：从飞檐流丹的楼阁后面，极目远眺，那绯色的云霞染红了湍河两岸和朱连山的山头。

这是在邓州的一个傍晚，我走在大街上，向暮色中的古城告别，直到漫天繁星升起，直到明亮的银河低垂在远山的高峰之上。

我是从习家营转道来到邓州的。

初秋的田野尚无萧疏之态，空气中飘着水果的香味，路两边满是叫卖白桃和甜瓜的农民，他们的心里，充满着对美好生活的期盼。

穿过种满高粱的田野，我踏上一条浸染着初秋凉意的道路，道路笔直地伸向远方，丛生的杂草中，飘浮着一簇簇蓝紫色的花朵。

宽阔的南水北调明渠就在眼前，从绵延起伏的群山逶迤而来，清澈见底的碧水悄无声息地向北涌流，岸边铺展开茂密的芦苇，左望不见边际，右眺也不见边际，那一派芦苇所蕴聚的气象，在人初见的一瞬便感到神往与心旌摇曳。我想，这一河碧水在送达京津冀的同时，它的血脉是否也北通巫峡，南极潇湘？

　　走在邓州的大街上，当年那特有的人力板车已不见踪影，取而代之的是一辆辆快速驶过的汽车。要不是大街上那颇具地方特色的酒店名称，要不是街头路灯下那一幅幅醒目的标语，要不是广场上那巨大的范仲淹雕像，很难想到，这就是被称为"三省雄关""豫西南门户"的邓州，就是诞生千古名篇《岳阳楼记》的地方。

　　韩愈、寇准、赵普、范仲淹先后任职于此，"医圣"张仲景诞生于此，范仲淹设教于花洲书院，范仲淹的儿子、官至宰相的范纯仁，北宋理学创始人之一的张载，元祐时的邓州知州韩维，均"从师范仲淹学于花洲书院"，到处都留下名人的足迹。

　　出邓州市城区，向东南行不远，便走进一处亭台错落的园林式建筑，这就是当年范仲淹知守邓州时创建的花洲书院。那里曲径通幽，碧水荡漾，高低错落的古树点缀其间，走进光影交叠的时空间隙，感受着亮与暗的交替承转，灰墙黛瓦隐约尚存的优雅气质，总让人想起一个远去时代的温情，想起在春风堂的窗棂后面，一个清癯瘦弱的老人，挥毫在书案上写下的千古文章：

　　　　庆历四年春，滕子京谪守巴陵郡。越明年，政通人和，百废俱兴。乃重修岳阳楼，增其旧制，刻唐贤今人诗赋于其上。属予作文以记之……

　　秋风萧瑟，吹动浅紫色的窗幔，也拂动老者的须发。他陷入了长久的沉思：想到改革在封建官僚集团的反对下草草收场，想到一路走来看到的黎民百姓生存的艰辛，想到四次贬谪遭受的打压排挤，想到好友欧阳修、韩琦、富弼、杜衍、尹洙、滕子京等支持新政无端蒙冤被赶出京城。他的眼前仿佛再现朝堂之上唇枪舌剑的硝烟，再现战马嘶鸣、黄沙扑面的西北战场，再现田地荒芜民不聊生的沿途所见，耳畔也仿佛吹来洞庭湖的风声雨声。

沉思良久，他继续写道：

> 若夫淫雨霏霏，连月不开，阴风怒号，浊浪排空；日星隐曜，山岳潜形；商旅不行，樯倾楫摧；薄暮冥冥，虎啸猿啼。登斯楼也，则有去国怀乡，忧谗畏讥，满目萧然，感极而悲者矣……

二

一道闪电划过夜空，明亮而又短促，恰如庆历新政。

公元 1040 年，西北战场狼烟四起，西夏的铁骑叩响了边塞的大门。七月，经韩琦举荐，仁宗皇帝重新起用范仲淹，三月知永兴军，四月改任陕西都转运使，五月为龙图阁直学士、陕西经略安抚副使，总揽鄜延路方面的军机事务。作为西北战场的主帅，范仲淹带着其长子范纯祐日夜兼程奔赴边关履新，在风沙漫天的西北熬过了四年。四年里，深谙兵法的范仲淹面对强敌采取积极防御、择时出击的战法，捷报传来，战火弭消，为内外交困的大宋带来希望的曙光。

北宋庆历三年（1043），当西北的战火狼烟暂时消弭，北宋与西夏准备议和之际，仁宗把目光投向在宋夏战争中功勋卓著的范仲淹，把他调回京城，出任宰执，主持改革大计。范仲淹久孚众望，早年在开封府期间，曾因"明敏通照，决事如神"，被京师老百姓称颂："朝廷无忧有范君，京师无事有希文。"一时间，宇内瞩目，希望这位贤臣能刷新政治，兴致太平。

九月，范仲淹临危受命，上《答手诏条陈十事》，提出十点改革主张。《答手诏条陈十事》就是庆历新政的施政纲领，这些措施经过仁宗皇帝的首肯，以诏令的形式次第颁布实施。

然而，由于"庆历新政"触犯了封建大地主阶级的利益，仅仅一年多的时间新政就在保守派的反对下草草收场，加上为好友滕子京仗义执言受到无端攻击，悲愤之余，范仲淹乃上书皇帝，自请降职外放，再次被贬谪到数千里之外的西北邠州。

对于还不到 60 岁的范仲淹来说，邠州岁月，是他最艰难的时光。冷落外放，面对边关冷月，羌管悠悠，"一川碎石大如斗，随风满地石乱走"。长烟落日，寒风如刀，40 多岁就落下的肺部疾病折磨着他，每至秋冬反复发作，举步无力，寝食难安。无奈之下，范仲淹上书朝廷，请求调离，退居闲职，以便寻医疗伤。皇帝总算体恤了这位老臣的艰难，批准以"给事中、以前资政殿学士、知邓州军州事"的身份派他去管理邓州军政事务。

按照朝廷的惯例，以照顾老臣的方式退居于政务清简的州都，这样的恩眷一般须是 70 岁左右的老臣才可以享受，对当时仅 57 岁的范仲淹如此呵护，是因为皇帝对范仲淹的新政已心生厌倦，以这样的方式打发他离开中央决策层，也算是一种中庸之道，君臣之间还算体面。

一场震动朝野的新政虽然是"雨过地皮湿"，未能改变大宋王朝的困局，却为后来王安石的变法吹响了前奏。

1045 年冬春之际，范仲淹父子冒着寒风开始了南行苦旅。

积雪皑皑的秦岭空蒙而高远，黄河的涛声渐渐隐去，烟雨灞桥的垂柳已渐渐隐在了身后。如同一朵烛火被风雨浇灭的前夕，大宋王朝笨重的牛车，正不紧不慢地行驶在坎坷的烟尘故道。暮色苍茫，寒意渐浓，渴盼的春天姗姗来迟，一如远去的繁盛王朝，只留下一道道山峦和一轮冷月，照得周围的山岭凄迷朦胧，变幻莫测。迎着积雪映出的那缕微光，范仲淹思忖即将赴任的邓州，无限感慨回荡在心间。

从陕甘交界的邠州到邓州，今天的公路距离大约 500 千米，但在宋代，这是一条蜿蜒曲折的苦旅之路。乘车骑马、舟楫劳顿，中途还要渡过波涛汹涌的泾河、渭水等十几条河流，翻越冰雪覆盖的秦岭山脉，走商洛，过漫川关，即便按照最快的速度，范仲淹父子也要跋涉半月以上。行走在秦岭的千山万壑中，范仲淹对于人民的命运和他所处的时代，有了更加切肤的体验。

范仲淹上次离开京城，是在四年之前，他从越州调任陕西都转运使，先到京城报到，然后西行赴任。

时值阳春，范仲淹轻装简从，跃跃欲试，自然有一种天降大任舍我其谁的豪迈气概。而本次离开京城赴任邓州，虽说承蒙皇上体恤，生活条件稍有改善，但被免去西北战场主帅和参知政事的范仲淹却再无豪迈可言。眼前景，心中事，一切都不似当年。在干旱和蝗灾的双重折磨下，中原大地绿意惨淡，树叶也被蝗虫蚕食殆尽，留下光秃秃的树枝无助地伸向人间。此景此状，让范仲淹不由得心生感慨："人不寐，将军白发征夫泪。"

"数年风土塞门行，说着江山意暂清。求取罢兵南国去，满楼苍翠是平生。"吟着这样的诗句，范仲淹带着简单的行李，带着体弱多病的长子范纯祐，从千里之外一路风尘来到邓州。

三

以堂堂副宰相之才智，治理一个邓州，当然是驾轻就熟的事。范仲淹重教化，轻刑罚，废苛税，倡农桑，办学堂，创立花洲书院，勤于政事，恪遵职守，切实解决百姓的疾苦。仅在一年的时间里，邓州百姓丰衣足食，安居乐业，以致"庭中无事吏归早，野外有歌民意丰"。

庆历六年，范仲淹的同年好友滕子京派人来见，求范仲淹为自己整修的江南名楼岳阳楼作记以传久远。因为"楼观非有文字称记者不为久，文字非出于雄才巨卿者不为著"。滕子京贬官岳州后，经过苦心经营，让岳州出现了欣欣向荣的气象。对老友的成功，范仲淹由衷感到高兴，也心潮起伏。

范仲淹的继父曾经任过洞庭湖畔的县令，他跟随继父在洞庭湖畔度过了自己的少年岁月，对洞庭湖优美的景色留有深刻的印象。他仿佛站在岳阳楼上远眺洞庭湖的美丽景色，想到了滕子京贬官后为治理好岳阳所做的艰苦努力，想到了自己在邓州做地方官的感慨，想到了自己临危受命施政纲领的挫折。《岳阳楼记》超越了一般单纯写山水楼观的局限，将自然界的晦明变化、风雨阴晴和"迁人骚客"的"览物之情"融为一体，从而将全文的重心放到了纵议政治理想方面，提升了文章的境界。对于一个作家来说，想象力比记忆力更重要，借助于瑰丽的想象，借助于迁客骚人的登楼异情，阐发关于人生信念的博大命题，借洞庭之杯，浇胸中块垒，范仲淹文思潮涌。于是，千古奇文就这样诞生在豫西南这个偏僻的小城，诞生在花州书院的春风堂里。

《岳阳楼记》动静相生，明暗相衬，文辞简约，音节和谐，把记叙、写景、抒情、议论结合在一起，成为杂记中的创新。这样的美文在六朝和唐人的山水游记中实属罕见，一下就声名远播，交口传诵了。

说范仲淹是"卓冠群贤"，学接三代，气贯千古的名家，绝非夸大其词。他是仁宗时代鲜有其匹的政治家、文学家、军事家和教育家，堪称北宋时代政坛和文坛的精神领袖：北宋文坛领袖欧阳修是范仲淹的学生，一代文豪苏轼是欧阳修的学生，江西诗派"开山之祖"黄庭坚又是苏轼的学生，王安石称范仲淹是"一世之师"。这些人将范仲淹视为楷模，在清正廉明和忧国忧民上和范仲淹一脉相传。唐宋八大家在北宋就占了六位，且都集中在仁宗时代，不知为什么，唯独少了范仲淹的名字。

其实，单凭一篇《岳阳楼记》，范仲淹就有资格跻身"八大家"之列。

四

一场并不多见的秋雨在夜幕降临时从天而降，打湿了一片片厚重的青瓦屋顶。远远近近的街灯在暮霭中灵动闪烁，不华美，也不张扬，朦胧而富有诗意。

走进昏暗的范公祠，天色昏黄，冷风凄凄，近旁花草带雨，远处竹树摇曳，一如后来者的追怀与怅望。

祠堂在花洲书院之内，坐北朝南，青砖灰瓦，与东部的书院和百花洲及南部的砚池和景范亭遥相呼应，浑然一体，古朴典雅，庄严恢宏。

大门匾额"范文正公祠"为范仲淹 28 世孙、原《人民日报》总编范敬宜先生题写，正房外檐下悬挂着原河南省政协主席、范仲淹 29 世孙范钦臣书写的"崇德尚贤"金字匾额。抱柱联"先天下之忧而忧，后天下之乐而乐"是赵朴初先生的遗墨，东厢房抱柱联是清代易良俶知邓时所作："姑苏人去三千里，宛邓沾惠百万家"；西厢房抱柱联为民国将领冯玉祥先生所撰写："兵甲富胸中，纵教他虏骑横飞，也怕那范小老子；忧乐天下，愿今人砥砺振奋，都学这秀才先生。"

在盛夏和初秋两季，我曾两次经过邓州，充满敬意地探访过范公的遗迹。这座传范公薪火、承"忧乐"精神的千年学府，已成为莘莘学子及百姓祭奠英灵和缅怀先贤的追思之地。

"先天下之忧而忧，后天下之乐而乐"，既有横绝古今的思想高度，又有多情、丰满的人格特征，绝非干瘪、抽象的道义符号。有学者曾这样赞叹："这种思想与情感上绝对的、决然的气势，弥漫八荒，充塞宇宙，足以弥合或超越所有的断裂与缝隙。"

范仲淹两岁失怙，少年求学，冷粥维生，刻苦到极点，生命的底色苍凉悲重，内心常有挥之不去的忧患意识。他一生崇尚与民共乐。这样的人，注定了人生不是轻逸享受，而是竭力奉献，其伟大之处正在这里。他为士人树立了新的精神气质和道德风貌，也为后世开辟了一块充满感召力量的精神高地。

邓州历史悠久，与它结缘的名人数不胜数，范仲淹当是其中高峰。邓州四年，他是永不熄灭的荣光。

邓州任职期满，他将被调往荆南府（今湖北江陵一带），但是当地老百姓舍不得他离开，遮道跪求使者，苦苦挽留。对于邓州，范仲淹是有很深的感情的，他已经把家从东京汴梁搬到了这里。面对热情的邓州人民，范仲淹只好上表请留，朝廷又让他多留任一年。一年后，他被调往杭州；再后来，又被调到数千里之外的青州。北宋的版图上，几乎到处都留下过这位老者奔走跋涉的足迹。

"浊酒一杯家万里"，或许，范仲淹自己也不记得他的家归属何处。离开京城后，他始终在外任职转徙，漂泊不定。依稀记得，他迈向人生尽头的履痕，最终停留在告别青州赴任颍州的旅途之中。

几番起落，范仲淹的初心却始终未曾磨灭。在给韩琦的信中，他写下这样的句子："又今将佐不思报国，惟望侥恩。"虽然屡遭质疑，但他仍是那个迎着风雨、走进如晦长夜的范仲淹；是那个念着"仁君未报头先白"的范仲淹；是那个一面嘲笑曹孙刘"用尽机关，徒劳心力，只得三分天地"，一面却又感慨"人世都无百岁""忍把浮名牵系"的范仲淹。

入仕如何？出仕又如何？因为心怀苍生，所以处处为家。

（参考书籍：夏坚勇《庆历四年秋》）

曾是惊鸿照影来

一

机缘总是奇妙，不曾想到，从鲁迅故居走出，天忽然就下起了小雨，街对面的沈园瞬间一片烟雨迷茫。

绵绵的雨丝像扯不完的丝线，淅淅沥沥地下个不停。它们痴迷而悱恻地下着，像千百年前的喃喃细语在这雨声中抖落，在翠绿的荷叶上滴答成晶莹的泪珠，不停地触动着我。

游人渐渐隐去，园内空寂一片，徒留一脉岁月洗涤过后的宁静。湖水的四周，垂柳无言地静默，似乎不忍说出它所看到的悠悠往事。云层低垂如铅，我的心情也变得沉重，带着一种迟到的惋惜走进了这里。

这远离尘世的沈园啊，究竟有多少往日的悲情被天地吞噬，有多少思绪随风涌动。在这里，我穿梭时空、搜集碎片，追忆已经消逝和变化的一切，踏进无法再踏入第二次的岁月河床。

这一切的迷蒙，是从唐婉凝望的那个黄昏开始的。那场淅淅沥沥的雨在送走黄昏之后，就隐入了夜晚，隐入了历史，隐入了缠缠绵绵的宋词遗韵。

20岁的陆游英俊年少，诗才横溢，经常邀约杭州、绍兴一带的名流雅士到沈园怀古论今，成就了许多妙笔华章。也就是在这一年，陆游与同样爱诗并有一定造诣的美丽多情的唐婉结婚了。才子配佳人，又是亲上加亲，他们的结合一时在古城绍兴被传为佳话，沈园留下了他们最初的也是最美好的回忆。

沈园的雨一直下着，细软细软地，光线犹如银丝，碎碎地晃移，晶亮而轻曼，流溢着伤感而陌然的气息，如同细微的白絮，仿佛落下这白絮之后，世界就会更加凄清。

远处，轻灵的古乐随雨飘过，轻柔、零散、舒缓，一如静态的永恒，使人置身于梦幻的世界，于幽静中生出几分冰凉的深思、几分潮湿的怅然。

沿着雨丝轻扬的石径小路，我拾级而上，站在孤鹤轩内放眼烟雨空蒙的沈家花园，倾听冷雨敲打孤鹤轩的飞檐，一副对联就映入眼帘："宫墙柳，一片柔情，付与东风飞白絮；六曲栏，几多绮思，频抛细雨送黄昏"。

那一刻，我的心随着飘逝的雨韵陡然下沉：情意绵绵中掩饰不住的是一段泪湿衣襟的悲歌，文思飞扬里呼之欲出的是摧肝断肠的岁月。

二

公元 1151 年的春天，沈园花红柳绿，蜂飞蝶舞，可以观鱼赏荷的冷翠亭，可以戏水划波的池塘依然是原来的样子，悠悠往事，或在记忆里清晰，或在回望中沉迷。

这一年，陆游孤身一人走进春天，走进不再甜蜜的沈园。

此时的他，再没有年少时的澎湃激情，眼里充盈着过多的悲伤和无奈。眼看着沈园的一草一木都成了昔日记忆，他唯一能做的就是站在春波桥上孤独地回望。

仿佛是梦境的约定，透过花影移动的林荫，他的目光和另一道目光相遇了，那是一道爱怜的目光、熟悉的目光、迟到的目光，对方也用无尽的哀怨凝望着陆游，那是唐婉。

天公的安排让分离的恋人有了重逢的机会。当两人重新站在一起，陆游看到昔日恋人那未曾褪色的深情和憔悴的面容，这不仅不能使他宽慰，反而更让他黯然神伤。

那漫天的雨丝淋碎了久远的梦，划破了若无其事的平静。于是，心便如同这雨中的冷翠亭，在潮湿中呻吟："世事多艰，空萦战马嘶风梦；欢缘难续，长忆惊屿照影时。"

如果说唐婉把整个生命给了陆游，那么陆游就用沈园相遇后半个世纪的沧桑岁月为自己丢失的情感忏悔赎罪，这片小小的沈园成了他生命中不能承受之痛。他的思念，他的柔肠，仿佛一尊理想的情感雕塑，一段凄婉温丽的过往，多年以后，他的灵魂最终也回到了这里。这沈园的垂柳，这相遇的凉亭，这一花一草，一水一石，断云悲歌，孤鹤哀鸣，都是最深情的见证。

春天来了，沈园的柳絮下有了一个蹒跚的背影；夏雨掠过，沈园的池塘看见一道哀痛的目光；秋风吹过，沈园的凉亭留下一双孤单的脚步；寒霜飞雪，孤鹤轩只有他悲怆的守望。

那一年，陆游回到绍兴，走进了沈园。那堵墙没有改变，只有嶙峋的枯藤老树横在那里，他写的《钗头凤》依然清晰，余光扫过，看到在题词的三尺开外，也有一首叫《钗头凤》的词，字字泣血，声声哀恸。词尾署名：唐婉。

那一刻，陆游悲摧难抑，泪湿衣襟，多少年不为人知的沉痛又涌上心头。

"枫叶初丹槲叶黄，河阳愁鬓怯新霜。林亭感旧空回首，泉路凭谁说断肠？"是他67岁重游沈园的锥心之作。

"城上斜阳画角哀，沈园非复旧池台。伤心桥下春波绿，曾是惊鸿照影来。"是他 75 岁在沈园凭吊时留下的千古绝唱。

"城南小陌又逢春，只见梅花不见人。玉骨久成泉下土，墨痕犹锁壁间尘。"81 岁，他病倒在床，只能梦游沈园，发出无奈悲叹。

"城南亭榭锁闲坊，孤鹤归飞只自伤。尘渍苔侵数行墨，尔来谁为拂颓墙？"是他 82 岁时对唐婉的念念难忘。

面对流逝而重复的时光，他拄着拐杖呆怔在伤心桥上，看一河瘦水默默流淌，飘零的落叶仿若童年的浮想，一片一片歇在他花白的头顶上。

那一壶惊世骇俗的黄縢酒啊，燃尽了陆游生命之灯的最后一滴灯油，烧毁了春夏秋冬四季的怅惘。

举起的杯盏是湿的，垂落的孤独是湿的，轻轻吟诵的诗句是湿的，湿了一双昏花的老眼，湿了千百年的沈园时光！

从此，世间再无"钗头凤"，人间只有断肠人；从此，沈园不再是一座园林，它承载了千古诗人的悲与痛，也背负着后来人们的思和叹。

三

桥下春波绿，宫墙怨柳生。

公元 1141 年的春天，唐婉跨过高高的门槛，走过放翁桥，走进这方清幽的园林。红尘中，她很难找到比这方庭院更为幸福的场所了。宫墙边发芽的柳枝，当她亲手折下放在掌心回眸一笑的那一刻，那柳枝就被赋予了生命。它似乎感觉到被拥抱的温情，闻到少女身上淡雅的芬芳、羞涩和幸福。

青葱岁月里，唐婉和陆游喜欢在竹林、花园里追逐，一个喜欢夏天的蝴蝶、秋天的蜻蜓以及冬天觅食的鸟儿站在枝头欢快地吟唱；一个喜欢在露珠晶莹的清晨、夕阳下的黄昏，在随风摇曳的垂柳下，为心爱的人吟诵易安居士的词章。

当她不经意地将这带着生命体温的柳枝插在葫芦池畔，从此它就在一对恋人的见证中成长。它希望自己绿荫匝地，希望在有情人的身旁轻抚水面。它希望看到唐婉倒映在池塘边那轻盈的身姿，喜欢听她在园林中和女伴们荡着秋千时的笑声。在柳絮飘飞的沈园里，在红尘迷恋中它静静地感受到爱情来临的气息。

就这样，在沈园的迷蒙烟雨中，它被岁月远远地引引着，它看到用千年凝结的泪水淹没了风雨中那缠绵幽怨的爱情，它看到那个"美人终作土"的哀怨佳人，在千年不堪的幽梦中香消玉殒。

终于，陆游在仕途前程和爱情的两难境地里没能冲破束缚。从此，一朵娇艳的花朵走向枯萎，唐婉的泪遗落在残璧遗恨的哀伤里，遗落在令人长叹的宋词碎片里，丢落下一地斑驳。

穿过婆娑的竹林，时光进入公元1151年，又是一个早来的春天。在丈夫赵士程的陪同下，唐婉来到沈园，竟和多少次梦中相遇的陆游意外重逢。在哀怨凄婉地四目相对的一瞬间，唐婉忽然明白，自己的生命从此将无法挽回。征得赵士程的同意，唐婉差人给陆游送去了黄滕酒。感慨万千的陆游借着酒意，在墙壁题下《钗头凤》后怆然离去。不久，沈园的墙壁上也多了一首《钗头凤·世情薄》，那是唐婉的绝笔。"滴下钗头多少泪，沈家园里草犹悲。"春如旧，人空瘦，此刻，是否有漫天的柳絮轻拂佳人的脸颊，是否有人在空蒙烟雨中为她送上一曲吟唱？曾经付出的一切相思苦行，离别时人前人后的痛苦和挣扎，一念之差的千古遗恨，在"钗头凤"的壁照前青烟一缕，随风而去。千百年来，未尝有情殇之痛如斯惨烈、撼人心扉。问世间，情为何物，沈园之恋就是最好的注解。

断墙残垣，千古绝唱。一首悲歌唱了千年，一场愁雨落了千年，沈园的柳絮也飘了千年。千年来，园中的垂柳迢遥相望，见证着那段凄婉的悲情；千年的等待中，那并蒂的莲花为这段不得善终的痴情夜夜流泪到天明。

四

走在沈园的雨中，不管你打不打伞，被雨水最先淋湿的，不是衣襟，而是心。雨水使飘零的落花如无奈地哀叹，使情感的道路泥泞不堪，使所有的宋词都被忧伤的愁绪和泪水蓄满……

是的，从那个南宋的春天开始，沈园的烟雨已飘洒了 1 000 年，爱情的悲剧已流传了 1 000 年。而当我站在那两阕殷红似血的《钗头凤》的碑刻前留影时，这千年一叹好像就在一瞬间，一瞬间已化为永恒的叹息。

楼台丽影，花月相依，远处有香风阵阵，吹得人心头颤动。清波池中，隐隐可见撑伞人的笑靥；断云楼前，不绝如缕的是林间的鸟啼。

前尘已然如梦，今生何必伤怀，感慨沧桑事，是为了惜取眼前人。重要的不是什么都拥有，而是你想要的，恰好就在身边。

达来呼布的夜

一

从居延海到达来呼布约有 40 千米的路程，沿途的旧时风光时隐时现，在古老与现代文明的对视中，历史从来深邃无语。

镇东南约 19 千米处，是唐代的大同城遗址，城址在黑河故道的右岸。在这里可以看到，回字形城址由内外两道城墙组成，夯土墙残存虽已不多，但城墙基础明晰可见，文化内涵依然丰厚。大诗人王维、陈子昂都曾在此驻足并留下诗墨华章。在这里，随处可见的残片碎石都写满光阴的故事。那扑面而来的古意，随着秋风簌簌而落。风中飘过驼铃之声，带来一个美好而沉静的黄昏。

站在黄土夯筑的残缺城垣四野眺望，在连绵起伏的黄沙之间，达来呼布、古日乃、哈拉浩特、哈日布日格德音乌拉、苏泊淖尔、赛汉陶来、温图高勒、巴音陶海，这些拗口陌生而透露着神秘的名字，伴随着镜面般的弱水河直到巴丹吉林深处的居延海——它们和历史上的丝绸之路紧密相连，让身在阿拉善高原的我们，与历史文明仅隔着一步之遥。

唐开元二十五年（737），王维在此写下脍炙人口的"大漠孤烟直，长河落日圆"的诗句，被称为"千古壮观"。唐朝将安北都护府迁至大同城后，从军至大同城的诗人陈子昂上书建言，阐述大同城地理位置的

222

重要性，并写下《题居延古城赠乔十二知之》《居延海树闻莺同作》等壮美诗篇。

徘徊在大同城遗址之外，"边地无芳树，莺声忽听新，间关如有意，愁绝若怀人"，陈子昂的千古名句仿佛还在耳边回响。

透过一片随风摇曳的梭梭、红柳和胡杨林，我看到了弱水河——那戈壁大漠的幽深岁月。

一行大雁南行，渐渐消隐于澄澈的天际，那些残缺的土台，在秋色中愈发落寞与萧瑟，天空似乎变成了另一个居延海，如果没有云彩，一定是静影沉璧，富有贵族的气韵。可惜，此前"风吹草低见牛羊"的景象已不复存在，现代的人，大多是来去匆匆的过客，并不会在此停下奔走的脚步。

或许，白昼的游人车马只是沙漠的点缀。只有夜晚，只有达来呼布的苍茫夜色，才是真实的存在。只有孤立的敖包与芦苇丛中的鸥鸟，在不动声色的星光下，在河流的怀抱里，与那些陈年往事守望相依。

二

达来呼布是额济纳的旗府，蒙语意为"大海的深渊"。来自冰山雪线的弱水河，流到这里后分成 17 条支流，那些弯弯曲曲的弱水分支，仿佛血管一样，把它和 40 里外的居延海紧密相连。

每年秋月，当第一场秋霜凛然盖地，总面积 8 万余亩的胡杨林一夜之间由绿转黄，金色的树叶衬着湛蓝的天空于风中婆娑起舞，强烈的反差对比，亮丽的色彩，足以令任何文字的描述都黯然失色。

我到达来呼布的时候，已是暮色苍茫。透过车窗，我看到道路的前方飘浮着一片璀璨，恰好与天幕上密密麻麻的星斗遥相呼应。

临河而建的街道上，新式楼房，拓宽的马路，更多的车辆和行人，乃至更多的店面一扫平时的冷清变得热闹非凡。经济发展的力量是如此强大，一个城市的改变，足以让过去对此一无所知的人们，看到一种惊艳的辉煌。

循着悠扬的音乐声，我来到一家具有民族风情、价格"小贵"的餐厅，在满是油腻散发着烟味汗味和羊肉膻味的桌边坐下，点了一只烤羊腿和一条据说是居延海的鲤鱼，品尝了一顿进入沙漠以来最美味的晚餐。

餐厅很大，靠近舞台的两边摆着落满灰尘的音箱，台上立着一个麦克风架。舞台上正在演出，有民族歌舞，马头琴独奏，顾客也可以上去互动。最使人感动的是一个歌手的蒙语演唱：他先演唱了一首草原歌曲《鸿雁》，歌手的声音沙哑而略带磁性，哀怨而富有沧桑，在马头琴忧郁的伴奏声里，表达出一种生命深处的隐痛，仿佛昏黄路灯下夜风的低诉。接下来，他又演唱了一首蒙语歌曲《敕勒川》，浑朴的歌声像蓝色的天空，深远得让身在异乡的、失魂落魄的漂泊者感动而忧伤。

歌声划破多少幽怨，牵来多少乡愁。两曲下来，歌手的眼里闪动着泪光。

在漫长的岁月中，土尔扈特人作为一个流动、漂泊的民族，居无定所，完成过一次至为悲壮的民族大迁徙，从伏尔加河下游历经九死一生回到祖国的怀抱，定居在弱水河畔。那种伤感痛楚，那种对家乡的感情和浓重的乡愁，就自然地融入他们的歌声和血液中，并让在场的听众产生强烈的情感共鸣。

沉浸在歌手与马头琴忧伤的韵律中，每个人都感觉时间太过匆忙。在房东电话的催促下，我们无暇看完全部演出就匆匆作别，斯时小城早已流光溢彩，灯火明亮。

三

在紧靠弱水河边的一个牧民新建的安置小区里，我找到出发前预定的住处——那是政府为牧民新建的复式楼房。

时值旅游旺季，酒店早已是一房难求，就像当年支持东风航天城建设那样，牧民们腾出自家的住房接待了远道而来的客人，自己却挤住在亲戚家里，甚至再次住进帐篷。

房东是一位慈祥的老额吉。她告诉我，她的老家原来就在宝日乌拉，当年搬迁的时候，她只有 14 岁，对"家"的印象就是在不停地寻找水源充足、自然环境良好、适宜大家生活的地方。迁移前后历经 12年，先是从宝日乌拉嘎查搬到建国营，之后又搬到达来呼布，"三易旗府"，记载了额济纳人民支援国防事业的多少动人故事。

稍事休息，我们走出小区，来到弱水河边胡杨林景区东门的二道桥上熟悉环境，观赏夜景。这是景区的一个入口，我们将在第二天从这里购票进入景区。

此时，天似穹庐，笼盖四野，一轮明月恰到好处地高悬在城市上空，为这座塞外之城洒下一地清辉。这明月，照过秦时的宫阙，也照过汉代的营帐，但在今夜，既无"九月寒砧催木叶"的悲凉，也无"羌管悠悠霜满地"的凄冷。此时此刻是那么妩媚，那么轻柔，仿佛带我回到故乡的河边。

桥下，河水北上，奔流不息，在西北戈壁的荒凉孤寂中，不得不惊叹大自然的伟力和人类的壮举。"八百流沙界，三千弱水深"，这个以孤独为伴的生命之河，从出发开始沿途一直陪伴着我们，让我感受着河流大象无形的深邃。

四

历史的记载常常充满着艰涩苦痛与百感交集。

位于额济纳旗达来呼布镇偏东方向约 22 千米处，是黑城遗址，蒙古语称之为哈日浩特，这是北线上现存最完整、规模最宏大的一座古城遗址。在当时，这里是西夏王国的军事、经济的大都市，也是丝绸之路的重要枢纽。

城墙用黄土夯筑而成，高约 9 米。城西北角建有 5 座覆体式喇嘛塔，旧有的街道和主建筑依稀可辨，四周古河道和农田的残貌仍保持当年的轮廓。同许多沙漠戈壁上湮没的城市一样，黑城消亡的缘由同样是水源的枯竭。无情的沙漠将这里吞噬，黑城里面究竟埋藏有多少珍宝，历代打捞未果，终成难解之题。

历史上，居延地带既是中原农耕民族与西北游牧民族交流的窗口，也是冲突的最前沿，广袤的地域战事不断，它那苍老、脆弱而又贫乏的肌肤之上，布满了太多的负重与血腥，承载着一段段刀光剑影、气势磅礴的历史记忆。

汉武帝元狩二年（公元前 121），骠骑将军霍去病纵横驰骋数千里，横扫草原，生获酋涂王，降伏匈奴万人；汉武帝天汉二年（公元前 99），李陵被匈奴单于三万骑兵重围，兵败汗山狭谷，尸横遍野，血肉横飞，李陵被迫投敌求生；西夏襄宗应天四年（1209），成吉思汗发动对夏战争，铁蹄之下，黑城沦陷，西夏王国从此一蹶不振。

公元 1372 年，黑城最终消亡，它的寿终正寝自然与元末明初的破坏性战争有不可分割的关联，但真正的原因是战争破坏了水利设施，破坏了几百年间形成的完美水系，把丰美的绿洲摧残得满目疮痍。特别是明朝冯胜将军与哈日巴特尔之战，最终改变了黑城的历史走向。

明太祖洪武五年（1372），冯胜将军率部面对元军坚固的防御工

226

事，久攻不下，不得不命部下在弱水上构筑一条数百米长的拦水坝，断绝黑城水源。守城官兵饥渴难忍，最终弃城而逃。

现代科学家的考古成果也证实了这段历史。如今旧河坝的遗址，沙坝长约千米，宽数百米，坝高20余米，几百年后，坝上已长满了胡杨树、灌草、成了一座固定的沙丘。战争让明王朝取得了决定性胜利，但也因此破坏了弱水良好的生态水系与水利设施，使得一大片绿洲消失在沙漠之中。

"怜君此去过居延，古塞黄云共渺然。沙阔独行寻马迹，路迷遥指戍楼烟。"一座被流沙半掩的黑城曾有的繁华旧梦，万人空巷的景况已随风散尽，丝绸之路的来往商旅行踪不再，黄尘古道湮没在茫茫沙海，悠扬的驼铃声成为历史的记忆。

夜阑听风雨，冰河入梦来，清清的弱水之水，静静地从河床流过，流过的当然不仅仅是水，也是绿色希望，生命之源，更是人类期盼的明日绿洲。

五

胡杨林景区大门已经关闭，门卫是一个身穿迷彩服的湖南小伙。听说我们来自海南，他破例开门允许我们进入，近距离感受一下胡杨林的夜景。

在暖黄色射灯的烘托下，胡杨林树影婆娑，金韵斑斓，幻化出海市蜃楼般的辉煌，呈现着一种空灵朦胧的震撼之美。几个女士忙着拍照，我一个人独坐在胡杨树下，静静地感受着沙漠的脉动。

此刻我的周围：高大的胡杨满身皲裂，干燥的表皮像是岁月的脸，飘零的黄叶轻轻地落在我的面前，下落的姿态优雅而伤感，脚下的沙子冰冷如玉，清凉直达内心。我想到《冰山上的来客》歌词里唱的："我是戈壁滩上的流沙/任凭风暴啊把我带到地角天边。"顿时，感觉到一种自我放逐的肆意和洒脱，在无意识或者梦境之中，完成一次生命的旅行。

漫步在胡杨林中，一抹月光，一蓬衰草，一片黄叶，一幅和谐宁静的图景，祈愿岁月年赊，成为永恒。

我身旁不远的地方，弱水河正淙淙地奔流，传递着高原积雪融化润泽万物的动感和温情，它在千年的岁月里催生着沙漠的枯亡与荣旺，毁灭与新生，让历经衰败和枯竭的居延海得以延泽绵长的呼吸，让这里的生命在几经湮灭后得以接续和蜕变，复活与再生。

或许，只有出入过岁月流沙的人们，才能真正懂得对于河流的依恋，才能理解那种融化在血液里的感恩，

河水无声地抚摸着灯火迷离的河岸，也触摸着我的思绪。眺望河对岸那座孤独的黑城遗址，沉沉一线默然于荒郊之外。夜色里，我的眼前，不再是往日里百尺之高的烽火城楼，也不再有凄清孤苦的羌笛吹月、瀚海悲秋。那曾经见证过"一将功成万骨枯"的古战场，已经拂去旧时的黄叶与飞雪，变成"春风初度"的再生之地。

弱水河，你古老的宿命感正渐渐淡去，而焕发新彩的梦华篇章才刚刚开始……

杏花疏影里

一

早上6点，性急的太阳从地平线上一跃而起，很快就爬上郁郁葱葱的槐树顶上，把开封古城的门楼和院墙的影子叠压在一起。

鸟雀在邻近树梢上鸣叫，杏花的幽香若有若无，三五个居民坐在门前吃着早餐说着闲话。

古城的一天就是这样展开的。

到达开封的第二天早晨，我顺着古城墙，缓步走向游梁祠西街和板棚街一带。

阳光迷离而珍贵，轻纱般的晨雾妩媚地缭绕着，像是不绝如缕的叹息。

静悄悄的街道，时光如水地流淌，青砖黛瓦里苍翠的岁月，也被春风染上潮湿清凉的气息。木制的门面经历了太多的风雨，显得有些力不从心，但精致的雕花木窗却又漫不经心地透露出某种没落的大度和华贵。一只流浪猫在街上迈着散漫的猫步；三两个卖菜的农民从街上挑担走过，他们的篓子里盛着水灵灵的刚从黄河滩上采摘的青菜；远处传来小贩沙哑而悠长的吆喝声，是那种韵味十足的中州口音，当年在东京街头卖刀的杨志大概也是这样吆喝的吧。这些都是那个春天的早晨，开封古城街头最具生活形态的意象。

在一家卖胡辣汤的小店铺前面，一个中年汉子正热情地吆喝着，一个老年妇女正静静地坐在门前择菜。阳光闲闲地照在青石板上，不远的地方，一位头发花白的老者提着毛笔蘸着清水在空地上练书法，写的是陈与义的《临江仙·夜登小阁忆洛中旧游》："忆昔午桥桥上饮，坐中多是豪英。长沟流月去无声。杏花疏影里，吹笛到天明。二十余年如一梦，此身虽在堪惊。闲登小阁看新晴。古今多少事，渔唱起三更。"把词写完时，老者已是满头大汗，宋徽宗时代的那段繁华历史似乎在他笔下变得鲜活起来。

想必，古城的往事也如同流水一样流过这位老人的心灵。

其实，历史本身也是一位翕然端坐的老者。他洞若观火，内心装满盛衰兴亡的沧桑往事。当一条破败的古街道和一位老人的记忆联系起来时，这中间一定有一些我们不能触摸的忧伤。

二

从开封古城南门的城楼上俯视京师的地理形胜，横向的汴河和南北向的御街就像两条坐标轴，点缀其间的是一条条河流，岸旁柳丝依依，倒映着剪不断理还乱的离情别绪。

汴河是京师的生命线，东南财赋赖此河输挽京师；据《东京梦华录》里记载，御街宽约200米，分为三部分，中间为御道，是皇家专用的道路，两边是河流，种满了荷花。两岸种植着大量的杏树和其他果树，春天到来的时候，"纵被春风吹作雪，绝胜南陌碾成尘"。洁白的杏花雨飘飘洒洒，成为市民争相观看的景观地带。

只是这一日，汴梁城的人们已无心看风景。在满城缟素一般的杏花映衬下，他们为一个时代和一位亡国之君诀别。

公元 1127 年 3 月 27 日，一辆牛车缓缓地驶出宫门。大相国寺苍凉的钟声响过之后，时针就划进了靖康二年的人间四月。御街上哭声震天，白衣飘飘，杏花似雪，太上皇宋徽宗赵佶和宫中人员 15 000 余人，连同数不胜数的宫中奇珍异宝，悉数作为金国的战利品一路北行。

"最是仓皇辞庙日，教坊犹奏别离歌。垂泪对宫娥。"饱读诗书的赵佶对先代亡国之君的典故和诗词烂熟于胸，只是，他绝对没料到，这一天，他会像南唐后主李煜一样，也成为亡国之君，被排闼直入的敌人，如同押解羔羊一般，前往未知的远方。

中京在哪里，五国城在何方，身为艺术家的赵佶心绪茫然。烂漫的杏花渐渐落在身后，越往北走，越觉得冰凉刺骨。远方，是燕山雪花大如席的北国风光，更是对未来的忧惧迷茫和对既往的追思悔恨。

"九叶鸿基一旦休，猖狂不听直臣谋。甘心万里为降虏，故国悲凉玉殿秋。"——赵佶在北上路途中写下如此诗句，成为北宋帷幕缓缓落下的挽歌。

三

那天，我沿着高速驾车一路向东，虽是初春，车窗外面仍有几分肃杀的凛冽。远处，淮水带着它的明亮和青翠缓缓东去，江淮激荡，风生云起，生生不息地汇入长江；而黄河就在我们的旁边，它像一条金色的飘带，穿山越岭，伴我们一路同行。

到达开封之前，我们把车停在黄河岸边，近距离感受母亲河的伟岸与深沉。

桥很长，北望是无垠的旷野，其间缀着几点青砖灰瓦的平房，隐隐传来狗吠，渲染出一派乡歌情调。东去的河面雄浑开阔，豪迈地奔向黄海，滔滔不绝而亘古不息。

桥南是开封，一个封印着无数历史尘烟的名字，一座令人梦回八朝的古都。

公元960年，持续燃烧了50多年的硝烟终于慢慢散去，废墟与焦土之上，大宋帝国如同一轮巨日冉冉上升。

从那以后的168年间，唐宋八大家北宋就占了六家，四大发明北宋就占了三项，宋代书法是后人无法逾越的高峰；宋代绘画更是中国绘画史上前所未有的黄金时代；宋代理学深深影响着每一位中国人，文学、艺术、绘画、陶瓷、科技，领先世界的科技成果何啻百项之多……

这一切，都和开封这个城市密不可分，那时它的名字叫汴梁。

走在开封的大街上，在河流与阁楼之间，一股浓厚的历史文化气息迎面扑来。我想到了大文豪苏轼，也想到了民族英雄岳飞。苏轼一生中曾五次来到开封，在这里留下许多诗词华章。他曾在这里仕途腾达，也曾在这里濒临绝命。他是那么强烈地向往开封，又不止一次地拼命逃离开封。但他真正的好作品却是在贬谪黄州之后，在穿林打叶的风雨声中，品味到了民生之苦，词风也为之一变。岳飞的最高理想是在开封"待从头收拾旧山河，朝天阙"，他的《满江红》享有"一词压两宋"的美誉，但他最终没能来到开封，在人生的高光时刻戛然止步于风波亭后的阴谋暗算。

从文学的角度看，苏东坡和岳飞同为豪放派词人，都有被政治所挤压、烧炼、锤打后的光华和超脱。所不同的是，苏东坡的豪放在于大江东去，山水之阔，和出乎天性的旷达与博爱之心；而岳飞的豪放多了一股民族仇、复国志来淬炼词魂，多了"怒发冲冠，凭栏处，潇潇雨歇"来壮其词威，"家国不幸诗家幸，赋到沧桑句便工"，这或许是历史对他的一种厚遇。

靖康之难五年后，当岳飞发出"靖康耻，犹未雪，臣子恨，何时灭"的愤怒呐喊，挥师鏖战的时候，赵佶正蜷缩在松花江畔五国头城的地窖子里"坐井观天",吟着"彻夜西风撼破扉,萧条孤馆一灯微。家山回首三千里,目断天南无雁飞"的诗句,整日以泪洗面。

岳飞的痴在于他把别人的江山社稷看得比自己的身家性命还重,不惜为此抛头颅洒热血,哪怕明知不可为仍然要努力为之;赵佶的悔则在于悲歌于土屋之内,在回首悠悠往事,抚今追昔时,既有故国黍离之悲,更有身世浮沉之痛,悲与痛相叠加,留下永远的憾与悔。

四

如果说朝代有颜色的话,北宋的颜色应该是青绿色的,是那种介于蓝与绿之间的玉石色彩,那是一种文人喜欢的色调,或许那不仅是宋朝的颜色和质地,也是宋词的颜色和质地,既清雅静谧,又繁华绚烂,还带着一种淡淡的忧伤。

宋徽宗曾提笔御批:"雨过天青云破处,这般颜色做将来",这种冷暖适中的色调,既素雅飘逸又清淡含蓄,高远中略带寂寥,符合北宋时期推崇的审美情趣,反映了宋徽宗时期崇尚的美学色彩和人文气息。

对于宋徽宗的评价,后世历史学家几乎高度一致:宋徽宗赵佶不是一个治国的好帝王,但却是一个杰出的艺术家和文学家,一个罕有其匹的艺术巨匠,一个极富于浪漫气质的帝王。

浪漫气质是一种灵魂的燃烧和开掘艺术至境的钥匙,最适合苏东坡那样的文学巨匠,而对于一个拥有无限权力的帝王来说,浪漫气质则很可能导引出令人叹惋的悲剧——一个整天沉湎于艺术感觉和笔墨趣味的帝王对国家未必就是幸事。

在徽宗时代,虽有外患,但国力依然雄厚,依然是屹立于世界的泱泱大国,苏东坡、苏辙、范纯仁等一帮老臣虽处江湖,但思想影响尚在,更有李纲等老臣鼎力辅佐。可惜,这位"被龙椅耽误的艺术家"在位25年，耽于朝政，重用奸臣，吏治不修，君臣失格，最终酿成中华历史上少有的耻辱。在整个国家体制仍然运行正常，仍然拥有大量有战斗力军队的情况下，被人"抄了家"，致家国蒙难，金瓯难收。

"靖康之变"犹如空前巨大的雪崩，将无穷的劫难降临人间。大宋王朝崇尚的冰裂纹般的色彩就此也黯淡了光华。此后的宋代文学不可避免地笼罩上一层悲愤的色彩。

然而，无论是高唱"马作的卢飞快，弓如霹雳弦惊"的辛弃疾，还是高唱"念腰间箭，匣中剑，空埃蠹，竟何成！时易失，心徒壮，岁将零"的张孝祥，或者高唱"胡未灭，鬓先秋，泪空流。此生谁料，心在天山，身老沧州"的陆放翁，最终都未能留住落日楼头的那一抹隐隐而去的斜阳余晖。断鸿声里，一声秋末的当空长啸，成了对一个帝国的吊歌，无论人们如何抱着暖色的期望，大宋王朝还是在1279年3月19日的崖山海战之后，永别了那种淡雅飘逸的色彩，永别了诗与词坛的姹紫嫣红。

中国历史上曾经的繁荣时光就此香消玉殒，多少文人墨客为此感到痛惜。

西北望长安，可怜无数山。

五

远处，相国寺的钟声又一次响起，我随着几个上学的孩子走进一条深深的老街。老街的两边是尚未改造的旧式平房，正中有一眼古井，古井的栏杆上有一些模糊的文字，已经侵蚀不可辨认。随着城市改造步伐的加快，仅有的老街旧巷已成碎片化的遗存。一座即将拆除的院落，被围上了绿色的围栏，里面长满了野菊花和蒿草，四周电线蜘蛛网般交织着，院内颇显杂乱，但这一切都难以抹去这幢建筑曾经的辉煌，朝向院子的小楼房立有一堵高高的照壁。

种种迹象表明，这里很可能是昔日哪位豪门贵胄的后花园。那照壁之后的楼宇，曾经有过多少欢笑和眼泪呢？只是，似乎在历史的一瞬，花城人去今萧索，已经人去楼空，花开花落了，真是"莫怪杏园憔悴去，满城多少插花人"啊。

荒废的院子里，还生长着一株孤独的杏树。满树的杏花在清晨露水的浸润中低垂无语，呈现出一种不真实的雪白。看样子杏树的树龄应该在百年以上，它默默地见证了百年来的风雨兴衰。

与浮艳的桃花相比，洁白的杏花总是带着某种程度的圣洁与忧伤。它那么纯净，又悄悄飘零，在春雨里无声无息地绽放，然后不为人知地凋落，似乎有太多看花人想不到的故事。走在那些被露水打湿的杏花丛中，市声远离了，古城的往事也远离了，忽然就想到陈与义的词句：长沟流月去无声。杏花疏影里，吹笛到天明。令人叹惋的是，作者写下这首词两年后就离别人世，杏花疏影里的笛声，也永远留在了生命的彼岸。

宋词里写杏花的名句数不胜数："晓带轻烟间杏花，晚凝深翠拂平沙""小雨空帘，无人深巷，已早杏花先卖""杏花飞帘散馀春，明月入户寻幽人"……大街上、小河岸、湖塘边、民居旁，到处都有杏花的身影。和煦的春风里，从冬天残梦中醒来的杏花，储存的力量在瞬间迸发。

从巷子里走出来，穿过窄窄的街道，我顺着石阶和土路走到城墙的高处。俯瞰四野，雾中的远处有些荒凉，也有些寒冷，远远近近的烟雾在滋生。小院闲庭，虚掩的柴门，杏花嫣然，留下几多现世的美好。青苔爬满的石阶，光影斜过的锁窗，藏着未说的秘密。天下无论怎样动荡不安，百姓堂前燕子呢喃，杏花依旧，飞鸟依然，看花人的心情也依旧。

当然，美丽的风景有时带来的并不全是愉悦，而是淡淡的，若有若无的忧郁。比如杏花林映衬下苍凉的老街，当一个拾荒老人背着编织袋蹒跚走过，当一只流浪猫带着几分踉跄穿过落满杏花的湿地，当孤独的月亮落在那片长满野花的斜坡……这些景致无一例外地饱含着近千年来生生不息的那份无以言说的感伤。

千年的时光已然逝去，眼前的古老与苍凉，春花与秋月，都将游离在我们的生活之外，不过，每个人都将慢慢地老去，就像泥沙淤埋下的一座座古城，就像曾经在古城的怀抱里生息过然后又归于黄土的人们，最终，也将归入他们的行列。在历史长河与浩瀚天地之间，我们都不过是匆匆过客。

浮世本就多聚散，杏花雨中的开封，见证了多少空谷幽人，也伴随着无数苦恨逆旅。翻过历史的书卷，有多少深情不散，就有多少恒久不变，当和煦的春风从汴河两岸再次拂过，满城的杏花依然温润如雪，随着渐渐散去的云霞，那个辉煌的王朝已缓缓远行，唯有杏花又盛开在如今日新月异的开封古城，和怀念大宋梦华的人们在往事里执手相见。

（参考书籍：夏坚勇《湮没与辉煌》）

金陵之书

一

金陵是一部书：一部波澜壮阔的大书，一部卷帙浩繁的旧书，一部烟雨迷蒙的史书，一部 7 000 年风雨浸润的天下奇书。这部书，承载了石头城下潮打潮涌的楼台风雨，跌宕着吴越大地梦回千年的涛声。

这是一部由吴越楚汉、六朝诸国用刀枪剑戟刻下的锈迹斑斑的上卷和大明王朝、中国近代诸多志士用血肉之躯续写的巨著中卷，以及由王羲之、陶渊明、王昌龄、曹雪芹、郁达夫、朱自清、俞平伯、余光中、王朔等接棒书写，并由无数后来者继续完成下卷的鸿篇巨制。一部用甲骨文、金鼎文、秦篆、汉隶在鸡鸣寺、栖霞山、玄武湖、夫子庙和中华门雕刻的山河之书，一部由无数仁人志士、革命先驱热血浇铸的线装书，一部由岁月云烟淬炼、十朝都会孕育的巨著。

人们将金陵这部书捧读在手的时候，也许能看见一个城市有些模糊却还算完整的轮廓。但当你走进这座城市，相信每一个人便会沉湎其间，犹如徜徉于玄武湖中的一条游鱼，并且会用剑胆素心才能听到的声音和看到的文字撰写出对它的眷顾与痴情，似乎自己也变成了书的一个章节，和那些夹在书中的吴语雅言、南朝四百八十寺的夜半钟声、穿透岁月的桨声灯影一起，幻化成一个城市的历史传奇与悲欢离合。

从六朝风骨到明时华章，从秦淮旧事到红楼遗梦，从深居千载的巅峰工艺到流传百世的动人传唱，从华彩卓著的非遗文墨到世界一流的人文荟萃，这部书的苍茫厚重，令世界一叹数千年！

　　这部书如同瑰丽的画卷——一部在丝绸、金箔、折扇、竹刻、澄心堂纸上描摹的史迹苍茫的画卷。

　　"无情最是台城柳，依旧烟笼十里堤。"这幅画卷，用黑色粗线勾勒，胭脂水粉铺底，红墙黛瓦点睛。寥寥数笔，信手拈来，画出一个华美又正义、高贵又沉稳、平和又激烈的城郭。它是一个多面体，每一种属性都可以找到它的对立面。它是一个球，每一点既是端点又是过渡点，将这些繁多的属性统一成整体。

　　——这部书如同国画，是由江南的苍山秀水、船工号子的楚韵汉风晕染，再由中华门的晨曦，幕府山的晚霞，梅花山的春色，梧桐大道的秋韵精心调配而成，处处闪烁着一座山水名城的诗性之光。

　　南京自古以来就有"天下文枢""东南第一学"的赞誉，是一座重教崇文的城市。明清时期中国一半以上的状元均出自南京江南贡院。包含夫子庙、学宫和贡院在内的南京夫子庙地区，本是明朝的国子监科举场。秦淮河畔永远是文人雅士的心仪之处。在圣师儒礼的目视下，他们抱拳拱手对坐，就着浑浊的老酒，也就着香君、小宛的故事，聊些风花雪月，最后醉到杨柳岸晓风残月，如歌的行板，一唱就是500年。

　　作为繁华的政治中心、文化中心和经济中心，南京聚集了太多的文人学子，它不但和繁华、美颜连在一起，更是士大夫情感的起点和归宿。一如王昌龄在诗中写的那样：洛阳亲友如相问，一片冰心在玉壶。

　　日本著名作家芥川龙之介在《中国游记》里以淡彩之笔描述这里旧时的图像："在夕阳西沉的空中巍然耸立、唯有粉壁微微泛白的明远楼下，无数的飞蕊连绵栉比，这景色岂止令人觉得铺张，更显得无比荒凉。"到今天，河岸的风月已然不再，但夫子庙区域里的旧居陋巷，却仍隐约透露着这座古城执拗的骄傲和文脉的延展。

——这部书一如水墨丹青，由夜半钟声、闪烁渔火烘托，再由秦淮的流水，灵谷寺的月华、大学城的书声共同打造而成，跳跃着一座文化名城的文心脉动。

中华门外一公里处，就是著名的雨花台风景区，也是中国新民主主义革命的纪念圣地。

从李白、王安石、陆游、朱元璋、康熙、乾隆到鲁迅、田汉、郭沫若、刘海粟，无不留下吟咏雨花台的优美诗篇。作为南京城南的制高点，雨花台历来是兵家必争之地。东晋豫章太守梅颐曾在此抵抗外族入侵，南宋金兵入侵，抗金名将岳飞在此痛击金兵；此后的太平天国天京保卫战，辛亥革命讨伐清兵，抗日战争"首都保卫战"，都曾在此掀起连天烽火。

"雨花台畔啼鹃满，血染蘼芜一片红"，站在雨花台上，循着古人的诗句，人们面对一串串的名字和黑白照片，无不感念追忆先辈的浩然之气，感知一座城的庄严厚重。梧桐落叶飞起，像是追忆一个逝去的年代，历史曾留下无数的碎片，但时光永恒，从不沉默。

——这部书如同气象万千的油画，它以吴越文化作为背景，铭勒无数仁人志士的智慧心血，江河湖泊为其浓妆淡抹，月华夕晖为其云蒸霞蔚，它沉淀着一座光荣城市的家国情怀。

二

这部书是深沉的歌——一首华夏儿女金戈铁马、荡气回肠的长歌。

历史上的南京，虽多次遭受兵燹匪祸，但亦屡屡从废墟荒烟中重获新生。

在中原被外族侵占时，这里是休养生息、保存有生力量的福地。

大明、民国二次北伐成功；东晋、萧梁、刘宋三番北伐功败垂成。南宋
初立，群臣皆议以建康为都以显匡复中原之图，惜宋高宗无意北伐而定
行在于杭州，但迫于舆论仍定金陵为行都。岳飞北伐在此饮马，于城郊
大破金兵，王安石在此主政，辛弃疾在此放歌，朱元璋在此成就帝王大
业。所以南京被视为大汉民族的福祉之都，复兴之城，在华夏历史上具
有举足轻重的地位和价值。

孙中山曾经这样高度评价南京："南京为中国古都，在北京之前。
其位置乃在一美善之地区。其地有高山，有深水，有平原。此三种天工
钟毓一处，在世界之大都市诚难觅如此佳境也"，由此，南京的地位可
见一斑。

我对南京的认识，一开始只是停留课本上。而后，读了一些关于秦
淮河的诗词散文，特别是那篇《桨声灯影中的秦淮河》，印象极为深刻。
秦淮与脂粉，浅吟与低唱，轻歌与曼舞，成了我对南京擦不掉的最初印
象，很少把它和悲壮与苍凉，血火与兵燹相联系。及至读了关于南京的
一些文学作品以后，我才体味到，那些所谓的脂粉之中，不是醉生梦死
的甜腻与觥筹交错的浮华，不是歌舞升平粉饰的"商女不知亡国恨"。
壮士北伐心怀天下，秦淮女子挥金救国，以一己之力挽颓局，血洒河山。
无奈大势已去时局变迁，却也辉照着自古以来炎黄赤子的拳拳之志。

这是一部哀婉凄美的恋歌。秦淮八艳中，几乎每个人都遭遇过一
段缠绵悱恻的爱情，但是在国破家亡的时局下，很难有完美的结局。

八艳中，才情最高的是柳如是，可惜嫁了晚节不保的钱谦益，"甘
心殉国投湖水，商女节操胜丈夫"；李香君以品行节操取胜，为表抗清
志，血溅桃花扇，"万曲清幽红尘断，笑看来生桃花开"，清顺治十二年
（1655）的暮春，满树的桃花已经凋谢，落红遍地。李香君合上了那把
侯方域题写诗句的扇子，凄切地收拾好行装，与过去诀别。栖霞山下，
李香君走进一座寂静的道观，从此告别红尘，出家为道；董小宛以温柔

贤淑见长，在遇到冒辟疆以后，执着的痴情感动了对方，先结婚后恋爱，婚后不久，清兵南下，夫妇颠沛于骨林肉莽之中，几陷绝境，秋水寒山落日斜，江南江北总无家，在凄苦仓皇的流离中，董小宛不仅给了冒辟疆一个女人的挚爱，还以不同于一般女流之辈的民族气节影响着夫君。

陈圆圆无疑是八艳中最风情万种的，她秋水顾盼，淡烟远岫，本来是贵公子冒辟疆的恋人，双方都有矢志不渝的情愫，命运却阴差阳错让她成了吴三桂的小妾，她与吴三桂的故事无疑牵动着一个天崩地坼的大时代。

崇祯十四年秋，原本陈圆圆与冒辟疆谈婚论嫁之事已提到日程，只因对方为家事牵累，未能及时践盟。第二年春天，当冒辟疆再去苏州迎亲，不料陈圆圆已于十日前被劫入京。

面对空门桃花，冒辟疆顿生崔护之叹，从此与圆圆人生陌路，再无重逢之时。冒辟疆也许可以忘却这一过错的失落和遗憾，但对涉世未深的陈圆圆来讲却留下了无法抹平的刻痕。乱世之下，她只能以一种处变不惊的生活态度，从人生的戏台走上时代风云的大舞台，而在吴三桂率部和清军的进攻下，大顺农民军遭受重创，仓皇逃离京城，尽弃所掠辎重、妇女于道，吴三桂在兵荒马乱中找回了陈圆圆。

这样一个"声甲天下之声，色甲天下之色"的弱女子，虽不及梁红玉击鼓抗清，豪气干云，但她却以美貌倾倒了吴三桂，倾倒了刘宗敏，倾倒了大顺王朝，也倾倒了许多年后的无数男人。尤其是吴三桂冲冠一怒为红颜，由原来的归顺李自成转而投降多尔衮，一下子改变了历史的轨迹。其对时局影响之大，不仅令无数人感慨唏嘘，恐她自己也始料未及。

综观陈圆圆一生，皇戚田弘遇将她作礼物，刘宗敏视她为玩物，吴三桂将她当宝物。无论怎么说，她这个"宝贝"一直活得被动和憋屈。其命如不系之舟，何曾有一天生命的舵桨握在自己手中？所以水性杨花的标签不属于她，红颜祸水的帽子也不适合她，红颜薄命是她唯一的结局。她的错只是人丽如画，背后却是冒辟疆留给她的人生缺憾。某一时间的所为，就这样化为了惊心动魄的久远，定格在历史的风云中。

这是一部故国回望的悲歌，"小楼昨夜又东风，故国不堪回首月明中"，宋齐梁陈的更替，大明王朝的兴衰，太平天国的湮没，蒋家王朝的覆灭，让这座千年古城笼罩着一种挥之不去的情怀。

这是一部民族正气的颂歌。除了岳飞誓师的呐喊，文天祥金陵驿的明志，辛弃疾于此的放歌，秦淮女子的民族气节，也当大书一笔。

秦淮八艳大多有深厚的家国情怀和民族大义，经历了由明到清的改朝换代的大动乱。当时许多明朝的官员纷纷自保，卖国求荣，而与之形成鲜明对照的是：秦淮八艳虽然是被压迫在社会最底层的女性，在国家存亡的危难时刻，却能表现出崇高的民族正气和忠贞不贰的爱国情怀。

更为悲壮的，是抗日战争史上的南京保卫战。

1937 年 12 月 1 日，南京保卫战打响，中国军队二十万人参战，因力量对比悬殊，指挥失当，各城门先后被日军攻陷，守军浴血奋战，誓死不降。

南京城破之时，日军潮水一般地涌进城内，时任国民革命军陆军第 9 集团军 88 师 264 旅旅长高致嵩，率兵坚守雨花台阵地，多次打退敌人的进攻。12 月 12 日，友邻阵地被敌突破，所部三面受敌，面对蜂拥而至的日军，他命令士兵把所有的手榴弹后盖打开，将导火索连接起来，绑在自己的身上，当日军前进到距离阵地只有 5 米远时，高致嵩大喊一声"拉开导火索"，全体官兵数千人和敌人同归于尽。

令人敬仰的还有时任南京市市长、宪兵司令肖山令。

奉命撤退中，肖山令亲率五个团与日军殊死决战，面对强敌的追击，背后是大江，身旁是逃难的百姓，早已将生死置之度外的肖山令，高呼将士们杀身成仁，掩护百姓乘木筏渡江，弹尽援绝之际，他带领全体官兵上刺刀，在滩头发起冲锋，和敌人展开惨烈的搏斗，直到全体官兵壮烈牺牲，身负重伤不愿意被俘的肖山令，举枪自杀，壮烈殉国，年仅45岁，他用自己的实际行动兑现了和南京城共存亡的誓言。

战后，高致嵩、肖山令等被追赠陆军中将，并被人民政府追认为革命烈士。

保卫战一役，阵亡和被杀害的中国军民达30万之众，11名将军阵亡，47名中校以上军官战死沙场，热血染红古城街头，南京几乎空城，千百年来，有哪场战斗如此凄绝惨烈？

12年后，苍黄的石头城下，"百万雄师过大江"的壮歌，虎踞龙盘的呐喊，千帆竞发的气势，终于扫除笼罩于一座城市的愁云惨雾，洗褪几代人心中的梦魇。

这部书，从此翻开崭新一页。

三

这是一部由南唐李煜、张若虚、李白、刘禹锡、杜牧、苏轼、王安石、辛弃疾、岳飞、文天祥、海瑞、龚自珍等人接续书写的古今诗词总集。

诗给了南京高贵的灵魂、含蓄的意境、流畅的韵律。

千百年来，追寻诗人笔触而来的文人墨客络绎不绝，从兴盛到衰落再到后来的重建，乌衣巷里的一草一木、一砖一石，都述说着王朝更迭、韶光流逝。众多地名诗词写下历史变迁的悠长浩叹，秉承着历史深处走过的文化记忆，让后人对这个静默的小巷充满遐思和想象。

如今的乌衣巷，早已没有了豪门士族的觥筹交错，取而代之的是络绎不绝的游人。纪念馆内陈列的东晋雕刻、淝水之战壁画和王羲之书法的复制作品等，无声地诉说着那段悠长的历史。

乌衣巷是历史留给后人的一首哲理诗，从盛极一时到残败衰落，曾经的江南王朝逐渐成了一个遥远的记忆，金陵则化作了怀旧的符号。

"凤凰台上凤凰游，凤去台空江自流。吴宫花草埋幽径，晋代衣冠成古丘"，在唐朝诗人南京的游踪里，当他们徜徉于那些旧时的街巷时，不由得就生出几许的浪漫感伤，是怀古之诗；

"可惜流年，忧愁风雨，树犹如此！倩何人唤取，红巾翠袖，揾英雄泪"，宋人词中的南京，既有太平时代的悠闲吟咏，也有动荡岁月的慨歌悲吟，是悲怆之词；

"孤山回首已无家，不作人间解语花。处士美人同一哭，悔将水雪误生涯"，在明清诗人的笔下，南京既是充满美好记忆的浮华之地，也是盈溢着哀愁的缅怀之所，是哀婉之声；

"虎踞龙盘满今胜昔，天翻地覆慨而慷"，一代伟人笔下的南京，是走向巨变的豪迈之语，是新时代的最美华章。

南京城诗意氤氲，很多地名都充满着灵气。除了乌衣巷外，不能不提桃叶渡："芦苇风来吹绿蓑，渔翁醉唱竹枝歌。渡名桃叶山前是，莫任秦淮水上讹"，令人怦然心动的美丽名字，一定自古就为舟客迷蒙上无尽的离愁别绪，也引得他们倾尽心思写下无数柔情似秦淮河水的诗句。

如今桃叶古渡边，新颖的文艺店铺沿河而立，或者售卖新奇的礼物，或者提供醇香的咖啡。形式虽改，内核不变，任时光流转，它们仍像过去一样，在这片过路之地迎迓着舟旅劳顿的客人。

这部书的诗词雅韵中，除了桃花流水，自然不能缺少梅之香韵，不能没有心之所属的梅花山。

位于玄武区紫金山麓的梅花山，始于六朝，于今已有 1 500 多年的历史。此山始建于 1929 年，植梅面积 1 533 余亩，有近 400 个品种的

13 000 余株梅树，被称为"天下第一梅山"和"中国第一梅花山"。

倘徉在梅山之上，"莫问调羹心事，且论笛里平生"，看"淡淡梅花香欲染，丝丝柳带露初干"，吟诵"不知近水花先发，疑是经冬雪未销"的诗句，你已不再是看山是山、看水是水、看花是花了，你感受的也不再是香雪似海，而是一颗沉甸甸的青春诗心。

与桃红梅艳相对应的是肃穆静谧的孝陵卫、中山陵与雨花台烈士陵园，生者在桃花逐水中放飞思想与情感，逝者于山岳陵寝止息喧嚣与生命，一种由生死、荣枯对比引发的真切感悟在这座城市俯拾皆是。

这部书，山水城林浑然一体，诗词雅韵充盈其间。长江穿城而过，激荡豪迈的诗情；玄武湖点缀城中，弥漫绵长的诗意；紫金山风景绝佳，飘逸隽永的诗魂；秦淮河萦绕其间，浸润恒久的诗韵。

四

这部书是浓烈的酒——一坛由大运河的号子、金陵渡的帆影、紫金山的风雨、扬子江的波涛、秦淮河的碧水酿制的醇酒。

"烟笼寒水月笼沙，夜泊秦淮近酒家"，这酒家的酒，盛满了一座城池的喜怒哀乐，悲欢离合。

酒壮英雄肝胆，酒增志士豪情。其实，南京人品酒总是与豪放、悲壮联系在一起的。

李白因为酒的催发，才写下"三山半落青天外，二水中分白鹭洲。总为浮云能蔽日，长安不见使人愁"的金陵怀古第一诗；王羲之酒后挥毫，才有了"入木三分"的故事；陆游一生对在南京建都念念不忘，在赏心亭把酒当歌，写下"孤臣老抱忧时意，欲请迁都泪已流"的忧思，文天祥在金陵驿斟一杯苦酒，抛酒诀别热泪，发出"从今别却江南路，化作啼鹃带血归"的黍离之叹……

这是浓烈的酒，浓中有度，这是绵柔的酒，柔中有刚；这是醇厚的酒，厚中有神，这是深沉的酒，深中有道。在南京品酒，会喝的喝意境，能喝的喝豪情，小酌的也自带几分雅量真情。

今年4月，我与太太去南京办事，当地的朋友王女士在一家名叫"里下河土菜馆"的地方为我们接风洗尘。离家时气温三十多度，落地时只有十度不到，半日之内从夏到冬。

陪客多是操吴侬软语的美女，说话温文尔雅，喝起来满满的齐鲁之风，窗外是"寒雨连江夜入吴"，席上是"酒酣胸胆尚开张"，谈笑间让人明白了什么是海量豪饮，什么是待客之道，什么是浓情似酒。在这里，你会悟出久违的生命里最原始、最本真的酣畅。在南京人的待客之道里，在水村山郭酒旗风的血液沉淀中，安抚人心和日子的，有南朝四百八十寺过滤的尘世烟火，更有美酒濡润中寻常百姓的一抹光阴。

风流总被雨打风吹散，只有对人生，对亲朋至交的爱，才会让渺焉易折的生命永葆前行的激情与动力……

如今，朱雀桥边的野花早已匍匐在灯火迷离的会所花丛里，人们在这里品味幸福人生，阅尽月落乌啼的千年风霜，倾听旧时王谢堂前燕的呢喃之声。

"绿酒莫辞今日醉，黄金难买少年狂。清歌惊起南飞雁，散作秋声送夕阳。"在新城老街，在公园酒吧，人们聚在一起喝茶品酒，就算只是凝望萧瑟肃穆的城墙，也值得在周末安静地坐上半天。到了夜晚，也绝不冷清。狮子桥的繁华，老门东的喧嚣，可以从上午持续到午夜，这里是南京人和游客酒友的天堂。

这样的节奏，似乎与白天所漂浮的沉稳、平实和古朴的空气不相合拍，可它却是南京人和这座始终走在变革前列城市的与时俱进和活力四射。

五

我走在南京城里，把这部书捧在手心，江流宛转，潮打新城，一次次撞击出我与这个城市的共鸣。

我用虔诚之心拜谒的，不只是一个个为民族独立而不懈斗争的伟人。自古以来，历经兵马刀戈的华夏从未缺乏过这样的子民。无论男女、长幼还是尊卑，国难之时，都能担起匹夫之责，为保卫家国、捍卫山河尽绵薄之力。

今日的南京早已褪尽历史的铅华，只留时光的脉络，氤氲于青砖碧瓦，斑驳在树影花丛。这个城市一路颠沛流离，屡经创伤，蒙受过皇室的青睐，承载过权贵的洗劫，遭遇过日寇的杀戮，终于以伟岸的雄姿，崛起于世界民族之林，迎来繁荣自强。

由此，南京已不再轻易为一个王朝感动，也不会轻易为一个理由献身。它保留着自己独特的侠骨柔肠，以一种悲悯的姿态俯瞰红尘悲欢；它毫不在意地拂去金陵王气，却张扬了一身流传千古的幽情；数不尽的风流人物，竟像是它城墙上的一点尘土，雨打风吹后，随碧江空去；时光在这座城市里变得无足轻重，仿佛万古兴亡、六朝如梦都在弹指之间，而史书翻尽，博古览今，不变的只有栖霞山巅的红叶，秦淮河的涛声。

春风洛城

一

　　抵达洛阳的当晚，同行友人在洛阳的朋友们，以家乡人的热情和贴心安排接待了我们。接风洗尘后，陪我们观看了洛阳的城市夜景，参观了音乐喷泉、古城大道、牡丹大道和隋唐遗址公园，目之所至，高高的宫墙和红色的城门续现续隐在一片璀璨的灯海里，隔着厚重的大红门和高高的城墙，我能想象那宫里的恢宏气势和华美的内核。

　　资料显示，当年隋唐洛阳城湮没之后，许多重要的文物遗迹深埋地下，随着遗址保护展示工程的实施，沉睡千年的文明又重新焕发出新的生机与活力。

　　新建的隋唐洛阳城国家遗址公园主要有唐代的明堂、天堂和北宋的太极殿等重要建筑遗址，公园现有重建的是武则天时期的明堂和天堂。明堂是当年唐高宗、武则天一统天下、执掌国柄、沟通天地、感应四时的重要场所，中间地下就是洛阳城遗址。天堂是武则天时期的礼佛堂，也是武周时期世界上最高的纯木构架建筑，仅存在七年，毁于一场大火。2013年经过修复重建，一座消失于历史长河的古城再一次浮现在20世纪的阳光下。

　　这座一梦千年的古城，承载的当然不只是后人艳羡不已的大唐华

248

章，它的方圆以内还有丰满和深沉的内核。

不仅是城垣宽广和街道方直，也不仅是为后人提供了一处游玩的去处，那些厚重的城墙更是以外在的、物化的东西昭示后人：中国历史上，曾经有那么一个个鲜明生动，富于朝气的自信时代和历史芳华。

二

走进洛阳的东西大街，就仿佛走进一段尘封的历史。在浑厚的夕光下，雕梁画栋、勾檐翘壁的旧式建筑，激荡着挥之不去的古韵绵绵。

老街的店铺并不繁忙，大多经营一些手工牡丹花饼或工艺品，同一些旅游区有所区别的是，经营文化产品的店铺不在少数，进进出出的人们，呼吸着古城里弥漫的宁静与典雅，他们总想带走古城里的那些从容与安详，却忘记对古城的内涵进行深层次的搜寻与品味。

洛阳老城是公元 1224 年在北宋初所筑城基之上改建起来的。城西墙利用了唐东城旧址，西墙及北墙西端是利用东城西北两墙旧基修起来的。老城周长近 9 里，四面各开一门，东为建春门，西为丽景门，南为长夏门，北为安喜门，均为重楼建筑。楼周围筑月城，其上另有角楼 4 座，敌台 30 座，作为防御工事。原来的城墙是土筑的，到明洪武六年（1373）才修成砖墙，墙高 4 丈。崇祯末年，明朝统治者为了抗拒农民起义，又在城外筑了一道土墙，高 1 丈 3 尺，宽 1 丈，周长 33 华里。

从中国第一个王朝夏朝开始，先后有商、西周、东周、东汉、曹魏、西晋、北魏、隋、唐等十三个王朝在洛阳建都，拥有 1 500 多年建都史，一百多个帝王曾在这里指点江山，说"千年帝都"绝非是浪得虚名。洛阳与西安、南京、北京并列为中国四大古都，是中国历史上唯一女皇武则天定都的地方，也是中国历史上唯一被命名为神都的城郭。

从丽景门到建春门，距离很短，可以从西头望到东头，却承载着千百年来古城的风雨变迁，见证了一个古城的繁华兴衰。

三

走入一家富有年代感的茶馆，老板坐在一边低头看书，倒是那只小花猫很会亲人，对我们妩媚地叫了一声，随后又换了一个睡觉的姿势。我们一人点了一杯咖啡，在后院选了一个安静的去处坐下，享受旅行中的片刻闲适。

阳光从高大的树杈间挤到地上，零落的光影模糊而亲切，曾经的"洛阳春日最繁花，红绿阴中十万家"，已然裂变为宋词里伤感凄凉的意境。在斑驳的阳光下细细品味，身后的墙壁大多风化，有的已经开裂，镂空雕花的门窗漆色已旧，斑驳处露出木纹。房梁上满是灰尘和烟火色，房顶上瓦松瑟瑟，让人从心底生出"世事一场大梦，人生几度秋凉"的莫名寂寥。

院子里植有一株古槐，亭亭如盖，修禅悟道般静默着。也有一些长出新叶的爬墙虎，碧绿的叶子间，一些枯黄的藤蔓裸露其间。见惯了寻幽访古的游客，茶馆的主人对我们的来访不喜不愠，不迎不送，一边回答我们的询问，一边忙着手里的工作。

老城中还存有一些明清或民国的深宅大院，在东门钟鼓楼的左右两边，有几处空宅，老式大门一把把锈迹斑斑的铁锁，锁着满院的春光和经年的寂寞。

庭院如昨，只是物是人非，多少故宅旧事，成为老城人家茶余饭后"寂寥古行宫，宫花寂寞红"的谈资。

千年帝都的悠悠过往，就这样藏在老城沧桑古朴的幽深小巷里，藏在老城人平淡庸常的尘世烟火中。

四

一汪碧水荡漾在蓝天丽日下，河岸的高楼低树倒映一河碧水中，这是洛阳人熟知的洛浦公园。

和众多仅供游人憩息的公园不同，洛浦公园大有来头——它建在洛神的故乡，女皇的脚下，十三朝古都的重要历史事件和历史人物都曾在这里得到展示：班固、蔡邕、左思、武则天、李隆基、李白、杜甫、刘禹锡、元稹、白居易、程颐……一个个声名显赫的人物，他们也曾像今天的市民一样出没于夹岸的柳荫下，细雨中的涟漪同样见证过他们的锦瑟年华。

我们到洛阳的第二天下午，友人陪着我们参观洛浦公园。"想彼宓妃洛河，退泳汉女潇湘"，就此走进富有深邃历史的洛浦秋风。在这里，我们找寻千年古城久远飘逝的影子，感知遥远年代里，十三朝都城的苍凉与悲怆。

公园建有河图洛书、会盟史话、定鼎九州、洛神广场、东汉太学、蔡伦造纸、建安风骨、洛阳纸贵、李杜广场等反映洛阳13朝古都重大历史事件和重要历史人物的14个历史文化广场，展示了洛阳丰厚的历史文化内涵，实现了园林艺术与历史文化的完美结合。

千万年的时光，千万种聚散，总有一些人，在苦闷的岁月里发现诗意，将素净的流年著成了华章，曹植的《洛神赋》堪为范例。

洛神广场上屹立着洛神的雕像。高6.6米的雕像线条柔美流畅，浑然天成，洛神站在云水座上，情态娴雅超脱，让人想到她"翩若惊鸿，宛若游龙"的气质。在洛阳人心目中，这个有着东方维纳斯之称的美丽女神集真、善、美于一身，成为洛阳这座千年帝都的守护神。人们从她的身上看到的不仅是艺术的美感，也看到了那个时代的文化背景和广阔空间，看到了一个时代的美感体现。

公元 223 年，曹植从其封地到洛阳朝拜天子，当他"背伊阙，越轘辕，径通谷，陵景山"返回封地途经洛河之滨时，遥望那烟波浩渺的洛水，联想到洛神宓妃，写出了传诵至今的《洛神赋》。

在诗人的生花妙笔下，一个艳丽华贵的艺术形象栩栩如生，洛神的容貌、姿态和装束之美都达到了登峰造极的程度，其绚丽的艺术光环和表达的人神之恋的哀婉痛切，达到历代所难以超越的高峰，"恨人神之道殊兮，怨盛年之莫当。抗罗袂以掩涕兮，泪流襟之浪浪。悼良会之永绝兮，哀一逝而异乡……"给后人留下永久的叹惜。

我想，如果没有曹子建①这首《洛神赋》，洛水一定会逊色很多，纵然它是河洛文化的发祥地，纵然它是华夏文化的根，它依然需要这样美丽的文章，去点缀它的纯美和雅致，在后人心目中汇聚为一种美的源泉，滋润着河洛文化的万古流芳。

漫步在洛水之滨，河水清且涟漪，温柔的日光倾泻河岸，水面波光如金，宽阔的洛水两岸站立着一排排老树，都是一派葱茏、碧绿，树下可以看到一些低矮的小花在风中颤动，一片沉默与安详。偶有飞鸟掠过，它们在空中慢慢滑翔，仿佛也在回味洛水曾经的花样年华。很自然就联想到古诗里"谁家玉笛暗飞声，散入春风满洛城""欲问古今兴废事，请君只看洛阳城"的感叹。

站在观景台上，目光滑过水面，越过树林、抵达远处白色洛神雕像，河对岸高低错落的楼宇和高低起伏的宫墙，组成古城文化的巨大手笔，让你内心充满憧憬，想要透过眼前的景色，探寻它背后有着怎样的天遥地远和远古苍茫。

---

① 曹植（192—232），三国魏诗人。字子建，封陈王，谥思，世称"陈思王"。诗歌多为五言，也善辞赋、散文，《洛神赋》尤著名。

五

2 000多年的中国文化长河里,有两次大师级别的人物的会面堪称历史佳话。

一次是春秋时代孔子与老子的相逢,两位大哲的思想在此交锋,如同两道烛照千载的火焰。另一次伟大的见面发生于唐天宝三载(744)夏天,那是李白与杜甫的握手,中国诗歌天空中最明亮的两颗恒星历史性地相逢,创造了千载难逢的文学祥瑞。

两次会面的地点,都发生在洛阳城。

公元前518年,孔子通过鲁国旧贵族南宫敬叔的关系,获得鲁昭公的准许和一车二马的支持,千里迢迢前往洛阳,拜访当时的大学问家老子,求教礼乐知识。孔子主张仁政,讲究仁义礼智信治国,而老子则提倡无为而治,一种理想的境界,没有人的干预而达到治理天下的目的。两位圣贤思想的碰撞,擦出了激烈的火花,对后世产生了深厚的影响,上善若水这个成语流传千年,依然为后人推崇。

从山东曲阜到河南洛阳,在孔子的时代,实在是一条漫长的跋涉之路。

孔子一路上想得最多的,是洛阳城里的那位前辈学者老子。

这是两位真正站在全人类思维巅峰之上的伟人的见面,是中华民族两个精神原创者的会合。

老子和孔子的争辩当然不会有什么结果,但他们肯定都从对方那里得到了新的启悟,从而使自己变得更为强大,也更为自信。

他们明确地走了一条相反的路。什么都不一样,只有两点相同:他们都是百代君子;他们都会长途跋涉,都要把自己的学说变成长长的足印。

这次会晤以后,孔子飘然东去,回到了鲁国。他洗却了先前的浮躁，对官场的喧闹不再热心，但衰老的生命却放射出夺目的光华，这种光华不在于官高显爵，不在于玉堂金马，不在于外在的光环和异彩，而在于人格的强健和思想的高度。他潜心于授徒讲学，编纂典籍，直到九年以后溘然长逝。

洛阳图书馆里的老子也坐不住了，他觉得自己必须行动。于是某一天，他骑着一头青牛西出函谷关，渡过祁连山下的弱水河，他或许要寻找新的能够与之对话的智者。这位来自东方的老人踯躅于荒原之中，后来不知所终，在他的身后，只留下洛阳东关那块"孔子入周问礼碑"。

公元744年，在洛阳，诗仙李白结识诗圣杜甫，两位伟大的诗人在洛阳相会，不仅启迪了两颗辽阔的诗心，也开启了一个不可复制的壮丽时代。

巍巍邙山，悠悠洛水，铭记了这一历史时刻。

这一年，李白44岁，杜甫33岁。李白性格外露，杜甫严谨内向。一个长身玉立，有几分不食人间烟火的道骨仙风；一个面容清瘦，目光内敛，嘴角紧抿，似在努力克制内心世界的忧愤叹息。

两个看上去不太可能成为朋友的人，牵动了世人的目光，千年帝都一相逢，便胜却人间无数。一个名满天下，一个崭露头角，相聚的日子屈指可数，坚韧的友谊却像一道朗照长夜的烛光，贯穿了他们此后悲喜交加的人生。

一个取得巨大社会声誉的人往往会有一种别人无法模仿的轻松和洒脱，这种风范落在李白身上更是让他加倍地神采飞扬。眼前的杜甫恰恰是最能感受这种神采的，因此他一时不仅着迷，更被李白的诗化人格所深深折服。

李白见到杜甫也是眼睛一亮，两人很快成为好友。他当然不能预知，眼前的这个年轻人，将与他一起成为执掌华夏文明诗歌王国数千年的最高君主而无人能够超越；但他感受到，天才之风一如伊洛之水的清新已扑面而来。

此后的分别，两位大师都写下了关于友谊、关于思念的略带伤感的诗章，"思君若汶水，浩荡寄南征""冠盖满京华，斯人独憔悴"，诗篇见证了他们诗酒相聚的日子，也预示着此后将隔着茫茫尘世和迢迢烟水的思念。

奥地利作家茨威格在《人类的群星闪耀时》一书中曾经写道："在历史中也像在艺术和生活中到处遇到的情况一样，那些难忘的时刻并不多见。一个真正具有世界历史意义的时刻，必然会有漫长的岁月无谓地流逝"，铭刻在洛阳城里的这两个经典历史段落，何止是人类岁月的漫长等待和守望，更是悠悠时空中摧枯拉朽的地动山摇。

六

走过魏晋南北朝的潇潇风雨和绮丽繁华，洛阳迎来它历史上的高光时刻。

唐代的都城在长安，但在其280余年的统治期间，曾先后有六代帝王移都洛阳，对洛阳最情有独钟的当然是女皇武则天，她在洛阳留下的更富于立体感的印记就是龙门奉先寺的石像。

奉先寺坐落在龙门西山的最高处，自唐高宗咸亨三年（672）开凿，到唐上元二年（675）十二月完工，历时3年9个月，其中的本尊卢舍那大佛高17.14米，头部高4米，耳轮长1.9米，堪称中国古代雕塑作品中的"阿波罗"。据说卢舍那大佛是以武则天为模特雕塑的，她那雍容大度充满自信的微笑就是武则天的微笑，那是盛唐时代固有的自信与安详的写真。

从伊水之上的龙门桥返回，便到了香山寺。香山寺的出名，全因一段诗人之间的友谊。

这段友谊的其中一位主角就是那位写下千古悼亡第一诗的元稹，他的"曾经沧海难为水，除却巫山不是云"两句诗把人间悲伤和思念写到了极致。元白之交，向来被称为文学史上的佳话，不仅记载着中唐诗坛上两位大诗人的艺术追求，也铭刻着挚友之间生死相托的友谊。

元稹临终前，把写墓志铭一事拜托给白居易。在当时，请名人写墓志铭是一种时尚，元稹拜托白居易为他写墓志铭，并以家中所积累的车马、丝帛、玉带等价值六七十万元的财物作酬劳。以白居易的知名度，这笔钱并不算很多。但对白居易来说，一篇墓志铭无疑是对朋友最永恒的祭奠，哪里还能收取报酬呢？无奈元稹执意要送，白居易只好把这笔钱拿去修了香山寺，并写了一篇《修香山寺记》，在文中把修葺的功德归于元稹。此后，白居易便常住香山，别称改为香山居士。

香山，成了诗人最后的精神栖息地，也成了中国文学史上一处溢彩流光的风景。唐武宗会昌六年（846），一代大诗人白居易在伊水之滨永久停止了歌唱，遗嘱葬于香山寺北侧。香山竹林，伊河流水，伴君如梦，留下了地老天荒悠远绵长的思念。

离别洛阳，是在第三天的中午，日光和煦，草长莺飞。

从小浪底参观返回，身后，黄河紧紧贴着绵延起伏的邙山断崖，静静地涌流，脚下就是那条通往长安的古驿道，在这条古道上，既有过当年女皇的銮舆凤辇，也曾留下杜甫踉跄的脚步。

如今，岁月的风尘早已湮没了悠悠古道的辙印，只剩下苍茫大地的萋萋荒草。隔着车窗眺望北邙山下的十三朝古都，柔软的白云之下，清晰可见洛水自西向东穿山越岭而过，将一路的收藏全部托付于古城的沉雄苍凉。

从这里开始，往东襟带百里，洛水和另一条伊水激情相拥，伊洛激荡，博大深邃，带着它的青翠和明亮缓缓汇入浑厚的黄河，就此生生不息，风生云起。

　　我想，或许在某一天，我会再一次来到洛阳古城，一个人悄悄行走在那些古朴的街道上，不惊动古城的朋友，悄悄地到来，再悄悄地离去。每一次到来，古城都静静的，不必刻意给我一个欢迎的姿态；每一次离去，古城也静静的，不必让我看到一个挽留的眼神。而我总能满载而归。

但见故乡远

一

深秋时节，家乡的旷野已呈萧疏之态，冷风鞭打着栎树的黄叶，天空里飞过的大雁，暮色中拣尽寒枝不肯栖的归鸟，月光下失语的河流，宣告了季节的变换，记忆中红火的日子，一下就走进了寂寞空旷。

而此时，你漫步于地球的另一半边——澳洲，那里正是万物复苏、草木葳蕤的缤纷时节。

温煦的海风从南极吹来，凛冽瞬间随风而逝，油菜花已在郊外迫不及待地开着。高大的玫瑰桉和杏仁桉牵手于绿影婆娑的丛林，火焰树燃烧于眸底，蔓延着春色的烂漫，坎贝格相思树摇曳在背影的寂静，蓝花楹的开放正当其时，与高纯度的碧空遥相呼应，白云无所事事地飘荡，成就了一座喧嚣之城的和谐。

这一天，你乘坐虎航的班机，从黄金海岸穿越蓝色晴空，飞向南半球最大的城市，开启十天自由行的最后一程，只是一再晚点的航班，让本来一个多小时的航程却耗上半天的等待。

当地平线上的最后一抹光线消失在大洋的暮色里，你乘坐的飞机终于降落在悉尼的怀抱。

醒时，阳光灿烂。

二

空间、阳光、自由是悉尼给人最深刻的印象，绝佳的海景可供欣赏，洁白的悉尼歌剧院和她身后苍劲的海港大桥，是悉尼人为之骄傲的名片。歌剧院旁的皇家花园是人与自然共生的范本，日出日落的海港用迷幻的霓虹灯变奏出楼群的无限可能。

作为世界绝佳的港口，从屈臣氏湾笔直的绝壁到邦迪海滩慵懒的沙滩，从霍克伯里河到坎伯兰峡谷，悉尼的海岸线最值得细细探访——曾经的荒芜、孤寂、苍凉化作康士比高原淙淙的流水，融进帕拉玛塔河奔腾的急流，见证一座现代都市走过的惊心动魄。

毫无疑问，这座城市的繁华让你仰视，建筑宏伟壮观、气势磅礴；城市的格调典雅、庄重又不失高贵、大气，"南半球纽约"的美誉绝非虚名。

作为城市，这里的历史并不漫长。

库克船长第一次在悉尼登陆是 1788 年 1 月，他的船上载着 736 名流放到此地的囚犯。

那时从英国到澳洲，单程要花近一年时间，很多囚犯没能等到靠岸就病死了。存活下来的囚犯从踏上澳洲这片土地开始，就和监管他们的士兵一起，共同建立起一个面积是英国本土 32 倍的国家。对于今天的澳大利亚人来说，这样的历史难免让他们郁闷和不平，但澳洲清新的空气和肥沃土地足以抚平先辈的创伤。

在同样的一个历史时期，美国人已经忙于建国初始的治理，英国人忙着工业革命，大清的乾隆皇帝正忙着"六下江南"，在运河两岸的豪华行宫或京口瓜州的龙舟画舫间留下一个风流天子的踪影。

随后的几十年里，悉尼都是英国囚犯的流放地，而岩石区就是殖民者最早生活的地方，如今那里还保留着当时的建筑和街道等诸多旧日风情。

19世纪中期，悉尼开始了飞速发展，这大多要归功于时任悉尼总督麦考利所实行的一系列规划与治理，让悉尼从"充军发配"的流亡地，变成了渴望新生活的人们的梦想之都，来自世界上160多个国家的400多万移民，先后在此驻足并安家落户。

三

你走在悉尼的大街上。

无论是春风沉醉的达令港，还是碧波环抱的歌剧院，一如漂在海上的艺术精品，让你如入梦幻之境。各色各样的购物场所，每幢大楼独具特色的地下走廊购物市场，橱窗陈列的商品，件件宝光灿烂，无比张扬地展现着不菲的身价，让你感到一种不真实的眩晕。

你感到自己像一条金鱼，仓皇间游进了一个不属于自己的鱼缸，周遭金碧辉煌，不知是鱼鳞的反光，还是玻璃的炫彩，只有耀眼的辉丽，推挤着你沉重的呼吸。

作为商业之都、金融中心，繁华高贵是悉尼独特的个性，或奢华厚重，或绚丽热情，或繁花璀璨，赓续着变化多端又充满千丝万缕联系的故事，但高昂的消费，匆忙的节奏，浓厚的商业氛围和单一的色调，既是它的精彩之笔，也是让你难以歇下脚步的缘由。

眼前这座横空出世的都市，胜在繁华，胜在年轻。生命的体表里，浮荡着灯红酒绿，洋风习习，鲜衣怒马的物质外表，也掩饰不住精神的缺失，心性的浮躁。

这里的节奏太快，快得让人难以生出思乡的惆怅，生活在这里太忙，忙得搁不下一扇故乡小屋的门扉。行走在这里，你感觉自己就是一个身在异乡的局外人，一个来去匆匆的流浪汉，置身在摩肩接踵的人潮中，内心总充满孤独与彷徨。

你走过海港桥，走过维多利亚大街，走过灯红酒绿的岩石区，面对一个个从你面前走过有着相同肤色的面孔却说着英语的人，你不知道他们来自何方，你呼吸着大洋彼岸的气息，灵魂却充满故乡的温情，你的背后，总是留下一声孤独的叹息和归乡的冲动。

四

城市岁月在喧嚣和忧郁中徐徐流逝。

与国内的许多古老城市相比，这座城市200年的历史未免短暂，其年轻时尚的光鲜外表下，缺少了厚重的历史感和柔美的内心，以及岁月年轮的千回百转。

在这座都市里，映入眼帘的永远都是高楼、旅馆、银行和满大街的商人，一切都显得单一和雷同。熙来攘往的人流，个个神色焦灼，步履匆匆，仿佛所有的理智与淡定都已抽身离去，人们被躁动和狂热牵着鼻子，急不可耐地赶往四面八方。在这里没有出国的感觉：满大街的东方人面孔，一不注意就会碰到一个曾经跟你在中国某个城市共同生活的老乡，甚至某个学校的同窗。

在岩石区的酒吧街，充满仪式感的斟酒动作与快速流转的觥筹交错夜复一夜地进行着，这使悉尼成为一座夜间沉醉的城市，阴沉了一整天的幽冷空气中，午夜的街道反而灿如夏花。

然而，总有孤独的人徘徊街头，或在涂鸦的墙下向隅独坐，等候政府定时发放的救济盒饭，寻找生活和家的余温；或在朦胧的灯下弹奏忧伤的乐曲，寻觅自我灵魂的慰藉。

在这里，无论你是男人还是女人，无论你来自东方还是西方，无论你有着怎样的落魄与失败，无论你喝的是尊美醇威士忌还是氤氲着酒香的奔富洛神，抑或是人生一杯自酿的苦茶，故乡风雨中曾经的琐碎庸常，或许是轻抚岁月与灵魂相拥的特效良方。

在夜晚，弹吉他的民谣歌手代替了往时的吟游诗人，成为帕拉玛塔河畔忧郁的来客，在岩石区酒吧区的砖门窄巷里，在海港大桥下的璀璨灯光里，一个个沉沦在音乐、酒与感伤中无法抽离，琴声伴随沉厚的气息，仿佛从海面而来，将怀旧与乡愁揽入怀中。

于是，在淡淡的乡愁中，你想到了自己的家乡，想到长江、汉水之滨的古城以及那条连接古城的荆襄古道。

你想到在黄昏时分，走过那春风拂过的乡野——那碧绿的或金黄的一望无际的麦田，想起学生时代一个人拿着书，走在孤寂的城墙上，仿佛走在无边无际的荒芜与炊烟中。

五

你求学的地方，是长江边一个简称为郢的古都。多少年来，你对它一往情深。尤其在你走过许多现代化城市之后，就更加懂得它的含蓄深邃与博大精深：奔流的江水，原始的篝火，远古的战场，喧嚣的车马，地上的遗址碑阙，地下的宫殿城郭，每一道缝隙、每一堵墙壁、每一块砖石都仿佛与历史浇筑为一体。诸多历史与传奇，深藏于地表之下，浸透着传统的墨彩，数千年的风云沧桑从城池的壁垒之上睨视着大千世界，匍匐于大地的胸口，你能听见历史的心跳。

只有站在那里，你才明白，什么是天高地阔，深邃厚重。

在你曾工作过的那个山城，仅凭一条纵贯南北的历史古道上的地名，就足以感知它历史的厚重：丽阳驿、石桥驿、团林铺、五里铺、十里铺、四方铺、枣林铺一路排列。而岳飞城、掇刀、烟墩的名称则充满了历史上战马嘶鸣，烽火狼烟的兵家气息。

如今那里已是国道，昔日的苍凉虽已杳如云烟，但依然可以感受到历史的厚重。

因为厚重，祖先永恒斯守，因为厚重，后人负重前行。

如今，你站在异国城市的一隅，重读余光中先生的《乡愁》，就不会再生"少年不识愁滋味"的心境，乡愁也不再是文人墨客笔下的专利，而是沉淀在每个异乡游子血液中的重量，是"而今识尽愁滋味，欲说还休"的心动。

六

来到悉尼的第二天，正好遇到一年一次的马拉松比赛，你们兴致勃勃地参与其间，深深感到当地人的热情和友好，和他们一起照相、一起互动，一起挂着纪念牌在海滨撒欢，然后去渔人码头体验当地的生活。

渔人码头位于达令港湾公路桥的一侧，距市中心并不远。每日清晨，很多渔船会在这里停靠，将新打捞的海产品在这里售卖，市里的很多超市和餐厅也会到这里来采购，据说价格要比市里便宜近四成。

廉价与新鲜就是渔人码头最大的诱惑。

在渔人码头，早晨更多的是做海产品交易，临近中午才转向餐饮。这里有很多不同风格的店面和咖啡厅，最出名的是海鲜市场和大排档。

大排档有五六家店面，前店后厨的不在少数，只要你点了海鲜并选择了烹饪方法，店里便给你现场制作，新鲜且味美。在这里龙虾、鲍鱼、生蚝、皇帝蟹应有尽有，到这里来品尝海鲜的悉尼市民也不少，特别是假日携家人朋友迎着海风、吃着海鲜、品着美酒欢聚，别有一番小资的情调。

时值正午，已是一座难求。见一长桌有一个空位，你走过去跟就餐的几位客人商量，是否可以拼桌，两个年轻人没有反应，倒是两位老人十分热情友好，满口答应。

你问那位男性老者来自哪里，他说来自海南，你又问是海南的哪里，他说来自文昌的潭牛镇，刚刚和老伴一起到悉尼看女儿女婿。

同桌就餐的年轻人听说你也来自海口，立刻跟你搭话。原来，老人的女婿也是海口人，就读的小学和中学跟你女儿一样，说起毕业的年份、班级，竟是你女儿的同学，没想到世界竟然这么小，如果是在古代，这样的经历堪称是异国奇遇，止不住会泪流满面，把酒畅谈了。

但时代毕竟不同，一对年轻人只是相视一笑，也就云淡风轻。年轻人告诉你，在他们读书的那个班上，中国学生占了多数，下课后都说海南话，相比起来，外国学生反倒像留学生。

你问两个年轻人，在澳洲是否会想家，他们说，出国后还没有回去过，在这里已经习惯了，不怎么想。两位老人却说了心里话，说很不习惯国外的生活节奏，希望早些回去。

悉尼拥有多元化的美食，有丰富的自产海鲜、美酒、家禽和新鲜蔬果，融合了来自各国新移民的饮食文化，让每一位美食爱好者都能大饱口福。只是，两位老人说，还是家乡的椰子水更好喝。

在渔人码头，你看到，来此消费和经营的几乎全是华人，一波一波的年轻人当中，似乎并不怎么认同乡愁的概念，民族在他们的心里，似乎只是昨天的留影。每天长久地被困在城市塞车的长龙之中，早已无暇对故乡空旷的村道回首翘望，故乡已慢慢变得模糊。

不管人们愿不愿意承认，同老一辈人魂牵梦萦的乡愁情结相比，现代的年轻移民们更关注的还是当下自身的生存发展，他们没时间囿于旧时的山长水远，也不再纠结牵动愁肠的驿路迢遥。故乡和乡愁，或许只是老一辈的专属和奢侈记忆。

七

悉尼的地理位置让人嫉妒，除去东面是美丽的海岸线和辽阔的太平洋，其余三面皆被国家公园所环绕。

离开悉尼的前一天，你特意去参观悉尼皇家公园。

从皇家公园的海岸远眺，康士比高原的轮廓正缓慢地淡去，褐色的海岸向远方延伸，展示出一种向上包容的力量。

整个公园已经披上春天的新衣，如茵的草地上，处处装点着五颜六色的花朵，郁金香、鸢尾花、水仙花、风信子、堇菜、菊花、毛茛、雏菊、杜鹃和澳洲蒲葵，或葱郁斑斓，或清逸宁静，呈现草木世界欣欣向荣的生存态势。高大的棕榈、蓝花楹和贝壳杉浓荫蔽天，昭示着生命的丰饶与深邃。

濒临太平洋东岸的坎伯兰峡谷是一个比较平坦、有些起伏的地域，地貌非常壮观，诞生自冰河时代的湛蓝湖水、瀑布、草地和悬崖构成了如同油画的景观。在这幅油画上，人与自然悠然自在，车道两旁树木的枝梢连在一起，如同一条时空隧道；青草荡起涟漪，风却不知从何处而来。

顺着海岸的道路，你找到了那个让人伤感和怀想的地方：麦考利夫人石椅。

石椅由工匠雕刻而成。它其实就是异国版的望夫石，背后的真实故事令人动容。

英国人拉克伦·麦考利先生被任命为澳洲第四任总督（1810—1821），漂洋过海带着妻子来到澳大利亚生活。麦考利总督每5年要回英国汇报一次澳洲的情况，由于路途遥远，当时海上交通又不发达，往返一次竟然需要28个月。在夫人的陪伴支持下，麦考利总督成就辉煌，被后人誉为"现代悉尼的缔造者"。

麦考利先生整天忙于公务，他的夫人每天到这里来画悉尼海港的景色。麦考利总督回英国述职，孤独的夫人就在这里翘首盼望，等待船队的回航，那绝不是一趟浪漫的旅行，而是充满艰难和未知的航程。最后一次述职，麦考利很久都没有归来，年轻的妻子忍受着孤独寂寞，每天都坐在海边的大石头上面对大海，眼巴巴望着丈夫出海的方向，盼着丈夫的归来。

从日出到黄昏，从春到冬，冰冷的海风吹拂着麦考利夫人苍白的面庞，逐岸的海浪陪伴着这位孤独的女士。

城市的冬天最不浪漫，永远呈现着一片萧疏之态。天很冷很冷，却不带一丝湿润，浸入骨髓的冰凉仿佛要把身体的所有温暖都抽离而去，留下干絮一般的寒冷塞在肺腑之间。

这样的季节里，人的思维几乎会被冻住，浪漫早在刹那之间抛至九霄云外，麦考利夫人却依然在海岸默默地守望，她或许不知道，丈夫再也回不到她的身旁了。

也许麦考利夫人已经知道了结果，只是不愿意放下心中的一丝可怜的念想，也许她是在思念故乡的庄园，怀想伦敦海德公园春风初度的日子，想念圣保罗教堂或西敏寺尖塔的金秋霞光，追忆教堂小镇坎特伯雷的童话故事……

八

风从海湾吹来，身边的蓝花楹便纷纷落下，把眼前的路涂抹上一层梦幻的蓝紫色。于是，你想到了自己远方的家，想到家乡的亲人，人生或许就像这纷纷落下的花瓣，匆匆来到尘世，最后归于尘土。

当故乡和亲情成为回不去的过往，人们才会为乡所愁，为情所忧。人类要留住的不是一种简单的情感，而是故土文化脉络的美好记忆。

当下，便利的社交平台和机票，正在使故土和故人随时可至，长别离既已不长，长相忆也无所可忆。当工业文明覆盖全球，故乡与亲情在年轻一代的心中悄然淡化。

现代化的车轮，也在轰轰烈烈地碾压着乡愁。人们面对前所未有的经济和文明大转型，既主动又被动地朝前走着。每一个普通人都在迎接深刻的转变。星移斗转间，用最深入生活肌理的方式，每个人都重新加载了对外面世界的认知体验。

在文明迭代的冲击下，传统的"乡土文化"似乎逐渐褪色，更高速、更繁荣的"自我文化"渐渐成了主体。

排队等待出国签证的人们依然很多。人们希望能够到外面的世界去看看，尝试一下不同的生活方式。故乡独有的厚重，是历史，是奋进中沉重的脚步，是老一辈人曾经蹒跚的背影和叹息。

带着梦想，带着焦虑，很多人正在义无反顾地离开自己的祖国和家乡，去投身更加汹涌的国际化浪潮，并试图融入当地社会生活的主流，守着"暂居之所，亦可永恒"的信念，做着"此心安处是吾乡"的安慰，或许，那些故乡的炊烟与河流，故乡的清风明月，亲人的眼泪和叮嘱，只有留待人生的暮年，蓦然回首之际，才会生出"好山好水好寂寞"的惆怅，在淡淡乡愁的寻寻觅觅中，体验"才下眉头，却上心头"的感觉。

要感谢那些文字和图像，帮你记住了"柴门闻犬吠，风雪夜归人"的温情，记住了"露从今夜白，月是故乡明"的往事，那些经久不衰的载体是最好的工具，承载了被现代化浪潮席卷和故乡消逝的过程，也留下了你最不愿舍弃的体验和回望。

你站在异国的海岸，想到了故乡的炊烟，想到了童年记忆的夏夜繁星，想到了村庄的轮廓，想到了地垄上的油菜花，想到了长眠在那片土地上的亲人，想到这些，泪水就模糊了你的双眼。

离开海湾的时候，夕阳正缓缓沉落于海面，每个观者的心中都在或缱绻或怅惘地想着归途，憧憬着彼此交错的梦想。潮生云灭，沧海茫茫，这是异国的落日，苍凉中略带着寒意，你心中难免萧瑟，你有种感觉：你不会爱上这里。

你面对那片海湾与山谷，做最后的告别。

这片深邃而灿烂的星空不属于你，你的家乡在那座椰风环绕的海岛，在汉水之滨的小镇，在漳河畔的山城，在那座长江之滨的古城。在异国的土地上，你的脚步，只是苍茫岁月中的一朵雪花，落下去，不会留下任何痕迹，仿佛不曾来过一般。

你的心里充满感慨，甚至还有一分谢意，每次抵达一个新城市，你都会再发现一段自己不知道的过去：那是被你遗忘的故乡的一个角落，或者是你以为曾经永远不会再想起的东西。

从东到西，从南至北，你走过一条条陌生的街，有时走走，有时停下。从南半球的浪花里，你看到故乡的老槐树，树叶的上面印满了光阴的剪影。故乡，不仅是一个名字，还是你心灵的镜子，它倒映着你的往事和爱恨，熟悉至极，又宛若他乡。

看着漫天飞舞的蓝花楹静静落于地面，你说，该回家了。

第五辑
——
星河梦

高隆湾

一

　　高隆湾在文昌清澜半岛的南面，一条新修的大道，把相距 3 千米的清澜港与高隆湾紧密相连，成了清澜开发区的南北两翼。两地之间有少数村落：有的经过了保留原味的开发和装扮；有的在新与旧之间尝试着平衡。

　　走过与文清大道垂直的交叉路口，美轮美奂的高隆湾就呈现在眼前。

　　比起亚龙湾、三亚湾的名声在外，高隆湾留给人们更多的是荒凉和神秘。十余千米的海湾，风平浪缓，水洁沙白，面临浩瀚南海，海岸椰林成带，呈现的是原生态的自然之美。高隆湾虽与海南东部最大港口近在咫尺，却似一直养在深闺，只有几处古朴低矮的民居隐藏在密林深处。

　　改革开放以来，凭借得天独厚的区位优势，健全的基础设施，加上航天城的建设，先后有三十多家著名的房地产投资商在高隆湾抢滩登陆。随后，在孜孜不倦的开发建设中，高隆湾从一个拙朴懵懂的"村姑"转身变成光鲜亮丽的"贵妇"。

　　中南森海湾、平海逸龙湾、波溪丽亚湾、白金海岸、东方龙湾、高隆湾一号、黄金海岸、阳光东海岸、美兰湾、庆铃湾、椰海尚品、融创高隆湾、晋唐海湾等，围绕着高隆湾诞生的这些楼群，不要说设计新颖、造型各异的丰姿百态，仅凭名称就可看出它们的华美身姿和不菲价格，吸引着各地投资置业的客人纷至沓来。

高隆湾，成为外地人交口赞誉的度假天堂。

时值春末初夏，阳光的炎热在海滨初试锋芒。游人热情不减，海滩、椰林和林荫道上，悠扬的歌声阵阵传来，细听很有专业水准——候鸟艺术团从来就不缺艺术人才。

站在清澜半岛的高处瞭望日落的方向，陆地与大海的连接处，三面楼宇起伏、道路纵横交错，宽阔舒缓的海滩顺着连绵的椰林蜿蜒而过。

向北看，造型简练优雅的清澜大桥横跨于海湾，两岸是沙滩、渔船和郁郁葱葱的森林，水天一色。游目骋怀，大海的线条与色泽在云影的移动下柔美变幻，浩瀚的蓝与炫目的绿在大海之滨无边无际地蔓延，让人想起杨维桢的美好诗句："海南天空月皎皎，三山如卷海如沼。 绿衣歌舞不动尘，海仙骑鱼波袅袅……"

二

从洁白的沙滩向岸边回望，有一片建筑格外令人瞩目：七栋乳白色现代滨海退台式建筑就立在海边，依据"V"形布局，将现代时尚的建筑立面与海浪般的浪漫曲线完美融合，恰如乘风破浪的远航舰队，满载胜利的喜悦。

小区的名字叫"晋唐海湾"，是高隆湾度假区的地标式建筑。朋友张先生的新居就选择在这里。

海滩上，古旧的木船变成了藤蔓生长的温床，茅草当顶的亭阁屋建在海水里。躺在椰树下的吊床上，听着海浪拍击沙滩的声音，心里就油然想起那首《绿岛小夜曲》："椰子树的长影掩不住我的衷情／明媚的月光更照亮了我的心"，心里由衷佩服开发者的魄力和在此置业者眼光的独特。

张先生的公寓位居一线海景，下楼就是椰林海滩。住在这里，既可以面海听潮，更可以海滩漫步。走过当地居民设在海边的市场，就是远近闻名的海鲜大世界；稍远的地方还有渔人码头，在那里既可以享用一顿开放式却又独立的烧烤晚宴，也可以品尝当地最传统的海鲜大餐。

清晨，沿着海滩捡拾海螺，享受清风拂过的清凉与惬意。道路两旁垂下绿丝绦，长长的室外泳池连接着沙滩，倒映着高大的微微晃动的椰子树。行走在栈桥上，成群的海鸥在桥边飞上飞下，层层巨浪澎湃涌来，远远望去仿佛漂浮在水面上，更像是步入仙境。于此凭栏望海，感受和风细浪轻柔的抚慰，收获的是一份从容。

当烛光微亮，彩色霓虹灯将海岸映出耀目光芒，沙滩上用金属和船木打造的艺术造型也瞬间亮起来。走在洁净的沙滩上，看海浪冲刷留下的脚印，猛然回首，感受的已是沧海一粟的人生顿悟。

张先生来自天津。在天津，他曾把一处闲置多年的民国名人旧居——张学良的少帅府，打造成闻名天津的文化旅游景点，使之成为天津旅游的一张靓丽名片。而今，他又独具慧眼地在高隆湾的新居开启了一扇推介海南的友谊之窗。

同许多异地购房的人一样，张先生只是春节期间在这里度过一段温暖时光，其余大部分时间都将居所热情地提供给观光度假的朋友。十天半个月后，当朋友们摸着晒黑的额头踏上归程，蓦然之间，却发现触摸到的是一片浓郁热带风情的椰风海韵，一处有着深厚侨乡文化的度假天堂。于是，观光的成了回头客，旅游的成了新居民。有的人虽然离开，心，已然留在了这里。

三

除了美不胜收的现代建筑，在高隆湾周边的椰林深处，还深藏着许多具有南洋风格和本土元素完美结合的古宅老院。中西合璧的造型艺术，新旧交替的风雨沧桑，古典现代的错落有致，成为椰林深处的另一道风景。王兆松故居就是其中的典型代表。

王兆松故居位于文昌市清澜南海墟义门村。故居呈长方形，四周扣以青石板，整座建筑谨慎地印证了当年主人的丰厚家底。围墙外一方水塘，塘中水面似镜，倒映着斑驳的深宅大院。

精致的门楼、古朴的木窗、繁复的斗拱，除了南洋风格，故居更多地保留了中式传统，不似符家老宅那般洋气外露，但也用另一种姿态述说着旧日辉煌。

老宅已无人看管，伸出手可以从里面拉开铁门的插销。一棵巨大的海棠树立于院外，一株三角梅孤独地爬满半边外墙，两棵杨桃树，半含羞涩地在窗口探出脸来，在温热的风中眼波流转。枯萎的藤蔓，在明砖包砌的墙面纵横着自己的写意，几片老树的黄叶，如跳跃的琴音，叮咚于琴弦之间。密密麻麻的蛛网给几分寂寥的古宅平添多少凄清、枯寂、怅惘。

阳光偶尔从椰林的罅隙里泻下，行走于老宅，人们感叹的不只是时光的变迁，读懂的不只是古宅情怀，还有一段令人感叹的悠长历史。

1875年出生的王兆松，祖祖辈辈都是老实的渔民。为生计所迫，他曾下南洋以捕捞谋生。历经风雨磨难，王兆松最终成为琼籍华侨中的知名企业家、侨领。

成名后，王兆松热忱于故乡的公益事业——海口得胜沙步行街，以及文昌中学、南岛小学、冠南小学等处，都有充满南洋风格的"王兆松楼"。这些楼宇经历百年风雨，见证了王家几代人的爱国爱乡之情。

宅内列举了王兆松热心公益的种种事迹，包括建盖学校、兴建桥梁、开凿水井、捐献物资支持琼崖纵队抗日、家乡公路维修和解决乡亲困难等仁心善举。

行走在清澜的道路上，岁月在村庄、河流，以及礁石沙滩上刻下深深的痕迹，也记载着众多爱国华侨令人感动的足迹。

高隆湾西南 12 千米的欧村，有一处著名的林家老宅：双桂第。我们沿着蜿蜒的乡道来到这里，只见三三两两的本地村民，或蹲在树下，或坐在条凳上，强烈的日光辐射，把人们的面孔晒得黝黑，仿佛是一幅椰林深处的油画。

林家宅是旅澳华侨林尤蕃出资建造的。题匾者朱汝珍是清末民初广东著名书法家。老宅融合了南洋特色建筑和文昌本地民居的建筑风格，由在港英国设计师设计，始建于 1929 年，迄今已有近百年的历史。

宅院位于欧村的中央，占地一千多平方米。整个院落犹如一座独立的城堡，在村中独树一帜。

门口几棵参天古海棠树环绕相抱，守护着这座历经沧桑的老宅，无声地期望着后人的归来。如今，新修的省级旅游公路将从村外经过，游人只能从凋敝的建筑中重温它曾有的艺术与奢华。

出生于本地的王先生对家乡的宣传不遗余力，陪同我们全程参观。王先生曾在海军某部任团政治部副主任，后转任边防文工团政委，转业后在一家航空公司从事管理工作。

王先生告诉我们，他儿时经常在双桂第玩耍嬉戏。如今这里已繁华不再，满目苍凉。据说市里曾经打算出资维护，终因耗资巨大，再无下文。

眼前这座历经百年风吹雨打的建筑，原先的富丽堂皇早已消失殆尽，满目斑驳苍凉，院墙的外皮已然脱落，钢筋毕现；但从散落在各处的漏窗、雕刻、栏杆等小细节中仍可窥见当时的繁华。

雕花窗上的斜晖，燃烧着图腾的余温，沧桑之眼，依然洞悉着一个古宅寄寓的诗意。

四

作为著名侨乡，高隆湾周边的椰林中密布着太多的名人旧居，这些饱含南洋风情的深宅大院，遍布椰树环抱的密林深处，仿佛历史的注脚，铭记着那些爱国侨领战争岁月里的家国情怀，也埋藏着一个时代的珍贵记忆。除了前面提到的双桂第，还有会文镇白延墟的"小上海"、头苑镇松树下村的符家老宅、宝芳乡富宅村的韩家宅，等等，都是南洋风格和本土元素结合的典范。

老宅大多位于人口密集的村庄，交通便利，占地面积多在千平方米以上，有的还是省级、国家级文物保护单位。无论是老村旧巷的西式城堡，还是密林深处的中式与南洋风格的院落，都记述着文昌侨乡一个时代的历史，但因年久失修，子孙后人远在国外，大多处于无人看管的状态。一任雨打风流去，断墙残壁，满目苍凉，甚至成为恐怖片的拍摄地。

据说，有一家地产公司按比例完美复刻了文昌四大百年古宅民宿，致敬百年前勇闯南洋的华侨先驱者。只是，脱离了村庄本土的古建筑，会不会只是一种简单的异地重现，它的历史底蕴和乡土气息是否会因水土不服而打折扣？

当楼群沿着海湾高歌猛进的时候，村庄里的古建筑在楼群的阴影中正孤独退场。曾经充盈于田间村舍的鸡鸣蚕吟之声，曾经田畴中扬花吐蕊的芬芳，曾经亲人间温润的思念，曾经扶犁耕种在庄稼地里的笑声，正在与我们渐行渐远。

由此，我又想到了住在高隆湾的张先生，想到他在北方一座城市的杰作。虽有城市乡村之别，南北地域差异，却依然有着借鉴意义。

我想，如果能够借鉴外地的成功做法，引进民间资本，对文昌的百年老宅在原址加以修复保护、开发利用，实时推出"老宅旅游专线"，最大限度地打捞历史深处的老宅记忆，或许可以让人们在行走之间品读历史风云，欣赏南洋风貌与本土艺术的完美结合，在有限的时间和空间里，追忆正在消逝和变化的一切，踏进无法再踏入第二次的时间之河。这既还了旧宅后人的一个心愿，也是为发展旅游献锦上添花之爱。

那样，不仅有风格各异的高档洋房环绕于大海之滨，还有重获新生的深宅大院再现于椰林深处，自然风情与人文景观互相映衬，古朴典雅与现代风情完美融合，更能显出侨乡旅游的深邃和惬意。游人既能体验海浪亲吻的抚慰，也能循着祖辈们远去的足迹，嗅到村庄每一片烟岚和稻香的味道。

星河梦

从海口美兰机场出发，动车穿过绿影婆娑的大地。十多分钟后，就到了海南著名的华侨之乡——文昌。

"交通落后""台风侵扰""乡村贫穷"，曾经都是文昌的代名词。

因为穷困，才有了百万华侨下南洋的异国苦渡；因为落后，才有了二百将军出文昌的烽火人生；因为贫寒，才有了文昌人尊师重教的基因传承和穷则思变。

或许，这就是命运的苛刻与仁慈，也为文昌的底色注入一抹特别之处：置之死地而后生，"精感石没羽，岂云惮险艰"。

回想海南建省办经济特区之初，我第一次去文昌的时候：50多千米的红土路，尘土弥漫。

蜿蜒行驶近3小时后，来到文昌县城，那里的生活慵懒而悠长。舒缓的文昌河从市中心蜿蜒穿过，倒映两岸人家寻常的烟火。当地人古老生活方式的默默流转，世外桃源般地吸引着世人的目光。

老人坐在商铺前的长椅上聊天、抽烟、打量路人，脸上混杂着洞彻世事的自信与对新生事物的困惑。喧嚣声在空气中飘荡，奔涌而来的晨昏交割，划破多少心碎，憧憬多少怀想。而令我惊叹的，是随处可见的椰树——它们以顽强的生命征服着风雨与雷电，那些树干遒劲古朴，或许，它们就是龙的化身。

那时，南北两端的三亚海口建设日新月异，琼海的博鳌如日中天，万宁的石梅湾和神州半岛的开发早已拉开帷幕，而拥有全省最长海岸线、坐拥南北两大港口的文昌，却因为交通建设的滞后依然"待字闺中"，等待机遇的垂青。

勤劳善良的文昌人或许没有想到，因了一个机遇的突然降临，小镇有了一个令世人瞩目的华丽变身。

机遇来自北京，梦想来自海上。

文昌龙楼镇，星光村，龙楼升空，星光如雨，祖先不经意间播下的梦想种子，竟然在海南建设国际旅游岛的东风里发芽——一个世外桃源般的村庄，从此光环加身。

2007年9月，一个花果飘香的秋天，当在龙楼建设航天发射场的消息传来时，整个小村为之欢呼雀跃。

然而，欣喜的背后也意味着艰辛的付出。村民们不得不面临一个艰难抉择：离开自己居住多年的家园，为祖国的航天事业让路。只是，故土难离，内心的乡情难以割舍。

"深蓝的天空中挂着一轮金黄的圆月，下面是海边的沙地，都种着一望无际的碧绿的西瓜……"鲁迅先生在《故乡》中的描写，与星光村何其相似。于今，他们将离开故土，如同他们当年的祖先一样。

航天发射场占地面积近2万亩，涉及3个村委会：星光、龙楼、中山。其中，星光村委会涉及面最大，共24个村庄、1 100多户都要搬迁。这是海南单个重点项目中，一次性征地面积最大、人口最多、难度最大、情况最复杂的搬迁工作，曾被称为"难以完成的任务"。

从此，人们将告别世代守望的家园，带着一个个家族的烟火记忆，一段无法删除复制的历史，从时间的裂纹中断开再重新粘贴。门前屋后大片大片的嫣红翠绿，越过屋顶的椰子树、香蕉地，河边的芒果园与甘蔗林，村庄上蜿蜒的炊烟，挑担人隐没于幽林轻烟中的背影，还有祖先的安眠之地，都将隐没于时光深处，未来的村庄、家园是何模样，谁都无从知晓。

星光、龙楼等村镇的居民，不少都是历史上流放或避难者的后裔。薛氏始祖来自安徽无为州，是明代海南人中著名的"首任朝廷尚书"和"公孙尚书"（父亲薛祥任工部尚书，子薛远任兵部尚书，与丘濬同朝为官）。星光村的许、黄两姓始祖则源自福建莆田，许家先祖许谟同韩氏先祖韩显卿生前曾相约卒葬五龙港，碑刻"宋过琼始祖琼州通判许谟公之墓"，告勉后人不忘大宋根脉。

星光村的周边，水吼村坐落八门湾畔，红树林枝繁叶茂，风光旖旎。当年，邢氏先祖几经漂流颠簸，从清澜湾进入，至八门湾收揽泊岸。海南"三贤"之一的邢宥故居至今还在。古路园村绿树环抱，钟灵毓秀，韩显卿的后人韩教准就诞生在那里，他后来的名字叫宋耀如，是辛亥革命的有功之臣，并且缔造了一个"宋氏家族"的传奇。

这些先贤的渡琼始祖大多出于名门望族，从遥远的异乡流落于此，然后开枝散叶。只不过，祖先的迁徙是为了躲避战乱，寻求自保，如今的搬迁则是，为了让一项伟大的航天工程在茫茫海滨落地生根。

那一天，树影婆娑。星光村薛氏后人聚在村委会里，挨个在征地搬迁协议上签字。有形的空间里面深藏着无限的情愫，多少人流下不舍的热泪。村委会老书记薛英汉家有 20 亩虾塘，每年净收入达 20 万元，还有 5 000 多棵椰子树，那是薛英汉父亲当年一点点开荒种出来的。在老父亲的眼中，那是"家里的养命树"。签字时，老父亲依依不舍，双眼含泪："汉呀，这样签，我们吃亏了啊！"薛英汉搂着父亲激动地说："阿爹呀，这是国家大事，我们吃点儿亏，值啊！"

窗外，夜风送来飒飒声响，如歌如诉，催人陡生壮怀激烈之情。

村民黄循坤的家在当地号称"三屋十七廊"。当征地拆迁小组进驻村里时，他带头在协议上写下了名字，还主动走进村里其他人家，讲解征地政策。村民许达逢第一个推倒含辛茹苦建造的家园，成为载入海南航天史册的拆迁第一家。

月光如水，峰峦如聚。铜鼓岭下，一片片起伏的台地上，无边无际的菠萝和西瓜地连接大海，荔枝、杧果的枝叶在夜风里飒飒作响。宝陵河静静流淌，流在月光下，也流过每一个村民的心上。

十年等待，殷切盼望，新居门前的果树早已亭亭如盖，硕果满枝。终于，挥汗如雨的建设，有了令人感动的结局。

2016年6月25日，首枚运载火箭在文昌航天发射场一飞冲天。从此，航天人追逐星辰的梦想，与铜鼓岭下的璀璨灯火和谐共生。2022年2月27日，在绿荫环绕的淇水湾畔，在文昌发射场，长征八号运载火箭以"1箭多星"方式，一次将22颗卫星成功发射升空，刷新了中国"一箭多星"的最高纪录。大洋西岸的海平面上，诞生出"花千树""星如雨"的历史奇观。借助这一股东风，航天主题公园和各种配套设施雨后春笋般地发展，借此，文昌在海南的旅游格局中重新找回自己的站位，从根本上改变了文昌经济发展的格局，人们的生活也发生了巨大的变化。

今天，星光村、龙楼村、中山村的烟火人家已然消失在巍峨的发射架下，我们无法探寻其古老的风貌和模样。住在新居里的人们，时不时会借闲暇之机走上顶楼俯眺远处熟悉的乡园，借此释放内心堆积的莫名牵挂。他们仿佛还能看到记忆中村落袅袅升空的炊烟，感受到离开故土的那份惆怅。

行走在文昌的大地上，随处可见航天的风采。"航天路""探月路""嫦娥路""北斗路""天宫路""问天路"，一个个新修的道路的路名充满着飞天梦想，连路灯都是火箭的形状。每当文昌执行发射任务期间，怀揣"太空梦"的人们就在这里眺望遥远苍穹和斑斓星空。

多年后，我又一次来到文昌，从铺前港到木兰港，从铜鼓岭到航天城，从文城老街到龙楼小镇，到处是纵横的街道，崛起的楼群。

站在跨海的清澜大桥上，清澜港进入我的视野：一泓蔚蓝的海水，海风呼啸，水波激荡。大海之滨，崛起的楼宇悬在半空，仿若海市蜃楼。

左望是一方修长的陆地，遮天蔽日的椰林和红色的屋顶连绵起伏，荡漾着一方葳蕤；右面是帆樯林立的港口，泊在港内的万吨级别大船，舰首高昂，一声声悠长的汽笛，送来海岸晨昏交替的独特风情。

"春江水滑流寒玉，碧树笼烟暗江曲。小舟撑出柳荫来，荡破粼粼镜光绿。"大诗人王佐心仪乐见的渔猎时光，在改革的大潮中，不过是一朵细小的浪花。当时代的春风拂过，文昌走进了航天时代。

2019年3月18日是一个吉祥的日子。全长6千米的海文跨海大桥如一条凌空飞架的彩虹，连通了海口江东自贸港与文昌铺前港，成为展示自贸港能级、城市品质和海岸颜值的又一靓丽景观。

400多年前的一场琼北大地震震断了地脉，造成大桥两侧居民被沧海隔绝4个多世纪，记下了民众多少悲欢离合。一年年的天风海雨中，积累了两岸交通阻隔的苦涩、冷冽与沉重的思与叹。如今，海文大桥终于让两岸"再续前缘"。人们在时代的雨丝风片里，深切感受了个体与国家命运的休戚相关。

从文昌铺前老镇到海口市区原本需要一个半小时，因了海文大桥的连接，这段路程缩短至20分钟。在海南自贸港东风的吹奏下，"海文一家"的蓝图正在成为现实，千年古风与自贸港的开拓展望，一桥两地的往事与沉思，前世与今生，都在一脉天际风景线的连接下，展现着永不式微的魅惑与精彩。

一座乳白色的灯塔，在铜鼓岭下的海岸上面朝大海，两侧目力所及是静谧的村落和椰林，让人在某一刻相信，拂面的海风和数千年前吹过的海风并无二致。

步行几百米，椰树环绕的海滩就映入眼帘。海滩上人影绰绰，脚印重重。每个脚印的阴影里都藏着一个星空的梦想，白色蘑菇状的遮阳伞下，有人驻足眺望，有人在海边试探着胆量，风在海面游荡，筑起浪的阶梯。一阵阵欢歌笑语回荡在海滩，旋即消失在蓝宝石般的海浪和墨绿色的椰林中。

海洋是云的摇篮，雨的故乡。云雨酿成的故事点亮多少人蓬勃的理想。人们捧着关于海南历史的诗画，聆听悠久而漫长的海浪，无数为了这座岛屿发展前赴后继的先贤志士和平民百姓，都会像微电影一样，一一呈现在眼前。

航天城的周围原本也是苍茫之水，如今早已沧海变桑田：田野之上，除了鳞次栉比的建筑楼群，最为醒目的，当属高耸入云的航天发射架，从蛮荒之地到航天新城，改革开放的每一缕春风，始终深情眷顾着海南的每一片土地……

每当飞船升空的时刻，许多人都会站在租借的渔船上从海上眺望。那些激动人心的时刻，那些站在船上伸长脖子凝神搜寻的等待，那些挥动着各色太阳帽高呼狂喊的凝望，一遍遍地把这大洋西岸的海浪搅动得热情激荡。

浩瀚的宇宙，无垠的星河，自古以来就是人类探索的终极之地，寄托了我们太多的梦幻想象。无论是在椰林深处，还是在铜鼓岭上的烟雨里，我都能听到深情的吟唱——唱出命运的执拗和星河入梦的情深意长。

当我站在文昌的铜鼓岭上，目光穿过连绵青山，落在倒映银河的碧波之上时，我看到的是海南千百年浮浮沉沉的历史，我的前方是看不到边际的永恒星空。而那数不清的像我一样的眼睛，只是望向星空背后那片人类祈盼了数万年的清澈背影——那是时间的苍穹，一如历经大气、灰尘与人造阴霾的层层过滤之后，艰难而顽强地闪烁着的生命之光。

（参考文献：《文昌航天发射场建设背后的故事》作者杨金运、孙学新，原文载《南国都市报》2016年6月26日）

寂寞乡村

一

过南渡江大桥不久，于龙湖出口折而向东，经居丁墟驶入一条盘山村道行驶半小时，见灰墙黛瓦的民居在绿色中隐现，林间传出几声鸡鸣，仿佛在告诉我：这就是高林村。

眼前，连绵的伏龙山优雅地向绿林深处延伸。若论雄伟险峻或灵秀奇幽，同中部的五指山相比，这里自然是微不足道；然而，一个读书人的出现，却为这个偏僻山村打上不同一般的烙印。它的盛衰之变，它的魅惑与风华，给后来者留下太多的感慨与沉思。

多少年后，因为独特的地理环境和人文传承，我所看到的高林古村依然平静而质朴，平静得像唐诗里的意境："斜阳照墟落，穷巷牛羊归。野老念牧童，倚杖候荆扉。"

天空湛蓝，云像一幅淡描的画。

太阳照在村头那些石板路上，石板就泛起白色的亮光，有些晃眼，像琴弦上跳动的音符，在空气中颤抖。清风掠过，炎热和微凉交织，村口成为人们最好的去处。百年榕树下端坐着几位满头白发的老者。他们手里握着在城里已经很少见到的芭蕉扇，很久才会摇动一下。

这是一个古老村落经常看到的画面，或者说，对这里的人们来讲，

284

生活本身就是这副模样，就像我们见惯了都市的霓虹，听惯了喧嚣的市声一样，他们也看惯了小村的闲适，听惯了脚下淙淙溪水汇成的小河日夜吟唱。

历史上，这座小村也曾有过辉煌与荣光。

二

为高林村带来辉煌与荣光的，是一个叫张岳崧的人。

张氏始祖来自福建莆田，在琼州府琼山县当过知县，后落籍琼山。曾祖张宏范由琼山迁到定安，父亲张基伟，敕赠文林郎。海南历史上，张岳崧是唯一一个获得探花荣耀的读书人。

"衣冠南渡"之后，元代统治者在中华大地留下了粗犷的一笔，但海南的文人士子内心深处并没有臣服于强悍的蒙元政权。终元一代，海南没有人渡海北上，进京去参加科举，谋取功名。他们无法治愈心上淌血的伤痕，不忍聆听北方草原苍凉的胡笳，更不愿踩着先辈的血迹去追求功名利禄。

明代以后，读书人纷纷渡过琼州海峡博取功名。"过海"二字，成为一个人有出息的标志，相继出现过朝野瞩目的"海外衣冠盛事"。邢宥、丘浚、海瑞、王弘诲是明代读书人的杰出代表，张岳崧则是海南历史上唯一的探花。

依照成绩，张岳崧本来可以状元及第、红袍加身，给琼州父老带来一份更大的惊喜。但历代科举考试中，第一名常常有太多人为的因素，或许第二、第三名才是真正实力的体现。

张岳崧故居位于高林村的西边，坐北朝南。紧靠着故居的是张氏宗祠和一个新修的文化广场，为张岳崧晚年（1839—1840）亲自主持建成。宗祠占地1 500多平方米，是一处集文化教育、史料珍藏于一体的综合馆所。

在这个村落，张氏家族绵延数百年之久，一种读书明理的墨香遗韵也一直流淌在高林村人的心底。

1842年农历正月十八，古稀之年的张岳崧抱病归乡，病逝于故里，入祀郡邑乡贤，墓葬于离此不远的甲子镇毛头岭村附近。

文化广场的正面，立有张岳崧的雕像：他穿戴着官服，头微微昂起，目光冷峻，手拿呈堂文书，脸上带着深思忧虑，浑身散发着儒雅之气。

二月的阳光暖暖地洒在雕像的正面，来到此地的人们都会用崇敬的目光瞻仰这位饱学之士，他在这里平静地诞生，又于这里安稳地离去，或许，这是最好的结局。

三

高大的椰子树环抱着广场，微风摇动，沙沙的声音填满了山谷。阳光从树的细缝里泻下来，一切都变得特别真切、清晰，几只小松鼠蹦跳着穿路而过，一蹿便闪入大榕树的树冠之中，树枝颤动着，如同绿色在头顶涌动。

村民们坐在花坛上聊天，见我们到来，立即热情迎接，管理宗祠的义工不在，村民忙着打电话联系，对我们一再挽留。那种热情让我们感动，稍后，那厚重的宗祠大门缓缓开启。

走进祠堂大门，眼前豁然开朗，宽大的庭院，清幽而深邃。推开门，犹如走进一方别样天地：一地青石纤尘不染，气派的堂前、中庭、后庭，老式的雕花方桌、木椅，一一彰显着这里曾经的辉煌。行走其间，人世间的喧哗已然远遁，仿如来到了天街秘域，一瞬间让你觉得邈远。庭院四周陈列着各种碑刻书画，同我们日常在影视作品中看到的那种阴森暗淡的祠堂不同，这里完全是一座底蕴深厚的文化馆。

逐一瞻望，既慨叹雨打风流去，又体味酸甜苦辣咸，只是想到，许多海南俊杰，或躲避战乱南渡，或追求功名北上，在险恶官场摸爬滚打，大多晚景凄凉；张岳崧能归葬故里，并非皇恩浩荡，而是因编纂《明鉴》之按语不合朝廷意旨，被革职南归。或许，这是命运对一位忠直勤勉的官员的垂怜。

无论是学术还是政绩，张岳崧的人生履历堪称丰满而精彩：从历任翰林院编修步入政坛，陕甘办学、湖北治水、两广禁烟、编撰《琼州府志》，每一程都是政绩斐然，被嘉庆皇帝赞誉神州大地"何地无才"，四次受到皇帝召见嘉勉；一生著作丰厚，在文学、书法、绘画、经济、法律、水利、医学、教育等方面均有建树，是那个时代的复合型人才，现今各大图书馆均珍藏有他的学术著作。

200多年后的今天，端视这些呕心沥血之作，我们或许可以从中看到一个勤政爱民者的忧思与情怀，以及一个时代的历史印迹和风雨沧桑。

四

一阵清风吹过，花枝婆娑，暗香悠然浮起。行走在山村小道上，似乎每一个细胞都沉浸在淡雅的芬芳里。漫步在有着300年历史的石板路上，听清风过耳飞鸟鸣唱，看两旁的青灰色古建筑迎面扑来，心中油然升起穿越历史的感慨。

村内民居依旧时模式而建，路巷全部用青石铺设，修旧如旧，古朴自然，完整地保存了清代传统建筑风格。其房屋坐北朝南，依山傍水，整齐划一，七纵三横的巷道，规划脉络清晰，是古代海南少有的有完整建设规划的村庄。

由青灰色石墙和灰瓦屋顶组成的张岳崧的故居面积并不大，建筑风格古朴淡雅，房屋大柱用菠萝格加工而成。庭院内有张岳崧亲手栽植的百合、含笑各一株，历经百年风雨却依旧茂盛。

踩着石板上潮湿的青苔，心也润泽起来，不由想起张岳崧的诗："月华露叶望微茫，马色鸡鸣破晓凉。天上觚棱如梦远，故园风景与愁长……"吟着这些诗句，仿佛走进久违的牧歌田园，沉醉不知归路。

除了保存完好的清代古村建筑，除了海南第一探花带给古村的荣光，高林村还是历史上一方文化教育的净土。

1939年2月10日，日寇在海南岛北部的澄迈登陆，整个海南笼罩在战争的烟云之下。为了给在校学生提供一处安静读书的地方，当地政府利用高林村偏僻隐蔽的地理环境，在张氏宗祠里创办了战时定安中学，把在县城读书的学生转移到这里，为莘莘学子提供了一处能静心读书的地方。

特殊的环境造就了一段流光溢彩的日子，书声琅琅，月华溶溶，学子们置身其中，赢得片刻安宁。相比于人心惶惶的沦陷区，这座山村简直就是学子心中的诗与远方。那琅琅的书声和夜晚闪烁的灯火近乎奢侈，吸引着各地学子前来求学问道，留下一段珍贵记忆。

中华人民共和国成立以后，中学搬回县城，政府在这里创办了高林小学，一批批学生从这里走出山外，成为建设海南的新生力量。

为了鼓励村中子弟向学，高林村出台了一系列"奖学"办法。在张氏宗祠前，有一张一看便知年岁已久的《高林岳崧教育基金奖励条件》。这份公告上写着被国内名牌大学录取后的奖励标准，而旁边贴着的《高林岳崧教育基金捐款名单》也颇引人注目，里面既有小学生捐赠的零花钱，也有外出工作人员的捐赠……

五

比起海南一些历史文化古村，高林村古朴、原始和偏僻，显然更有着自己的本色：道路才修好，游人稀少，路边金黄的木瓜没人采，高高的椰子树上的椰子没人摘，连一个卖水的小卖部都没有……在我看来，这座静寂的山村，不仅是一首传世的诗章，更是一片静心研学的佳境。

经历了无数风雨坎坷，那些无人居住的院落的大门早已褪色，门环也已脱落，而石壁黛瓦却似坚强的壁垒，隔断了嘈杂与喧闹，阻挡着外面的花花世界。隔年的枯草在房顶瓦缝里摇曳，再衬上旁边伸进院子的杨桃树，还有瓦蓝瓦蓝的天空，令人觉得这里的时光无比缓慢。

顺着村前栈道的指引，便来到了村外。村庄之外，是一些耕作的农业用地，种植着水稻、荔枝、龙眼和蔬菜，一切都在暗示：传统农业是这个古村的唯一经济模式。

一条刚刚改造过的公路从村边经过，与旧日的古道时有重叠，如同一张彩色照片覆盖了一张黑白照片，现实覆盖了历史，生活覆盖了记忆。

走在这条弯弯曲曲的乡道上，心中便生出几分感叹：离此并不遥远的琼海北仍村、澄迈的罗驿古村，如今早已是"网红打卡"之地，前去观光的游客络绎不绝；眼前的高林古村却淡定地待字闺中，它守得住寂寞，耐得住平淡，一如它独特的个性和本色那样珍贵。

六

循着一段古道上行，山势渐高，道路逐渐消失在森林的深处。行走在绿树丛中，目光和蓝天白云的距离逐渐接近，人也有些疲惫。

只是，为了一睹张岳崧当年回家的那条官道，所有有这个渴望的人恐怕都得付出步行的代价。

那条官道是一条青石铺就的路，有点陈旧，泛着岁月磨砺的光辉，却依然坚硬，湮没在蓬生的野草之下。我想，每一块青石板下面一定蕴涵着许多故事：也许是当年张岳崧走过留下的脚印，也许是抗战时期学生们奔跑落下的汗水，也许是村民们劳作留下的履痕……

远处山坡下有几个正在稻田拔草的村民，间或有笑声传来，隔着并不遥远的距离，一瞬间，我仿佛听见了稻秧分蘖的轻吟，嗅到了花香的清幽。

当我们离开高林村时，遇到几个自驾游的陕西西安游客，他们因闻知当年张岳崧曾经担任过陕甘学政，慕名前来拜访。那天和我们同行的老萧夫妇恰好也是西安来的，便与他们聚在一起攀谈起来。大家围在村口的大榕树和日井、月井两口古井边拍照留念，想象着当年的情形。

说来也是神奇，两口深井的碧水常年不竭，正如这古老村落绵长的文脉。只是，村里用上自来水以后，这井台就只剩下了寂寞，诚如《百年孤独》里说的那样：生命中曾经有过的所有灿烂，原来终究，都需要用寂寞来偿还。

站在山村的古道边，仿佛站在了历史与现实的交汇处，古村落的斑驳与旅游开发的节奏，循环往复地交织在乡村的漫步中。我不知道这座古村还能保存多久，也许巷道依旧，却物是人非；也许现代旅游经济的脚步最终会走进这个古朴的地方，商业的触角会日复一日、年复一年地蚕食着这个山下的村落，让它面目全非——那自然是我们最不希望看到的结果。

阳光有些炎热，洒在山野，洒在古村，如同年轮斑驳的残片，无声地镶嵌于岁月的深处——一切都是那么真切、零散、缓慢。

于是，我在心中默默为古村祈祷：希望人们每一次的光临，都能感受它与众不同的风韵，在美好的季节里，写下清幽的绝俗，把那远山的落日、狭窄的旧巷、悠扬的牧笛、月下的蛩鸣、村头候望的老人、荷锄笑谈的农民，诗化在淡然的田园生活中，并且，在它寂寞的怀抱里流连忘返。

（原载《检察日报》2022 年 8 月 6 日文艺副刊）

山海缘

一

　　行走在槟榔树下，鹅黄色的绿芽在阳光的照射下模糊成一片婆娑的影子，海水无声地吻着海岸，让我于恍惚之间生出一丝苍凉之感：1 200多年前，当那群衣衫褴褛的信徒奋力将双桅海船靠近这蓝色海岸的时候，当他们在抛出缆绳的间隙抬起头来时，他们疲惫的目光里是否也有过历尽劫波的惊喜？

　　温润的海风从我面前吹过，阳光温暖地照拂着我。山坡上，那些荒草碧树显现出深深浅浅的颜色，一波一波地与山下的大海遥相呼应。远方，连接天际的波浪与兀立的巨石如同相恋的情侣，色泽深黝的礁石和洁白的沙滩一字排开，暗示着这个逝者如斯的地方曾经有过多少深邃而久远的故事。

　　这就是大小洞天，这就是闻名遐迩的洞天福地，历经千年的历史沉淀，这里已然成为佛道两家释兹在兹的文化景区。

　　"不知何处有天涯，四季和风四季花。为爱晚霞餐晚色，不辞坐占白鸥沙。"悠悠岁月中，那些奇幻瑰丽的景观，那些东渡的往事，那些神秘的传说，为大小洞天蒙上一层迷蒙空灵的色彩，使这里成为文人雅士踏访的必选之地。

二

考察大小洞天的历史，一个叫鉴真的高僧不可不提。

公元 748 年的一天夜晚，朦胧的月色笼罩在"月照花林皆似霰"的春江潮水之上，一艘双桅船驶出瓜州，既没有沿江上溯，也没有顺江而下，而是扬帆东去，直抵风涛万里的南海。

这就是历史上"鉴真东渡"的初始画面。

"忆昔开元全盛日，小邑犹藏万家室，稻米流脂粟米白，公私仓廪俱丰足。"杜甫这里说的虽然是开元年间，但天宝初年的景象也与此大致相同，中国历史上蔚为壮观的"盛唐气象"指的就是这一时期。

鉴真（688—763），扬州人，本姓淳于，唐代高僧。唐天宝元年（742）应日本天皇之请东渡日本传经。

那段艰苦卓绝的远航一共经历了 11 个年头，其间六次出发，五次失败，为之献出生命的就有 36 人。天灾、海难、疾病、匪盗，使一次次远航充满了惊险与离奇。最后一次东渡的时候，随同回国的日本大使藤原和晁衡等人乘坐的另一条船遇险触礁，后来讹传沉海。消息传到长安，大诗人李白作诗痛悼："日本晁卿辞帝都，征帆一片绕蓬壶。明月不归沉碧海，白云愁色满苍梧。"

唐天宝七载（748），鉴真率弟子 15 人，随员 2 人，船工 18 人，共 35 人，第五次从扬州启程东渡日本。十一月出海，海途遭遇台风，航船迷航，历时一个多月的海上漂流后，漂流到振州（今三亚市崖州区），在宁远河出海口（大小洞天）的大蛋港登岸。

鉴真在振州停留了一年多，其间不仅帮忙修整大云寺，为官员们传律受戒，传经布道、教化人民，还留下不少从中原带来的科学文化书籍，借以传播文化，开启民智。

在大小洞天停留期间，鉴真认真总结五次东渡失败的经验教训，弘法之志不渝。唐天宝八载（749）深冬，鉴真一行从大小洞天出发，别驾冯崇债亲率八百甲兵护送，经万州（今海南万宁）、琼州（今海南琼山）一直到澄迈，随后横渡琼州海峡取道雷州半岛返回扬州，开启第六次东渡之程，最终踏上日本九州岛。至此，这位大唐高僧已经是66岁双目失明的老人。

鉴真在日本10年，被尊为日本律宗的创始者，为促进中日两国文化的交流、加深两国人民的友谊做出了卓越的贡献。

为纪念这一历史壮举，后人在大小洞天兴建了鉴真登岸的群雕：师徒五人面向大海，气势恢宏。鉴真目光深邃，神情悠远，似乎还在注视崖州故地。那些石头的刚毅质感凸显出五人面对危情时的无畏刚强之态，千秋万代引人景仰。

站在雕像的前方，我的眼前会出现许多画面：排山倒海的风暴，樯倾楫摧的悲壮，历尽苦海的惊喜，常人难以想象的生死考验……。

资料显示，自唐宋以来，南山大小洞天即以"神仙洞府"著称于世，号称南海仙岛。史料记载，宋代著名道士、南宗五祖白玉蟾，因喜南山神秀归隐于此，修建道观，传播道家文化哲学思想。现今景区内仍存有"仙坛""仙人足"等历史遗迹，以及多处游记诗文。南宋淳祐年间，郡守毛奎就任于此。因性欣黄老、酷爱山水，他对南山屡加探访，并先后发现"大洞天""小洞天"，遂对这一景区进行开发，并留有《大小洞天记》等石刻文字。

现今景区海边巨崖之下有一处"小洞天"，上有古钓台。据《崖州志》记载，还有一处"大洞天"，洞内有石桌、石凳，小溪环绕，宛若仙境，且确实有人去过，但于今无人能寻，神秘莫测。

站在这块穹形的巨石面前，端视那些深深浅浅的脚印，那些文字不能记载的灵思，那些时光过滤后芬芳的想象，都会若有若无地在我眼前浮动。

三

沿着彩色的海滨道路，我缓慢地边走边看。与路相伴的是密集的椰树，左边是山峰和林地，右边是苍茫大海。那些经年不语的礁与石，在海风的吹拂下多了些沉默，少有喧哗，在霞光海雾中守望和沉思。

海岸的椰树、槟榔、榄仁、桉树，有的笔直似箭，有的弯曲如弓，它们的枝条很少柔嫩，大多虬曲苍老，超凡脱俗，极尽自然之趣。林中沿途有溪流潺湲，清澈如温润碎玉，不知疲倦地流淌，无声无息地汇入大海。

登上山腰，极目远望，犹如混沌初开，神游太虚；又如沧海茫茫，物我两忘。茂密的林丛和青草向着四周蔓延，每一棵树、每一块石头，每一声鸟鸣、每一片芳草，都仿佛于此厮守千载，彼此熟悉，一起度过漫长的岁月。树与海、海与人在此刻也融为一体，仿佛定格成永恒。

眼前没有寺院袅袅的香火，听不到悠扬的晨钟暮鼓，只有那些遗落在岁月深处的巨大石头，安静地卧在蒿草里，享受着海风的抚摸，咀嚼着岁月往来的风风雨雨。一簇簇盛开的山花，在蒿草丛中探出头来，很温和地笑着，让那些坚硬、粗糙、布满历史尘埃的乱石，多少也有了些温度——这里的山山水水、一草一木都是那样地自在而富于灵性。

这是大自然特有的、也是这方山海赋予的一种灵性。这种灵性不可触摸，但我能够感知，一同感悟的还有那句"看山还是山，看水还是水"的至理名言。

观海台阶的上面有几棵叶片修长、树干粗糙的树木，那就是龙血树，中间那棵稍大一些的已经有2000多年的树龄，当地人叫它"不老松"。

景区内摩崖石刻众多：宋代陈抟老祖所书"人寿年丰"四字合一，博大精深；元代书画家赵孟𫖯手书的"仁者寿"华滋遒劲；各类的题刻层出不穷。据史载，清光绪二十年（1894）九月二十六日，慈禧六旬大寿，慈禧将一"寿"字赐给即将派来南山所在地区的崖州（今三亚市）任知州的王亘。王亘到任之后，在崖州城内正对南山主峰地段建筑"同善堂"，在堂中树碑刻上慈禧御赐的"寿"字真迹，寓意"寿比南山"。

不老松旁边摩崖石刻上的"寿"字，据说就是慈禧太后御赐。"寿"字旁边的巨石上刻有赵朴初所题的"南山"二字。游客们常常会在此处两个人一组，坐在当中一个大石头上，模拟成一个"比"字，组合成"寿比南山"的画面，并拍下照片留作纪念。

其实，自然与人文景观的价值在于发现与欣赏，旅行的妙处在于暂避尘嚣和纷扰，从"相看两不厌，只有敬亭山"的境界中做缥缈烟霞之思，这才是真正的旅行之"道"。

我们一生都在追逐一个又一个遥远的目标，从容品味的境界，并非人人都能达到。必须经过披星戴月的探索、风餐露宿的磨砺，才会具有一种从容的心境和求真的精神。

四

除了海水的湛蓝，大小洞天剩下的就是绿：绿得酣畅，绿得腼腆；绿得狂放，绿得含蓄；绿得奇逸，绿得通透；绿得大彻大悟。

万绿丛中的石壁上，有一尊巨大的老子雕像，嫣红的三角梅环拥着这位面带微笑的老者。我在老子的雕像前驻足良久，凝视他跨世纪的微笑。这微笑的面孔简单到极致，却又深刻到无限，慈如神韵，洁净祥和。

人的这一生，从寻寻觅觅到蓦然发现，从幼稚儿童至鹤发老人，都会经历如禅宗大师青原行思提出的三重境界：参禅之初，看山是山，看水是水；禅有悟时，看山不是山，看水不是水；禅中彻悟，看山仍是山，看水仍是水。

只是，那种蓦然回首后的发现与洞察，并不是每个人都能达到的境界。它需要读万卷书，走万里路，需要独具一双阅尽尘世的慧眼，需要人生的大彻大悟，需要茅塞顿开，需要潜心修为，甚至，还需要劈波斩浪、九死不悔的精神。

这当然不是一刹那的事情，看到的和听到的也许是旅途的吉光片羽，以一段时间、一个生命的长度去看你看到的，去听你听到的，奥秘或许就在其中。

我深深地注目那座雕像，宁静中就有了融入他心性的境界：九层之台，起于累土；千里之行，始于足下。

阳光从我的头顶落下，给洁白的沙滩铺上一层经文般的橙黄，粼粼的海浪逶迤在浩茫的天际之下。我突然发现，那些林林总总的礁石，如同一个个手持经书的信徒，正在虔诚地叩拜大海，迎迓着远航的使者。

说来也是奇缘，历史上，佛家曾经在这里随缘弘法，禅定归依；道家也在这里抱德炀和、清静无为，修炼自我性情的本真世界，于安详清幽间达到天人合一。

大小洞天是道教圣地，佛家高僧鉴真和尚和他的弟子们却能在这里设坛建寺，授徒传教，弘扬佛法。佛与道在这里得到了最完美的结合，使后人能够站在这天之涯、海之南的洞天福地，与上古先贤美丽遇见，穿越万世千年。他们的思绪像一道金色的阳光，射向浩瀚无际的宇宙，射向辽阔无边的海洋，融化自然和人世所有的冰雪和苦难。也许只有在这样的环境里，人们才能理解佛道两家的情怀和淡然。

如果时间充裕，我很想长久地停留在这个地方，在状如蘑菇的稻草伞下，悠闲自在地吹着海风，或者赤足走在沙滩上，让洁净的海水亲吻足印，近距离地亲近佛缘禅意，仙风道行。

五

终于要离开了，有些不舍，更有些依恋。

西斜的阳光，在海岸勾画出深深浅浅的影子。那些在这里拍婚纱的俊男靓女，那些槟榔和红椰，那些高低错落的松树，梦境一般地飘曳在花艳草碧的海岸线上。小时候听到的关于此岸彼岸的故事、慈航普度的传说以及闻道得道的奥义，在这里，不经意间就完成了梦幻与现实的完美对接。

鉴真求的是佛，而洞天蕴的是道。其实，无论哪家，都饱含着对理想之境的深远追求。人类千万年来不外如是，从混沌初破的莽撞，到百转千回的研磨，每一个上下求索者的痛苦嬗变，正是"下学而上达"的升华变迁。凡此种种的形而上学，又演化为充满诗意的中国哲学，成为我们取之不竭的想象源泉。

在自然与文明的冲突变得激烈而无法忽视的今天，在这个浮躁的时代，也许，眼前这块佛与道的千年守望之地，可以为那些求真苦渡的智者一扫眼前的浮尘，开启新的希望。

碑　石

一

丘海大道 39 号。

一方古朴的围墙把城市的喧嚣与静穆的墓园分割开来，围墙的里面安睡着一个孤独的老人——海瑞。

站在院外遥看墓园，依稀可见满园关不住的绿色争先恐后跃出围墙，那是椰树和翠竹的影子，在雨后，它们的姿影扑朔迷离。

古墓园名副其实，大树皲裂，留下了隐约可见的剥痕。暗淡的石碑上，字体已斑驳难辨，像一帧黑白纪实的摄影，记录下自明代万历以来的流年碎影。

从"粤东正气"牌坊至海瑞主墓平台笔直平坦的墓道两旁，两排挺拔于半空的椰树荫遮道面，两行明代石刻的翁仲、石狮、石羊、石马等排列有序，相对而望，只是，厚重的风雨侵蚀让它们的面目变得模糊而黯淡。

除了司空见惯的椰树、茂密的修竹，还有大大小小的松柏傲然其间。松柏向来被中国人看作长寿的象征，这种生命力极其旺盛、生命周期特别漫长的植物，海瑞墓里到处都有它们的影子，它们和海南本土的椰树一起，默默地见证了一次次时代的变迁。

或许，只有那些偶尔走过的有心人，心里还会有一些历史的隐隐忧伤，如同涟漪一样慢慢散开，渐渐式微之后又隐然消失，如同那个时代，如同那个时代写就的忠介挽歌。

　　沉睡在故土之下的海瑞也算是叶落归根了，在这个离他出生地仅一步之遥的滨涯村里，在这个给过他温情的南荒之地，他有了四季不断的香火与晨昏更替的守望。

　　海瑞幼年丧父，和母亲相依为命，直到40岁才走上仕途。他看惯了流离失所和饥寒交迫，注定对于社会弱势群体的困苦始终怀有非同一般的同情与关爱，"生平正气肃朝端，胸次忠清世所难。忠似赤葵倾烈日，清如秋水挽狂澜"。几度宦海浮沉，他却始终恪守着正直官员的初心和社会底层的良知，并且，还成为一个饱受争议的孤独的另类。有人说他不通人情世故，有人说他恩将仇报，有人骂他沽名钓誉，只有他治下的百姓对他交口赞誉，感恩戴德，称他"爱民如子"，把他和文学作品中的"包青天"相提并论。

　　诚然，海瑞不是完人，但人民群众口里的"海青天"，历朝历代推崇的"粤东正气"，亦有其自身的光环，而绝非空穴来风。

　　海瑞置身官场33年，其中有一半时间被闲置在家"听候调用"。在并不漫长的为官生涯中，海瑞三次丢官，一次入狱，他的命运始终与"坎坷曲折"这个沉重的话题结下不解之缘，就连去世后也不例外。

　　和海瑞的命运相似，这座墓园也饱经风雨沧桑，只是它不能言语，无法说出它所见识过的悲凉、冷清、毁灭与重生。

　　如今的海瑞墓只是一座空坟，墓中的遗存也早已灰飞烟灭。但是，这并不影响人们对他的祭奠和怀念。

　　人们有理由相信，那个刚正不阿、嫉恶如仇的"海青天"，那个品行高洁、忧国忧民的老人从来就没有离开这个墓园。因为，更广大、更久远的墓园是看不见摸不着的，它早已建在中国人的心中。

二

海瑞的主墓后面是一块石板铺的大平台。平台前正中处，安放着海瑞的坐姿塑像：他神情肃穆端庄，两眼注视着前方，眼神忧思深广。

雕像的后面是一组仿古建筑，上面有两副对联，它们共同簇拥着高悬于正门的"扬廉轩"匾额。轩内前后四柱刻有海瑞诗句集联，前两柱书"三生不改冰霜操，万死常留社稷身"；后两柱书"政善民安歌道泰，风调雨顺号时清"。

紧贴扬廉轩后边的是一个扇形水池，名叫"不染池"。从不染池两侧的石道往上走六七米，便是仿天坛造型的高大的"清风阁"。清风阁后面及两侧是一道马蹄铁形的人造山峦，山脊上修建着随着山势起伏的长廊，石壁的碑刻上收录了国内书法家题写的海瑞诗句名言。

"生平正气肃朝端，胸次忠清世所难。忠似赤葵倾烈日，清如秋水挽狂澜。""江南十月雨如倾，总是悲号道路声。云冻霜寒敷政肃，月溶水溦浯官清。"这些诗句记载的不仅是流逝的时光，还有和时光一同老去的那些历史。

三

明万历十五年（1587）十一月上旬，黄叶满地，寂寥的南京城里到处可见低矮的民居。从南京城墙向远处望去，蜿蜒的长江像一条褪色的飘带落在人间，江面的行船看上去十分渺小。空旷的郊野一片萧瑟，只有一些灰白的炊烟，小心翼翼地在遥远的村落上空随风飘逝。

入夜，秦淮河的灯笼次第点亮，忽明忽暗，悬浮在河面。大街小巷的市井声渐渐归于寂静，偶尔会响起巡逻兵的步伐声以及城楼上的刁斗声。

南京城一处宅院的室外，年老的仆人推门而入，随后跟进的不速之客是寒风和冷雨。一个老人缩在躺椅上，主仆之间展开了一场关于柴火与银两的对话：

"老爷，军部派人送来了柴火钱，我清点过了，多给了六钱银子。"意外的收入让仆人感到不安。

"记得把钱退给军部。"老人说得很慢，但态度果断。

地上，火盆里的薪火已渐渐燃尽，无边的黑暗和寒冷正肆无忌惮地向着一主一仆袭来。仆人犹豫了一下，说道："是，老爷。"仆人的眼泪最终没有忍住，簌簌地顺着脸颊流下来。

得知军部刚才派人送来的官员的"烤火费"多给了六钱银子的时候，海瑞惴惴不安，如果不退掉那多给的银两，他的灵魂将难以安息。

沉沉的夜色中，老人斜靠在破旧的蚊帐内，渐渐沉入梦乡。睡梦中，他似乎回到故乡——那个叫金华村的地方：母亲在大榕树下缝补衣衫，门前红城湖边，清澈的湖水倒映着蓝天，高大的芭蕉叶在水边轻轻摇曳。湖的西边，是他曾写下"良会莫教轻往别，每随流水惜芳年"诗句的"乐耕亭"。放牧的孩童赤足从亭边小路走过，惊起了水边的白鹭。它们银色的翅膀在阳光下划出美丽的弧线……

天气晴好的日子，海瑞也会拄着竹杖，在仆人的陪同下走到屋外的菜园里看看。萧疏的菜园经霜之后匍匐着蜷缩的菜叶，了无生机。院外有几棵高大的银杏树，每到深秋，这些笔直的树木的叶片都会变得通体金黄，并随着渐次浓重的寒风飘落到院子里面，为即将逝去的岁月增添几分沉稳与苍凉。

明万历十五年（1587）十一月十三日，那颗孤独之星终于坠落在万历年间的寒夜里，穿着破衣的海瑞在饥寒中闭上了那双嫉恶如仇的眼睛。相继坠落的，还有一个对后世影响极大的戚继光。

在万历年间，这一文一武两位官员都曾是风云一时的重量级人物。

大学者黄仁宇在《万历十五年》中写了万历朝的 6 个人，其中就有海瑞与戚继光。

黄仁宇对戚继光的评价是：孤独的将领；对海瑞的评价是：古怪的模范官僚。

说戚继光是孤独的，当然不假。戚继光晚岁凄凉，他因张居正的去世而失去靠山，被罢官闲居，和他来往的只有不多的几个朋友。海瑞则不然，他死时是南京右佥都御史，品级为二品的在职正部级，算得上当朝大员。但两人身后之事却同样凄凉：他们都是家无储粮，两袖清风，甚至连下葬的费用也得靠朋友们筹措。

戚继光生前是威震海疆的大帅，可谓叱咤风云，令东南倭寇闻风丧胆，并留下了《纪效新书》《练兵实纪》等一批至今还有不少人研究的具有较高参考价值的兵书。如果不是晚岁过于凄凉，戚继光的人生也算得上完满。

海瑞则不然，他的一生几乎就没有风光过：平时穿着打补丁的旧衣上班，自己开荒种菜，无儿无女，死时葛帷旧服，无以为殓，全部家当就是当月的八两俸银和几件破衣，最后由同僚凑钱办了丧事。他终其一生，以一己之力反抗满朝的贪污腐败，自己一贫如洗，也不准别人搞腐败，处处遭受打压排挤，冷落讥讽。他罢官归去的时候，没有人站出来为他说一句公道话，他当朝为官的时候，同僚们都不肯和这位愤世嫉俗的古怪老头讲话。除了一部《海瑞集》，他没留下任何东西。"萧条棺外无余物，冷落灵前有菜根。说与旁人浑不信，山人亲见泪如倾。"这就是海瑞的结局。

海瑞去世的消息很快传遍南京的大街小巷，人们奔走相告，痛哭失声。那一天，当灵柩从江上出殡时，江的两岸站满素衣白冠的人群，致哀的人们绵延百里。在北京的万历皇帝获悉后，也停朝以示哀悼，并派遣礼部左侍郎沈鲤前往南京，负责海瑞的谕祭事宜。

海瑞还被赠予"太子少保"的美誉，谥号"忠介"，意为忠直、耿介，这是对海瑞人品、性格的高度概括。今天的海口府城有一条"忠介路"，便是后人为了纪念海瑞而命名的。

海瑞去世后，朝廷专门颁布谕旨，让江苏、浙江等地修建海瑞祠，每年春秋两季进行祭祀。琼州府也在城隍庙内建海瑞祠，后来又另建专门纪念海瑞的祠堂。清康熙四十二年（1703），巡抚彭鹏命令副使黄国材、琼州知府贾棠、同知姚哲，在府城西边的社稷坛右侧修建海瑞祠，与苏文忠（苏轼）公祠、丘文庄（丘濬）公祠并列，世称"三公祠"。

四

与海瑞墓园隔着一条南海大道的水头村，也安眠着一个海南的名人。他的墓园规格相比海瑞墓级别更高，并且，他和海瑞有着太多相同的地方：他们都出生在琼山区的金花村，都是被明王朝树立的道德楷模，都是心怀天下、忠君爱民、清廉刚正、名垂青史的明代大臣，都是身居高位而客死异乡的海南籍官员。这个人就是和海瑞齐名，并称为"海南双璧"的丘濬。

海瑞和丘濬同出一村，都是幼年丧父，勤奋好学，由寡母含辛茹苦地带大。不同的是，官至正一品的文渊阁大学士丘濬（1421—1495），即便是在高压恐怖的明王朝时代，也能"平安落地"。他当过皇帝的老师，历任四朝高官，懂变通，知进退，富有人生大彻大悟的智慧，是明代睿智的大儒和高人。而那个以清廉刚直闻名于世、官仅二品的海瑞，因为反腐、因为骂皇帝、因为得罪豪强，被罢过官，蹲过大牢，甚至险些丢了性命。

丘濬高居相位，人臣极品，是名副其实的"海南第一才子"，不仅以政绩饮誉于世，而且集好学、介慎、廉静三大美德于一身；不仅是明朝中叶的大儒宗师，而且是"诗文满天下"的大文豪；不仅是集朱程理学之大成的"理学名臣"，而且是被列宁称为"中国十五世纪经济思想的杰出代表人物"。尽管这样，对于后世的影响，丘濬却远远不及他那位刚正清廉、古怪倔强的同乡海瑞。

明隆庆六年（1572），大明王朝的航船尚在风雨中前行。那一年，47 岁的张居正战胜对手高拱成为权倾朝野的铁血宰相；雄心勃勃的戚继光在新修的长城脚下厉兵秣马；而 66 岁的海瑞在南京巡抚的任上因推行改革打击豪强再次丢官。他回到化外之地的琼州一隅，在红城湖畔的荒村野寮里坐着冷板凳，一坐就是 16 年。这一切全是因了他的清廉正直。

"三生不改冰霜操，万死仍留社稷身"，为了理想，他如同堂吉诃德那样不自量力，直到头破血流还九死不悔，终其一生为国家、为百姓、为家乡殚精竭虑。

在应天巡抚的任上，他兴利除弊，平反冤狱，疏浚河道，"活饥民十三万，垦江河两岸熟田 40 万亩"。在那个人人自危的专制王朝里，是他为黎民百姓点亮了一盏人性关怀的烛光。历史上，唯有这样的人口碑不断，载于史，写于书，走进戏剧，站在舞台，在浩如烟海的史册中长生不灭。

今天，海瑞的遗风依然让人敬仰。

海瑞去世 52 年后，风雨飘摇的大明王朝最终成为记忆中尘封的过去。这个中国历史上最后一个汉族帝国，在农民起义的洪流中落下了帷幕。海瑞"大明第一清官"的精神之光和他的"天下第一奏疏"都无法唤醒并照亮崇祯那个分崩离析的暗夜。

也许一心"鞠躬尽瘁，死而后已"的海瑞没有过多地想过死后的极具哀荣，更没想过是否会在后人眼里成为星斗般的清官而光照千秋，他只是彼时一个被儒家文化浸染了心灵的知识分子，他恪守着他那个时代的道德与人格，坚持着内心深处的金属般的承诺与禀赋，他书写着我们无法读懂的光荣与梦想——然后，他在 73 岁那个冬天的瑟瑟寒风中，倒在家徒四壁的寓所。

然而，就像流星划过天庭必然会带来光明和骚动、春回大地必然会带来明媚的阳光与充足的雨水一样，一个正义的生命轨迹终止了，但它的延长线却在后人那里无限延伸。

在海南的悠悠历史进程中，海瑞墓、东坡书院和五公祠已然成为一组碑石，一组精神寄托的载体。海南也经历了由文化输入的蛮荒之岛变为文化输出的璀璨之地的过程。这种变化，始于东坡，盛于丘海，再到后来的张岳崧、王佐、宋耀如等，从涓涓细流渐成滥觞之势。七百多举人先后走出，近百位进士相继登场，最终汇入华夏文明的静水深流之河。

五

雨后的海口清新凉爽，我来到扩建后的海瑞墓文化公园。

时值正午，陵园里游客稀少，偌大的墓园，更显得空旷而幽静。沿着甬道，我走向陵墓。甬道两旁，浓密的树丛被雨水洗刷之后，绿得格外鲜亮。

走近海瑞墓，我自然会想到那场急风暴雨般的运动，想到因它而引发的一场浩劫。

陈列室里悬挂着海瑞的画像以及海瑞为世人留下的墨宝。一个小小的院落中，浓缩了一个忧国忧民者在荒岛上的太息和呼唤，也浓缩了一部危机四伏的明代历史。

海瑞的生前身后，确实是一场悲剧，这也就唤起后人在对历史的探究中，进行深沉的追寻，进而对生命的体验多一分感受，对历史的拷问多一层反思。

就在我准备离开的时候，海瑞墓的碑石前走来两人，一位年长者，一个姑娘。只见她们放下行囊，取出一束香，准备由姑娘点燃，去插在墓前的香炉里。

今年五月的时候，我陪朋友去海花岛看房子，曾在海花岛住过两个晚上。姑娘一家让我想到那个与海花岛隔海相望的东坡书院——那个院子在当地也是烟火鼎盛。但我想得更多的却是，坎坷一生的东坡和海瑞，竟然在今天对周围的人们都具备了神灵的效能，这是否就是对他们的一种补偿？封建社会有无清官，清官的历史作用到底如何去看，这是历史学家和理论家讨论的事情，对于老百姓，对于年复一年循环反复的平凡生活来说，像东坡、海瑞还有五公祠里那几个被贬谪的大臣，已经成为某种象征，消融在遥远的地域文化之中。

行走在有些幽暗的石板路上，内心不免感慨丛生：封建王朝的历史如同奇妙的万花筒，由无数轮回的碎片组成。每当我们回头望去，总能看到惊人的相似。那些碎片中有党同伐异和权谋倾轧，但也不乏天真的温情和淡薄的希冀。诚如俞平伯所言，人心如水，何其深也；民心如烟，何其乱也。而无论如何纷纷扰扰，我们仍要敬畏民意，反思规律，"民之所忧，我必念之；民之所盼，我必行之"。

一阵微风吹过，高大的椰树和青翠的松柏在光影摇曳中交错，芳草萋萋，因了风的爱抚而俯仰有致。

走在甬道上，我回头望去，看到姑娘把香点燃，插上香炉，然后开始虔诚地鞠躬。

一缕青烟在碑石上袅袅升起，碑文渐渐隐去，仿若历史的雾霭轻轻落下。

逆光中，海瑞墓园的大门沉沉地合上了。

不远的地方就是车水马龙的海秀路，路两边的生意依然令人惊讶的兴隆。车流像一河的波浪，簇拥着高低错落的大楼。在那些规模不等的酒吧里，传出年轻人的阵阵笑声。世俗的生活与前人的理想原本只有一墙之隔——从高架路上眺望海瑞墓，巍峨的古建筑在绿树丛中浓缩为一方剪影，像是被时光之手凝固在大地之上。

阳光正好，温暖地照着那些粗犷的碑石。

透过温暖的阳光，我能感受到一种远离历史尘烟的世俗生活，鲜活的现实像是海湾里吹过的微风，我感受到了无所不在的澎湃活力。

作为一个后来者，我有些迷恋而又陌生地穿行在这座高楼林立的城市。这座城市有我的家、我的希望、我的寄托，当然，还有渗透到血脉里的沉甸甸的记忆和感动。

（入选中国言实出版社出版的《清歌流韵》）

沧海归去

一

是的，流放即将结束。

这是北宋元符三年（1100）的五月，海南西部的儋州迎来了姹紫嫣红的夏天。阳光透着灼热，海风掠过林地，恍如海浪汹涌。悠长的鸟鸣时而从棕榈和芭蕉园中传来，让路过的人们怦然心动。这一天，从海峡对岸，来了一个闲云野鹤般的人物：吴子野。这是他第二次专程到儋州看望谪居在此的苏轼。

吴子野是苏轼最忠实的追随者，二十余年的交往，一路跟随。苏轼贬官岭南，他跟于惠州；苏轼流放儋州，他又渡海相随；最后在护送东坡北上的旅途中染病而亡。

这次吴子野给苏轼带来的喜讯是：皇帝已经赦免了苏轼的罪过，同意他调到雷州半岛西边的廉州居住。不久又有秦观来信证实。秦观曾因苏轼的影响被谪居雷州，也刚刚接到特赦令。

从繁华帝都到偏僻荒岛，那个大宋历史上伟岸高大的背影来到了琼州的一隅。北宋绍圣四年（1097），花甲之年的苏轼被贬儋州，来到这孤悬海外的小岛时，他几乎是被整个社会抛弃了。

然而，被朝廷抛弃的苏轼最终成了海南的瑰宝。自从苏轼来后，海南人文昌盛。苏轼成为海南文化和精神当之无愧的代言人。

"我本儋耳人，寄生西蜀州。忽然跨海去，譬如事远游。平生生死梦，三者无劣优。知君不再见，欲去且少留。"

遇赦的东坡即将北上，他写下了这首《别海南黎民表》，表达出他对这片流放之地的无限留恋和对友人的真情，甚至发自肺腑地将海南儋州称作自己的故乡。

就要渡海北上，像三年前苦渡琼州海峡那样，这位年逾花甲的老者又将开启未知的人生。只是，他不知道，北归的旅途却成了他生命的终点，留给后人的是永远的伤痛。

二

几天后，在当地百姓依依不舍的泪光中，苏轼一行20余人向海边的码头走去，准备乘船前往澄迈。

烈日下的村庄寂无人声，灰蒙蒙的土路上热气蒸腾，天地仿佛是一个巨大的蒸笼。激越的蝉鸣此起彼伏，像浓荫里落下的雨声。难道真的是宿命？每逢苏轼远行，几乎都在炎热的夏季：父丧回川，正是盛夏；任杭州通判，夏日似火；湖州被捕，恰逢酷暑；黄州回京，也是暑热难耐（致苏遁夭折、朝云重病）；再往杭州太守，依然暑热相随；到定州更是大热天；以后到惠州、去儋州，也都是顶着烈日前往。那么多的酷暑盛夏，洒脱乐观的苏东坡都一次次挺过去了，那么这一次呢？这次北上，又是在三伏天里漂洋过海、跋山涉水，年迈的苏轼还能挺过去吗？

他在澄迈驿住下，原拟在澄迈渡海，最后改变主意，继续向北到了琼山，在琼州的府城住了三天。六月二十日的凌晨快三更的时候，苏东坡登上了北归的海船，那是一条福建的商船，此时，距离他当年登上海南岛，已是整整三年的时光。

船行驶在琼州海峡的海面上，仰望星空，一轮皓月高悬，苏轼的心情渐渐舒展。三年前他渡海时，心情沮丧，一点诗兴都没有，这次北归的喜悦催发他写出在海南最著名的一首诗，即《六月二十日夜渡海》：

> 参横斗转欲三更，苦雨终风也解晴。
> 云散月明谁点缀，天容海色本澄清。
> 空余鲁叟乘桴意，粗识轩辕奏乐声。
> 九死南荒吾不恨，兹游奇绝冠平生。

　　"参横斗转"是星象也是时光的流程，天空显出一点曙色，苏轼站在船的甲板上，长舒一口气，吟出"苦雨终风也解晴"的诗句。风雨总有止歇、阳光总有普照的时候，这本是自然的规律，对于他的人生来说，也是如此。苏轼的许多佳作皆在艰辛岁月中写成，想必是"临悲多妙句，穷困出文章"。苏轼去密州路上追忆当年，忧思郁结。回首为官数载，虽一路有佳人陪伴，风景相随，却总觉壮志未酬，不免心生沮丧。

　　密州岁月于苏轼而言意义非凡，是他豪放词风的开始。从最初的婉转低落，渐至慷慨激昂，词风的转变，成就了他在文坛的千秋盛名。

　　初到密州时，苏轼忧思难遣，他梦见亡妻，写下《江城子·乙卯正月二十日夜记梦》，成为千古第一的悼亡名篇。而后他消愁去虑，内心转变，方有了豪气风云的《江城子·密州出猎》。及至《水调歌头》，则是旷达无比，浩然飘逸中带着一种仙气。

　　所幸，无论繁盛还是落魄，醉时还是醒后，苏轼身边始终有不离不弃之人。王闰之朴素无华，心思简净；王朝云灵巧出尘，沾染佛性。她们陪伴苏轼，彼此心意相通，无有芥蒂，更无委屈。

三

站在船头，苏轼又一次想到了王朝云。

以往每到困难的时候，都会有王朝云悉心侍候他的起居，嘘寒问暖，而当他进入人生最艰难的岁月之时，王朝云却已长眠在惠州湖之畔、栖禅山寺东南的"六如亭"下一年了。东坡的心在隐隐作痛。

苏轼一生有过两次婚姻。第一次是他19岁时，娶了正值青春年少的王弗。那时候苏轼还在家乡读书，王弗知书识礼，后随苏轼到了汴京，不幸在27岁时死去。她的贤德与真情让苏轼感铭于心，始终难以忘怀。10年后，东坡在密州做太守，夜梦王弗，遂填了一首脍炙人口的《江城子·乙卯正月二十日夜记梦》，王弗因之不朽。这首词写道：

> 十年生死两茫茫，不思量，自难忘。千里孤坟，无处话凄凉。
> 纵使相逢应不识，尘满面，鬓如霜。夜来幽梦忽还乡，小轩窗，
> 正梳妆。相顾无言，唯有泪千行。料得年年断肠处，明月夜，短
> 松冈。

"不思量，自难忘"表白的是融入血液的爱，是性情自然流露。死者独居孤坟，生者唯有凄凉。思念之下，他有了夜间的重逢美梦，梦见王弗正在小轩窗前，用纤纤细指轻轻地梳弄着发髻、抹着浅浅的粉黛，犹若清水芙蓉，光彩迷人。可惜，这只是一个撩人的梦境。

苏轼的第二个妻子王闰之是王介的小女儿，王弗的堂妹。王闰之字季章，相伴苏轼25年，为苏轼生了二儿子苏迨和三儿子苏过，且待苏轼的长子苏迈如同己出。苏轼曾赞叹，王闰之能够这样，是出自本性的仁爱之心。王闰之陪着苏轼熬过了"乌台诗案"，并在苏轼做黄州团练副使、吏部尚书、兵部尚书、礼部尚书以及杭州太守、颍州太守、扬

州太守时，无怨无悔，紧紧相随。王闰之在北宋元祐八年（1093）八月初一病逝，苏轼感伤不已。

王闰之死后，苏轼没有再娶，他身边唯一的女人是侍妾王朝云。据说苏轼在杭州任通判时，在一次朋友宴饮时见到了当时不足12岁的歌妓王朝云，见其娇美年幼而生怜惜疼爱之情，将她收养在自己身边。王朝云长大后成为苏轼的侍妾，与苏轼相濡以沫，度过人生最困难的一段时光。

北宋绍圣二年（1095）十月，惠州流行瘴疫，许多人丧了性命，王朝云也身染沉疴，难以救治。苏轼在深怀忧愁之际，写了一首《三部乐》诉说自己内心的哀怨。王朝云死后，苏轼身边不再有女人相伴，守护他的是小儿苏过。而与他艰难相守的王朝云当然也想不到苏轼在她死后会离开惠州，流贬至更加荒远的海南岛。

贬去烟瘴之地的岭南惠州，与之同甘共苦的朝云，在此香消玉殒。流放至荒僻无比的海南儋州，他过着无所居、无可食的悲苦日子。岁月惊乱又荒唐，纵是旷达如他，亦不可抵御这场迷离的硝烟。

人世给了他许多亏欠，但已无妨。明月松冈，西岭梅花，是他最后的怀恋。这样也好，苍颜白发，终须有个归处。如他词中所言："回首向来萧瑟处，归去，也无风雨也无晴。"

儋州三年，是苏轼在经历了人生起落之后，释然落定的三年。尽管早在此前，他已经写出了"试问岭南应不好，却道，此心安处是吾乡"的词句来表达这种释然，但真正让他释怀的时候，还是在这南海荒岛之上。一句"九死南荒吾不恨，兹游奇绝冠平生"便道出了他内心的境界。

苏轼原本以为惠州将是自己的终老地，姑且聊度余生，安享晚年。但他错了，20多年前因"熙宁变法"产生的新旧党争仿佛像魔影一样纠缠着他，让他不能摆脱。他只能承受被迫改变之后的新生活带来的种种痛苦，再次流贬儋州，一度在桃榔庵里回忆一幕又一幕的往事，打发有官职而无官事的日子。

四

　　船行驶在琼州海峡，顺着风势向海对岸的徐闻慢慢漂去。苏轼深情地凝望着海南岛：夜色茫茫，那个他流寓三年的海岛已经越来越远，逐渐消失在远方，苏轼的两眼有些湿润。

　　事实上，对大多数流贬者来说，在无奈地承认现实后，他们也必须像苏轼那样调整心态。用异乡的山水抚慰心灵的创伤，并把陌生的土地视作自己的家乡。至于调整方式，无非寄情山水，吟诗作文，以及在有限的权力内造福乡民。对于他们而言，是一种寄托和排遣；对于流贬的土地，则是一种潜移默化的影响。

　　"九死南荒吾不恨，兹游奇绝冠平生"，是苏轼对自己流寓儋州三年的总结，在渡海北归的这个夜晚，想一想三年来的生活，儋州消解了他在渡海之前心怀的死亡恐惧与忧愁，取而代之的是平生不曾游历过的海南风情。兹游奇绝，奇绝的是海南迥异于内地的山光水色，是海南独特的风土人情，他感到很满足。在这个夜晚，他脑海里浮现得最多的也许是海南平凡的生活场景，是张中、黎子云兄弟、姜唐佐等友人，是朋友之外亲和的老人和嬉笑的孩子。在与他们相处的岁月里，东坡享受了晚年的快乐，他不觉得自己身负罪责，被贬海南，而是一个普普通通的老人，与儋州的父老乡亲没有差别。

　　或许，在这样的一个晚上，他还会想到自己的一生。他去过很多地方做官，最不能忘怀的是黄州、惠州和儋州，在这"三州"虽然他都有官职，但均是闲职，并无权力，不能过问当地事务，这才有了北归途中路过镇江金山寺时，为友人李龙眠在寺壁上画的东坡像题的小诗《自

314

题金山画像》："心似已灰之木，身如不系之舟。问汝平生功业，黄州惠州儋州。"他的"三州"功业蕴含了深厚的人生失意和悲愤，难以尽言。

随着"三州"功业中儋州"功业"的完结，苏轼已是垂垂老者。这时候的他不再有"会挽雕弓如满月，西北望、射天狼"的豪情壮志，也没有因周公瑾赤壁大战成功而产生的"人生如梦，一尊还酹江月"的深切感慨。在一生漂泊流贬之后，他的心情是怎样的？没有人知道。

或许在这个晚上，他还想到朋友秦观和弟弟苏辙。前面提到，他告诉秦观自己离开海南的时间和行程安排，很想在徐闻和秦观相聚。这个想法能够实现吗？如果见了秦观，多年离别的话当从哪儿说起呢？当然他根本就想不到，秦观在与他重逢后，才过两个月就死去了。苏轼和弟弟苏辙也有三年未见了，他同样很想弟弟。但苏辙在他渡海北归之前，已经受命任濠州团练副使，远离雷州而到了岳州，相见也是难事。一想到弟弟苏辙，他的脑海中就会浮现当年在狱中写的那首诗：

> 圣主如天万物春，小臣愚暗自亡身。
>
> 百年未满先偿债，十口无归更累人。
>
> 是处青山可埋骨，他年夜雨独伤神。
>
> 与君世世为兄弟，更结来生未了因。

只是他想不到的是，他再也没有见到他一生中情为手足、更为知己的弟弟。二人隔着一条海峡，三年牵肠挂肚的思念，当初的徐闻一见竟是人世间的永别。

离别的渡口承载不起人间的相逢。人生就是如此，聚散离合为常态，"人有悲欢离合，月有阴晴圆缺，此事古难全"。

五

黎明渐渐来临，斜射的阳光照耀着远方苍黛的群山，蜿蜒的海岸把视线延伸到很远的地方，大海野性的动荡正慢慢减弱。在这样的早晨，即将上岸的苏轼或许还想到自己到廉州后的生活会是什么样的情形。廉州位于广西，不同于海南儋州，也不同于广东惠州，那里会有怎样的环境？怎样的生活？是像柳宗元那样："共来百越文身地，犹自音书滞一乡"？还是像刘禹锡那样："巴山楚水凄凉地，二十三年弃置身"？抑或像韩愈那样："今日岭猿兼越鸟，可怜同听不知愁"？

古人常爱怀念更古的人，这并不是他们好古，而是那种对生命流逝、时光不再的人生苦境的无奈。世间的人与事，只要落入时间的尘网，何尝不是一步步成为云烟。

苏过仍然跟随吗？居住在惠州的儿孙怎么办？这些事一时间无从说起，没有头绪。他也想不到，北宋元符三年（1100）七月他到了廉州，八月就被改授为舒州团练副使，安置在永州，需要冒着酷暑继续奔波；他还没有到达永州，朝廷又任命他为朝奉郎，提举成都府玉局观，可以不限制居住了，他得以选择常州为居住地；老迈的苏轼只得拖着染病的身子，在炎炎烈日里一路向常州走去。

或许在这样的时刻，写完《六月二十日夜渡海》这首小诗之后，随着琼州海峡的微波荡漾，他那起伏的思绪就平复下来，与身边的小儿苏过沉浸在渡海北归的喜悦中，没有一点儿睡意。曾让他忧惧的茫茫大海的涛声，正逐渐变得温柔无限。

然而，这一切都是"或许"，不用怀疑的是苏轼已经渡海而去，继续着"一蓑烟雨任平生"的旅程。他是满怀喜悦北归的，但没想到朝廷对他越来越宽松的时候，疾病的折磨却越来越重。这一病就要了他的性命，让他仅在一年后就遽然与这个给了他无数欢乐与悲愁的人间作别，让他从此不再忧谗畏讥，不再流寓他乡。

常州，是苏轼生命中的最后一站。

建中靖国元年（1101）秋七月二十八日，北宋文坛上最耀眼的一颗明星黯然陨落——一代"旷世逸才"苏轼撒手人寰，终年65岁，被安葬在河南郏县小峨眉东麓。

林语堂说："我们一直在追随观察一个具有伟大思想、伟大心灵的伟人生活，这种思想与心灵，不过在这个人间世上偶然呈形，昙花一现而已。苏东坡已死，他的名字只是一个记忆。但是他留给我们的，是他那心灵的喜悦，是他那思想的快乐，这才是万古不朽的。"

海南的人们不会想到，苏轼离开儋州，离开海南，这么快就死去了。他的死留给知道他的人们无穷的伤感和怀念。对于海南来说，尽管苏轼主要生活在儋州，然而他把对海南的深爱和不朽的身影留给整座美丽的岛屿，使海南历史文化从此有了他不可磨灭的痕迹。无论过去、现在还是未来，人们说海南，不能不说苏轼，说苏轼，也不能不说海南，二者就是这样彼此辉映，相伴永远。

别再埋怨那些"乌台诗案"的制造者吧，也别再埋怨皇帝的昏庸吧，一切都是上天的安排。上天让苏轼远离汴梁那个是非之地，才有了竹杖芒鞋丈量河山的岁月，才有了文思潮涌的一代词宗，才有了琼州大地的文化使者。

他是浩瀚苍穹的一轮皓月，云崖之畔的一株苍松，洒然风度，清洁气韵，和人世遥相呼应。苦难给了他睿智的眼睛，流贬让他吟啸徐行，这样的生命，才有了远山长天的辽阔与富足，那些意想不到的苦难与挫折，才把他从一个文思泉涌的才子，升华为文章与品行都光照后世的哲人和智者——一切如蛹化蝶，似花结果。他所期待的生命也许是建功立业，"持节云中，何日遣冯唐"，但是命运女神赐予他的却是那些灵动的文字。借助不朽的文字，他的生命才有了掷地有声的重量。中国的

317

文化史册因他而熠熠生辉，世界文学的星空更需要的是一个才华横溢的文化巨人、一个豪放的诗词家、一个潇洒的散文家、一个创新的书画家、一个快乐的美食家、一个悲天悯人的慈善家、一个忧国忧民的良臣和卷帙浩繁的诗词华章。

　　那天，我离开东坡书院的时候已是傍晚时分。夜幕下的村庄时隐时现。走在归途上，几滴雨落下来，迅速融入这片红色的赤土。远远的山脊温柔起伏，仿佛静默地迎接我的脚步。我的心头一热，忽然想起"山头斜照却相迎"的《定风波》。

　　有人说，人们在失意困苦的时候，最需要读苏轼的诗。因为他那超凡脱俗的心态和对脚下厚土的热爱，使他几乎把居住过的每个地方都能看作自己的故乡。他不曾逃避或是遁入虚空，而是实现了另一种人生价值，即从庙堂之高走向尘世，率真洒脱，挥洒自如。在北宋那个充满自信与云蒸霞蔚的时代，他代表了一种人格，一种人生和命运的进行时。他为自己的精神寻到了真正足以栖居的永乐居所，而这正是一个文人能留下的最宝贵遗产——乐观豁达、自我诗意的精神财富。

　　至于别的，一切自有后人评说。

　　（入选中国言实出版社《清歌流韵》一书，参考书籍：阮忠《流寓儋州的苏东坡》）

天涯苦旅

一

三月，宁远河畔春深似海。

沿河岸一路走过，硕大的芭蕉和贵妃杧在风中摇曳，三角梅瀑布般垂于花架上面，落下一地绯红，听得到沙沙回响，看得见芬芳涌动。环顾绿树环抱的崖州古城，昔日的斑驳苍凉和眼前的繁华景观，竟若隐若现地联结在一起，让我在亦真亦幻的漫步中，不知身在何地，今夕何年。

潮汐已然退去，宁远河袒露出褐色的胸怀。那是一条曾泊过鉴真大师艨艟大船的河流，如今它已将悠悠岁月沉淀于碧水清波，匆匆奔赴大海而不舍昼夜。河岸上行人寥寥，蓝天和绿地被氤氲的水雾缝合连缀，空气中飘过一阵苦艾的清冽，掺上从海上飘来的腥涩，渗入我的心扉。

我在想，1 000多年前的那些流贬者，是否也曾在这河岸上走过？

透过薄如蝉翼的水雾，我仿佛看到，当年那些流放孤臣踽踽而行的背影。他们是：大唐宰相韩瑗，"万古良相"的李德裕，曾监修国史的北宋宰相丁谓，北宋开国宰相卢多逊，反对投降与秦桧不屈抗争的南宋宰相赵鼎，冒死上书的爱国名臣胡铨，元代副宰相大诗人王仕熙……

他们曾经都是一个时代叱咤风云的历史名人，他们是政治家、思想家和文学家和学者，然而，命运却在不同的时间把他们打发到同一个荒远的地方：水南村。

悠悠数百年间，漂泊与羁旅、贫病与悲歌、噩梦与伤痛、白天与黑夜，就这么如影随形地交织着，像那些人以及他们蹒跚在月色下的影子。

如今的水南村，风景如画，鲜花盖地，一栋栋白色别墅掩映在高高的槟榔树下，掩映在火红的三角梅中，是人们梦寐以求的度假天堂。但在那个时代，在流放孤臣颤抖的笔下，却有着至为真实的记录：那是"鸟飞犹是半年程"的绝望，那是"崖州何处在，生度鬼门关"的噩梦，那是"孤魂千里不归去，辜负洛阳花满城"的悲凉，那是"食无肉，病无药，居无室，出无友，冬无炭，夏无寒泉"的苦痛，那是"流星已远，拱北极而无由；海外悬空，望长安而不见"的感慨。

历史记载，自唐至宋、元年间，因遭朝廷贬谪、流放到三亚的贤相名臣、流寓名士有 20 多位。他们大多寓居在崖州城外的水南村。其中的多数，没有遇赦还乡。在有限的余生里，他们只能把大海与椰林当作人生的课堂，在落叶与新芽的交替中参透生死，在椰风蕉雨的间隙中看清苦难，在夕阳晨露的沐浴中获得抚慰，在海浪的起伏里读懂并原谅这个百感交集的世界。

如今，李德裕、卢多逊的塑像就站立在宁远河畔的水南村里，每当清明节来临的时候，他们的后人从海岛的四面八方赶过来，在他们的像前焚香祭拜，感戴先祖的生身之恩。同样，海口的五公祠、海瑞墓、丘浚墓，文昌的邢宥墓，儋州的东坡书院，昌化江畔的赵鼎墓，也都有晨昏交替的袅袅香火。

中原文化也是从那时起，伴随着漂泊的脚步来到了海南，并在此后的漫长时光里落地生根、开枝散叶。

那些名闻天下、学富五车的饱学之士，被命运残酷地抛弃到地理偏远、气候极端、风物迥异的天之涯、海之角，其内心的悲凉无以言表。既然不能兼善天下，那么就去做一颗点燃茫茫暗夜的火种吧！或著书立说，或开坛讲学，传道授业，这是一种精神寄托和人生抱负，也是苦难岁月里文人的自觉与良心，李德裕是这样，苏轼是这样，卢多逊、赵鼎、胡铨等人也是这样。

流贬者自身的人格魅力和文化光环，也在影响着居住地的乡民，让他们知道天之大、海之阔、物之丰，让他们对中原文化的博大精深心生向往。他们努力模仿流贬者的人品风范，学习他们的语言，学习他们带来的华夏文明，在潜移默化的渗透中，成为华夏文明浸润海岛的早期成果。

据统计，唐宋两代，先后有近700多大臣士子流放到被称为岭南的广东、广西、海南各地。这对于这些官宦士子，实在是人生的不幸，但对于流放地的人民来说，却是一种接受教育的福利和文化启蒙的幸运。

二

靖康之乱城破之日，资政大夫邢肇周和管理天下粮仓的弟弟邢肇文，带着家族几十口人，惶然加入潮水般的难民队伍。

流亡途中，听说康王有可能移驾临安（今杭州）。他们便带着某种期望匆匆向着临安奔去。然而，当他们拖着疲惫不堪的身躯进入临安的时候，参差十万人家的繁华都市并无他们的立锥之地。

邢氏兄弟只得收拾家当，向着闽越的方向奔去，寻觅可能的栖身之所。从闽越之地到汕尾汕头，邢氏兄弟家资耗尽，在汕头租了一艘小帆船。大约十天之后，小船驶入水流平顺的清澜湾，又顺着文教河溯流而上，在红树林簇拥的八门湾收揽泊岸。

经过实地走访勘察，兄弟二家分别在水吼、观霄两个村子安顿下来，他们砍伐木头，搭建起简易的茅屋，算是有了一处遮风挡雨的住所，心中的那种惶然和彻骨的寒意逐渐消散。

再后来，又有多个家族相继从福建、江西、河南、广东、江苏等地流落琼岛。每一个家族的背后，都有着一言难尽的悲壮和凄凉。在相当漫长的时光里，夜阑人静的时候，他们只能依凭北斗的方向，回忆渐行渐远的东京梦华和曾经的杏花疏影。不论是雨中登临的怅惘，还是月下听潮的凄清，在彼岸荒村，在陌生的海岛，梦醒的人们在努力生存，代代繁衍。

三

及至崖山海战，十万军民悲壮殉国，大量难民与残余士卒，再次汹涌如潮水般涌入海南。抗元军队的残余水军以海为家，誓不上岸臣服于元朝，成为疍家人的一部分；很多人则隐姓埋名于海岛各地，开荒种地为生。南宋宰相文天祥的堂弟文天瑞，也加入逃难的人群，落籍于万安（今万宁），成为海南文氏家族的迁琼始祖。

南宋庆元三年（1197），北宋宰相韩琦的五世孙韩显卿举家渡海迁往海南文昌，成为海南韩氏一世始祖。

韩显卿的二十世孙中有一支迁徙到了今天"宋氏祖居"所在的昌洒镇古路园村，后人中有一个叫韩教准，过继宋家后改名宋耀如，他把对子女的教育做到了极致，并缔造了一个声名显赫的家族。

人们有理由相信，古老的宋朝文化从未远离，它以一种别样的方式在海南薪火传承。

如果说早期兴学办馆是南渡先祖们作为文化人的一种文化自觉，那么，当他们的后人有了一定话语权的时候，就会把这种自觉进一步发扬光大，设置官学、鼓励读书、耕读传家，努力为更多的后人播下知识火种。当时出现了薛远、邢宥、丘濬、海瑞、钟芳、廖纪、王弘诲、张岳崧等一大批俊杰，赢得"滨海邹鲁"的赞誉。水南村的钟芳和他儿子钟允谦作为海南史上父子进士中的一对，清代张岳崧的"一门四星"，都被世代传为佳话。

自宋代以来，海南的书院逐步发展，对当时和后世都产生了深远的影响。其中，东坡书院、尚友书院、蔚文书院、琼台书院、溪北书院堪称海南古代书院的代表，五大书院中，仅文昌一地，就占有蔚文、溪北两家，海南当时最大的官学"崖州学宫"则设在崖州古城，成为海南最早的"孔庙"，其时香火鼎盛，进庙拜谒者络绎不绝，遵圣道而振文教，贤流接踵，善俗日兴。

四

2022 年 3 月 21 日，我从清澜湾顺着文昌河畔溯流而上，寻访当年邢氏兄弟登陆的八门湾和水吼村。

从文教镇转入村道，路的两旁是连绵不断的椰树，如同两道郁郁葱葱的绿墙。如果仔细一些，透过椰林茂密的枝叶仍然能看到，在离路边几十米远的地方有一条静静流淌的河床。河对岸，是稻田和果园，以及散布其间的民居。

眼前榕树密布，繁茂的枝叶间，拥挤着修长的根须，透露出一种历尽艰辛的沧桑，邢宥故居就笼罩在这种若有若无的沧桑中。

弹指之间，南渡者最初的家园已经有近千年的时光。

同距此不远的十八行村一样，水吼村也保持着较为明显的明清建筑特色，村子呈扇形分布，前后对齐、高低有序、房屋相连的多进院落依地就势，每行院落中都住着六七户人家。

邢宥故居的大门紧闭，百年沧桑的门楣承载着世纪的风云变幻，大门上方"都宪第"三个大字已经剥落褪色。我们从侧门进去，发现昔日一品大员的房舍竟是如此狭小局促。

一位老阿姨出来迎接，用略显拘谨的眼神打量我们。她的文昌方言中夹着简单的普通话，交谈中得知，她是邢氏的后人，祖籍河南开封，这座旧居多年来一直由她照管。

走进狭小的正屋，墙壁上挂着一张两个穿西服打领带的男人的合影，阿姨说那是他的两个叔叔，一个在泰国，一个在新加坡。阿姨自豪地告诉我们，她的两个儿子都是公务员，在省会上班，孙子们都在内地上大学。世代尊师重教的传统，让水吼村的许多家庭文脉赓续，福泽绵远。

站在小小的天井旁，我环顾四周，故居的狭小逼仄远远超出我的想象，以至于产生短暂的疑惑：这真的是当年一品大员的回归之地？

我想，当年，那个官居一品的左都御史乘船从八门湾回到水吼村的时候，那种惬意的田园生活，或许只是急流勇退的短暂插曲。然而，在这里，他没有等来再次召用的机会，却留下"海南三贤"之一的余韵书香。

五

历史步入元代，苍凉的胡笳声里，塞外西风正烈，吹得无边落木萧萧落下。因为不愿意归顺草原民族粗犷的治理，终元一代，以宋人自居的海南士子，没有谁愿意渡过海峡赴京去趟会考的"浑水"。

及至进入汉民族重新执掌政权的大明王朝，海南的士子便迫不及待地希冀获取功名，以便进入权力的中心。他们怀揣梦想，渡过海峡，渴望将十年寒窗苦读的成果在中原付诸实施，渴望进入北方政治经济文化的都市，投身风云激荡的历史现场，出演其中的一个哪怕微不足道的角色，借以施展自己的人生抱负，报效家国黎民。

明正统十三年（1448）的春天，北京城正值桃花烂漫的时节，读书人翘首以盼的会考在此拉开序幕。海南有三个学子将参与这次考试，他们是文昌水吼村的邢宥、琼州府城下田村的丘濬和琼山一个叫作冯元吉的乡党。

在之前广州的乡试中，24岁的丘濬已经获得了第一名的成绩，以解元的功名荣归故里。

海南岛路途遥远，赴京赶考要用上半年多的时间，往返差不多就得一年多了。在交通阻隔、匪盗横行的时代，什么事情都可能发生，何况还有风寒病疫。赶考的学子死于途中或下落不明的情况，那时并不罕见。而录取的比例多在10%上下，最低时仅为5.9%，艰难程度可想而知。

"扬鞭北上赴皇城，壮志无辞万里行。曾试燕京期得售，谁知雁塔不题名。"有落榜考生曾经这样描述落榜后的情状。

丘濬久负诗名，此次又以解元名次参加会考，乡人对他寄托的希望最大，想着即便不能进入一甲，得个三甲进士该不在话下。然而，张榜出来，他却找不到自己的名字，倒是水吼村的邢宥进入了二甲的第十五名，并很快出任四川道监察御史。

邢宥年长丘濬5岁，算是丘濬的兄长，他勉励丘濬来年再考，相信一定能获得更高的功名。

尽管准备更为充分，然而在明景泰二年（1451）的会考中，丘濬再次落榜。这时候他心底的乡愁已经浓郁到不可开释的程度，就像他诗中所描述的那样："壮志冷似灰，归心疾似飞。白云长在望，清泪欲沾衣。"张榜过后，他急忙收拾行装，赶在春节前回到自己位于红城湖畔金花村的家中。

两年之后的秋天，丘濬告别老母，再度北上。或许是有了一个平和的心态，在明景泰五年（1454）春季的会考中，丘濬的才情发挥得淋漓尽致。据说，在进入殿试的349人中，他的成绩排在前列，只是因为皮肤黝黑、个头瘦小，在皇帝钦点时，排到二甲的第一名。接下来的朝考中，丘濬位列翰林院十八名庶吉士的第一。

六

明宪宗成化三年（1467）八月，丘濬被晋升为从五品的翰林院侍讲学士。与此同时，苏州府事浙江布政司左参政邢宥，升任都察院左佥都御史，还有一个海南人薛远，由户部左侍郎升任户部尚书，总理京储事务（正二品）——在同一个月内，海南产生了三个大臣，天下为之惊叹。

后来，邢宥官至左都御史；丘濬累官至礼部右侍郎，加太子太保，兼文渊阁大学士；薛远升为荣禄大夫（从一品），在朝廷担任举足轻重的职务。

有了这三个榜样，岛上的读书人更加努力，期待渡海而去，冲刺最后那个10%，杏花春雨的江南只是学子风尘仆仆的驿站，金榜题名才是他们梦寐以求的诗与远方。

然而，一道海峡，让科举之路成为凶险的苦旅。

横亘在读书人眼前的琼州海峡，渡船翻覆、楫倾樯摧的事情时有发生，历代督学和考官们不敢逾越，只能将琼州的考场设在对岸的雷州。

乡试的时间是每年七八月份，正是台风频发的季节。岛上十年寒窗的学子们，哪怕要考一个小小的秀才，也要带着干粮、盘缠涉过千山万水，特别是险象环生的琼州海峡，才可以进入神圣的考场。有的此去便杳如云烟，非但功名没有到手，身家性命都不知丢在何处。

明嘉靖十六年（1537），在一个乡试临近的日子，数百儒生乘三艘帆船从海口出发，赴雷州应试，中途忽然遇上狂风巨浪，人们呼天不应，船很快就翻覆解体，没有一人幸免于难。明嘉靖三十六年（1557），又有满载考生的船只在渡海过程遭遇不测，五百人全部葬身鱼腹，带队的临高知县杨址连同身上的官印都沉入海底。

这种赴考应试赌命的事情，直到一个叫王弘诲的定安读书人的出现才得以彻底改变。

七

如今，当人们行走于定安雷鸣镇乡道上的时候，不经意之间，总能感觉到那个远去古人的身影，感觉他就站在海岸，默默地注视脚下曾被视为畏途的化外之地。这个人，就是被誉为"三朝硕士，一代伟人"的王弘诲。

王弘诲出生于定安县龙梅村书香望族之家，累官至南京史部右侍郎、南京礼部尚书等，是明代著名的教育家，文学家。他一生为官清正、同情民众、关注教育，也是海瑞生死相托的好友。

工作间隙，王弘诲总会想到自己远在天边的故乡以及岛上生活的乡亲，希望能够为家乡做些什么。在查阅整理各地呈报的材料时，他发现琼州考生缺考、弃考的情况十分严重。明隆庆三年（1569）的恩科选拔试，海南只有四个县的部分生员渡海赴试，其余全部放弃。几次渡海惊魂，弘诲的眼前一再重现当时的情景，他也辗转反侧。海南每年都有上千儒生渡海应试，他们不仅要与别人比才情，还要跟大海拼性命，他暗自发誓，绝不能让这种状况持续下去。

从明隆庆四年（1570）起，王弘诲为此事不断上奏疏，却得不到任何反馈。明万历四年（1576），朝廷招考贡士，作为考官的王弘诲不肯善罢甘休，再次向皇帝呈递《奏改海南兵备道兼提学疏》。奏疏称：当今天下最为边苦者，莫过于广东；而广东最为边苦者，莫过于琼州。

作为生长于斯的臣子，本人感触最深的是儒生之苦，而儒生之苦，除了路途遥远，还在于渡海之难。

在备述海南儒生赴考的艰难险阻以及付出的生命代价之后，他恳请朝廷施恩布德，在海南设立提学道及院试考场，让海南学子能够就地考试，避免灾难的发生。

此次上奏终于得到万历皇帝的恩准。自此，海南考取举人进士的人数逐年增加，人们称之为"奏考回琼"。十几年后，岛上的人们才得知，此事是王弘诲一再力谏的结果。

六载呕心沥血的努力，终于结出令人感动的成果。在隋、唐两代326年的历史中，海南没有出过一个举人或进士。从宋代苏东坡的学生姜唐佐中举开始，历经元、明、清三朝，海南科举人才辈出，在明一代，更是星光灿烂，人文荟萃，涌现出举人595人，进士62人。其中，更以"海南三贤"名闻华夏。

邢宥与丘濬同朝为官，又是海南同乡，交谊甚厚。作为"布衣卿相"，丘濬的机遇在海南人中绝无仅有。他由尚书入阁，参与朝廷机务，革除弊政，励精图治。然而，一边是功业卓著，一边是年老体弱，丘濬始终忘不了故乡海南。他思乡心切，一再上书"乞致仕不允"，只好"秋来归梦到家园"。

明弘治八年（1495），好友邢宥去世14年之后，丘濬卒于官任上，一代相星就此陨落。从此，海南的"一鼎三足"已失去两足，而另外"一足"海瑞，则于丘濬去世后19年出生，在中国文化史上续写了"粤东正气"的篇章。

随着文化北上，诞生于山海之间的海南文学，悠然的人情与独异的风物交织在一起，经过东坡诗词的熏陶，又在椰风海韵中酿造醇化，一如陈年老酒，在琼州大地散发出浓郁的芬芳。苏东坡的"无限春风来海上"，丘濬的"五峰如指翠相连，撑起炎荒半壁天。夜盥银河摘星斗，朝探碧落弄云烟",王佐的"小舟撑出柳阴来,荡破粼粼镜光绿",无不描摹出海南宛如仙境的深邃诗意和文化脉动。

八

宁远河入海口,海鸥闪电一样掠过我的眼前,旋即消失在云端。

长日将尽,水面映出点点金色,像是为旅人指点方向。

几艘游艇在波涛间上下起伏,它们的后面,长长的波纹经久不散。

历史上,来到海南这座岛屿的人几乎都是迫不得已。在他们眼中,海南是一个朦胧模糊的梦境。而当他们留下之后,便身体力行,筚路蓝缕,将满眼的萧瑟单调变为红飞绿绽的美好。

有人说,海南岛是一座宝石之山、黄金海岛,这里有药物、香料、珍珠和各种珍奇的自然物产,它们的价值令人垂涎。但我却觉得,这座岛上最宝贵的特产,是精神财富和文化传承,是旺盛如火的生命接力和创造激情。

在这座岛屿上,有南渡先祖走过的脚印,有流放孤臣写下的诗章,有垦荒者筚路蓝缕的背影,有渡海北上者怀念的家园。他们来自大陆不同的地方,他们的求学之路、为官之程或有长短,却都有一个相似之处:为官则耿介勤勉,忧国忧民;为民则耕读传家,播撒文化的火种。他们都光明磊落,刚正不阿,政治上追求作为,学术上造诣非凡,并且,他们一直深深地热爱海南,始终把眷恋的目光深情地投向这座海岛:魂牵梦萦的海岛,椰林婆娑的海岛,炊烟袅袅的海岛,星光灿烂的海岛,人文荟萃的海岛,故乡如梦往事如烟的海岛……

(本文获"中国作家网"全国散文原创频道征文二等奖,入选《南方散文》2022年秋刊,参考书籍:孔见《海南岛传》)

后　记

　　本书初成于 2021 年，后因故耽搁，推迟到今日，在原有的篇目上几经筛选，增添部分近年的新作，汇编成册，献给读者，也聊以告慰自己冉冉将至的白发苍颜。

　　收入本书的文稿，大多是在行走中创作的散文，谈不上深刻，亦无高论可言，只是期待以感性的笔触去讴歌时代变化，追述历史现象，描绘人物行状，感叹历史沧桑。这些肤浅的文字，至多也就是心有所动的记录，是我给自己艰苦与快乐并存的人生旅程留下的一个纪念而已。

　　我来到海南以后，工作发生了一些变化，像一个农夫那样默默耕种，却不知文学之路已渐行渐远。将近 20 年的时间里，我很少有工夫坐下来认真阅读几本书。许多时候都来不及思索，岁月就匆匆淌过。内心珍藏的那些山村、河流、明月、清风，以及储存在电脑里的那些尚不成熟的文稿，逐渐被搁置，变成了一场或有或无的残梦。

　　直至退休，面对一种新的无所适从的生活的时候，我才又想起重新踏上文学的土壤。回望自己曾经耕耘过的那片田野，如今早已杂草丛生，于是重新开拓：辗转反侧的豁然开朗，冥思苦想的了然神会，情到深处的黉夜疾书，意上笔端的夕晖月华……土地被不断翻起，在阳光下闪闪发亮，如波光粼粼的小河又响起欸乃之声，个中甘苦，自不待言，只是岁月的风霜已经染白鬓发，文思少有泉涌如潮，手中之笔业已不再轻捷如初，有时为了一段文字，一个标题，也曾冥思苦想，夜不能寐，比之古人"吟安一个字，捻断数茎须"的追求，竟有了切肤之感。

从群山环抱的荆楚山城到飞红绽绿的椰城海岛，我在这里已经工作生活了30年的时光。多少年来，每当夜深人静的时候，粗粝的海风在城市的上空激荡，吹散淡淡的月色，吹散那些蓝色海水摔碎的往事，也吹散了我这个异乡人清瘦的乡梦，掀起的都是一片片稀薄的人生。于是，一次次眺望海面浮动的渔火，一遍遍回望遗留在海滩的脚印，在温柔的夜色里，我写下往日的记忆、慰藉抑或落寞。远方有多远，大约就是历经千山万水也抵达不了内心的地方，或许这样的地方，是他乡，也是故里。

这本文集在编辑过程中，大致按照文章内容、地区进行的，但也不能完全分清，只是提供一个宽泛阅读的范围，随心翻阅而已，愿它能安静地存放于某个角落，像自己的人生一样。感谢海南出版社的领导和编辑们为本书出版所倾注的心力，感谢省作协梅国云主席、武汉大学张洁教授在万忙中为本书推荐做序，有幸得到名家的扶持提携，恩同再造，没齿难忘。感谢一众师友对我文学路上的引领帮扶，铭感肺腑，不复一一述之。当然，最应感恩的，还是我们伟大的时代。

限于学识、能力，书中的文稿，特别是那些怀古之作与地理随笔，资料大多源于网络，也曾参阅过有关书籍，未能一一注明出处的，还请予以谅解。在此，谨向原著的作者们深表谢忱。这本拙著，是向先行者学习致敬的成果，也是一份穷心尽力、灯下熬油的匆忙答卷，疏漏粗浅当不止一处，不知读者诸君能否打上·个及格的分数，思之惶然，诚待评判。

某些时刻，我也痛苦于措辞的雕琢，因为那仿佛阻碍了我的灵感；但若是没有那些"推敲""斟酌"，我则无法表达更深刻和广泛的情感。生活和作品的关系就是如此简单直白又复杂迷离——每篇文章，每句吟唱，既是一种不成熟的记录，又是悠悠经年后不足为道的告白。

本书的书名《微烛》，出自古人"微烛窥人悉断肠，机翻云锦妙成章"的诗句，意在记录普通人寻常人生的行与止，也是跋涉者一路蹒跚的思与叹，以及长路漫漫山重水复的微光浅悟，愿它的微弱亮光能闪烁于尘世的夜间。

在人生的路程上，我已不再年轻，但在文学的征途中，我才刚刚起步。岁月无情，而人有情，千万里行程，我才走了多少？抬眼望，山色正青。

朱湘山

2023 年 5 月于椰城海口